吾輩は猫である

我是貓

夏目漱石

葉廷昭 譯

夏目漱石經典小說全新中譯本 ———《我是貓》

日本文豪夏目漱石成名代表作！
以貓視角寫成的經典小說。在貓的眼中，人是什麼樣子？人的行為在貓眼裡有多難以理解？

讀來處處幽默趣味，娛樂性十足，讓人不時為之一笑。但字裡行間又帶有諷諭意味，讓我們不禁反思自己是否也作出了許多不可理解的荒謬行為。

一

本喵是一隻還沒有名字的貓。

也不記得本喵是在哪裡出生的，只記得是在一個陰暗潮濕的地方呱呱墜地。本喵在那裡第一次遇見人類，後來聽說本喵遇見的叫作學生，還是人類中最凶惡的種族，據說那些學生常把我們煮來吃掉。不過當時本喵還不懂事，也就沒有特別害怕。本喵被放在學生的掌中輕輕抬起，只有一陣輕飄飄的感覺。等到本喵在掌中稍微安定下來後，才看清了學生的長相，這就是本喵第一次看到人類這種生物的經過。當時本喵覺得自己真是看到了怪東西，那種感覺本喵至今都還記憶猶新。首先，本該長得毛茸茸的臉龐光溜溜的，簡直像是熱水壺一樣。在那之後本喵也遇過不少貓咪，從來沒見過這麼醜的。而且人類的臉部中央也太突出了，上面的洞口還不時噴出煙霧。那煙霧聞起來很嗆，本喵當真不喜歡。直到最近，本喵終於知道那是人類在抽的香菸。

本喵在學生的掌中舒服地待了一會，過沒多久感受到一股飛快移動的力道。本喵只感到頭昏眼花、胸悶煩噁，分不清到底是學生在移動，還是本喵自己在移動。就在本喵以為自己快要撐不下去時，聽到了某種沉重的聲響，震得本喵眼冒金星。到這個階段為止本喵都還有印象，再來發生的事情就實在想不起來了。

待本喵再次回神，已經沒有學生的蹤影了。成群的兄弟姊妹不見蹤影，連最重要的媽咪都不知去向

了。另外那裡跟本喵之前待的地方不同，四周看起來非常明亮，亮到本喵幾乎睜不開眼睛。察覺事有蹊蹺的本喵，四處爬動想確認狀況，結果身體痛得要死。原來本喵從乾草堆上，被拋到竹林裡了。

本喵好不容易爬出竹林，前方有個大水池。本喵坐在池子前面，思忖如何是好。可惜本喵也沒有什麼見識，只想到在原地哭一會，看那個學生會不會回來接本喵。本喵試著叫了幾聲，誰也沒來。輕風吹過水池邊上，眼看著太陽就要下山了，本喵的肚子好餓，想哭也哭不出來。無奈之下，本喵決定爬到有食物的地方，有得吃就好。本喵朝池子的左側緩緩繞行，爬得甚是吃力。本喵忍著痛苦勉強爬下去，總算到了有人煙的地方。本喵鑽進竹籬笆的破洞，潛入某座宅院裡，心想進到裡面總有活路才對。緣分是很不可思議的，如果這竹籬笆沒有破洞，本喵大概就餓死路邊了吧。所以說萬般皆是命，半點不由人，這話說得真是不錯。時至今日，這個破洞也是本喵拜訪隔壁三花喵的路徑。潛入了宅子裡，本喵卻不曉得接下來該怎麼辦。不久後天色轉暗，饑寒交迫又碰上老天下雨，情況已不容本喵猶豫了。逼不得已，本喵只好盡量往明亮溫暖的地方爬去。現在回想起來，本喵當時已經進到這戶人家的腹地裡了吧。這下子，本喵又有機會碰上其他的人類了。首先本喵遇到張羅伙食的幫傭，幫傭比之前的學生更加粗暴，一見到本喵就拎起本喵的後頸，將本喵丟到外面去。本喵心知自己沒救了，決定閉上眼睛聽天由命。但本喵怎麼也忍受不了饑寒之苦，便趁幫傭不注意的時候爬進廚房裡。沒多久功夫，本喵又被丟出去了。這樣一丟一爬重複了四、五次，本喵還記得很清楚。本喵也是從那時候開始討厭幫傭這種生物，前些日子本喵偷了幫傭的秋刀魚，才解了胸中一口惡氣。就在幫傭打算再次攆走本喵時，這一家的主人跑來查看廚房究竟在吵什麼。幫傭拎著本喵對主人抱怨，這隻流浪小貓怎麼趕也趕不走，真傷透腦筋是也。主人

捻著鼻子下方的黑毛，盯著本喵好一會，最後主人同意本喵留下來，說完就走進家中了。主人看上去是個沉默寡言的人，幫傭一臉不甘願地把本喵丟進廚房。就這樣，本喵終於讓這個地方成為自己的安身之所了。

本喵鮮少有見到主人的機會，主人的職業好像是教師。主人從學校回到家就躲進書房裡幾乎不肯出來，家裡的人還以為主人很好學，主人也表現得一副很好學的模樣。實際上主人並非大家想像中的好學之士，有時候本喵跑去偷看書房，發現主人經常在裡面睡午覺，讀到一半的書本上還沾有主人的口水。主人胃腸不好，皮膚呈淡黃色，是缺乏彈性和活力的徵兆。然而他的食量很大，每次暴飲暴食後就得服用胃腸藥，服完藥物就打開書本，看沒幾頁又開始打盹，把口水都滴到書本上，儼然是他每天晚上的例行公事了。儘管本喵只是一隻小貓，卻也有自己的見解，教師真是有夠輕鬆的職業，下次投胎當人一定要成為教師。整天睡覺的傢伙都能幹了，沒道理貓咪不行啊。可依照主人的說法，沒有什麼職業比當教師更痛苦了，每次他的朋友來訪，他都得抱怨幾句才行。

本喵剛住進這戶人家時，主人以外的所有人都不太歡迎本喵。不管走到哪裡都被趕，沒有人要理會本喵，光看本喵到現在都還沒有名字，就知道大家有多不重視本喵了。本喵只好盡量待在收留本喵的主人身旁，說來也實屬無奈。早上主人看報紙時，本喵一定會跑到他大腿上，主人午睡時就爬到他背上。這不是本喵喜歡主人的原故，純粹是沒有人要理會本喵才不得已而為之。後來本喵累積了各種經驗，白天睡在飯桶上，夜晚就睡在暖桌上，天氣好的午後就睡在外廊邊上。不過最舒服的是晚上鑽進小孩子的被窩，跟她們一起睡覺。這一家有兩個小孩，分別是五歲跟三歲，每天晚上她們都到小房間裡，鑽進同

一個被窩睡覺。本喵總是尋找她們之間的空隙，努力想辦法鑽進去。要是運氣不好吵醒其中一個小孩，那本喵可就倒大楣了。那些小孩——尤其年紀小的那一個最沒天良了——大半夜的還大呼小叫，嚷嚷著貓咪來了、貓咪來了。接著，那個患有神經性胃炎的主人就會醒來，從隔壁的房間衝進來揍人，前幾天本喵的屁股就被主人拿尺板痛打過一頓。

本喵跟人類一起生活，越是細心觀察他們，越覺得他們實在任性妄為。尤其那些三不五時跟本喵共寢的小孩子，更是不可理喻。只要她們高興就把你抓起來倒栽蔥，或是在你腦袋上套布袋，被拋來拋去或塞進爐灶裡也是常有的事。而且，本喵要是膽敢反擊，全家人就會一起追殺本喵。之前，本喵稍微用榻榻米磨爪子，女主人就暴跳如雷，決計不讓本喵進入客廳，也不顧本喵在廚房的地板上打寒顫。住在斜對面的白喵深得本喵敬重，每次見面牠就說，人類是最不近人情的生物了。前些日子，白喵生了四隻白白胖胖的小貓咪，不料到了第三天，那一家的學生竟把小貓咪丟到後院的池子裡。白喵哭著描述事發經過，還說我們貓咪一族必須消滅人類，才能安心享受天倫之樂，本喵認為牠說的太有道理了。隔壁的三花喵也很氣憤，牠說人類完全不懂什麼叫所有權。對我們貓族來說，魚頭和烏魚肫都是先找到的人先吃，萬一有人不守規矩，我們也不惜動武。然而，人類似乎沒有這樣的觀念，他們總是搶走我們找到的食物，仗著力氣比我們大，把屬於我們的食物統統搶走。白喵住在軍人家裡，三花喵的主人則是律師。由於本喵住在教師家裡，對於這些事情反倒比其他兩喵樂觀。反正日子過得下去就好，畢竟人類的好日子也不可能永遠持續下去，本喵就耐心等待貓咪一族時來運轉吧。

說到任性，本喵想起了一件事情。就來談談本喵的主人，因為任性招致失敗的經驗吧。這個主人並

沒有什麼過人之處，但他凡事都想插上一腳。好比寫下俳句投稿到杜鵑雜誌社，或是創作新體詩投稿到明星雜誌社，不然就是寫一堆錯誤百出的英文；有時候醉心於弓道或謠曲，有時候又忙著拉小提琴。可憐的是他沒有一樣學得精，明明胃腸不好又不肯放棄。主人常在廁所裡詠唱謠曲，還被鄰居取了一個廁所大師的稱號。他本人倒是一點也不在意，繼續唱著跟平宗盛有關的謠曲，大家笑他根本是宗盛再世。也不知道主人腦子裡在想什麼，本喵住下來大約過了一個月左右，某天主人在發薪日提著一大包東西，匆匆忙忙地趕回來了。本喵正好奇他買什麼回來，仔細一看才發現是水彩顏料和畫筆，以及一種名為惠特曼的水彩紙。看來主人打算從今天開始專心學畫，不再搞什麼俳句或謠曲了。接下來有好一陣子，他每天都在書房裡畫畫，連午睡都省下來了。可是他畫出來的作品，誰也看不出來到底是什麼玩意。他本人也自知畫得不好，有一天他那通曉美學的好友前來拜訪，本喵聽到他們說了下面的對話：

「我怎麼都畫不好啊，看別人畫都覺得沒什麼大不了，自己拿筆來畫才知道困難。」這段話是主人的感想，說的也確實懇切。

戴著金邊眼鏡的好友凝視主人的臉說：「沒有人一開始就很厲害的啦，你整天關在房裡靠想像作畫，怎麼可能畫得好呢。以前義大利的繪畫名家安德烈亞．德爾．薩爾托說過，想學畫就描繪自然之物吧。天上有星辰，地面有玉露，寰宇之間不乏飛禽走獸，池中亦有金魚可賞，就連枯木上都有寒鴉，自然本身就是一幅壯闊的活繪畫。你想畫出像樣的作品，何不試試寫生呢？」

「是喔，安德烈亞．德爾．薩爾托說過這番話啊，我都不知道呢。原來如此，這番話說的太有道理了。」主人誠心感佩，絲毫沒察覺對方眼中的嘲笑之意。

隔天，本喵又到外廊邊上舒服地睡午覺，主人難得跑出書房，不曉得在本喵背後搞什麼東西。被吵醒的本喵撐起眼皮一瞧，發現他正在奉行安德烈亞．德爾．薩爾托的教誨。看到主人這副德性，本喵不禁笑了。主人被他的朋友調侃後，第一件事竟然是拿本喵來寫生。本喵已經睡飽了，好想伸一個懶腰，但一想到主人熱心揮毫，本喵又不忍心亂動，只好勉強忍耐下去。

主人已經畫好本喵的輪廓，開始著手上色。本喵必須承認，以一隻貓咪來說本喵絕非上乘，體型、毛色、五官也不比其他貓咪強。問題是本喵長得再怎麼不濟，也絕不是主人畫的這副奇形怪狀。首先顏色根本不一樣，本喵跟波斯貓一樣有著淺灰帶黃的皮膚，上面還有類似漆痕的斑紋，這在任何人眼中都是無庸置疑的事實。結果主人現在畫的既不是黃色也不是黑色，連灰色或褐色都不是，更不是這些色彩交雜的顏色。除了說那是一種顏色以外，本喵也找不到更好的形容方式了。最不可思議的是，畫上的本喵沒有眼睛，當然他是在畫本喵睡覺的樣子，沒畫眼睛也不能怪他。只是連個類似眼睛的部位都沒有，本喵看不出來他是在畫一隻瞎貓還是睡貓。

本喵暗自尋思，這樣的畫技讓安德烈亞．德爾．薩爾托來指導也沒救吧。不過他的熱忱令人敬佩，本喵也想盡量保持不動，但從剛才本喵就很想小便，身上的肌肉也奇癢難耐，本喵實在憋不下去了，只好失禮地伸出前腳，以壓低腦袋的動作伸了一個大懶腰。事情到了這個地步，繼續保持不動也沒意義了，主人的預定都被本喵打亂了，乾脆再到沒人的地方解手吧。就在本喵慢慢移動的時候，主人以夾雜憤怒和失望的語氣，在客廳裡痛罵本喵混帳王八蛋。主人不懂其他的髒話，也難怪每次罵人都是這一句，可他也不想想本喵忍得這麼辛苦，就這樣亂罵人家混帳王八蛋，未免也太沒有禮貌了。平常本喵爬

到他背上時，他要是給本喵好臉色看的話，本喵還願意給他罵一下，偏偏他從未給本喵方便，還怪人家尿急是不是太不厚道了？人類本來就是一種仗勢欺人的生物，如果沒有比人類更蠻橫的東西出來欺負他們，真不知道他們會囂張到什麼地步呢！

這點程度的任性，本喵還有辦法容忍。可是關於人類道德有虧的問題，本喵還聽過更令人難過的消息。

本喵家的後方有個十坪左右的茶園，面積稱不上太大，卻是一個很適合曬太陽的舒適場所。家中的小孩吵到本喵沒辦法睡覺的時候，或是本喵太過無所事事，消化不良的時候，就習慣到那裡好好休養。在一個初冬的和煦日子，約莫下午兩點左右，本喵吃完午餐酣睡過後，打算前往茶園散步運動。本喵嗅著一根一根茶樹，來到西邊的杉木圍籬旁，有一隻大貓在枯菊上睡得不省人事。牠發出巨大的鼾聲，攤著身子呼呼大睡，似乎沒發現本喵走近，連一點戒心也沒有。本喵被牠的膽大包天嚇到了，偷跑到別人家庭園還敢睡得如此安穩。牠是一隻純黑色的貓咪，略過正午的斜陽在牠的皮膚灑上透明的光芒，閃亮的柔軟皮毛彷彿燃燒著看不見的火焰，牠魁偉的體格堪稱貓中之王，絕對比本喵大上一倍。本喵懷著讚歎和好奇心，渾然忘我地站在牠面前凝神觀察。靜謐的初冬微風，輕撫著杉木圍籬上冒出的梧桐枝頭，抖落兩、三片樹葉掉到枯菊上。貓咪大王猛然睜開渾圓的雙眼，本喵到現在都還記得，牠的眼睛比人類珍視的琥珀還要美麗耀眼。那隻大貓一動也不動，眼眸深處的銳利光芒集中在本喵小小的額頭上，牠質問本喵究竟是什麼玩意。

以一個貓咪大王來說，牠的遣詞用字不太高雅；但牠的聲音帶著連狗都會害怕的魄力，本喵多少有

點恐懼。可是不打招呼又有危險，本喵只能裝出平靜的模樣，淡淡地說：「本喵是一隻還沒有名字的貓。」

當時本喵的心跳比常更劇烈，牠用一種輕蔑的語氣說：「什麼？你是貓？別說笑了，你住在哪裡啊？」牠也太目中無人了。

「本喵住在這個教師的家裡。」

「我就知道，瞧你瘦巴巴的樣子。」不愧是貓咪大王，氣焰當真張狂。聽牠說話的口吻，怎麼都不像良家好貓，端看那肥碩的身材，想必伙食不錯，日子也過得挺好。

本喵反問牠：「那你又是誰啊？」

牠傲然回答：「我是車夫家的黑仔。」

說到車夫家的黑仔，是這一帶無人不知無人不曉的粗野貓咪，車夫家出身的貓咪身強力壯，卻缺乏教養，所以大家都敬而遠之，沒有人想跟牠作伴。本喵聽到這個名號不僅替牠臉紅，也產生一股輕蔑之意。本喵決定先試試牠到底有多沒學養。

「不知道教師跟車夫誰比較了不起喔？」

「想也知道是車夫比較強囉，看看你們家的主人，跟個皮包骨似的。」

「你是車夫家的貓咪，看起來也很厲害呢。待在車夫家裡，想必吃得不錯是吧。」

「我走到哪個地方都不愁吃的，你小子也不要整天在這跑來跑去了，稍微跟在我後頭見識一下吧，包你不到一個月就胖到判若兩貓。」

「改天再勞你指點了，是說教師住的房子比車夫大不是嗎？」

「傻蛋，房子大能當飯吃嗎？」

牠好像不大高興的樣子，抖了抖竹葉一般的尖耳朵，便起身離開了。經過這次碰面，本喵和車夫家的黑仔成為了好朋友。

後來本喵常常遇到黑仔，每次他都擺出車夫家盛氣凌人的姿態，剛才本喵說人類道德有虧一事，也是從黑仔口中聽來的。

有一天，本喵和黑仔照樣躺在溫暖的茶園中閒聊。黑仔又開始老掉牙的自吹自擂了，還講得一副很新奇的樣子。牠說完以後問了本喵一個問題：「你小子抓過幾隻老鼠啊？」

本喵自知頭腦比黑仔發達，力量和勇氣就自愧不如了，因此聽到這個問題，本喵蠻尷尬的。但弱小畢竟是事實，說謊可不是什麼好事，本喵照實說：「其實本喵也想抓，無奈一隻都還沒抓到。」

黑仔抖動鼻頭上長長的鬍鬚，笑得非常開懷。黑仔是一隻光會吹牛，卻沒什麼心眼的貓咪，只要發出讚嘆的聲音專心聆聽，裝出佩服牠的態度，就能輕易糊弄牠了。本喵跟牠相交後，很快就掌握了這個訣竅。本喵明白在這種情況下替自己辯解，純粹是讓形勢更加難堪罷了，不如讓牠炫耀自己的功績來轉移話題。本喵佯裝低姿態慫恿牠：「你這麼大歲數了，一定抓過很多老鼠吧？」果不其然，黑仔上當了。

「也沒什麼啦，就抓過三、四十隻而已。」牠顯得很得意，接著又說：「我單槍匹馬也能隨時抓到一、兩百隻老鼠，但我說什麼也不想對付鼬鼠。以前我抓過鼬鼠，吃了很大的苦頭啊。」

「是喔。」本喵隨口附和一句，黑仔眨了眨大眼睛說。

「去年大掃除的時候，我家主人拿著石灰袋鑽到地板底下，碰到一隻很大的鼬鼠，那隻鼬鼠嚇了一跳直接衝出來。」

「真的喔。」本喵表現出很佩服的態度。

「說是鼬鼠，也只比其他老鼠大上一點，我氣得追上前去，把牠趕到水溝裡面。」

「真了不起呢。」本喵可沒忘了喝采。

「就在我快要抓到牠的時候，牠放了一個臭屁，臭到令人受不了，後來我看到鼬鼠就噁心。」說到這裡，牠抬起前腳蹭了鼻頭兩、三次，彷彿去年的臭味至今還揮之不去似的。

本喵多少有些同情牠，決定替牠加油打氣：「不過老鼠遇到你就倒大楣了吧，像你這樣的捕鼠高手，一定是吃了很多老鼠，才會有壯碩的身材和豔麗的毛色吧。」本喵提出這個問題是想討黑仔歡心，不料卻換來了一個相悖的反應，牠大嘆一口氣說。

「一想到就有氣，我抓到再多的老鼠也沒用——這世上沒有比人類更過分的生物了。人類把我抓的老鼠統統搶走，還拿去交給警察。警察也不問是誰抓的，反正每抓到一隻就給五分錢的報酬。多虧有我，我們家主人足足賺了一元又五角，可他從沒賞我什麼好吃的，人類說穿了就是會裝模作樣的小偷啦。」缺乏學養的黑仔似乎也懂這些道理，牠氣到背後的毛都豎起來了。本喵聽了也不太舒坦，就隨意顧左右而言他，回到自己的家中了。從那以後本喵下定決心死也不抓老鼠，本喵也沒有當上黑仔的小弟，去抓老鼠以外的其他獵物。睡覺比抓東西吃輕鬆多了，看來在教師家待久了，貓咪也會受到教師的

潛移默化。搞不好不久將來胃腸也會變虛弱呢，得小心提防才行。

說到教師，本喵的主人最近也領悟自己是學不成水彩畫了。他在十二月一日的日記裡寫下了這麼一段話：

今天我認識了一個叫○○的傢伙，據說他是個生活放蕩之人。確實，他身上散發一種很風雅的氣息，女人都喜歡那樣的傢伙。所以與其說他生活放蕩，不如說他天性如此，沒有其他選擇吧。他的妻子好像是藝妓，實在太令人羨慕了。會歧視放蕩之人者，多半都沒有放蕩的資格。以放蕩之人自居者人之中，沒有放蕩資格的也不在少數。這些人沒有放蕩本性，卻勉強為之。下場就跟我學水彩畫一樣，永遠無法精通。然而，他們卻以為自己很有深度。如果說去高級餐廳或茶室消費就叫風雅，那我也算是了不起的水彩畫家了。

依我那點程度的畫技，乾脆不要畫還比較好。同理，鄉下來的俗人遠比附庸風雅的笨蛋要來得好多了。

主人的風雅理論恕本喵難以認同，況且身為一介教師，也不該羨慕人家的妻子是藝妓，這種想法太低級了。好在他對自己的水彩畫倒是有精確的評價，明明他是個有自知之明的人，卻總改不了自戀的缺點。隔了兩天，十二月四日的日記裡寫下了這樣的話：

昨晚我做了一個夢，夢到自己放棄了水彩畫，把水彩畫扔在一旁。不料有人把我丟掉的水彩畫，用一個漂亮的框裱起來，掛在牆上欣賞呢。既然會被裱框掛起來，代表我的畫技突飛猛進了，真是令人開心啊。我獨自欣賞圖畫，對自己讚許有加。待我天亮醒來，畫技差勁的事實也隨著旭日東升而逐漸明

朗。

主人連在夢裡都對水彩畫戀戀不捨。這種人別說要當上水彩畫家了，恐怕是連風雅之人都當不上了。

主人夢到水彩畫的隔天，那個戴金邊眼鏡的美學家，闊別多日又來拜訪主人了。他一坐下來就問：「你的畫學得如何啊？」

主人裝作若無其事的表情說：「我聽你的忠告努力練習寫生了，實際嘗試過後，我才注意到自己過去疏忽的物體形狀，以及顏色的細膩變化。西洋美術自古講究寫生，才有今日的發達成就吧。安德烈亞．德爾．薩爾托當真有見識。」主人絲毫沒有提到日記的內容，只管佩服安德烈亞．德爾．薩爾托。

美學家笑著抓抓頭說：「其實那是我唬你的啦。」

「唬我的？」主人還沒發現自己被騙了。

「你很佩服安德烈亞．德爾．薩爾托是吧，那段話是我捏造的，沒想到你還真的信了，啊哈哈哈哈。」美學家樂不可支。本喵在外廊聆聽他們的對話，不禁想像主人會在今天的日記裡寫什麼。像這樣胡說八道捉弄人，是這美學家唯一的樂趣。他絲毫不理會安德烈亞．德爾．薩爾托一事對主人的心情有多大的影響，還喜孜孜地說出下面這番話。

「唉呀，有時候我開開玩笑別人就認真了，挑動這種滑稽的美感也別有樂趣啊。之前我跟一個學生

說，尼古拉斯．尼克貝[1]曾經建議愛德華．吉朋[2]，把他畢生的巨作法國革命史改用英文撰寫。那學生就是一個記憶力好的死腦筋，竟然在日本文學會的演說上，認真說出我剛才胡謅的鬼話，這還不滑稽嗎？豈知在場的百來位聽眾，大家都很專心聽他演講。還有一件趣事說給你聽，前陣子在某個文學家出席的宴會上，有人談到哈里森的歷史小說狄奧法諾[3]，我說那是歷史小說的翹楚，尤其女主角死去的橋段最動人心魄了。坐在我對面那一個號稱無所不知的大師，還同意我說的對呢。他那樣一說，我就知道他跟我一樣沒看過那部小說了。」

患有神經性胃炎的主人嚇得睜大眼睛說：「你這麼胡說八道，萬一被拆穿了怎麼辦？」主人似乎不在乎對方騙人，他只怕被拆穿後果不堪設想。

美學家也不在意，還笑嘻嘻地說：「到時候說不小心跟其他書本搞錯就行啦。」別看這傢伙戴著斯文的金邊眼鏡，他的本質跟車夫家的黑仔有相似之處。主人默默吐了一口煙圈，用表情告訴好友自己可沒那個膽量。美學家的眼神像在說：難怪主人連畫畫也學不成。之後美學家又說：「撇開玩笑話不談，繪畫確實是一門困難的學問。相傳李奧納多．達文西曾要求門人描繪寺院牆上的污痕。想想也有道理，例如我們進入廁所中仔細觀察漏水的牆面，就會發現牆上自然形成一幅美麗的紋樣。你就用心寫生吧，相信一定會畫出有趣的東西。」

1尼古拉斯．尼克貝為查理斯．狄更斯所著小說《尼古拉斯．尼克貝》的主人翁。
2愛德華．吉朋（Edward Gibbon，1737-1794），英國歷史學家，畢生巨作為《羅馬帝國衰亡史》。
3狄奧法諾（Theophanu）為十世紀時統治神聖羅馬帝國的一位女皇。

「你又在唬我吧？」

「不不，這是千真萬確的喔，這種異想天開的說法，也很像達文西會講的話對吧？」

「原來如此，是滿異想天開的沒錯。」主人說不過好友，也快舉白旗投降了，至少他還不打算到廁所裡寫生。

車夫家的黑仔後來跛腳了，亮麗的皮毛也逐漸黯淡脱落，在本喵眼中比琥珀更加華美的雙目，也積滿了眼翳。最引起本喵注意到的，是牠失去了活力和肥碩的體格。本喵在茶園最後一次碰到牠時，問牠最近過得怎麼樣，牠說：「我受夠鼬鼠的臭屁和魚販的扁擔了。」

在赤松之間點綴兩、三抹嫣紅的紅葉，如同逝去的夢境一般零落消散，在石造水砵附近爭奇鬥艷的紅白山茶花也悉數凋零了。冬天的日照時間較短，六公尺左右的南面外廊幾乎天天吹著寒風，本喵午睡的時間似乎也變短了。

主人每天去學校教書，一回家就躲進書房裡，遇到好友來訪就抱怨教師待遇不好。主人已經不太畫水彩了，他說胃腸藥沒效果，也不肯服用了。家裡的小孩倒是很勤勉，每天都到幼兒園上學。放學回來就唱唱歌、踢踢皮球，或抓住本喵的尾巴，把本喵拎起來玩。

本喵沒吃到什麼好料的，身材也沒有變得特別胖。幸虧本喵身體健康、四肢健全，日子還算過得去。本喵死也不抓老鼠，幫傭一樣不得本喵歡心。這家人都還沒替本喵取個名字，但本喵也不打算要求太多，這輩子就在教師家當一隻無名小貓終老吧。

二

自新年以來，本喵也多少有點名氣了。一隻小貓能享有小小的優越感，也是一件值得慶賀的事情啊。

元旦清早，主人收到了一張明信片。那是他的畫家好友寄來的賀年卡，卡片的上半部塗成紅色，下半部塗成墨綠色，中間用粉彩畫著一隻蜷伏的動物。主人在書房裡拿著賀年卡上下端詳，稱讚對方的用色技巧高超。該欽佩的欽佩過了，本喵以為他也該罷手了，沒想到他還是拿著卡片上下端詳。一下扭動身子轉換角度，一下像老人家看東西那樣拉開距離；不然就是對著窗口，拿到鼻頭前面瞧個仔細。他再不趕快停下來，膝頭亂晃可是非常危險的。好不容易等到他平靜下來，本喵聽到他在嘀咕，看不懂上面畫的動物是什麼。

主人對卡片的用色甚為感佩，卻看不出來那隻動物是什麼，所以才煞費苦心端詳老半天。那隻動物真有那麼難以辨認嗎？好奇的本喵優雅張開惺忪睡眼，凝神細看，發現那根本是本喵的畫像。那位畫家好友，或許沒有像主人那樣自詡義大利繪畫名家，但畫家描繪的形體和顏色確實很勻稱。相信任何人都看得出那是一隻貓，而且那隻貓畫得維妙維肖，有點眼力的人都知道那是在畫本喵。如此顯而易見的事情還要苦苦觀察良久，本喵多少有點同情人類了。本喵很想告訴主人，那位畫家好友畫的正是本喵，不然好歹也要告訴他那是一隻貓。可惜人類是一種沒福分瞭解貓咪語言的生物，本喵也只好遺憾作罷。

有件事要先告訴各位讀者，人類動不動就喜歡用輕蔑的口吻來評斷我們貓咪，這真是要不得的事情。大概也只有傲慢又不知自身愚昧的教師之流，才會有那種自以為人類比牛馬高貴，牛馬又比貓咪高貴的想法了，可在我們看來那是很丟人的事情。即便是尋常貓咪，也不是隨隨便便蹦出來的。在外人眼中我們貓咪好像都差不多，沒有什麼特色可言。其實深入貓咪社會觀察你就會發現，我們貓咪社會是很複雜的，把人類那一句鐘鼎山林、各有天性直接搬來套用都沒問題。舉例來說，我們的眼睛、鼻子、毛色、四肢長短就不一樣，鬍子的彈性乃至耳朵的位置，還有尾巴垂落的角度都有區別。可以說每一隻貓咪的美醜、好惡、品味，都是天差地遠的。我們貓咪的個體差異鮮明，人類卻只顧力爭上游，各個眼高於頂。怪不得人類看不清本喵的性質和樣貌，說來也挺可憐的。俗話說同明相照、同類相求，這話說的一點也沒錯，正所謂聞道有先後，術業有專攻，貓咪的事情也只有我們貓咪最瞭解。人類再怎麼繁榮昌盛，這一點也是遠遠不及我們。

最麻煩的是，他們自以為了不起，實則並沒有什麼真才實學或了不起的地方。像主人這種缺乏同理心的傢伙，連互相瞭解是相親相愛的基本都不懂，他就像一顆惡質的牡蠣死黏著書房不放，不曾對外界敞開自己的心胸，只裝出自己比別人更聰明的模樣，這未免太奇怪了。主人一點也不聰明的證據就是，本喵的肖像在他面前，他卻絲毫沒有發現。主人還傻傻地推算，今年是日俄戰爭第二年，所以卡片上畫的應該是一隻象徵俄國的熊。

本喵在主人腿上閉目養神，思考諸如此類的問題。不久幫傭拿來了第二張明信片，上面有活版印刷的四、五隻外國貓咪排成一列，拿著筆桿和書本用功。其中一隻離開位子，在桌邊唱歌跳舞，上方用日

式墨水寫著「我是貓」三個大黑字，右邊還有一首俳句，大意是說新春的小貓咪，整天熱中於看書和跳舞。這是主人以前的學生寄來的，任何人一看都知道是什麼意思，偏偏遲鈍的主人還是沒有想通，他不可思議地歪著脖子，自言自語地說，難不成今年是貓年嗎？主人絲毫沒有發現，本喵已經變得這麼有名望了。

幫傭拿了第三封書信來，這一次不是明信片了。信件開頭先向主人拜年，最後誠惶誠恐地請主人也問候本喵。這下主人再怎麼遲鈍，都知道大家是什麼意思了。他哼了一聲，盯著本喵的臉直瞧。他的眼神跟過去不同，似乎還帶著些許敬意。過去不受世間認可的主人，得以獲得一個全新的面貌，全賴本喵的庇蔭啊，他的眼神帶著敬意也是理所當然的。

正巧，大門邊響起了鈴聲，也許是有訪客前來吧，訪客交給幫傭應付就行了，本喵只有魚販上門時才會外出相迎，因此本喵還是不動如山地坐在主人腿上，主人一臉不安地望向玄關的方向，生怕會有討債的上門一樣。原來他很不喜歡招待來拜年的客人，也懶得陪他們喝酒，一個人能夠乖僻到這種地步也算了不起了，可他又沒有勇氣及早離開家門，牡蠣的本性可謂表露無遺啊。不久，幫傭通報是寒月先生來訪，這個叫寒月的男子是主人以前的學生，聽說畢業以後變得比主人更有成就了。不知道為什麼，這傢伙很常來主人家玩，每次來就談論自己有哪些情緣，或是談論這世間何其有趣、何其無聊，總之要說得天花亂墜才肯離開。本喵不明白他為何專程找主人這樣江郎才盡的人，來談論上面那些話題。而那個牡蠣脾性的主人，聽到那些話題時的反應也挺有趣的。

「久疏問候了，其實我從去年歲末就忙著活動，外出也沒有時間前來這個方向。」寒月擰著外套上

的綁帶，說著啟人疑竇的話。

「那你是去哪個方向啊？」主人一臉嚴肅的表情，拉拉黑色棉製的外套袖口。這件棉製外套肩口到袖子的長度太短，底下隱約可見便宜的內裡左右各露出半寸來。

「嘿嘿嘿，就去別的方向嘛。」寒月笑著答話，仔細看才發現他今天缺了一顆門牙。

「你的牙齒怎麼了？」主人換了一個問題。

「呃呃，其實我在某個地方吃香菇啦。」

「你說你吃什麼？」

「呃、就吃香菇啊，我本想用門牙咬斷香菇，結果牙齒就咬掉了。」

「咬香菇咬到門牙掉下來，你怎麼跟老人家一樣？這笑話或許可以當俳句的題材，但拿來談情說愛就不太光彩了吧。」主人說著輕拍本喵的腦袋。

「啊啊、這就是您提到的貓咪啊，養得挺胖的呢，不輸車夫家的黑仔喔，了不起。」寒月大肆吹捧本喵一番。

「最近長大不少啊。」主人自豪地敲敲本喵腦袋，本喵喜歡被人稱讚，但腦袋被敲還滿痛的。

「前天晚上我還參加了合奏會。」寒月把話題導回原來的方向。

「在哪裡舉辦的？」

「這個嘛，您還是別問了吧。總之有三個小提琴手和一個鋼琴伴奏，很有意思喔。三個人一起拉小提琴，技術差也聽不太出來。其他兩個都是女性，只有我一個男性，我覺得自己演奏得不錯呢。」

「哼、那些女人是什麼來頭啊？」主人羨慕地反問寒月。別看主人平常一副道貌岸然的模樣，他對女人並非沒有興趣。以前他讀過一本西洋小說，其中有一個人物對任何女孩子都心動，書中還用諷刺的筆法寫道，路上有將近七成的女性他都喜歡。主人看了大為感動，直言男人好色實乃至理。這樣好色的男人為何會過上牡蠣般的生活，這就不是一隻小貓能夠理解的了。有人說是失戀所致，也有人說是胃腸虛弱所致，還有人說是沒錢和膽小性情所致。反正他也不是足以動搖明治歷史的人物，理由如何也就無關緊要了。不過主人欣羨地詢問寒月的交友狀況，卻是千真萬確的事實。寒月食指大動，拿起筷子夾了一塊魚板，用剩下的門牙咬斷。本喵擔心他會不會又缺一顆牙，好在這次平安無事。寒月給主人一個不太熱絡的答覆：「也沒什麼啦，她們兩個都是某戶人家的大小姐，您不認識。」

「原來……」主人話只說一半就陷入沉思。

寒月認為差不多是時候了，便提議：「今天天氣不錯啊，有空的話要不要一起外出散步呢？日軍也攻下旅順了，街上的氣氛很熱鬧呢。」

比起旅順的戰報，主人顯然更想知道那兩個女子的身分。他想了一會，最後下定決心，起身說：「那好，我們走吧。」

主人穿的同樣是黑色棉質的外套，還有一件穿了二十多年的高級棉織服，據說那是他哥哥留下的。雖說高級的棉織服耐用，但也經不起穿這麼久，隨處可見磨損變薄處，拿到明亮處細看還會發現底下有補丁的痕跡。主人穿衣服沒在考慮節氣的，也沒有居家服或外出服之分，反正雙手插進袖管就出門了。不曉得他是沒有其他衣服，還是懶得換其他衣服，這一點怎麼看都不是失戀害的。

兩人出去以後，寒月吃剩的魚板就由本喵笑納了。現在本喵不是普通的貓咪了，應該比得上桃川如燕所講的貓咪[1]，或是托馬斯．格雷筆下那隻偷金魚的貓咪了[2]，車夫家的黑仔早就不放在本喵眼裡。笑納一小塊魚板也沒人會來說三道四吧，況且偷吃東西的習性亦非我們貓咪獨有，家中那個幫傭也常趁夫人不在，三番兩次偷拿麻糬來吃，夫人吹噓自己管教有方的那兩個小孩也有同樣傾向。四、五天前，兩個小孩一大清早就爬起來，趁著父母還在睡覺的時候，對坐在餐桌前面。她們習慣拿主人每天早上食用的麵包，沾一點砂糖來吃，那一天桌上剛好放著砂糖的罐子和湯匙，平時負責分配砂糖的大人又不在，姊姊就從罐子裡舀了一匙砂糖放到自己盤子裡。妹妹也依樣畫葫蘆，往自己盤子裡舀了一匙。兩人互瞪良久，姊姊又舀一匙加上去，妹妹也立刻搶下湯匙比照辦理。姊姊再舀一湯匙，妹妹也不落人後再加一匙。姊姊再伸手取糖罐，妹妹也再搶湯匙。眼看她們一匙又一匙地舀，盤子裡的砂糖都堆成一座小山了，罐子裡連一匙都不剩。這時主人揉著惺忪睡眼走出寢室，所有的砂糖又倒回罐中了。從這件事或可看出，人類的利己主義所衍生出來的公平概念比貓咪優越，但智商就遠不如我們貓咪了。她們要是早點品嚐，不要舀一大堆砂糖就好了。可惜人類終究不懂本喵的語言，本喵也只好在飯桶上面，懷抱同情心靜觀其變了。

不曉得主人跟寒月去了哪裡，一直到很晚才回來，隔天早上九點才起床吃飯。本喵依舊在飯桶上觀望情況，主人默默吃著年糕湯，吃了一碗又一碗。年糕的尺寸不大，但主人吃了六、七塊以後就放下筷

1 桃川如燕（1832-1898），日本講談師，本名杉浦要助。著有《百貓傳》。

2 托馬斯．格雷（Thomas Gray, 1716-1771），英國十八世紀重要抒情詩人，曾寫下《對溺死於金魚缽的愛貓悼歌》。

子了，留下最後一塊在碗中。若是其他人這麼浪費，他是絕對無法容忍的，但他仗著一家之主的威風，看到混濁的湯汁裡剩下一塊軟嫩的年糕也無動於衷。

夫人從櫃子裡拿出胃腸藥放在桌上，主人說：「胃腸藥又沒有用，我不吃。」

夫人好心相勸：「可是，胃腸藥對澱粉類的食物很有效，你還是吃一點比較好。」

主人堅決不從：「不管是不是澱粉類，吃了都沒有用啦。」

夫人自言自語地說：「你這人就是善變。」

「我不是善變，是真的沒有用啊。」

「你之前不是說很有用，還每天服用的嗎？」

「之前有用，現在沒用了啊。」主人的回應像在出對子一樣。

「你不好好服藥，再有效的藥也沒用啦，你要多點耐心，胃腸不好可比其他疾病難治啊。」夫人望向在一旁手持托盤的幫傭。

「夫人這話說的沒錯，您不好好服藥，又怎麼分得出藥效好不好呢？」幫傭二話不說就替夫人幫腔。

「無所謂啦，我說不吃就不吃，你們女人家懂什麼啊？閉嘴啦。」

「女人家又怎麼了？」夫人把胃腸藥推到主人面前，像要逼他切腹一樣。主人直接站起來躲進書房裡，夫人和幫傭對看一眼，各自竊笑。主人心情不好時千萬不能去他大腿上，否則會倒大楣的。本喵偷偷從庭園繞到書房邊的走廊，從門縫往裡看。主人打開一個叫愛比克泰德的人所寫的書，如果他跟平常

一樣看得懂，那可就奇了。果不其然，他才看沒五、六分鐘就把書丟到桌子上。本喵所料不差，順便觀察他接下來要幹嘛，只見他拿出日記寫出下面的內容：

跟寒月走過根津、上野、池之端、神田邊。池之端的茶屋前面，有藝妓穿著漂亮的迎新和服在玩羽毛毽子。無奈衣裝雖美，臉卻長得十分抱歉，跟我們家的貓有幾分神似。

說別人長得不好看，何苦拿本喵來比喻呢？本喵若有機會去理髮廳給人家打理一下，看起來也跟人類差不了多少好嗎？人類如此自戀，真令人受不了。

轉過藥房的巷角，又有一位藝妓走來。這是一位身材纖細、儀態婀娜的漂亮女人，穿在身上的淡紫色和服也很適合她，散發出一股典雅的氣息。她露出白皙的貝齒笑道：「阿源吶，昨晚太忙了不好意思。」她的聲音之難聽，簡直跟烏鴉沒兩樣，糟蹋了難得的風韻。我對那個叫阿源的人也沒興趣了，頭也不回地走到大馬路上，寒月似乎有些魂不守舍。

沒有什麼東西比人心更難理解了。主人現在是憤怒、開心、還是想從哲人的作品中尋求慰藉呢？本喵完全摸不著頭緒。他到底是在嘲笑世態，還是想融入其中呢？他是被無聊的小事惹火，還是保持著超然的態度呢？本喵一點也看不明白。我們貓咪在這方面就單純多了，貓咪想吃就吃、想睡就睡，生氣的時候拚命生氣，哭泣的時候呼天搶地。再者，我們才不會寫日記這種沒用的東西，根本沒有必要。像主人這種表裡不一的傢伙，可能需要透過寫日記的方式，在陰暗的室內發洩自己隱藏的本性吧。我們貓咪不論行住坐臥、吃喝拉撒，都算是真正的日記，才不需要用那麼麻煩的方式來記下本性。有那個時間寫日記，本喵寧可在走廊上睡覺。

我們在神田的某間餐廳吃飯，我喝了兩、三杯久未品嚐的高級酒，今天早上胃腸的狀況很不錯，胃腸不好的人最適合在晚上喝點小酒了。我才不吃胃腸藥，誰來勸我都沒用，沒用的東西就是沒用啦。

主人開始胡亂誹謗胃腸藥了，就好像在跟自己吵架一樣，這一段可以看出他對早上的事情耿耿於懷，或許這才是人類日記真正的存在價值吧。

前陣子○○說不吃早餐能改善胃腸，我兩、三天沒吃早餐，餓得饑腸轆轆，情況也沒有比較好。△△說不能吃醃漬的食物，他說醃菜是所有胃病的根源，斷絕醃菜就等於斷絕胃病的根源，身子保證會康復。我整整一個禮拜沒吃醃菜，也不見有什麼療效，所以最近又不忌口了。××說按摩腹部的治療最有效了，只是普通的按摩方式不行，大多數的胃腸疾病用皆川流的古法按摩一、兩次都能治好。據說江戶時代的大儒學家安井息軒也很喜歡這種按摩術，坂本龍馬那樣的豪傑也經常接受治療。我趕緊跑到上根岸嘗試一下，按摩師卻說要按摩骨頭才會見效，此外還得挪移內臟的配置才行，按摩的手法可謂殘酷無比。施術後我的身體猶如破棉敗絮，感覺像罹患昏睡症一樣，從此以後我再也不去了。某A勸我不要吃固態的食物，有一段時間我整天只喝牛奶，不料腸子像發大水一樣叫個不停，吵得我整夜睡不著覺。某B叫我用橫隔膜呼吸術牽引內臟運動，胃部自然就會恢復健康。我也乖乖照辦，但總覺得肚子怪怪的。有時候我想起這個方法專心實踐，過沒五、六分鐘就忘記維持了。想要一直維持下去，又太在意橫隔膜的動靜，根本沒辦法看書或寫文章。美學家迷亭看我這副德性，笑我一個大男人又不是懷孕臨盆，何不放棄算了，於是我近來也放棄了。C老師建議我吃蕎麥麵，我把所有蕎麥麵都吃遍了，除了拉肚子外也未見任何成效。我嘗試各種方法改善多年胃病，統統都是無用功。唯獨昨晚和寒月小酌兩、

三杯，確實頗有成效。今後我每晚也喝個兩、三杯好了。

反正這個決心也持續不了多久，主人的心意就跟本喵的瞳孔一樣瞬息萬變，他是一個做任何事都缺乏恆心的男人。在日記上很擔心自己的胃病，對外卻表現得不在乎的模樣，這也太可笑了。

前不久，主人的某位學者朋友登門拜訪，那位好友說從某種觀點來看，所有的疾病都來自祖先和當事人的罪業。光聽內容就知道對方研究充分、立論分明，說的非常有見地。可悲的是主人並沒有足夠的學識和頭腦反駁，但他自己受胃病所苦，還是想稍做辯解來討點薄面。「你的論述很有趣，是說那個英國歷史學家卡萊爾也有罹患胃病啊。」主人說了一個牛頭不對馬嘴的回答，彷彿卡萊爾胃腸不好，所以自己的胃病也很光榮一樣。

那位好友又說：「卡萊爾患胃病，不代表每一個患胃病的都是卡萊爾啊。」主人被嗆得啞口無言。愛慕虛榮的主人其實也不希望自己有胃病，看他今晚要開始小酌不免有些滑稽。仔細想想，今天早上主人吃一大堆年糕湯，也是昨晚和寒月舉杯痛飲的關係吧，本喵也想吃點年糕湯了。

本喵雖是一隻貓，可大多數的食物本喵來者不拒。本喵不像車夫家的黑仔，有心力遠征小巷的魚販；也不像新街二弦琴師傅家的三花子那樣，有挑嘴的資格。因此本喵討厭的食物並不多，小孩沒吃乾淨的麵包屑和麻糬的內餡，也在本喵的守備範圍內。醃菜味道有夠難吃的，不過為了增加見識，本喵吃過兩小塊蘿蔔乾。那些吃起來口味奇特的東西，本喵大多吃得下去。挑三撿四的任性言詞，不是一個教師家的小貓應該掛在嘴邊的。

根據主人的說法，法國有一個叫巴爾扎克的小說家，那個男人相當奢華——當然，這不是指對飲食

講究，而是小說家對自己的文章特別講究。有一天，巴爾扎克想替小說中的人物命名，試過各式各樣的名字都不滿意。朋友跑來找他玩，他就跟朋友一起出去散步了。朋友是在不知情的狀況下被帶出去的，巴爾扎克走到街上什麼也不做，一古腦地觀察各家商店的看板，想要解決自己苦思良久的命名問題。結果他帶著朋友亂轉，還是沒找到自己喜歡的名字，朋友也一頭霧水地跟著他走，兩人從早到晚都在探索巴黎。就在他們快要回家時，巴爾扎克看到一家裁縫店的看板，看板上寫著馬卡斯三個大字。巴爾扎克拍手大喊：「就是這個啦，馬卡斯這名字真不錯，前面再加上一個Z就更棒了，一定要是Z才行啊。Z．馬卡斯太妙了，我以為自己思考的名字還不錯，事實上那些名字都太做作了，終於給我想出一個中意的名字了。」

他一個人高興得不得了，幾乎忘了朋友被他拖累。花一整天探索巴黎就為了替小說人物取名字，這也太費功夫了，做事情講究到這種地步，也令人肅然起敬了。奈何本喵的主人有如牡蠣，長期耳濡目染下來本喵也就缺乏這樣的氣概了。本喵什麼也不在意，有得吃就好，或許這也是自身的境遇使然吧。換句話說，現在本喵想吃年糕湯不是出於奢侈，而是要趁有機會的時候多吃一點，本喵想起廚房裡可能有主人吃剩的年糕湯，決定前去廚房一探究竟。

今天早上看到的年糕就黏在碗裡，顏色依然沒變。白色的麻糬本喵從來沒有吃過，看上去有點好吃，又有點噁心。本喵抬起前腳撥開上面的蔬菜，爪子還黏到年糕的表皮，聞起來有點像鍋裡的米飯被移到飯桶裡的氣味。本喵東張西望，猶豫著到底該不該吃，也不曉得該說是倒楣或幸運，四周剛好沒有人。幫傭頂著一張萬年不變的撲克臉在玩羽毛毽子，孩子們則在小客廳裡唱兒歌，想吃就要趁現在了。

不好好把握眼前的機會，本喵就要到明年才知道年糕是什麼滋味了。

頃刻間，本喵這一介小貓也頓悟真理了：「所有動物都不會放過罕見的良機，即便那不是他們特別想做的事情。」憑良心講，本喵不是真的很想吃年糕湯，正確來說，本喵注視碗底的時間越久就越倒胃口。萬一本喵聽到幫傭打開廚房的門，或是有小孩子的腳步聲逼近，本喵絕對毫不戀棧，到明年都不會再想起年糕湯。不料沒有人來到現場，本喵猶豫老半天也沒有人來，感覺像在催本喵快點吃下去似的。本喵俯視碗底，祈禱趕快有人跑來，結果依然沒有半點動靜。這下子本喵不得不吃了，本喵把身體的重心挪到碗裡，張口咬了一寸的年糕，本喵心想用這點力氣咬下去，大部分的食物都咬得斷才對，沒想到事與願違！本喵打算鬆開牙齒，卻怎麼也抽不回來，想要再咬一次又動彈不得。待本喵發現年糕的可怕之處時，已經太遲了。陷入沼澤的人亟欲脫困，反而會越陷越深，本喵也陷入了相同的困境，越是張口大咬就越動不了，年糕帶有嚼勁，但本喵怎麼咬都咬不斷。美學家迷亭先生曾說，主人是個不夠乾脆的人，那段話說得真貼切。這塊年糕也跟主人一樣不乾脆，本喵使盡吃奶的力氣也咬不開，就跟十除以三永遠除不完一樣。

惱火之際，本喵意外有了第二個感悟：「所有動物都能靠直覺判斷一件事情該不該做。」年糕怎麼甩也甩不走，本喵頓悟了兩大真理卻一點也不開心。牙齒陷進年糕裡，像被拔牙似的痛得要死。再不快點吃完走人，幫傭就要過來了。小孩的兒歌聲也停了，她們一定會跑來廚房。本喵情急之下狂轉尾巴、擺動耳朵，也不見有任何效果。冷靜下來想想就會發現，耳朵和尾巴跟年糕一點關係都沒有，本喵發現自己要笨以後才停下來。

終於，本喵想到借助前腳的力氣來撥掉年糕。首先本喵抬起右前腳抓抓嘴巴周圍，抓了幾下還是沒有弄斷年糕。這次本喵伸出左前腳對著嘴巴拚命畫圓，這種儀式也沒辦法驅除年糕妖怪。本喵深知耐心重要，交互運用左右前腳撥弄，牙齒還是黏在年糕裡拔不出來。本喵深感不耐，決定左右前腳合力施為，這時候神奇的事情發生了，本喵學會用後腳站立了，感覺自己不再是一隻小貓了。像不像貓咪都無所謂，事已至此顧不了那麼多了，本喵拚命往臉上亂抓，誓要甩開年糕妖怪不可。由於前腳劇烈擺動，本喵重心失衡差點跌倒，快要跌倒時又得用後腳調整重心，自然沒辦法停留在原地了。

本喵在廚房裡亂衝亂撞，除了佩服自己有辦法靈活站立，第三道真理也豁然開朗了：「大難臨頭會激發生物平時無法發揮的潛能，此乃老天庇佑。」承蒙老天庇佑的本喵正在力戰年糕妖怪，耳邊卻傳來了腳步聲，似乎有人從房裡走來了。本喵擔心人贓俱獲，便在廚房裡抓狂亂跑，隨著腳步聲越來越近，本喵也感嘆自己的庇佑越來越少。

好死不死被小孩子撞見了，她還大聲說：「唉呀，貓咪偷吃年糕湯，吃到在跳舞呢。」

第一個聞訊趕來的是幫傭，幫傭放下手中的毽子和拍板走進來，身穿絹織和服的夫人也落井下石：「真是一隻討厭的貓呢。」

連主人都跑出書房說：「這隻笨貓。」

在場就只有小孩子覺得很有趣，大家還一起嘲笑本喵，本喵又火大又難過，亂動的四肢也停不下來，真是夠了。好不容易笑聲快要停下來了，五歲的小女孩說：「媽媽，貓咪好笨喔。」訕笑聲再次排山倒海而來。本喵早知道人類缺乏同情心，但從來沒有這麼火大過。最後本喵失去老天庇佑，恢復成四

肢拄地的模樣，兩眼翻白還坐困愁城。

主人認為見死不救也怪可憐的，就命令幫傭：「好了，替牠取下年糕吧。」幫傭看著夫人，似乎想在多看本喵跳舞的糗樣，夫人默不作聲，她是想看本喵出糗，可也不希望逼死本喵取樂。

「再不取下來牠就要翹毛了，快點吧。」主人再次拜託幫傭，幫傭的表情就像做了一個美夢被吵醒一樣，滿臉不甘願地扯下年糕。本喵以為自己所有門牙都要斷了，差點就要變成寒月了，幫傭也不管本喵會不會痛，把深陷年糕的牙齒使勁拉出來，痛到本喵受不了。本喵體驗了第四道真理：「所有的安樂都要先經歷苦難。」待本喵脫困後張望四周，這一家人都進到小客廳裡了。

幹下這等糗事的時候，本喵不想在家裡跟幫傭大眼瞪小眼，怪不好意思的。本喵決定離開廚房，到二弦琴師傅家拜訪三花子，轉換一下心情。三花子是這一帶人盡皆知的美女，本喵雖是一隻小貓，可也懂得基本的風雅之情。平常在家看到主人的苦瓜臉，或是受幫傭一肚子鳥氣的時候，本喵都會去拜訪這位異性好友。跟牠聊天後心情就會不自覺變好，各種煩惱也都一掃而空，彷彿重獲新生一般，女性的影響力實在不容小覷。本喵從杉木圍籬的縫隙探頭張望，看看三花子在不在家。三花子在新年換了一個新項圈，姿態優美地坐在外廊邊上，背部的弧度有種說不出的美感，極盡曲線之美。牠的尾巴和四肢彎曲的模樣，乃至慵懶抖動的小耳朵都美得無法形容。尤其牠在日照充足的地方，優雅地享受溫暖，身體散發出端正肅穆的氣息，渾身柔順的皮毛更勝天鵝羽絨，閃耀著春季的光華，真有一種無風自動的神采。本喵一時看得出神，回過神來後揮揮前腳，低聲叫喚：「三花子小姐、三花子小姐。」

三花子離開外廊說：「唉呀，是老師你來啦。」紅色項圈上的鈴鐺發出輕脆的聲響，原來大過年的

還加了一個鈴鐺啊，音色真好聽。本喵兀自感佩，三花子走到一旁來說。

「老師，新年快樂。」三花子將尾巴甩向左邊，我們貓咪互相打招呼時，會先豎起尾巴再往左邊甩。鎮上會稱呼本喵老師的也只有三花子了，本喵之前也說過自己還沒有名字，只是本喵出身教師之家，三花子出於敬重才這麼稱呼本喵的。被稱為老師感覺還不賴，本喵也就欣然接受了。

「嗨，新年快樂，瞧你的裝飾挺漂亮的呢。」

「嗯嗯，這是去年歲末師傅買給我的呢，很棒對吧？」三花子搖搖鈴鐺。

「的確，聲音很好聽呢，本喵這輩子還沒看過那麼高級的玩意。」

「哪有，大家都掛著類似的東西啊。」三花子又搖搖鈴鐺。

「聲音很好聽噲，我好開心喔。」三花子搖鈴鐺搖個不停。

「看得出來你家主人很疼愛你呢。」本喵是顧影自憐，略表欣羨之情。

三花子天真地笑道：「是啊，師傅對我視如己出呢。」貓咪也是會笑的，人類以為自己是最會笑的生物，這可是大錯特錯。例如本喵笑的時候鼻孔會變三角形，並且抖動喉頭，所以人類才看不出來。

「你家主人到底是何方神聖啊？」

「主人這稱呼太奇怪了，是師傅喔，教二弦琴的師傅。」

「這本喵也知道，本喵問的是她的身分，想必她以前的身分很高貴對吧？」

「沒錯。」

植松苦等盼君歸…………

拉門裡傳來那位師傅的二弦琴曲調。

「很好聽吧？」三花子很自豪的口吻。

「是很好聽，但本喵不太懂音律，這是什麼曲子啊？」

「嗯？就是那個什麼嘛，師傅很喜歡的曲子。……師傅已經六十有二囉，身子很硬朗對吧。」能活到這把歲數，確實是挺硬朗的，本喵隨口應和一聲表示贊同。這回答聽起來不怎麼樣，但本喵也想不到更好的答覆了。

「師傅常常說，她以前的身分非常了不起喔。」

「是喔，你家師傅的身分是什麼啊？」

「聽說是天璋院大人[3]的秘書的妹妹的婆婆的姪子的女兒呢。」

「麻煩你再說一次。」

「就是天璋院大人的秘書的妹妹的婆婆……」

「好好，請稍等一下，你是說天璋院大人的妹妹的秘書……」

「不是喔，是天璋院大人的秘書的妹妹的……」

「沒問題，本喵知道了，反正跟天璋院大人有關就對了。」

「沒錯。」

3 天璋院，江戶時代後期至明治時期的人物，出身於薩摩藩島津家一門，被島津本家收為養女，為了嫁進德川家而成為近衛家的養女，後來成為江戶幕府第十三代將軍德川家定的御台所，即大河劇《篤姫》女主角。。

「跟那個秘書有關就對了。」

「答對了。」

「還嫁人了是吧？」

「是秘書的妹妹嫁人喔。」

「沒錯沒錯，本喵搞混了，是秘書的妹妹嫁人了。」

「然後師傅是那個妹妹的婆婆的姪子的女兒。」

「婆婆的姪子的女兒是吧。」

「嗯嗯，這樣你明白了嗎？」

「不好意思，關係太亂了，本喵聽不太懂。總之師傅跟天璋院有關係是吧？」

「你的理解力真不好呢，我剛才不是說了嗎，就是天璋院大人的秘書的妹妹的婆婆的姪女啊。」

「這段話本喵記得啦。」

「知道這層關係就夠啦。」

「是是是。」沒辦法，本喵只好投降了，有時候我們必須說一些中聽的謊話。

拉門裡的二弦琴聲停了下來，師傅大喊：「三花、三花，該吃飯囉。」

三花子很開心地說：「師傅在叫我了，我先回去囉，好嗎？」

說不好又能怎樣。「歡迎你改天再來玩。」

三花子搖著鈴鐺跑到庭園，沒一會又折回來關心我：「你的氣色不太好呢，發生什麼事了嗎？」

我又不敢說自己吃年糕吃到抓狂，就說：「也沒什麼啦，就想事情想到頭有點痛，我猜想跟你聊聊天就會好了，因此才跑來探望你。」

「這樣啊，那你要好好保重喔，再見囉。」三花子顯得有些依依不捨，本喵從年糕的挫折中振作了。

心情大好的本喵想走過茶園，就踩著半溶的冰霜來到建仁寺遺址，車夫家的黑仔同樣躺在枯菊上伸懶腰。近來本喵看到黑仔已經不會害怕了，但被牠纏上也挺麻煩的，本喵打算裝沒看到直接走過去。但黑仔的個性絕不容忍有人看輕牠，牠說：「喂，沒名沒姓的，你最近很神氣嘛，在教師家蹭飯吃的貓，別裝得趾高氣揚的，看到就有氣。」

黑仔還不知道本喵現在是名人了，本喵想說給牠聽，但量牠也聽不懂，本喵決定先打個招呼，找機會盡快離開現場。「唷，新年快樂啊，黑仔，瞧你還是健壯如昔呢。」本喵豎起尾巴朝左邊一甩，黑仔卻沒有豎起尾巴回禮。

「快樂個屁啊？區區正月就在快樂，那你一整年都在快樂是吧？給我招子放亮一點，你這胡吹大氣的傢伙。」胡吹大氣聽起來是罵人的話，本喵卻不懂是什麼意思。

「請教一下，胡吹大氣是什麼意思？」

「哼、被罵還向人請教問題，真夠蠢的，所以我才說你是新春楞頭青啦。」新春楞頭青感覺好有詩意喔，可這句話的意思比胡吹大氣更加難解了，本喵很想問個清楚以供參考，只是大概也得不到明確的答覆，就默默地站在黑仔面前，不知該如何是好。

黑仔家的大嬸突然大吼：「可惡，放在櫃子上的鮭魚不見了，又是黑仔那個畜生偷走的，真是隻該死的貓，等牠回來看我怎麼教訓牠。」大嬸的怒吼撼動著新春的悠閒氣息，更加糟蹋了眼前的昇平盛景，黑仔一臉無所謂的表情，彷彿要罵就隨她罵的態度。牠抬起方正的下巴，示意剛才的怒罵所為何來。本喵忙著應付黑仔，直到現在才發現牠腳下有一大塊沾滿泥巴的鮭魚骨頭。

「你還是寶刀未老啊。」本喵忘了先前不愉快的對話，忍不住表示讚賞，但還是沒有討到黑仔歡心。

「媽的，有什麼好厲害的。不過是偷到一、兩塊鮭魚罷了，什麼叫寶刀未老啊。別小看我，我可是車夫家的黑仔。」黑仔舉起右前腳抓了抓肩膀的地方，如同人類捲袖子挑釁的動作。

「本喵一開始就知道你是黑仔啊。」

「既然知道，什麼叫寶刀未老啊，你那句話是什麼意思？」黑仔的語氣越來越激動，如果我們是人類的話，本喵已經被牠揪住領子威脅了吧。本喵有些為難，心想這下事情難辦了，不料那個大嬸又開始嚷嚷了。

「西川老闆啊，西川老闆，我有事情交代啦。聽好囉，快拿一斤牛肉過來，知道嗎？要一斤嫩牛肉喔。」訂購牛肉的聲音劃破左鄰右舍的寧靜。

「哼，一年才吃一次牛肉就在那裡大呼小叫的。一斤牛肉也好意思跟鄰居炫耀，真不上道的臭婆娘。」黑仔嘲笑大嬸，順便用力撐起四肢，本喵在一旁靜觀，無言以對。

「一斤牛肉我還不放在眼裡，算了，等他們買來我再去享用一番。」黑仔講得好像那一斤牛肉是替

牠準備的一樣。

「這次是貨真價實的美食呢，很好啊。」本喵希望牠快點回去。

「關你屁事啊，閉嘴啦，煩死了。」黑仔猛然踢落碎裂的冰霜，飛至本喵的腦袋上。本喵一驚，趕緊撥掉身上的泥巴，黑仔趁機鑽進樹叢中不見蹤影了，想來是去打牛肉的主意了吧。本喵回到家中，客廳裡難得充滿新春氣息，主人的笑聲似乎也特別有活力。好奇的本喵爬上外廊走近主人，見到一位陌生的來客。客人梳著整齊的髮型，身穿棉製的花紋外套，外加一件和服的褲裙，一看就是很認真的文人墨客。主人用來暖手的火缽旁邊，擺著塗有紅漆的香菸盒，以及一張介紹函，大意是水島寒月介紹越智東風先生給主人認識。本喵從中得知來客的姓名，也察覺來客是寒月的朋友。本喵途中才聽到主客對談，對於前後原委不太清楚，總之他們在談論本喵先前提過的美學家迷亭。

「他說想到一個有趣的主意，請我務必同行呢。」客人以沉靜的語氣說。

「什麼啊，去西洋餐館吃午餐有什麼樂趣呢？」主人泡好一杯茶遞到客人面前。

「這就不清楚了，他說的有趣主意我當時也聽不太懂，但你也知道他的脾性，我猜想一定有什麼趣味的事情……」

「所以你就跟著去了是吧，我懂了。」

「結果真令我吃驚呢。」主人對此早有先見之明，動手拍拍本喵的腦袋，還滿痛的。

「反正他又胡鬧對吧？那傢伙就是有這壞習慣。」主人想起安德烈亞·德爾·薩爾托一事。

「是，他問我要不要吃點特別的東西。」

「你們吃了什麼啊？」

「我們先觀看菜單，討論料理的話題。」

「都還沒點菜啊？」

「是的。」

「然後呢？」

「然後，大師他歪著脖子望向服務生，說菜單上怎麼沒有特別的菜色，服務生不服氣地說鴨肉或牛小排很不錯。大師說他特地來到餐館，不想吃那些凡品，服務生聽不懂什麼是凡品，便一臉狐疑沒有答腔。」

「我想也是啊。」

「後來大師對我說，到法國或英國都吃得到天明調和萬葉調[4]，偏偏日本的西餐廳千篇一律，引不起他的興趣。聽他話說得那麼滿，請問他真的留洋過嗎？」

「迷亭他怎麼可能去西洋啊，當然他有錢有閒，想去隨時都能去，他大概是把留洋的念頭，當成已經體驗過的事情拿來開玩笑吧。」主人自以為說得很逗趣，還露出一個尋求認同的笑容，客人倒是沒有特別感佩。

「是嗎，我以為他以前真的去過，還認真聽他說呢。而且他形容蛞蝓和青蛙料理，講得一副親眼所

4天明調與萬葉調都是日本的一種藝術風格，並非菜名。

見的模樣。」

「那是他聽別人說的吧，他是個很擅長說謊的人。」

「確實是這樣沒錯呢。」客人眺望水仙花，神色顯得有些遺憾。

「你所說的有趣的主意，就是指這件事嗎？」主人想確認宗旨。

「不，這還只是開頭呢，接下來才是正題。」

「喔喔。」主人報以好奇的回應。

「接著大師跟我商量，他說想吃蛞蝓和青蛙也吃不到，不然來個橡面坊[5]好了，我也不假思索地答應了。」

「橡面坊，真是奇怪的食物啊。」

「是很奇怪，大師他的語氣實在太認真了，我也就沒有考慮太多。」客人像在為自己的粗心道歉。

「再往下說啊？」主人也不以為意，只想知道後續的發展，對客人的道歉沒有表達同情。

「後來大師對服務生說，弄兩人份的橡面坊來，服務生以為是牛肉丸子，畢竟兩者的洋文讀音很接近。大師板起面孔更正，他要的是橡面坊沒錯。」

「我懂了，那麼真有橡面坊那樣的料理嗎？」

「不知道，我也有些納悶，但大師表現得泰然自若，又號稱是個西洋通，我對他的留洋經驗也不疑

5橡面坊指的是安藤橡面坊（1869-1914），本名是安藤錬三郎，是日本派俳人之一。

有他，就一起吵著要吃橡面坊了。」

「服務生怎麼說？」

「服務生啊，現在想想滿滑稽的，他先思考了一下，很抱歉地說今天沒有橡面坊，只有提供牛肉丸而已。大師非常遺憾的樣子，還說今天白跑一趟了，他給了服務生兩角硬幣，請服務生務必想方設法準備橡面坊。服務生說要先和廚師商量，說完就跑到內場了。」

「他這麼想吃橡面坊啊。」

「過了一會，服務生跑出來道歉，說調理準備要花上不少時間。迷亭大師老神在在地回答，反正我們新年沒事幹，稍待片刻也無妨，說到一半還從口袋裡拿出香菸抽。大師都開口了，我也只好拿出懷裡的日本新聞報閱讀，服務生見狀又跑去和廚師商量了。」

「也太費功夫了吧。」主人探出身子，關心的程度不下於聆聽戰報。

「服務生再一次跑出來，非常過意不去地表示，最近橡面坊的材料用完了，到進口商或橫濱的食材行都調不到貨，這陣子怕是吃不到了。大師說自己特地前來，吃不到未免太可惜了，然後轉頭望向我。我也沒辦法保持沉默，就配合大師用遺憾至極的語氣來表達不滿。」

「做得好。」主人表示贊同，本喵真不懂哪裡好了。

「服務生也感到抱歉，就說改天進貨了再請二位大駕光臨。大師又問那道菜的材料是什麼，服務生只顧傻笑卻說不出來。大師說，材料應該是日本派的俳句詩人吧，服務生還點頭稱是，說什麼最近跑到橫濱都買不到，實在非常抱歉云云。」

「哈哈哈哈，這才是迷亭真正的用意吧，有意思。」主人難得縱聲大笑，絲毫不顧本喵差點跌下他的大腿，得知被迷亭騙的不只自己一個，讓他感到很欣慰吧。

「最後我們走出餐廳，大師很得意地說，他的點子成功了，用橡面坊騙人真有意思。我表示佩服以後，就跟大師分道揚鑣了，老實說拖到很晚都還沒有吃午餐，我肚子都快餓壞了。」

「也難為你了。」主人總算表達同情之意了，對此本喵也深表贊同。他們的對話到此暫告一段落，徒留本喵鼓動喉頭的聲響。

東風拿起冷掉的茶水一飲而盡，對主人說：「實不相瞞，在下今天前來是有事相求的。」

「是嗎，說來聽聽。」主人也不推辭。

「如您所知，我很喜歡文學美術……」

「不錯啊。」主人鼓勵東風。

「我們幾個同道中人近來聚在一起舉辦朗讀會，今後也打算每個月召開一次研討，第一次朗讀會已經在去年年底召開了。」

「容我請教一下，聽起來你們的朗讀會，是配合節奏朗讀詩歌文章是吧，實際上是怎麼進行的？」

「我們一開始先朗讀古人的作品，未來打算自行創作。」

「古人的作品，是指白樂天的琵琶行那一類的作品囉？」

「不是的。」「那麼是蕪村的春風馬堤曲囉？」

「也不是。」

「那你們朗讀什麼？」

「最近主要是近松的殉情作品。」

「近松？你是說淨琉璃的近松？」近松也沒有別人了，說到近松當然是指戲曲家近松。主人還反覆確認未免太無知了，主人完全沒察覺到本喵的不屑，還輕柔地摸摸本喵腦袋。這世上都有人把嘴歪眼斜當成眉目傳情，像這樣的謬誤也就不足為奇了，因此本喵還是乖乖地給主人摸摸頭。

「是的。」東風觀察主人的臉色。

「那你們是一人朗讀，還是有分配角色職掌啊？」

「有分配角色職掌對練，主要用意是揣摩作品中的人物，徹底發揮人物的性格，並且加上手勢和肢體動作。口白也盡量模仿那個時代的口語，無論是大小姐或學徒，都要模仿得維妙維肖才行。」

「這就跟演戲差不多嘛。」

「是的，就只差沒有戲服和佈景了。」

「我再冒昧請教一下，你們的練習順利嗎？」

「這個嘛，以初次練習來說還滿順利的。」

「然後你說，之前演的是殉情故事是吧？」

「呃，就是船家載著客人前往吉原的橋段。」

「演那一幕不容易吧。」主人畢竟是個教師，對演出內容頗有疑慮，鼻孔裡噴出的煙霧掠過耳畔，飄往雙頰後方。

「也還好，沒什麼辛苦的，登場人物也就船家、客人、紅牌、小妹、老鴇、龜公而已。」東風也真不當一回事。

主人聽到紅牌一詞稍微皺起眉頭，看來他對小妹、老鴇、龜公這些術語不甚瞭解，因此他先問道：

「小妹是指娼館的婢女嗎？」

「我們也還沒有深入研究，小妹應該是茶室的女侍，老鴇則是娼館的幫手吧。」東風剛才說演出力求維妙維肖，但他根本不懂小妹和老鴇是幹嘛的。

「懂了，小妹是茶室的人，老鴇是居住在娼館的人吧。那麼龜公是指人物，還是特定的場所？若是人物，是男人還是女人？」

「我想應該是男人。」

「龜公是幹什麼的呢？」

「這我就沒詳細調查了，改天再考究考究吧。」本喵抬頭仰望主人，就憑他們這點理解力，演出來的東西一定不像話吧？沒想到主人還挺認真聆聽的。

「除了你之外，朗讀的人還有誰？」

「與會者不少呢，紅牌是由法學士K扮演的，一個長著鬍子的男人，說出女人嬌豔的台詞還滿怪的。何況，紅牌有胸悶的毛病……」

「朗讀還得扮演胸悶啊？」主人擔心地反問。

「是的，尤其表情特別重要。」東風仍然以文藝家自居。

「那有好好演出胸悶發作嗎？」主人問了一個很妙的問題。

「第一回演練，唯獨胸悶演得不太好啊。」東風也給了一個很妙的回答。「對了，你扮演的角色是什麼？」

主人又問東風。「我是演船家的。」

「是喔，你是演船家的啊。」主人的言外之意是，你都能演船家了，我演個龜公也沒問題吧。之後主人直接表明自己的疑問：「你船家演得不好吧？」

東風也不生氣，他同樣以沉靜的口吻說：「就是我演的船家，把那一場難得的盛會搞得虎頭蛇尾。其實呢，會場旁邊有四、五個女學生下榻，也不知道她們從哪聽來那一天有朗讀會，還找到窗外來旁聽。我裝出船家的演技朗讀，好不容易進入狀況，我還自詡演得不錯……可能是我的動作太誇張了吧，那幾個女學生再也忍不住，所有人一起哈哈大笑。我既驚訝又尷尬，整場戲就被打斷了，後來我們也演不下去，就直接散會了。」號稱成功的第一次朗讀會是這種鳥樣，那不曉得失敗會是什麼下場？本喵一想到這裡就情不自禁地偷笑，主人也開始用溫柔的動作摸摸本喵腦袋。嘲笑別人還能受寵固然挺不賴的，但也多少有些心虛就是了。

「辛苦你們了。」主人大過年的就被迫致哀了。

「第二次開始，我們要努力辦一場更盛大的朗讀會，今天前來拜訪也是為了這件事情，望先生加入我們略盡棉力。」

「我可不會裝胸悶喔。」凡事消極的主人馬上拒絕了。

「不必不必，您不必裝胸悶沒關係，我手中有一份贊助者的名冊。」說著，東風從紫色的包袱裡小心取出一本小菊紙的冊子，放到主人的膝頭前。

「請在上面簽名用印就行了。」仔細一看，上面有當今知名的文學博士和文人的聯署。

「要我贊助也不是不行，有什麼義務嗎？」牡蠣大師似乎有所顧忌。

「也沒有什麼義務，就簽個名表示贊同之意就夠了。」

「那我這就簽。」一聽說沒有義務，主人立刻爽快答應，他的表情就像在說，只要不用負連帶責任，要他簽下叛國盟約都沒問題。再者，能和這些知名學者並列聯名，這對無緣享受此等殊榮的主人來說，也算得上無比光榮了，會爽快答應也無可厚非。「容我失陪片刻。」主人前往書房取印，本喵也被抖落榻榻米上了，東風拿起盤子的一塊蛋糕吞進嘴裡，久吞不下顯得有點痛苦。本喵想起今天早上的年糕湯事件，主人拿著印章回來時，東風正好把蛋糕吞進肚子裡，主人並沒有發現蛋糕少了一塊，要不然他一定懷疑是本喵偷吃。

東風回去以後，主人一進書房就發現桌上多了迷亭寄來的信。

恭賀新年恭喜……

主人狐疑，迷亭怎會寫出如此嚴肅的信來。迷亭幾乎沒寫過正經的東西，不久前他寫給主人的信上還說：「其後既沒心儀女子，也沒收到任何情書，終日無所事事，安於修身養性。」相形之下，這封新年賀狀算是罕有的普通。

小弟本想前往拜訪，但小弟與兄台消極的處世態度相反，欲以積極的態度迎接這前所未有的新年，

因此每天都過得忙碌不堪，還望兄台見諒……

主人暗自同意，反正迷亭那傢伙新年一定是忙著到處玩樂的。

昨天偷得半刻之閒，小弟遂邀東風一同享用橡面坊，無奈食材已然用盡，實屬遺憾之至……

主人默默微笑，心想迷亭又恢復本性了。

明天要參加某男爵的歌牌大會，後天是餐廳審美學協會的新年宴會，大後天要參加鳥部教授的歡迎會，大大後天……

主人嫌煩直接跳過。

前述的謠曲會、俳句會、短歌會、新體詩會連袂而至，小弟無會不與，也就只好寫信向兄台拜年了，懇請寬恕……

主人對著信件自言自語，迷亭甭來也沒關係。

改天兄台光臨寒舍，我倆不妨共享久違的晚餐會吧。寒廚雖準備不出什麼山珍海味，至少也要請兄台吃上橡面坊啊，小弟殷切企盼那一天的到來……

主人不太開心，迷亭又想拿橡面坊唬人，真沒禮貌。

可惜近期材料短缺，何時能吃到也說不準，因此我打算準備孔雀舌招待兄台……

看到迷亭避重就輕，主人又有心思讀下去了。

如兄台所知，一隻孔雀的舌肉分量尚不足小指頭的一半，怕是難以滿足食慾旺盛的兄台啊……

主人直言迷亭胡說八道，並沒有放在心上。

小弟非得捕獲二、三十隻孔雀不可，然孔雀只見於動物園和淺草花屋敷樂園，一般的禽類專賣店一隻也沒有，小弟可是煞費苦心……

主人絲毫沒有感謝之意，他認為迷亭是在自討沒趣罷了。

相傳在羅馬的全盛時期，孔雀舌料理十分盛行，可謂極盡奢華之能事，小弟一直想要品嚐品嚐，還望兄台體諒……

主人冷淡地說，有啥好體諒的啊，蠢材。

十六、十七世紀左右，孔雀也是風行全歐洲的宴會必備料理。小弟記得，雷斯塔伯爵在凱尼爾沃思招待伊莉莎白女王之時，也有準備孔雀料理。享譽盛名的林布蘭在宴會的畫作之中，也有描繪一隻開屏的孔雀擺在餐桌上……

主人抱怨，迷亭有時間掉書袋，想來也不怎麼忙碌嘛。

總之，要是再繼續暴飲暴食下去，小弟在不久的將來，大概也會像兄台一樣罹患胃疾了……

主人說，那句像兄台一樣是多餘的，幹嘛拿別人來當胃腸虛弱的指標啊？

根據史學家的說法，羅馬人每天會舉辦兩、三次宴會。胃腸健康的人天天大吃大喝，必然會像兄台一樣消化機能不良……

主人罵迷亭沒禮貌，又拿他來開玩笑。

於是羅馬人戮力鑽研，該如何兼顧健康與享樂。他們深感在享用大量美食的同時，也得保持胃腸健康才行，所以想出了一個秘訣……

主人突然感興趣了。

羅馬人在飯後一定會入浴，入浴後再用某種方法，催吐之前吃下的食物來清空胃腸，待胃腸清空後又能享用山珍海味，然後反覆入浴和催吐。如此一來既可盡情享用美食，又不至於影響內臟之機能，小弟以為此乃一舉兩得之良方……

主人滿臉欣羡，確信那真是一舉兩得沒錯。

二十世紀的今天交流發達，宴會增加自是不在話下，適逢軍國多事之秋，又是日俄戰爭第二年，小弟相信我等戰勝國的人民，理當效法羅馬人鑽研入浴催吐之術。否則將來我等擠身一流大國之列，人民皆像兄台一樣罹患胃病，豈不令人痛心……

主人尋思，迷亭又在損他，真是令人火大的傢伙。

此番我等通曉西洋典故之人，考究各種古史傳說，將此失傳之秘術宏揚於明治社會，實有防患疾病於未然之功德。這樣平日貪圖逸樂的小弟，也算知恩報國了……

主人歪著脖子，感覺讀起來怪怪的。

這陣子小弟涉獵吉朋、蒙梭、史密斯等史學家的著作，卻未能尋得一丁半點的蛛絲馬跡，誠乃遺憾之至。然兄台也知道，小弟要做的事情絕不半途而廢，相信不久的將來必能再興催吐之風。如有任何發現，小弟定當通知兄台，屆時再請兄台享用方才提到的橡面坊和孔雀舌，如此對小弟和胃腸虛弱的兄台都有好處，謹此。

主人終於發現自己又被騙了，迷亭寫得煞有其事，吸引他認真看下去。主人笑著說，大過年的就急

著開玩笑，迷亭應該很閒吧。

接下來的四、五天也沒什麼事情，白瓷內的水仙日漸凋零，瓶中的青梗梅花含苞待放。整天看這些花卉也怪無聊的，本喵去三花子家拜訪過一、兩次，遺憾的是都沒有見到牠。起初本喵以為牠不在家，第二次去才知道牠臥病不起。本喵躲在水缽旁的一葉蘭中，偷聽二弦琴師傅跟女傭在拉門中對談。

「三花吃飯了嗎？」

「沒有，從今天早上到現在都沒吃東西呢，我讓牠躺在溫暖的被爐中休息。」這待遇直逼人類了，簡直不像在對待一隻貓咪。

本喵反思自己的際遇，在羨慕之餘又慶幸自己心愛的貓咪受到無微不至的照料。

「這可怎麼辦呢，不吃東西身體會越來越虛弱的。」

「是啊，我們這些當傭人的一天沒吃飯，隔天幹活也沒力氣呢。」

女傭講得好像貓咪比自己高貴一樣，事實上這戶人家的貓咪是比女傭重要沒錯。

「有帶牠去看醫生了嗎？」

「有啊，那醫生也真是個怪人。我帶著三花進去診療室，醫生問我是不是感冒了，還要替我把脈呢。我就說啊，病人是我腿上的這隻貓咪，不是我。醫生卻嘻皮笑臉地說，他不會看貓咪的疾病，反正放著不管自然就會痊癒了，這不是太過分了嗎？我一火大就跟他說不看了，我們家貓咪可是很寶貝的，說完我就把三花揣在懷裡離開了。」

「真是過分呢。」

如此秀氣的說話方式，在本喵家中是絕對聽不到的。果然只有天璋院大人的某某親戚才會這樣講話，那位師傅確實是個儒雅之人。

「看牠好像在咳嗽呢……」

「是啊，可能是感冒喉嚨痛吧，任何人感冒都免不了咳嗽的……」

真不愧是天璋院的某某親戚的女傭，遣詞用字也是溫文有禮。

「聽說最近肺癆橫行呢。」

「的確，近來出現了一大堆新疾病，什麼肺癆和黑死病的，一點也大意不得啊。」

「過去幕府時代沒見過的疾病，都是嚴重的疾病居多，你也要小心保重才行喔。」

「是，我會保重的。」

女傭非常感動。

「是說三花怎麼會感冒呢，牠很少往外跑啊……」

「這您就有所不知了，最近三花交到壞朋友囉。」

女傭的語氣很得意，彷彿在談論什麼國家機密似的。

「壞朋友？」

「沒錯，就是大馬路上那個教師家的骯髒小公貓啦。」

「你說的教師，就是那個每天早上喧鬧的人嗎？」

「是的，正是那個盥洗聲活像鵝被掐死的傢伙。」

活像鵝被掐死，這形容滿貼切的。本喵主人有一個壞習慣，每天早上在浴室漱口時，都會用牙刷搗弄喉嚨，大剌剌地發出怪聲音，他心情不好的時候聲音會更響，心情好的時候也會弄得特別賣力。換句話說呢，他不管心情好壞都很吵，夫人說他在搬來這裡以前並沒有這種壞習慣，直到有一天忽然發作，就持續至今了。這是一個頗為惱人的壞習慣，為什麼主人會持之以恆幹下去，這就超出我們貓咪的想像範圍了，目前也不是很重要。她們說本喵是一隻骯髒的小公貓，這評價也太過分了吧，本喵得豎起耳朵聽個仔細。

「發出那種聲音也不知是哪門子古怪儀式，明治維新以前，就連下級武士和侍從都有各自的禮法，在武門世家的城鎮上也沒人那樣子盥洗的。」

「您說的太有道理了。」

女傭感同身受，用語也格外秀氣。

「有那種主人的貓啊，也不會是什麼好貓，下次牠敢來這，記得略施小懲。」

「那當然，三花會生病肯定是牠害的，我包準替三花報仇。」

本喵蒙受了不白之冤啊，照這情形也見不到三花子了，本喵乖乖打道回府。

回到家發現主人在書房裡提筆沈吟，如果本喵把二弦琴師傅說的話據實以告，主人會氣到抓狂吧。俗話說無知是幸福的，無知才能當一個沈吟的神聖詩人啊。

迷亭說自己沒空拜年，僅以信件問候，這會卻突然跑來了，他對主人說：「你是在寫新體詩嗎？有趣的話拿來給我瞧瞧吧。」

「嗯，是滿有趣的文章，我正試著翻譯呢。」主人總算開金口了。

「文章？誰的文章啊？」

「我也不知道誰的。」

「無名之輩寫的文章嗎？有些無名之輩的文章寫得極好，不容小覷，你是在哪裡看到的？」迷亭詢問主人。

「英語教科書。」主人神態自若地回答。

「英語教科書？英語教科書又怎麼了？」

「我翻譯的好文章，出自英語教科書啦。」

「你開我玩笑嗎，你怪我用孔雀舌的料理騙你，想要報仇是吧？」

「我才不像你那麼愛吹牛。」主人捻著鬍鬚，神色淡定。

「古有一人請教山陽先生[6]，希望山陽先生推薦好文章，不料山陽先生拿著馬夫寫的討債文說，此乃近來最棒的文章了。有鑑於此，說不定你的審美觀是正確的。快點念來聽聽，我好批評一番。」迷亭講得好像自己真有獨到審美觀一樣。

主人用一種禪宗和尚朗讀大燈國師遺訓的語氣說：「巨人，引力。」

「巨人引力？什麼東西啊？」

---

6 賴山陽（1781-1832），江戶時代後期歷史家、思想家、漢詩人、文人。

「題目名稱是巨人引力啦。」

「真奇怪的題目名稱，我搞不懂是什麼意思耶。」

「是指名為引力的巨人吧。」

「我是覺得太牽強啦，但既然是題目也就不計較太多了。你快點往下念啊，你的聲音很不錯，聽起來挺有趣的。」

「你可別在旁邊插科打諢喔。」主人叮嚀完後開始朗讀：

「凱特眺望窗外，看著小朋友在扔球玩。他們把球拋到半空中，球不斷往上升，過一會掉落地面。小朋友再次扔球，扔了三次都掉到地上。凱特不解，為什麼球會掉到地上，沒有一直往上飄呢？母親回答：『因為地底住了一個巨人啊。他叫巨人引力，力大無窮，他把所有東西都往自己身邊拉，房子要是沒有被他拉住，就會飛到天上去了，小孩子也一樣。你看到樹葉掉落了對吧？那也是巨人引力拉動的。你曾經不小心弄掉書本對吧？書本會掉落也是巨人拉動的。球一飛到空中，巨人就拉動那些球，球被拉動就會掉下來了。』」

「這就沒了？」

「嗯嗯，很棒對吧？」

「呃、在下佩服，想不到會以如此誇張的方式收到橡面坊的回禮。」

「這不是回禮啦，而是真的寫得好我才翻譯的，你不覺得這篇文章很棒嗎？」主人凝視著金邊眼鏡下的雙眸。

「你竟有這樣的實力，我可大吃一驚啊，這次完全被你擺了一道，投降投降。」迷亭兀自心領神會，主人卻不懂他在胡說什麼。

「我不是在逗你，只是有感文章不錯，才著手進行翻譯罷了。」

「嗯，太有趣了，就是要這樣才叫真本事對吧？了不起，佩服。」

「也不用這麼佩服啦，近來我放棄了水彩畫，就想寫寫文章聊以慰藉嘛。」

「這可不是沒有遠近和色彩差異的水彩畫比得上的，小弟由衷感佩啊。」

「承蒙你大力稱讚，我也特別有幹勁啊。」主人終究誤會了迷亭的意思。

碰巧寒月也來了，他進門時順便表達上次叨擾的歉意。

「唉呀，失敬失敬，我正忙著欣賞奇文，來破除陰魂不散的橡面坊呢。」迷亭說了一句莫名其妙的鬼話。

「喔喔，是這樣啊。」寒月也打了一個莫名其妙的招呼。

在場只有主人一本正經。「前幾天你介紹的越智東風來過了。」

「啊啊、他來過啦。那個叫越智東風的男子為人正直，就是個性有點奇怪，我還擔心他給您添麻煩呢，但他無論如何都想認識您……」

「也沒有麻煩啊……」

「那他前來拜訪，有談到自己的姓名嗎？」

「沒有，我們沒談到姓名。」

「是嗎，他不管走到哪，都習慣跟初次見面的人解釋自己的姓名。」

「解釋什麼啊？」期待有趣話題的迷亭，打岔提了一個問題。

「他很介意別人把東風誤認為冬風。」

「原來啊。」迷亭從皮製的菸草袋裡捏出菸草。

「他總跟別人說，自己的名字是越智東風，不是越智冬風。」

「真是怪哉。」迷亭開始吞雲吐霧。

「他這習慣是出自對文學的熱忱，而且還喜歡扯到自己姓名的典故或平仄，所以他常抱怨別人念錯他的名字，等於是在糟蹋他苦苦命名的心思。」

「原來如此，確實是怪人沒錯。」迷亭也不客氣，直接從鼻孔噴出煙，過程中煙霧嗆到喉嚨，迷亭握著菸管不停咳嗽。

「上次他來的時候，說自己在朗讀會扮演船家，被女學生訕笑呢。」

主人笑著說道。「對對，我也有印象。」迷亭用菸管敲打自己膝頭，本喵怕被星火波及，趕緊跑到一旁去。

「之前我請他吃橡面坊，他也有提到朗讀會的話題，聽說再來要招待知名的文人雅士，辦一場盛大的朗讀會，還請我務必出席。我問他是不是又要演近松的殉情故事，他說這次要演新生代撰寫的《金色

夜叉》[7]，我請教他演什麼角色，他表示自己扮演的是阿宮小姐。東風演的阿宮應該很有趣吧，我一定要到場喝采才行。」

「是很有趣吧。」寒月露出了一個微妙的笑容。

「那個人性情耿直又不輕薄，滿討人喜歡的啊，跟迷亭差多了呢。」主人被迷亭騙了三次，藉這機會一次討回。

迷亭也不在意，笑著說：「反正我就是個二愣子嘛。」

「說的沒錯。」主人也附和。實際上主人不明白何為二愣子，但他從長年的教師生涯中，練就了一身模糊焦點的本事，這種時候他會把教職經驗活用到社交上。

「請問一下二愣子是什麼意思啊？」寒月直率發問。

主人看著地板說：「那株水仙是我在歲末時，泡完澡順道買回來的，居然還沒有凋謝呢。」主人強行壓下二愣子的話題。

「說到歲末，我也有一個不可思議的體驗呢。」迷亭用指尖轉動菸管，活像在耍特技似的。

「什麼體驗啊，說來聽聽。」二愣子被拋在腦後，主人鬆了一口氣，迷亭不可思議的體驗大致如下。

「我記得是十二月二十七日吧，那個東風事先知會我，說是想來我家拜訪，請教一些文藝上的見

7《金色夜叉》是明治時代日本作家尾崎紅葉的代表作品。

解，因此我一大早就在等他，奇怪的是他一直沒有來。吃完午餐後，我在暖爐前面閱讀巴瑞・潘恩的幽默讀物，收到靜岡的母親寄來的信。老人家嘛，總是把我當成小孩子，一會說什麼冬天不要在晚上外出，一會又說什麼洗冷水澡沒關係，但要記得開暖爐保持室內溫暖，不然會感冒。父母的貼心叮嚀，我等子女豈有不感恩的道理？其他人可不會這麼關心我們啊。因此生性豁達的我，當時也特別感動。於是我心想，繼續庸庸碌碌地過日子太可惜了，我應該撰寫巨著光宗耀祖，趁母親還在世的時候，讓世人知道明治文壇有我迷亭大師這號人物啊。我接著往下看信，母親罵我身在福中不知福。自從日俄戰爭打響以來，年輕人無不辛苦為國奉獻，而我卻在歲末縱情玩樂，猶如在歡度新年——我得先聲明一下，我沒有母親說的這麼貪玩喔——信上還列出了我小學時代的朋友，在戰爭中傷亡的名單，我讀著那些名字，越覺得世間索然無味、人類渺小無知。

「最後母親還說自己來日無多，往後怕是沒機會吃年糕湯慶祝新年了……看她寫得那麼悲情，我的心情也就更沉重了，真巴不得東風快點上門，奇怪的是我一直等不到他來。吃完晚飯我回信給母親，草草寫了十二、三行，母親的信將近有兩公尺，我可沒有那等文采，平常也都是寫個十行交差了事。一整天都坐著沒動，我覺得胃腸不太舒服，就決定外出寄信順便散步，東風來就讓他乾等好了。我無意間走到土堤三番町，沒像平常一樣前往富士見町，當天晚上天候微陰，河道吹來的風極為冷冽，火車響起汽笛聲，從神樂坂的方向開過土堤的下方，給人一種很寂寥的印象。日落西山、戰死、衰老、諸行無常等念頭在我腦中盤旋，我想那些上吊的人，大概就是在這種情況下受影響才一心尋死吧。正巧我抬頭仰望土堤，發覺自己不經意來到那棵松樹下了。」

「什麼松樹啊？」主人打斷迷亭。

「就是吊頸松啊。」迷亭拉住領口，做上吊姿勢。

「吊頸松不是在鴻之台嗎？」寒月也打開了這個話匣子。

「你說的是吊鐘松，土堤三番町的是吊頸松。相傳啊，來到這棵松樹下的人都會尋死，吊頸松的稱呼也就由此而來。土堤上有幾十棵松樹，但凡有上吊自殺的人，一定是吊在那棵松樹上，每年都有兩、三個犧牲者，其他松樹就是沒有死過人。我定睛一看，那棵松樹的枝頭剛好長到路面上，枝繁葉茂的相當氣派，空蕩蕩的未免太可惜了。我很想見識有人上吊的景象，便左顧右盼看看有沒有人來，偏偏一個人影也沒有。不得已，乾脆我自己來好了，可我轉念又想，不行不行，自己來就沒命了，太危險了。可是，據說古代的希臘人會在宴會上表演上吊助興，表演方法是一人踏上椅子套住繩圈，另一個人起腳踹開椅子，被吊住的人要趕快掙脫繩圈脫逃。倘若這則軼聞屬實，那上吊也沒什麼好怕的，我試看看又何妨呢？我伸手抓住樹枝，樹枝極富韌性，那彎曲的弧度太漂亮了，我想像自己吊在上面的景象，開心得無法自拔。就在我準備上吊時忽然想到，萬一東風等不到我豈不是太可憐了嗎？還是先按照約定和東風見面詳談，之後再來上吊也不遲，結果我就回家了。」

「故事就到此結束了嗎？」主人問道。

「真有趣的故事呢。」寒月笑嘻嘻地說道。

「回到家東風依舊沒來，但他留了一封信，說自己今日不克前來，改日再登門拜訪。看到東風的消息，我也就放心了；我開心地琢磨著，這下可以心無旁騖地上吊了。我連忙穿起木屐，趕回那一棵吊頸

松下……」語畢，迷亭看著主人和寒月的臉龐。

「怎麼了，快說啊？」主人急著想知道下文。

「故事漸入佳境了呢。」寒月把玩著外套上的繫繩。

「不料已經有人吊在樹下了，我替他感到惋惜，只差一步雙方的命運就大不相同了。現在回想起來，我那時候是被死神迷惑了吧，依照美國心理學家詹姆士的說法，或許是某種因果法則，讓潛意識中的幽冥和我存在的現實世界產生共鳴，真是太不可思議了對吧。」迷亭裝模作樣地下了結論。

主人默默地嚼著紅豆餡餅，心想自己又被迷亭騙了。

寒月低頭竊笑，細心翻攪著火盆裡的灰燼。不久，他以沉靜的語氣開口說：

「原來如此，確實是很不可思議的體驗，令人難以置信呢。然而我自己最近有相似的經歷，也就不怎麼懷疑了。」

「唉呀，你也想上吊啊？」

「不，我不是想上吊。那件事同樣發生在去年歲末，而且跟您發生的日期時間都一樣，更加讓人感到匪夷所思呢。」

「這可有趣了。」迷亭也吃著紅豆餡餅。

「那一天，向島地區的好友家中舉辦忘年會和演奏會，我也帶著小提琴赴宴了。十五、六位大家閨秀和貴婦齊聚一堂，實乃難得的盛會，過程也一帆風順，稱得上是近年來罕有的幸事。晚餐和合奏會結束後，大家談天說地，時間也拖到很晚了，我正打算先行告退，某博士的夫人跑來問我，知不知道

○○子生病了？其實我在兩、三天前見過那女孩，她看上去康健如昔，並沒有身體欠安的模樣。我難掩訝異，向夫人請教詳細經過，聽說那女孩見到我的當晚就開始發高燒，不斷說出各種譫語。如果只是這樣倒還好，但她的口中還不時冒出我的名字。」

主人和迷亭嚴肅地聆聽，並沒有發表什麼司空見慣的評語。

「醫生也看不出她生了什麼病，只知高燒侵襲著大腦，要是退燒藥不管用，可能就有生命危險了。我一聽到這消息就有不好的預感，彷彿做惡夢時的沉悶感受，周圍的空氣似乎化為凝重的物體擠壓著我。回程的路上，這件事在我心中揮之不去，那個漂亮又開朗的○○子竟然會……」

「容我打個岔，你剛才說了兩遍○○子，不介意的話，可否告知真實姓名啊？」迷亭轉頭尋求主人認同，主人也心不在焉地附和了。

「不好吧，這會給當事人添麻煩的，請容我姑隱其名。」

「你是想用隱諱曖昧的方式說故事就對了？」

「您可別見笑，這是很嚴肅的故事喔……總之我一想到那位小姐身患重病，內心充滿了紅顏薄命的感懷，渾身的活力像是同時罷工了一樣，情緒也就更加消沉。我步履蹣跚地走到吾妻橋上，靠在欄杆往下看，也分不清底下是漲潮或退潮，只見一灘黑水餘波盪漾。

「一台人力車從花川戶穿過吾妻橋，我看著車上的燈籠漸行漸遠，消失在札幌啤酒的廣告牌一帶。我再次低頭俯視水面，卻聽到遙遠的上游處有人在呼喚我，這個時間不可能有人找我啊，我凝神細看水面一探究竟，無奈夜色太黑什麼也看不到。我猜是自己聽錯了，才剛踏出一、兩步要回家，又聽到遠方

有細微的聲音在呼喚我。我停下腳步張大耳朵，當我第三次聽到聲音時，已經抓住欄杆撐起自己發抖的雙腿了。那聲音像是遠方傳來的，又像是河底冒出來的，但無疑是○○子的聲音，我不禁回應了對方的呼喚。音量響徹靜謐的水面，我被自己的聲音嚇到了，我猛然一驚環顧四周，別說沒有一條人影或小狗，就連月光也看不到。當時我落入『黑暗』之中，心中泛起想要尋找那呼喚聲的衝動。○○子如泣如訴的聲音，猶如向我求救，撼動著我的耳膜。我自言自語地說，我馬上就過去你那裡，說完從欄杆上探出半個身子，眺望底下的黑水。感覺呼喚我的聲音像是勉強從水流底下傳上來的，我心想○○子在水底下，就爬到欄杆上，等下次呼喚聲響起就要往下跳。凝視水流好一會，那可愛的聲音又像一縷輕煙浮上水面，我看準方向奮力一躍，如同一顆小石頭，毫無留戀地往下跳了。」

「你真的跳啦？」主人訝異地眨眨眼。

「這我還真沒料到呢。」迷亭也抓抓自己的鼻頭。

「我跳下去以後就暈過去了，好一段時間不省人事。等我再次張開眼睛時，身上是有寒意沒錯，但衣服完全沒有濕透，也不覺得自己喝了一肚子水。我明明跳下去了怎麼一點事也沒有，太不可思議了。我好奇地四處張望，又被自己嚇了一跳，原來我以為自己跳進水裡，其實是跳到橋的正中央了，那時候我非常遺憾啊。我搞錯前後方向，失去了尋找那呼喚聲的機會。」寒月得意地笑著，跟平常一樣擺弄他的外套繫繩。

「哈哈哈，這也太有趣了，最妙的是還跟我的經驗相近啊。這兩則故事絕對能成為詹姆士教授的研究材料吧，寫一篇以人類感應為題的觀察文章，保證轟動文壇啊⋯⋯對了，那個○○子的病怎麼樣

了？」迷亭打聽故事的下文。

「兩、三天前我去拜年，看到她在大門裡跟女傭玩毽子，應該是痊癒了吧。」

「我也有。」主人剛才還在沉思，這會終於開口。他不甘示弱地說，自己也有一個奇怪的體驗。

「你有體驗？你有什麼體驗啊？」迷亭根本不把主人放在眼裡。

「我也同樣是去年歲末的經歷。」

「大家都是去年歲末遇事，真妙啊。」寒月笑了，缺牙的部分還黏著紅豆餡餅。

「該不會也是同一天的同一時辰吧？」迷亭故意添亂。

「不，日期不一樣，我是二十日左右。內子說她想去看淨琉璃的名家表演，就當是我送她的歲末賀禮，我也同意帶她去。我問她當天演什麼，她看著報紙說戲目是鰻谷，我討厭那一齣戲，就說改天再去。隔天內子又拿著報紙，她說今天的戲目是堀川，總沒問題了吧。堀川有搭配三味線演出，是一齣熱鬧曲目，但沒什麼內涵，內子聽我講完不高興地退下了。隔天內子說今天演出三十三間堂，而且她一定非看不可，她也不管我喜不喜歡，反正是她想看的，就叫我陪她一起去。內子都下最後通牒了，既然她那麼想看，我說那就去吧。不過名家生平最後一次演出，場面盛況空前，我們臨時去不見得買得到票。本來去那種地方看戲，必須先跟劇場的附設茶室預約，這才是正常的手續，不照規矩來可不太好，所以很遺憾，還是擇日再去吧。

「內子一聽惡狠狠地瞪著我說，她一個女人家不懂這些繁文縟節，大原家的大嬸和鈴木家的君代小姐，沒有循正規手續也是看成了，就算我是教師，看個戲也用不著那麼麻煩。內子指責我不近人情，一

副泫然欲泣的模樣，我就抱著姑且一去的心情答應她了。我同意吃完晚飯搭電車前往，她突然神采飛揚地告訴我，要去的話得在四點到場，千萬不能慢吞吞的。我問她為什麼非得四點不可，她說鈴木家的君代小姐曾言，不快點到場排隊是進不去的。我再次向內子確認，是不是四點以後就看不成了，她回答我沒有錯。神奇的是，惡寒偏偏在這時候發作了。」

「尊夫人發惡寒啦？」寒月提問。

「沒有，她可健康的呢，是我發惡寒了。我就像一顆破洞的皮球迅速扁掉一樣，整個人頭昏眼花動彈不得。」

「是急症吧。」迷亭也擅自添加注解。

「唉唉，這下可麻煩了，我無論如何都想滿足內子一年一次的請求。平常我對她態度不好又冷淡，也沒能讓她過上什麼好日子，小孩子也都是交給她照顧，更不懂得慰勞她操持家務的辛勞。好在今天有閒又有錢，我可以帶她去看戲，她也很想去才對，我也想帶她去啊。不料惡寒發作弄得我頭昏眼花，連要去穿鞋子都有問題，更遑論搭電車了。我越是自責症狀就越嚴重，如果快點看醫生領藥來吃，四點以前就能康復才對。我跟內子商量後決定找甘木醫生前來看診，碰巧醫生昨夜值班沒有回家，要兩點左右才會回來，我們得到的答覆是，等醫生回來會立刻通知我們。該怎麼辦呢，現在喝下杏仁水一定能趕在四點前痊癒，人在倒楣的時候做什麼都不順啊，看來我今天是無緣一睹內子開心的笑容了。

「她一臉恨透我的表情，問我到底還去不去了。我說當然去啊，四點以前我保證會康復，要她不必擔心，趕緊去盥洗換一套衣服等我。我講得信誓旦旦，內心卻是無限感慨，惡寒的症狀不僅有增無減，

連視力也開始模糊了。萬一我沒辦法按時康復，心胸狹隘的女人家不曉得會幹出啥事來，情勢太不樂觀了，真不知如何是好。我是不是該做好最壞的打算，趁現在告訴她天有不測風雲、人有旦夕禍福的道理，讓她做好心理準備面對不幸呢？這也算是丈夫對妻子的義務吧？我把妻子叫到書房跟她說，你雖是一個女人家，好歹也該聽過一句西洋諺語「many a slip，twit the cup and the lip.」是吧？內子說這種歪七扭八的文字誰看得懂啊，她怪我明知她不懂英文，還故意用英文來糟蹋她，她擺明自己就是不懂英文，還說我這麼喜歡英文不會去娶一個教會學校畢業的啊？內子氣得火冒三丈，大罵我狼心狗肺，我辛苦想出來的計畫也泡湯了。請容我跟你們解釋一下，我使用英文並沒有惡意，純粹是出於關愛之情，妻子這樣曲解我的好意，我也很難堪。況且惡寒和暈眩害我有點錯亂，我才急於告訴她天有不測風雲、人有旦夕禍福的道理，我不小心忘記她不懂英文了。仔細想想這是我不對，是我沒有考慮周全，這個疏忽又加重我惡寒和暈眩的症狀了。內子按照我的指示，乖乖到浴室盥洗梳妝，再從衣櫃裡拿出和服穿好等我，一副隨時都能出門的模樣。我可被她急死了，我心想甘木醫生怎麼還不快來，時鐘都已經三點了啊，距離四點只剩下一個鐘頭了。

「差不多該出門了吧？」內子打開書房的門，探頭進來問我。稱讚自己的妻子怪不好意思的，但我從來沒看過她那麼漂亮，細心盥洗打理過的肌膚閃閃發光，和黑色的和服外衣相得益彰，盥洗後的風采和觀賞名家演出的希望，在她臉上綻放有形和無形的光芒。我無論如何都想滿足她的期望，於是我抽了一根菸準備硬著頭皮出門，好不容易終於等到甘木醫生來了，正合我意啊。我告知自己的症狀後，甘木醫生看看我的舌頭，握握我的手掌，敲敲我的胸口，摸摸我的背部，還翻開我的眼皮，按按我的頭蓋

骨。

醫生沉思了一會，我說：「是不是很嚴重啊？」

醫生很鎮定地回答：「沒什麼大不了的啦。」

內子也問：「稍微外出一下應該不打緊吧？」

「不打緊。」醫生說完又沉思了，他還補了一句：「只要沒有不適……」

我連忙喊道：「我很不舒服啊。」

「那我開緩解劑和藥水給你。」

「呃、聽起來是不是不太妙啊？」

「不、請不必擔心，不要太神經質。」說完醫生就走了，時間已過三點半。

內子嚴命女傭速速去藥房領藥，女傭也飛快取回藥方，時間是三點四十五分。在這最後的十五分鐘，我居然開始反胃想吐了，本來我沒有反胃症狀的。內子把藥水倒在碗裡放我面前，我拿起碗正要服用，胃部發出打嗝的聲音，我不得已放下碗，內子催促我：「快點服藥就好了。」不快點服藥出門也對不起內子，我以碗就口準備一飲而盡，結果打嗝妨礙我服藥，我又把碗放下來了。同樣的動作折騰了幾次，時鐘響起四點已到的報時聲，我拿起碗心知不能再拖下去了，奇怪的是我一聽到四點的鐘聲，反胃的感覺不見了，藥水也順利喝下肚了，所謂的不可思議就是這麼一回事吧。到了四點十分左右，我開始佩服甘木醫生真是名醫，頭昏眼花和身體不適的症狀也一掃而空。本來嚴重到四肢癱軟的疾病得以迅速康復，實在是值得慶賀的事情啊。」

「那你們去戲院了嗎？」迷亭提問時，一臉有聽沒有懂的樣子。

「我也想去啊，可內子說四點已過就進不去了，最後還是作罷了。甘木醫生要是早來十五分鐘，我就能盡到丈夫的職責，妻子也能得償所願了吧，就差這十五分鐘，太遺憾了。如今回想起來，真是有驚無險的遭遇啊。」

主人說完故事，一副自己義務已了的模樣，也許他覺得在朋友面前保住面子了吧。

寒月同樣露出缺牙笑道：「確實是很遺憾呢。」

迷亭裝瘋賣傻，自言自語地說：「有你這麼親切的丈夫，尊夫人太幸福了。」拉門外傳來了夫人故意乾咳的聲音。

本喵靜靜聽完他們三人的故事，既不開心也不悲傷。人類這種生物別無所長，只會強迫自己動口打發時間，在聽到無趣又無聊的事情時，裝出歡笑或開心的樣子。本喵一向知道主人任性又乖僻的性情，但他平常沉默寡言，給人難以理解的印象。那些難以理解的部分曾經帶給本喵恐懼感，現在聽了他們的對話以後，本喵心中只有輕蔑的念頭。為什麼主人不能安靜聽好友說話，非得打腫臉充胖子，逞那種蠢到不行的口舌之能呢？愛比克泰德的書教他那樣做的嗎？說穿了，主人、寒月、迷亭他們純粹是太平盛世下的散人，表面上裝出不受世態影響的超然氣息，其實內心充滿了煩惱和欲望。從他們日常的言談歡笑中，不難發現好強爭勝之心。更進一步說，他們跟自己平日看不起的俗物沒什麼兩樣，至少在本喵看來，他們也十足可悲。唯一值得稱讚的地方，就是他們的言行舉止跟那些半調子不同，比較不落俗套的氣息吧。

一想到這裡，本喵頓感他們三人的談話枯燥無味，便決定到二弦琴師傅家的庭園，去關心三花子的情況。正月已到初十，門口的新春飾品也取下了，春天明媚的太陽在萬里無雲的天上照耀四海，跟元旦當天的曙光恩澤相比，不到十坪的庭園看上去更有朝氣了。外廊上有一塊坐墊，卻看不到任何人影，拉門也關得緊緊的，難不成師傅去泡澡了嗎？師傅不在家也無所謂，本喵只擔心三花子有沒有康復。整戶人家靜悄悄的沒半個人影，本喵就直接踩著泥腳印，爬到外廊上的坐墊裡了。坐墊躺起來還滿舒服的，本喵不小心打盹了，完全忘記自己是來關心三花子的，這時拉門裡突然傳來人聲。

「辛苦你啦，事情辦好了嗎？」師傅果然沒有出門啊。

「是的，我回來晚了。我去到佛具店，店家說東西剛好完成了。」

「拿來瞧瞧吧。唉呀，做得真漂亮呢，這下三花也該瞑目了，金箔不用擔心剝落吧？」

「是，我特地囑咐過店家，要用上等的材質打造，店家說這種品質比人類的牌位還要持久耐用。……另外，店家告訴我牌位上的字用點草書更好看，我就請店家幫忙改了。」

「是嗎，那我們快點入壇上香吧。」

三花子怎麼了啊？本喵察覺不對勁，趕快從坐墊上站起來。就聽到師傅敲響法磬，口中念著南無三花信女、南無阿彌陀佛、南無阿彌陀佛的佛號。

「你也來念幾句迴向三花吧。」這次換女傭口誦南無阿彌陀佛的佛號了，本喵突感心驚肉跳，整個人呆呆站在坐墊上，像尊木雕一樣連眼睛都動彈不得。

「實在太遺憾了，一開始明明只是小感冒而已啊。」

「甘木醫生若肯抓方開藥，說不定三花就好了呢。」
「都怪那個甘木醫生，小看我們家三花嘛。」
「也別怪人家了，這一切都是命啊。」原來是甘木醫生替三花子看病的。
「反正啊，都是大馬路上那個教師家的死野貓，亂帶我們家三花出去玩，才害三花死翹翹的。」
「沒錯，那個畜牲是三花的仇人。」本喵想替自己辯解，但眼下必須忍耐，本喵吞了一口口水繼續聽下去，她們對話的聲音斷斷續續的。
「這世界也太不公平了，像三花那樣漂亮的好貓早死，結果醜陋的死野貓卻活蹦亂跳地到處惡作劇……」
「就是說啊，打著燈也找不到第二個跟三花一樣可愛的貓咪了。」
女傭把第二隻說成了第二個，可能在她的觀念裡貓咪跟人類是同族吧。對了，這個女傭長得跟我們貓咪挺像的。
「真希望死的不是三花……」
「最好是那個教師家的野貓去死一死算了。」
她們說的要是成真了，本喵會很困擾的。死是怎麼一回事，本喵還沒有經歷過，也說不上喜歡或討厭。但前幾天氣候寒冷，本喵躲到滅火盆裡取暖，幫傭也沒發現本喵在裡面，就把蓋子給蓋上了，那時候的痛苦光想就令人害怕。根據白喵的說法，那種痛苦再持續一會就翹辮子了。本喵不介意代替三花子去死，可如果非得承受那種痛苦才死得成，那本喵說什麼也不想代替別人去死。

「不過，一隻小貓能得到和尚念經超渡，甚至還獲贈法號，想來也了無遺憾了。」

「說的是啊，三花真有福氣，只是那和尚念經的時間短了一點是吧。」

「是短了一點啊，我還問月桂寺和尚怎麼念得如此之快，他說有念到重點就夠了，一隻小貓那樣就能前往西方極樂了。」

「原來啊……是說那隻死野貓……」

本喵一再重申自己沒名字了，那個女傭還一直叫本喵死野貓，太沒禮貌了。

「那隻死野貓罪孽深重，給牠再靈驗的經文也不得好死啦。」

也不知道她們後來又罵了本喵幾百次，本喵中途就懶得聽她們無限跳針的對話了。本喵離開坐墊跳下外廊，全身寒毛直豎猛打哆嗦。本喵再也沒去過二弦琴的師傅家了，估計師傅現在也有獲得月桂寺和尚的少許迴向吧。

最近本喵沒有心力外出，感覺世間無限哀戚，本喵變成不下主人的懶貓了。怪不得大家都說，主人整天關在書房是失戀所致了。本喵依舊沒有抓過老鼠，幫傭還建議主人放逐本喵，好在主人深明本喵並非普通凡貓，本喵才能繼續在這討生活。就這點來說本喵很感念主人的恩德，也不吝惜對主人的慧眼表示敬佩。幫傭不瞭解本喵的重要性，動輒虐待本喵一事，本喵也沒有特別生氣。改天只要出個雕刻名家把本喵的肖像刻在城門上，或是出個日本的史泰蘭來臨摹本喵的圖像，這些笨蛋就會知道自己是多麼有眼無珠了。

三

三花子去世了，黑仔又不好相處，本喵多少有點寂寞，幸虧本喵多了一些人類知音，排解了本喵的無聊之情。前不久有個男子寫信給主人，央求主人提供本喵的玉照，還有人寄來岡山的名產甜點，說是要給本喵享用的。本喵深得人類的賞識，也漸漸遺忘自己是一隻貓咪了。本喵近來有感自己比較接近人類，也不會想糾眾對付雙足步行的教師了。除此之外，本喵還進化到形同人類世界的一分子，前途不可限量啊。本喵沒有瞧不起自己的同類，只是在志同道合的環境中安身立命，是很自然的事情吧，這樣就怪本喵違背初衷或背骨，對本喵可是一大困擾。

會搬弄那些言詞罵人的傢伙，多半是不通人情又寒酸小氣的男子。本喵既要擺脫一隻貓咪的習性，就不能一直掛念著三花子和黑仔的事情，本喵亟欲擁有人類的品味，來批判他們的思想和言行，這是很正常的念頭。只可惜本喵空有一身見識，主人卻以為本喵只比一般貓咪高級一點，他厚顏無恥地吃掉人家送給本喵的甜點，也沒知會本喵一聲；友人叫他拍下本喵的玉照寄過去，他也還沒照辦。要說不滿，本喵也確實挺不滿的，但主人是主人，本喵是本喵，彼此見解不同也是無可奈何的事。本喵太想成為人類了，因此疏於交際的貓咪近況也就難以詳述了，乾脆就來評論迷亭和寒月等人好了。

今天是風和日麗的禮拜天，主人走出書房，來到本喵旁邊擺好文房四寶，趴在地上提筆沈吟。本喵猜他大概是在思考草稿如何下筆，才會發出奇怪的聲音吧。本喵注視他良久，他總算揮毫寫下「一柱

香」三個字，就不知道他是要寫詩還是俳句了，本喵還在好奇他怎麼會寫出那麼風雅的詞彙，他馬上放棄一柱香三字，在另外一行寫下「我從剛才就想寫天然居士的事情。」寫完這句話，主人的筆就沒再動過了。主人拿著筆歪頭苦思，張嘴舔舔筆尖，似乎想不到什麼好主意，嘴唇也變黑了。接著他在下方畫了一個圓，圓中加了兩點當作眼睛，中間再畫一個寬扁的鼻子，以及一字形的嘴巴。這東西根本不是文章或俳句，主人自己也看不下去，拿筆塗掉了那張蠢臉。主人又換一行提筆沉思，他的思緒沒有任何方向，也許他以為換一行就能寫出什麼詩詞或語錄吧？然後，他用白話文一氣呵成寫下「天然居士乃鑽研空間，讀論語，吃烤蕃薯，流鼻涕之人。」簡直是亂七八糟的語句，主人滿不在乎地念出來，自得其樂地笑道：「哈哈哈哈，真有意思。」但他轉念又想：「寫人家流鼻涕太不厚道了，還是刪掉好了。」說完就提筆畫線，刪掉那一句話。

明明畫一條就夠了，他偏要畫上兩、三條工整的平行線，也不在意線條超出其他行。畫了八條以後，也寫不出其他句子了，主人放下毛筆捻著鬍鬚，他死命捻著自己的鬍鬚，彷彿能從裡面捻出文章似的。當他捻得正開心的時候，夫人走出起居室坐在他面前：「老公，你聽我說。」

「怎樣啊？」主人發出一種像在水中敲銅鑼的含糊嗓音。

夫人不太滿意他的答覆，又說了一句：「叫你聽我說啊。」

「怎樣嘛？」這次主人把食指和姆指伸進鼻孔裡拔鼻毛。

「這個月的生活費不太夠呢……」

「哪可能不夠啊？看醫生的錢也付了，買書的錢上個月也繳了啊，這個月怎麼會赤字。」主人盯著

拔下來的鼻毛，活像在看什麼天下奇觀。

「你都不吃米飯，非要吃什麼麵包，還塗了不少果醬不是嗎？」

「到底用了幾罐果醬啊？」

「這個月用了八罐。」

「八罐？我沒沾那麼多啊。」

「又不是只有你在吃，小孩也會吃啊。」

「那頂多也就五、六塊錢的東西吧。」主人若無其事地把鼻毛一根一根黏在稿紙上，沾了血水的鼻毛像針一樣立在稿紙上頭，這個意外的發現令主人十分感佩。他試著朝鼻毛吹氣，鼻毛的黏性驚人，怎麼吹都吹不走。「有夠頑強的。」主人專心吹著鼻毛。

「開銷也不光是果醬，家裡還有其他必須購買的東西啊。」夫人雙頰鼓脹，神情大為不滿。

「也許有喔。」主人又伸手拔鼻毛，在紅黑相間的各色鼻毛中，拔出了一根白色的。他驚奇地注視那根鼻毛，把那根鼻毛拿到夫人面前。

「唉唷，你很討厭耶。」夫人皺起眉頭，推開主人的手。

「你看嘛，是白色的鼻毛呢。」主人很感動的樣子，夫人也只好笑著回到起居室了，她是放棄追究經濟問題了吧，主人又回頭思考天然居士的文章。

主人用鼻毛趕跑夫人後，似乎終於安心了，他拔完鼻毛後急著書寫文章，卻遲遲無法下筆。

「吃烤蕃薯也是多餘的，砍掉吧。」主人連這句話也砍掉了。

「一柱香，也太突兀了，算了吧。」難得的雅句也毫不留戀地砍了，就剩一句「天然居士乃鑽研空間，讀論語之人。」主人認為這樣又太單調了，但生性怕麻煩的他，決定改寫墓誌銘就好，不寫文章了。他在稿紙上盡情揮毫，畫了一幅難看的水墨蘭花，糟蹋了每一個辛苦想出來的文字。

之後他翻到稿紙背面，寫下一連串意義不明的文字：「生於空間，研究空間、死於空間，又空又間的天然居士啊。」迷亭一如往常地進來了，他也不請人通傳帶路，逕自把別人家當成自己家，大搖大擺地進來了。有時候他會直接從廚房的後門冒出來，這男人天生就沒有同理心，也不懂得顧慮別人的感受。

「你又在寫巨人引力啊。」迷亭站著詢問主人。

「我怎麼可能一直寫巨人引力呢，我在寫天然居士的墓誌銘啦。」主人把自己說得勞苦功高。

「天然居士這稱呼，聽起來好像偶然童子這樣的法號呢。」迷亭依舊胡說八道。

「有偶然童子這樣的法號嗎？」

「當然沒有，我是說天然居士跟這水準差不多。」

「我是不知道什麼偶然童子，但天然居士是你也認識的人。」

「是誰冠上這雅號的啊？」

「就是曾呂崎啊，他畢業以後進入研究所攻讀空間論，結果用功過度積勞成疾，引發腹膜炎病死了，他好歹也是我的摯友啊。」

「原來是摯友，很好啊，不過是誰把曾呂崎變成天然居士的？」

「我啊，和尚取的法號俗不可耐嘛。」主人很自豪，他覺得天然居士是很風雅的名號。迷亭笑著說：「給我看你寫的墓誌銘吧。」

說完拿起原稿大聲朗讀：「我瞧瞧喔……生於空間，研究空間、死於空間，又空又間的天然居士啊。嗯，真有見地，不下天然居士呢。」

主人很開心地回答：「很不錯對吧。」

「把這墓誌銘刻在壓醬菜的石頭上，當成舉重石拋到寺廟的大殿後頭，保證風雅啊，天然居士也能瞑目了。」

「我也打算這麼做呢。」主人嚴肅地答覆後，又說：「先失陪一下，我很快就回來，你先跟貓咪玩一下吧。」也不待迷亭回話，主人就急急忙忙出去了。

本喵意外接到待客命令，也不好意思裝臭臉，就爬到迷亭的腿上裝可愛喵喵叫。迷亭粗魯地拎起本喵說：「唷，長得滿胖的呢，看這四肢疲軟的模樣，只怕是抓不到老鼠吧。……夫人吶，這隻貓抓得到老鼠嗎？」光有本喵款待還不夠，迷亭也對隔壁的夫人攀談。

「牠哪來的本事抓老鼠啊，之前還偷吃年糕湯，邊吃邊跳舞呢。」夫人揭了本喵的瘡疤，被吊在空中的本喵怪難為情的。

迷亭還不肯把本喵放下來：「的確，這隻貓看起來就像會跳舞呢。夫人，這隻貓的面相不容小覷啊，牠跟以前繪本裡的妖貓滿像的。」迷亭擅自評斷本喵，又纏著夫人聊天。夫人一臉嫌棄地停下針線活，來到客廳了。

「抱歉害您乾等了，他就快回來了吧？」夫人重沏了一杯茶，端到迷亭面前。

「他跑去哪裡了啊？」

「我們家那口子從來不報備行蹤的，我也不知道他去哪，大概是去找醫生了吧。」

「去找甘木醫生啊？被那種病人纏上，甘木醫生也真可憐吶。」

「是啊。」夫人也不知要說什麼，只給了一個簡短的回答，迷亭卻不放在心上。

「最近他怎麼樣了，胃腸好點了嗎？」

「這我也不好說，但他吃一大堆果醬，縱使有甘木醫生替他看病，他的胃腸也好不了吧。」夫人把方才的不滿告訴迷亭。

「他吃那麼多果醬啊，真像小孩子。」

「不光是果醬，近來他還吃一大堆蘿蔔泥，說是對胃腸有益呢……」

「真令人意外啊。」迷亭表示讚嘆。

「他在報紙上看到，蘿蔔泥有澱粉酶的成分。」

「原來如此，所以他是用蘿蔔泥來彌補吃果醬的傷害啊，想的也太周到了，啊哈哈哈哈。」迷亭聽了夫人的抱怨，反而愉快大笑。

「前不久，他還拿給小寶寶吃呢……」

「給小寶寶吃果醬啊？」

「不是，是蘿蔔泥……他叫小寶寶過去，說是要打賞好吃的東西——偶爾看他陪小孩子玩，卻盡幹

一些蠢事。兩、三天前啊，他把我們家老二抱到衣櫃上……」

「這又有什麼意趣啊？」迷亭凡事都喜歡用意趣來解釋。

「哪有什麼意趣啊，他只是叫女兒從上面跳下來，一個三、四歲的小女孩，怎麼可能做出如此調皮的事呢。」

「也是啦，這太沒意趣了，可他畢竟是個誠懇的好人啊。」

「那德性還滿肚子壞水，誰受得了啊？」夫人的語氣相當激動。

「也沒什麼好抱怨的啦，每天能過得豐衣足食就很好了，苦沙彌他不好玩樂、不講究矯飾打扮，簡直是一家之主的典範啊。」迷亭難得用一種開朗的口吻對他人說教。

「這你就有所不知了……」

「難不成他在背地裡亂來？世風日下人心不古嘛。」迷亭隨口給了一個籠統的回應。

「他是沒有不良嗜好，但成天買一堆根本不看的書，如果他買書有分寸也就罷了，偏偏他動不動就到書店去，隨手拿好幾本書回來，一到月底要付帳就裝傻。去年歲末啊，連續幾個月的帳單，搞得我一個頭兩個大呢。」

「沒差啦，要買書就讓他買吧，遇到收帳的就說改天再付，他們就會乖乖離開了。」

「話是這麼說沒錯，但總不能一直欠錢不還吧？」夫人落寞地說道。

「那就告訴他家中難處，請他減少書籍開銷吧？」

「講了他也不聽啊，之前他說我不懂書籍的價值，不配當一個學者的老婆。他還講了一個古羅馬的

故事，說是要替我增加見識。」

「這可有趣了，他講了什麼故事？」迷亭表示關心，只是他的關心是出於好奇，而不是同情心。

「我記得他說，古羅馬有一個叫大客輪的國王……」

「大客輪？真是怪名字啊。」

「洋人的名字難念死了，我記不住嘛，好像是第七代國王吧。」

「是喔，第七代大客輪，怪哉。嗯，那麼第七代大客輪怎麼了啊？」

「唉呀，怎麼連你都調侃我啊，真受不了。知道的話就提點我一下嘛，沒良心。」夫人埋怨迷亭。

「誤會啊，我豈會幹這麼沒良心的事，我是在想第七代大客輪究竟是誰……咦、等等喔，羅馬第七代國王我記得沒有很清楚，但應該是塔克文·蘇佩布吧。是誰也無關緊要啦，那個國王怎麼了？」

「有個女人帶了九本書，問國王願不願意買下來。」

「恩恩。」

「國王問九本書多少錢，女人提出了天價；國王抱怨價格太高，就請女人算便宜一點，那女人直接抽出其中三本，丟到火裡燒掉了。」

「也太糟蹋了吧。」

「據說書中寫了什麼預言或獨一無二的內容。」

「是喔。」

「國王以為剩下六本書，應該會算便宜一點，沒想到價格還是一毛不減。國王大罵荒唐，女人又抽

出三本燒掉了；國王心有不甘，追問剩下三本多少錢，女人說同樣是九本的價格。九本變成六本，六本變成三本，價格仍然不變。國王擔心繼續出價，連剩下三本也會被燒掉，只好花大錢買下剩餘的三本書了……我們家那口子自鳴得意地問我，聽完這故事懂不懂書籍的可貴之處了？我就不懂可貴在哪了。」

夫人說出自己的見解，迷亭一時也不知如何回答。

他從懷裡拿出手帕逗弄本喵，然後似乎想到了什麼，扯開嗓子大聲說：「是說，夫人啊，也多虧他買了一堆書猛啃，他在世人眼中多少也算是飽學之士喔。前陣子我在某文學雜誌上，有看到苦沙彌的評論呢。」

「真的嗎？」夫人正襟危坐，看她很關心丈夫的評價，足見兩人果真有夫妻之情。「雜誌上寫了什麼？」

「也就兩、三行評語，說苦沙彌的文章猶如行雲流水。」

夫人笑逐顏開地說：「只有這樣嗎？」

「下一句是──文氣脈絡捉摸不定，一往無返而忘乎歸結。」夫人一臉微妙的表情，顯得不太有信心：「這算是稱讚嗎？」

「也算是稱讚吧。」迷亭又拎著手帕逗弄本喵。

「書籍是他吃飯的工具，我也就不追究了，但他的性情也太乖僻了。」

迷亭聽到這句話，心想夫人又在旁敲側擊了，他給了一個不得罪人的妙答，既逢迎了夫人，也維護了主人：「要說乖僻嘛，也確實乖僻了一點，研究學問的人都那樣的啦。」

「前幾天他從學校回來又得出去，就懶得換衣服了，連外套也不脫就坐在書桌上吃飯呢，飯菜還放在暖爐上——我抱著飯桶坐在一旁看他吃，那景象怪好笑的……」

「感覺像打完仗拿著頭顱論功行賞的場面呢，不過這也很有苦沙彌的風範嘛——總之絕非凡俗啊。」迷亭用很悲哀的方式稱讚主人。

「我一個女人家不懂什麼凡不凡俗的，不管怎麼說，也太不成體統了。」

「總比凡俗要好吧？」迷亭替主人幫腔，引來夫人的不滿。

「你們整天說什麼凡俗凡俗，到底凡俗又是什麼啊？」夫人乾脆理直氣壯地討教凡俗的定義。

「凡俗啊？所謂的凡俗呢——這有點不好說明耶……」

「既然定義那麼模糊，那凡俗有什麼不好啊？」夫人搬出女人家擅長的論調，步步進逼。

「沒有模糊啊，我知道得很清楚，純粹不好說明而已。」

「反正你們遇到討厭的事，就說人家凡俗是吧？」夫人無意間說中了真理。事已至此，迷亭也不得不進行凡俗的應對。

「夫人啊，所謂的凡俗呢，就是那些整天混吃等死的好色之徒，一遇到大好天氣就帶著酒瓶去賞花遊玩。」

「真有那種人嗎？」夫人聽不懂迷亭的說法，隨便回應一句，最後終於投降了。

「你說的亂七八糟的，我聽不懂啊。」

「那就把西方小說的要素，加到東方小說之中，浸淫在歐洲的風氣裡一、兩年就成了。」

「這樣就成凡俗了嗎？」

迷亭也不答覆這個問題，只笑著說：「不用幹這麼麻煩的事，也能成就凡俗的。把中學的學生跟和服店的掌櫃加在一起除以二，就是極為凡俗的存在了。」

「是嗎？」夫人歪著脖子，表現出難以理解的態度。

「你還沒走啊？」主人不知何時回來了，走到迷亭的旁邊坐下。

「你這話也太失禮了，是你說自己馬上就回來，要我等你的吧？」

「這口子凡事都這樣。」夫人轉頭對迷亭抱怨。

「剛才你不在，尊夫人說了很多你的趣事啊。」

「話多是女人家的缺點，人類應該像這隻貓一樣寡默才對。」主人摸摸本喵的腦袋。

「聽說你給小寶寶吃蘿蔔泥啊？」

主人笑著說：「沒錯。最近的小孩特別聰明，給她吃過蘿蔔泥以後，一聽到辛辣的食物就會吐舌頭，真奇妙呢。」

「聽你講得像在教小狗雜耍一樣，真殘酷。對了，寒月就快到了吧？」

「寒月會來嗎？」主人一臉懷疑的表情。

「會啊，我寫了封信給他，跟他約好下午一點在你家碰頭。」

「你也沒經過我同意就擅自決定，你叫寒月來幹什麼啊？」

「今天不是我找他來，是他主動要求見面的，據說他要在理學協會演講，就請我聽他練習。我說那

正好嘛，順便也讓苦沙彌聽聽吧，於是就決定約在你家了——反正你很閒啊，沒關係吧——他也不會給人添麻煩，就聽他練習嘛。」迷亭自說自唱，替主人做好決定。

「物理學的演說我又不懂。」聽主人的語氣，他對迷亭的獨斷專擅有些不滿。

「放心吧，他要談的不是磁化噴嘴那一套枯燥無味的東西，而是超凡脫俗的上吊力學呢，很有一聽的價值啊。」

「你是上吊失敗才感興趣吧，我又不是你……」

「去個戲院就嚇到惡寒發作的人，沒資格說自己不聽吧。」迷亭跟平時一樣開玩笑，夫人笑看自己丈夫，退到了旁邊的房間。主人默默撫摸本喵的頭，只有這種時候他才會摸得特別溫柔。

大約七分鐘以後，寒月果然來了。由於今晚要發表演說，他特地穿了氣派的大禮服，清洗過的白襯領筆挺聳立，更添兩分男子氣慨。

「抱歉，我稍微來晚了。」寒月沉著穩重地打了一聲招呼。

「我們從剛才就恭候大駕啦，是吧？」迷亭望向主人，主人只好心不在焉地附和迷亭。

寒月也不急著開講，他說：「可否給我杯水呢？」

「唷，要來場正式的演說啊？待會該不會要求我們鼓掌吧？」迷亭又在瞎起鬨。

寒月從暗袋裡拿出講稿，慢條斯理地說：「這畢竟是練習，請不吝給予批評指教。」開場白講完後，寒月總算要發表演說了。

「用絞刑處死罪犯，主要是盎格魯薩克遜民族的做法，更早以前上吊主要是用來自殺的手段。猶太

人有用石頭砸死罪犯的習慣，綜觀舊約聖經，吊死一詞更有吊起罪犯屍體，供野獸和猛禽食用的意義。根據史學家希羅多德的說法，猶太人在逃出埃及以前，非常忌諱夜晚曝屍的刑罰，埃及人會砍下罪犯的腦袋，只把身體釘在十字架上，曝屍星月之下。波斯人呢……」

「寒月啊，演說內容離上吊越來越遠了，不打緊嗎？」迷亭中途打岔。

「接下來就要進入主題了，請稍安勿躁。……波斯人呢，他們處死罪犯也是用釘十字架的方式，至於是活生生釘上去，還是死後再釘上去，這就不太清楚了……」

「這種事不清楚無所謂吧。」主人無聊地打了一個哈欠。

「還有不少內容要向各位報告，懇請見諒……」

「說懇請包含比較好聽喔。對吧，苦沙彌。」迷亭又挑毛病。

主人漫不經心地說：「兩個都一樣啦。」

「那好，現在要開始進入主題了，且聽我娓娓道來。」

「你這講法跟說書的差不多，你是個演說家吧，要用更高雅的詞彙才行啊。」迷亭又唱反調了。

「且聽我娓娓道來不好，那什麼才好啊？」寒月頗為不滿地質問迷亭。

「都不知道迷亭是在專心聽講，還是故意來亂的，寒月你就別理他了，快點說下去吧。」主人只想盡快解決眼前的麻煩。

「正所謂逆來順受，捨己從人是吧？」迷亭依舊亂扯一通，寒月被他逗笑了。

「根據我的調查，真正用絞殺來處刑的典故，出自《奧德賽》的第二十二卷，也就是忒勒馬科斯

把裴奈羅的十二位侍女絞殺的橋段。我不介意朗讀希臘文的原典，但此舉難免有炫技之嫌，總之請看四百六十五行到四百七十三行，各位就明白了。」

「希臘文那一段省下吧，不然人家會以你懂希臘文呢。對吧，苦沙彌？」

「這我也有同感，話不要說得太滿，謙虛一點好。」主人罕見地贊成迷亭，他們兩人都不懂希臘文。

「那我今晚就去掉這兩、三句。且再聽我娓娓——聽我報告吧。現在我們來想像一下故事中的絞殺方式，執行起來有以下兩種辦法。第一是忒勒馬科斯借助其他人的力量，將繩子的一端綁在柱子上，然後在繩子的中間打上繩圈，把侍女的脖子一一套進繩圈裡，用力拉住另一端的繩子絞死她們。」

「是不是跟洗衣店曬衣服一樣，把那些女人吊起來啊？」

「正是，第二個方法跟之前一樣，先把繩子的一端繫在柱子上，另一端掛在天花板上，接著拿其他幾條繩子，綁在天花板的那一條繩子上。各條繩子打好繩圈後，套住女侍的脖子，要動手時再踢掉她們腳下的台子。」

「就形同在珠簾上吊著圓燈籠是吧？」

「我沒見過什麼圓燈籠，也不好說對或不對，要真有圓燈籠的話，應該就是那樣吧。——我要證明從力學角度來看，第一種絞殺法是難以成立的，」

「真有趣啊。」迷亭表示讚賞。

「嗯，確實有趣。」主人也同意。

「首先，我們假設那些女人是以等距吊起來的，離地面最近的那兩個女人，她們脖子之間的那一段繩子也設定為水平，再把α1、α2……α6視為繩子跟地平線形成的角度，T1、T2……T6則視為繩子各部位所受的力，T7＝X是繩子最低處所受的力，那W當然是女人的體重了。如何呢，到這邊還聽得懂嗎？」

迷亭和主人對看一眼，異口同聲地說：「大致聽得懂。」這句大致是他們吹噓出來的，不適用在其他人身上。

「關於多角形，依照各位都瞭解的平均論來推算，會得出下列的十二方程式。

$T_1\cos\alpha_1=T_2\cos\alpha_2$……（1） $T_2\cos\alpha_2=T_3\cos\alpha_3$……（2）……」

「方程式說到這裡就差不多了吧。」主人講了一句很沒品的話。

「其實，方程式才是演說的主軸呢。」寒月顯得意猶未盡。

「不然，主軸稍後再聽總行了吧。」迷亭也有些消受不起。

「省略式子，難能可貴的力學研究就毀了啊……」

「別顧慮我們沒關係，你就盡量省略吧……」主人滿不在乎地說。

「那就聽各位的，勉為其難省略了吧。」

「甚好，甚好。」迷亭竟在不該拍手的地方拍手鼓掌。

「那我們來談英國好了，在貝武夫的故事中有絞刑架這個字眼，因此可以肯定在當時就有絞刑了。根據法學家布拉克斯敦的說法，萬一行刑用的繩子出問題，犯人沒有死成的話，則必須再接受同樣的刑

罰。奇妙的是，《彼爾士農夫》一書中曾言，再兇惡的罪犯也不該被絞殺兩次。究竟哪一方的說法妥當還有待商榷，但真的有壞人殺了好幾次才死成。一七八六年有一個知名的惡徒費茲羅傑被判絞刑，不料他第一次跳下絞刑台，繩子居然斷掉了。第二次繩子又太長，直接讓他雙腳著地，同樣死不成，搞到第三次由觀刑者幫忙才伏法。」

「唉呀，真絕啊。」迷亭在這節骨眼上突然有精神了。

「命還真硬呢。」連主人都興奮起來了。

「更有趣的還在後頭，聽說上吊後身高會多出三公分，這是驗屍官確認過的，絕不會有錯。」

「這可是新消息啊。苦沙彌，你要不要吊看看？身高多出三公分，說不定你就能有常人的高度了。」迷亭轉頭問主人。

主人還很認真地討教：「寒月啊，有沒有辦法先拉高三公分，再救活過來呢？」

「當然沒辦法了，上吊後脊髓受到拉扯，那嚴格來講就壞掉了，不能算是真正的拉長啦。」

「是喔，那還是算了吧。」主人放棄了。

剩下的演說還很長，寒月甚至談到了上吊的生理作用，無奈迷亭動不動就扯一堆沒頭沒腦的鬼話，主人有時也毫不客氣地打哈欠，最後演說就無疾而終了。當晚寒月是以什麼樣的態度，發揮何等的辯才，身在異地的本喵就不得而知了。

平靜的兩、三天又過去了，某天下午兩點左右，迷亭一如往常地翩然而至，活像神龍見首不見尾的偶然童子。他一坐下來就說：「你聽說越智東風的高輪事件了嗎？」

迷亭激動的態度，不下於前來通報旅順大捷的消息。「沒聽說，我們最近又沒碰面。」主人也跟平常一樣沉悶陰鬱。

「今天我特地從百忙中抽空趕來，就是要告訴你東風倒楣的故事啊。」

「又在胡說八道了，你這人實在是道德有虧。」「哈哈哈哈，與其說我道德有虧，你應該說我沒道德吧？這兩者可得分清楚，事關我的名譽啊。」

「都一樣糟糕啦。」主人反駁迷亭，恍若秉性純良的天然居士再臨。

「聽說上禮拜天，東風去了高輪泉岳寺，天氣冷得要死幹嘛去呢——況且，現在會去泉岳寺參拜的，都是沒來過東京的鄉下人。」

「那是人家的自由，你又沒有權力阻撓。」

「是啦，我是沒權力，有沒有權力也無關緊要。那座寺廟有赤穗義士的遺物保存展覽，你知道嗎？」

「不知道。」

「不知道？你有去過泉岳寺吧？」

「沒有啊。」

「沒去過？真意外啊，難怪你那麼坦護東風，江戶人沒去過泉岳寺也太丟人了吧。」

「沒去過也能當教師啊。」主人盡顯天然居士的看家本領。

「好啦，總之東風進到展覽場參觀，遇到一對德國人夫婦。起先人家用日語向他提問，你也知道他

的個性，他就想試試自己的德文，講了幾句後反應還不錯——事後想起來，那正是他惹禍的原因吧。」

「後來他怎樣了？」主人開始感興趣了。

「德國人很喜歡某位義士的精美印鑑盒，就問東風這東西賣是不賣？當時東風的回答也挺有趣，他說日本人都是正人君子，沒有人會賣義士遺物的。事情到這裡都還不錯，那個德國人心想自己碰到了一個好翻譯，就不斷提出各種問題。」

「對方問什麼啊？」

「東風要是聽得懂也就罷了，偏偏對方提出的問題又快又多，東風也不得要領。偶爾聽得懂幾句，對方卻是問鐵鍬和木工大槌的事，東風沒學過這兩樣東西如何翻譯，當真傷透腦筋啊。」

「是很傷腦筋沒錯。」主人身為教師，對東風的處境感同身受。

「好死不死，其他吃飽沒事幹的人也跑來看熱鬧了，一群人圍著東風和德國人，滿臉通紅的東風手足無措，一開始的風采蕩然無存啊。」

「最後到底怎樣了？」

「最後東風再也受不了，用日語說了句莎衣那拉[1]就匆匆離開了。後來我問他，莎喲衣拉很怪呢，你家鄉那邊是把莎喲那拉念成莎喲衣拉嗎？東風回說，他是考量到對方是洋人才說莎衣那拉的。東風在困境中也不忘配合他人，真了不起啊。」

1日文的再見發音為莎喲那拉（さようなら），此處東風因緊張而發錯了音。

「無所謂啦，那洋人怎麼了？」

「那洋人一時反應不過來，整個人都愣住了，啊哈哈哈，很有趣吧。」

「哪裡有趣啊，這點小事你也特地跑來告訴我，你才有趣吧。」主人把菸灰彈到火盆裡，這時門鈴聲大作，還伴隨女子尖銳的嗓音：「打擾囉。」迷亭和主人對看一眼，相對無言。

很少有女性客人拜訪主人，本喵也關心了一下，那個嗓音尖銳的女人在榻榻米上，拖著絹織的盛裝和服進來了。外表看上去四十出頭了，瀏海像防波堤一樣聳立於後退的髮線上，突出的長度至少有顏面的一半，眼睛角度幾近陡峭的山壁，勾勒成直線左右對立，她的眼睛比鯨魚眼還小，本喵才形容成直線的。整張臉上只有鼻子特別大，彷彿偷了別人的鼻子黏在臉中間；又好比在三坪大小的庭園裡，安上忠烈祠的石燈籠，存在感壓過了其他部位，看上去十分突兀。那鼻子叫鷹勾鼻，前半段很挺立，到了中段才恪守過猶不及的道理，謙虛地向下彎曲，最後面的下垂角度跟前半段的挺立完全不協調，都蓋到下邊的嘴唇了。由於鼻子實在太過搶眼，所以這女人在說話時，反而像是用鼻子在交談。為表達本喵對那偉大鼻子的敬意，本喵就稱呼她鼻子嫂好了。

鼻子嫂打完見面的招呼後，看著客廳說：「您住的房子真氣派呢。」

主人抽著香菸，心中罵對方「虛偽」，迷亭仰望天花板說：「老兄啊，那是漏水？還是木頭的花紋？真奇特的痕跡耶。」迷亭是在暗中讓主人接話。

「當然是漏水啊。」主人如此回答，迷亭裝作若無其事地說：「真氣派呢。」鼻子嫂一肚子氣，心想這兩個人也太不懂待客之道了，良久三個人都坐著不說話。

「我今天是有件事情想請教，才特地前來的。」鼻子嫂再次打開話匣子。

「是喔。」主人的答覆極為冷淡。

不願對話中斷的鼻子嫂，連忙說：「其實我是住附近的——就是對面岔路轉角的房子。」

「你是說那個有倉庫的大洋館對吧，那裡有掛金田的門牌嘛。」主人想起了金田的洋館和倉庫，但他對待金田夫人的態度並沒有好轉。

「本來應該由外子前來的，不巧公司的業務繁忙，才由我過來。」鼻子嫂的眼神像在說，知道老娘來頭該放尊重點了吧，主人卻不為所動，以一個初次見面的女人來說，鼻子嫂的遣詞用字太過無禮，主人已然不滿了。

「外子還不是只忙一間公司的業務，而是兩、三間公司呢，他在每一間公司都是身居要職的——相信您也聽說過才對。」鼻子嫂的表情像在說，知道厲害了吧？主人一聽到博士或大學教授之類的頭銜，就會變得誠惶誠恐，怪的是他對企業家的敬意極低，他相信中學教師遠比企業家了不起。縱使他不信好了，依他頑固不知變通的個性，也不會指望企業家或有錢人眷顧自己，哪怕對方財大勢大，他對跟自己沒有緣分的人物是絲毫不關心的。因此，他完全不懂學界以外的事情，對企業界的訊息或人物更是一無所知，知道了他也不會心生敬畏。鼻子嫂作夢也沒想到，這世上下竟還會有這種怪人，她也算是見過世面的，每一個人得知她是金田的妻子，無不畢恭畢敬。不管她參加什麼宴會，對方的身分有多高貴，金田夫人的頭銜都很管用。鼻子嫂原以為只要說出自己的住處，不必報上頭銜，就能嚇死這個迂腐八股的老書生。

「你聽過金田這號人物嗎？」主人意興闌珊地問迷亭。

迷亭很認真地說：「知道啊，金田先生是我伯父的朋友，之前他有參加園遊會呢。」

「是喔，你的伯父又是誰啊？」

「我的伯父是牧山男爵。」迷亭越說越認真，主人還來不及搭話，鼻子嫂就轉身望向迷亭，迷亭身上穿著高級的絹衣和西洋傳入的棉服。

「唉呀，原來您是牧山大人的——該怎麼說呢，我真是有眼無珠，失禮了。外子常告訴我，牧山大人對我們關照有加呢。」鼻子嫂的語氣忽然變得很恭敬，還向迷亭行了一個禮。

迷亭笑著回答：「好說好說，哈哈哈哈。」主人大感意外，默默看著兩人互動。

「女兒的婚配之事，也有勞牧山大人費心了……」

「喔喔，是嗎？」迷亭聽起來有點訝異，想來這話題對他也太唐突了。

「其實有不少人上門提親，但我們礙於身分，也得選個門當戶對的才行嘛……」

「有道理啊。」迷亭總算放心了。

「關於這一點呢，我想向你問一下。」鼻子嫂看著主人，語氣又變得很不恭敬。

「聽說有個叫水島寒月的人，常到您家來是吧？那個人風評怎麼樣？」

「你打聽寒月的事情要幹什麼？」主人不悅地反問。

「大概跟令千金的婚配之事有關，所以才想打探寒月的品性操守吧？」迷亭機靈代答。

「如果您肯告訴我，也算幫了我一個大忙……」

「這麼說來，你有意把令千金許配給寒月？」「並不是，來我們家提親的人多的是，缺他一個也不成問題。」鼻子嫂給主人吃了一頓排頭。

「那你又何必打聽寒月的風評？」主人火了。

「這也沒什麼好隱瞞的啊。」鼻子嫂也動怒了。迷亭坐在兩人之間，手持菸管的動作活像手持團扇的相撲裁判，內心巴不得他們快點吵起來。

「所以是寒月非娶令千金不可囉？」主人正面給了對方一記重擊。

「也不是這麼說……」

「還是你以為，寒月有心要娶令千金？」主人發現對付這種人不能心慈手軟。

「事情沒有談到那個階段——只是寒月先生並非全無心思吧。」鼻子嫂在快要落敗之際撐住了。

「有什麼事情能證明，寒月喜歡令千金嗎？」主人又來一記狠招，逼對方拿出證據來瞧瞧。

「嗯，也算有啦。」這次主人的重擊失效了。

至今當裁判看熱鬧的迷亭，也被挑起好奇心了，他放下菸管探出身子說：「寒月有寫情書給令千金嗎？真有趣，新年又有一則談笑的趣聞了。」在場就只有迷亭特別開心。

「不是情書，是更熱情的方式呢，你們二位也很清楚不是嗎？」鼻子嫂用上不同以往的挖苦語氣。

「你知道這件事嗎？」主人詢問迷亭，表情像被鬼迷了一樣。

迷亭也傻乎乎地說：「我怎麼會知道啊，是你知道才對吧？」迷亭只有在這種無聊的場合才懂得謙虛。

「不不，這是你們都知道的事情喔。」鼻子嫂很是得意。

「是喔。」兩人異口同聲地表示意外。

「你們忘了就由我來提醒吧，去年歲末在向島地區的阿部先生家，有舉辦一場演奏會，寒月先生也有出席，當晚他回程時在吾妻橋的遭遇——詳情我也就不贅述了，以免給他添麻煩——有那樣的證據也就足夠了吧，你們說呢？」鼻子嫂將戴著鑽戒的手指放在膝頭上，正襟危坐。那魁偉的鼻子大放異彩，完全把迷亭和主人給比下去了。

別說主人驚訝，迷亭也被突如其來的說法嚇到了，他們愣了半晌，像個大病初癒的病人一樣坐在原地。等他們慢慢掙脫錯愕的箝制，恢復原來的本性後，覺得滑稽的心情一口氣全爆發出來。主人和迷亭不約而同地哈哈大笑，鼻子嫂對這種反應很意外，惡狠狠地瞪了他們一眼，心想這個節骨眼上他們笑什麼。

「原來寒月說的，是令千金的故事啊。原來如此，這太妙了。金田夫人你說的沒錯，苦沙彌啊，寒月確實是喜歡人家大小姐的……再瞞下去也沒意義是吧，你就從實招來嘛。」

「唔嗯。」主人依舊不吭聲。

「我都已經提出證據，您就別再隱瞞了。」鼻子嫂又得意起來了。

「那也沒辦法了，有關寒月的事實，我們會說出來給你參考的。喂，我說苦沙彌啊，你一個作主人只顧著偷笑，我們怎麼聊下去啊？說實話，秘密這東西太可怕了，再怎麼隱瞞都有揭露的一天啊。——可說來也奇怪，金田夫人，你是如何查到這個秘密的？真令我們訝異啊。」迷亭兀自說個沒完。

「我可是很精明的呢。」鼻子嫂滿臉驕傲。

「你也太精明了吧，到底是聽誰說的啊？」

「就這附近的車夫家大嬸告訴我的。」

「你是說有養黑貓的那個車夫家嗎？」主人吃驚地睜大眼睛。

「是啊，我花了不少錢打探寒月先生的事。吩咐過車夫家的大嬸，每次寒月先生來到這裡，就要把他交談的內容一五一十告訴我。」

「太過分了。」主人大嘆。

「擔心什麼，您的言行舉止我沒興趣知道，我只想知道寒月先生的事。」

「任何人的事都一樣──那個車夫家的大嬸真惹人厭。」主人獨自生悶氣。

「人家要到您的外牆來，那是她的自由吧？害怕被別人聽到你們談話，不會講小聲一點嗎？不然到大房子裡去談啊。」鼻子嫂絲毫沒有愧疚之意。

「也不光是車夫家的大嬸，新街的二弦琴師傅也告訴我不少消息呢。」

「她也告訴你寒月的事情嗎？」

「她說的不光是寒月先生的事情。」鼻子嫂說出一句頗為驚悚的話來，料想主人應該嚇到了才對。

「那師傅就愛裝清高，一副只有自己才是人的嘴臉，混帳王八蛋。」

「人家好歹也是個女性，可稱不上王八。」鼻子嫂的遣詞用字，是越來越不客氣了，這簡直是來吵架的。迷亭的態度始終不變，還是興致勃勃地聽兩人對談，表情就跟鐵枴李看鬥雞一樣，聽人吵架也不

當一回事。

主人自知嘴上功夫不敵鼻子嫂，只好暫時保持沉默，之後他好不容易想到一件事。「聽你的說法，是寒月喜歡上令千金的，可我聽到的卻不是這樣。對吧，迷亭？」主人向迷亭尋求支援。

「嗯，依照寒月那時候的說法，令千金生病後——似乎有說什麼譫語是吧？」

「沒有這回事。」金田夫人直截了當地否認了。

「寒月說，是〇〇博士的夫人告訴他的喔。」

「那是我們拜託〇〇博士的夫人，請她吸引一下寒月先生的注意。」

「〇〇夫人同意這麼做？」

「同意歸同意，也不是全無代價的，我們花了不少東西呢。」

「寒月的事情你非得刨根究底，否則不肯回去就對了？」迷亭的心情也略受影響，不小心用上較為粗魯的言詞。

「苦沙彌啊，反正說了對誰都不吃虧，聊聊又何妨呢——夫人，但凡跟寒月有關的事實，在不影響到當事人的前提下，我跟苦沙彌絕對知無不言——當然了，請你一項一項問，我們也較好回答。」

鼻子嫂總算心滿意足，準備要開口提問了，一時變差的口氣，也多虧迷亭的緩頰恢復莊重。

「聽說寒月先生也是理學士，他專攻什麼呢？」

「他在研究所專攻地球磁場。」主人認真回答，很不幸鼻子嫂不懂那是什麼意思，一臉不解地說：

「是嗎？繼續研究下去，有辦法當到博士嗎？」

「非得博士才肯嫁嗎？」主人不高興地反問。

「沒錯，普通的學士滿街都是。」鼻子嫂無動於衷地說道。主人看了迷亭一眼，再也藏不住臭臉。

「他能否當上博士，這我們也不敢保證，要不你打聽別的消息吧？」迷亭的心情也不太好。

「他最近也在研究——那個地球什麼的嗎？」

「兩、三天前，他還在理學協會發表上吊力學的研究結果呢。」主人毫不顧忌地說出事實。

「唉呀，真不吉利，搞什麼上吊的，真是怪人一個。研究那些上吊的玩意，怎麼可能當上博士咧？」

「光靠上吊要當博士是困難了一點，但研究上吊力學不見得沒機會喔。」

「是這樣嗎？」鼻子嫂轉頭觀察主人的臉色，很遺憾她不懂力學為何物，因此內心不怎麼踏實。況且礙於自身的貴婦頭銜，她又拉不下臉討教，只好觀察對方的臉色來判斷真偽，主人的臉色很不好看。

「那寒月先生，還有研究其他比較簡單易懂的東西嗎？」

「這個嘛，前一陣子他有寫一篇論文，題目是從橡實的安定度來看天體運行。」

「研究所有在研究橡實的嗎？」

「這就不太清楚了，我也是大外行嘛。不過寒月會感興趣，代表應該有研究價值才對。」迷亭一本正經的胡說著。

鼻子嫂放棄學術上的疑問，轉換了話題。「那我換個問題——聽說他新年吃香菇，弄斷了門牙是吧？」

「是啊，缺牙的地方還黏著糕餅呢。」迷亭的興頭又來了，這種問題正好是他擅長的。

「真沒情調，怎麼不用牙籤呢？」

「下次見面，我們一定提醒他。」主人也笑了。

「吃個香菇就缺牙，他的牙齒是不是不太好啊？二位怎麼看？」

「確實稱不上好——對吧，迷亭？」

「他牙齒是不好，但缺牙還挺有喜感的嘛。為什麼他一直沒去補牙呢，怪哉。現在吃個糕餅就會黏住，真乃奇觀啊。」

「他是沒錢去補牙，還是故意作怪不去補牙呢？」

「他也沒有說永遠不補，放心吧。」迷亭的心情越來越好了，鼻子嫂又換一個問題。

「貴府上有他本人寫的書信嗎？有的話還請讓我瞻仰一下。」

「明信片是有不少，請看吧。」主人從書房拿出三、四十張明信片。

「不用這麼多也沒關係啊——挑其中兩、三張就夠了……」

「那我來幫你挑幾張好的，這張趣味吧。」迷亭抽出其中一張遞上。

「寒月先生還會畫畫啊，真是多才多藝呢，我來瞧瞧。怎麼是畫狸貓呢，什麼不好畫偏偏畫狸貓——說也奇怪，看起來還真像狸貓呢。」鼻子嫂看了一會，才剛嫌棄完又略表佩服。

主人笑道：「你讀一下當中的句子。」鼻子嫂像個傭人讀報一樣：

農曆除夕夜，山中的狸貓舉辦園遊會開心跳舞，牠們唱著：「今晚除夕夜，連個登山人影也沒有

喔，咚咚咚、嘶咚咚。」

「這什麼啊？是在戲弄人吧。」鼻子嫂心理不平衡。

「這張天女的你喜歡嗎？」迷亭再遞上一張，上面有個身穿羽衣的天女在彈琵琶。

「這個天女的鼻子也太小了吧？」

「怎麼會呢，常人尺寸啦，先別管鼻子大小了，你讀一下句子嘛。」句子如下：

很久以前，某個地方有一天文學家，有天晚上他跟平常一樣爬到高台忘情觀星，美麗的天女橫空降臨，奏出世間難有的美妙音樂。天文學家陶醉在音樂中，渾不在意凍人的寒氣，隔天早上有人發現，天文學家的屍體上積滿冰霜，我那愛吹牛的爺爺說，這可是千真萬確的故事。

「什麼跟什麼啊？根本一點意義也沒有，這也配叫理學士嗎？他真應該讀一些文藝俱樂部的雜誌才對。」寒月被批得狗血淋頭，迷亭用看熱鬧的心情，遞出第三張明信片：「這一張如何？」第三張印著一艘帆船，下面同樣有一行文字：

昨夜孤女佇港濱，獨對岩礁群鳥泣，群鳥不眠同哀愁，但聽汪洋奪其親。

「寫得真有意境啊，了不起，原來他也有本事嘛。」

「是有本事啊。」

「沒錯，很適合配上三味線演奏呢。」

「再配上三味線，整個韻味就出來了，這一張又如何呢？」迷亭隨手又遞一張。

「不、其他不必再看了，有這些就夠了，我知道他不是一個沒情調的人了。」鼻子嫂已有領略，有

關寒月的事情也問得差不多了，最後她還提出很任性的要求。

「今天冒昧打擾真是失禮了，請別告訴寒月先生我來過。」寒月的大小事她一件也不放過，卻不敢讓寒月知道自己的所作所為。

「喔喔。」迷亭跟主人報以敷衍的回應。

「此事改天定當酬謝。」鼻子嫂又叮囑一次，這才起身離去。

兩人送完客回到座位上，迷亭問：「那是怎樣啊？」

主人回答：「我才想知道呢。」

他們都有同樣的疑問。房內的夫人似乎忍不住笑意，發出了竊笑聲。

迷亭拉開嗓門說：「夫人、夫人，那就是凡俗的典範哪，凡俗到那種地步也算是一絕了，你就別忍了，大聲笑出來吧。」

主人以不滿的語氣，恨恨地說：「首先我最看不慣那張臉。」

迷亭馬上接著說：「鼻子很囂張地盤據在臉中央啊。」

「而且鼻子還是彎的。」

「是有點彎呢，彎曲的鼻子也太奇葩了。」迷亭逗趣地笑了。

「長著一張剋夫的面相呢。」主人還不肯罷休。

「就好比十九世紀沒人要，拿到二十世紀繼續賣的面相呢。」迷亭就會胡說八道。

這時夫人走出來，幫著女性同胞說話：「你們兩個再說人家壞話，小心車夫家的大嬸去打小報告

喔。」

「有人提醒她，對她反而是有利無害啦，夫人。」

「不過在人家臉上作文章，未免太不入流了，她也不是自願有大鼻子的——何況她畢竟是個婦人，你們嘴巴太毒了。」夫人坦護鼻子嫂的鼻子，間接替自己的容貌辯護。

「我們哪裡惡毒了？那傢伙才不是婦人，是蠢人才對。是吧，迷亭？」「蠢歸蠢，倒也是個厲害的角色，你不是吃了很多暗虧嗎？」

「她到底把教師當成什麼了？」

「在她眼裡你跟車夫家大嬸差不多吧，要獲得那種人的敬重，就得當上博士才行。你沒當上博士，是你失策啊。對吧，夫人？」迷亭笑著問夫人。

「他哪當得上博士啊？」主人被自己的老婆看不起了。

「別小看我，我搞不好還有機會。你大概不知道，古時候有個叫伊索克拉底的人，在九十四歲才完成嘔心瀝血的巨作，索福克勒斯直到快一百歲，才寫出傑作名震天下，西莫尼德斯[2]八十歲才創作出好詩，我也是大器晚成……」

「別說蠢話了，憑你胃病纏身能活到那把歲數嗎？」夫人已經連丈夫的壽命都算好了。

「你很沒禮貌耶——不信你去問問甘木醫生——再說了，都是你讓我穿皺巴巴的黑色棉質外套，還

2伊索克拉底為古希臘著名的演說家，索福克勒斯為古希臘三大悲劇詩人，西莫尼德斯為古希臘詩人。

有補丁的和服，那個女人才會看不起我啦，給我拿出迷亭身上穿的這種衣服。」

「我們家哪來那麼高級的衣服？金田夫人是聽到迷亭先生報上伯父大名，才對他特別尊重的，不要怪在衣服頭上。」夫人巧妙地規避責任。

主人聽到伯父一詞，突然想到要問迷亭。「我今天才知道你有伯父，以前從來就沒聽說過啊，真的有嗎？」迷亭等這個問題顯然也等很久了。

「嗯，那個伯父，是非常頑固的人——果然是從十九世紀活到現在的老不死的關係吧。」迷亭看著主人夫妻的反應。

「喔呵呵呵呵，你真愛說笑，那他在哪安養天年？」

「就在靜岡啊，而且他不光是安養天年喔，腦袋上還留有髮髻，令人肅然起敬。我勸他戴一頂帽子，他就很傲氣地說，自己活到一大把年紀，從來就不用戴帽子防寒——天氣冷的時候，我勸他多睡一會，他說人類睡四個小時就夠了，睡太多就是驕縱，天還沒亮他就起床了。伯父跟我炫耀，他也是經過長年的鍛鍊，才把睡眠時間縮減到四個小時的，年輕時很難克服睡意，現在已臻至隨心所欲的境界了，他可開心得不得了。都六十有七了，睡不著也理所當然的嘛，根本不需要什麼鍛鍊啊，他卻以為那是堅忍不拔的成果。對了，他外出時一定會帶鐵扇。」

「帶鐵扇幹什麼？」

「我也不知道，反正會帶就是了，可能對他來說跟拐杖沒兩樣吧。前不久，他還提出了一個奇怪的要求。」迷亭這回向夫人攀談。

「是喔。」夫人給了個不痛不癢的回答。

「今年春天，他突然寄來一封信，要我立刻送一頂高禮帽和大禮服過去。我有點詫異，就寫信問他為什麼要那兩樣東西，他說是自己要用的，命令我盡快辦好，務必要趕在二十三日靜岡的戰勝慶祝大會前送去。最奇怪的是他下達的指示，他叫我帽子的大小加減挑，大禮服也幫他挑合適的尺寸，向大丸百貨訂製……」

「大丸百貨現在也有做洋服啊？」

「沒有啦，他把大丸百貨跟白木屋搞錯了。」

「他還要你挑適合的尺寸，太強人所難了吧？」

「伯父就是那種人啊。」

「結果呢？」

「沒辦法啊，我只好隨便挑著送過去了。」

「你也太亂來了，那有趕上慶祝會嗎？」

「嗯，勉強趕上了吧。我看報紙上說，當天牧山老翁難得穿著大禮服，手上還持著鐵扇……」「唯獨鐵扇不願離身是吧？」

「嗯，我想他去世以後，乾脆在棺材裡放鐵扇就夠了。」

「隨便挑還能合身，也算萬幸了吧。」

「這你就錯了，起先我也以為一切順利，不久後我收到一個小包裹，我還在想是他寄來的謝禮，不

料打開一看是我送的高禮帽，外加一封信。信上說難為我幫他挑了一頂帽子，可惜尺寸大了一些，希望我帶去店裡幫忙改小一點，還附上一張匯票充當資費呢。」

「原來如此，這也太迷糊了吧。」主人發現天底下有人比自己迷糊，心裡非常高興，忙不迭再問：「後來怎麼樣了？」

「還能怎麼樣？我就自己拿來戴了啊。」

「你戴那頂帽子？」主人賊笑道。

「那個人是男爵？」夫人好奇地請教。

「你問誰呢？」

「那個拿鐵扇的伯父啊。」

「不是，他是漢學家。據說年輕時在幕府的學堂迷上朱子學還是什麼學問的，才會在這個時代還頂著髮髻，真拿他沒辦法。」迷亭不斷摸著下巴。

「不過，你剛才跟那個女人說，你的伯父是男爵耶。」

「沒錯，我在房裡也有聽到。」夫人唯有這一點同意丈夫。

「我有這樣說嗎？啊哈哈哈哈。」迷亭莫名其妙地大笑。

「那當然是假的啊，如果我伯父真的是男爵，我也該幹到某某局長了吧。」迷亭扯謊還理直氣壯。

「我就知道有鬼。」主人露出一種有點開心，又有點憂慮的表情。

「唉呀，虧你有辦法一臉嚴肅地騙人，看來你也是擅長說謊的高手呢。」夫人相當佩服迷亭。

「哪裡，那個女人比我強多了。」

「你也不輸她啊。」

「夫人，我的謊話純粹是吹牛，那個女人的謊話都是別有心機的，用意歹毒啊。把神來一筆的滑稽趣味，跟小聰明的算計相提並論，喜劇之神也會感嘆你沒眼光的。」

主人低下頭說：「最好是啦。」

夫人則笑著回答：「你們是五十步笑百步。」

本喵沒去過對街的巷弄裡，也不知道拐角的金田家長什麼模樣，今天是本喵第一次耳聞金田家的存在。

主人一家從來沒有談過企業家的話題，受主人豢養的本喵對這方面也漠不關心，甚至可以說很冷感。所以方才鼻子嫂意外來訪，本喵事不關己地聆聽他們的對話，想像著那位千金大小姐的美貌和金田家的財勢。別看本喵只是一隻小貓，幾經思量後本喵再也無法悠閒地躺在外廊上睡覺了，本喵很同情寒月。金田家收買了博士的夫人、車夫家的大嬸、教二弦琴的師傅，連他缺牙的事情都查得一清二楚，可寒月只會傻笑玩弄自己的衣帶，即便他是一個剛畢業不久的理學士，也太過無能了。再者，那個顏面中央挺著一只囂張鼻子的女人，普通人要接近她想必很困難。主人對這類事情既不關心，又無財力幫忙；迷亭是不缺錢，但依他的個性又不太可能幫助寒月，最可憐的就屬那個發表上吊力學的老兄了。本喵若不挺身而出，幫他潛入敵營刺探敵情，未免也太不公平了。雖然本喵只是一隻貓，然而卻是一隻桌上隨

便都放著愛比克泰德[3]著作的學者家中的貓，本喵有別於世上一般的蠢喵和笨喵。本喵整條尾巴都充滿著俠義心腸，甘為寒月以身犯險。本喵並不是要賣恩情給寒月，也不是出於一時的血氣方剛，而是要實現天道無親、常與善人的義舉。金田家的人未經同意就到處散播吾妻橋事件，還派走狗到別人家打聽隱私，逢人就談論打聽到的消息，甚至還利用三教九流的人來打擾國家的棟梁——德性敗壞至此，本喵也有所決斷了。好在今天的天氣不錯，霜雪融化是有些困擾，但本喵寧願捨身匡正大道啊。沾到泥巴的腳底在外廊上踩出小腳印，頂多只會給幫傭添麻煩而已，算不上本喵的痛苦。心動不如馬上行動，本喵熱血澎湃地衝出廚房，隨即又勸自己先冷靜下來。

本喵是一隻極度進化的貓咪，智能也絕不輸中學三年級的學生，很遺憾本喵的喉嚨構造終究不是人類的構造，本喵不會說人話啊。假設本喵順利潛入敵營探得消息，也沒辦法告訴寒月，或是報給主人和迷亭知情。貴重的情報無法傳遞，就跟埋在土裡不見天日的鑽石一樣沒路用。本喵站在階梯上，心想這樣太蠢了，還是算了吧。

不過決心要做的事情半途而廢，就好比一心盼著午後陣雨，結果烏雲卻飄到別處一樣令人惋惜。如果是我們不對也就罷了，但這次的行動是出於人道正義。明知不可為而為之，不正是一個深明大義的男子漢該做的事情嗎？大不了就是白費功夫，白白弄髒腳底，這是一隻貓咪應所當為之事。本喵生為一隻貓咪，無法以流利的辯才和寒月、迷亭、苦沙彌等人交流思想，可貓咪隱匿行蹤的本事遠比他們要好。

3愛比克泰德為古羅馬哲學家。

成就他人無法成就之偉業，於本喵也是一大快事，哪怕瞭解金田家內幕的只有本喵，也總比無人瞭解愉快多了。不能說出來也無所謂，至少讓他們知道自己的醜事曝光，這不也是一大樂趣嗎？如此愉快的事情接連不斷，本喵思前想後還是決定一探敵營。

來到巷弄裡，傳聞中的洋館旁若無人地座落在轉角處，這一家的主人也跟這座洋館同樣傲慢吧。本喵進到門裡眺望建築，雙層構造大而無當，根本是在耀武揚威罷了，這就是迷亭說的凡俗了。本喵望向玄關右邊，穿越草叢堆直達廚房後門，有錢人家的廚房真大，少說也比苦沙彌老師家的廚房大十倍，而且東西整理得有條無紊，不下於前幾天報紙上介紹的大隈重信[4]房舍。「真是模範廚房啊。」本喵潛入廚房之中，仔細一瞧，車夫家的大嬸就站在兩坪大的灰泥地上，對燒飯的傭人和車夫說話。本喵心知不妙，趕緊躲到水桶後面。

「那個教師，他是不認識我們家老爺嗎？」燒飯的傭人開口了。

「怎麼可能不知道，這一帶不知道金田老爺家的，也只有又瞎又聾的殘廢吧。」這是車夫的聲音。

「這可難說了，那教師怪人一個，書本以外的事情什麼也不知道。他要是聽過老爺的風評應該多少會怕，可沒辦法，他連自己小孩的歲數都不知道呢。」大嬸也答腔了。

「聽到金田家的名號也不害怕，麻煩的老頑固啊，不用怕他，我們一群人去嚇唬他吧。」

「好主意，他還說夫人的鼻子太大，嫌棄夫人的長相呢——太過分了，他自己也長得像狸貓陶偶啊

4大隈重信（1838-1922），幼名八太郎，日本的武士、政治家、教育家，並為早稻田大學創校者。

——那種人還自以為了不起，真是夠了。」

「他不光長相欠揍，平時還故作風雅拿著毛巾去泡湯，有夠臭屁的，不把別人放在眼裡是吧。」燒飯的傭人也很討厭苦沙彌老師。

「不然一群人去他家外邊，說他壞話吧？」

「這樣包準他學乖。」

「是說，明著來沒意思，夫人剛才交代過了，讓他聽到聲音就好，打擾他念書，盡量氣死他。」

「我們知道。」大嬸表明自己願意插一腳。本喵得知他們要聯合打擊苦沙彌老師後，悄悄穿過他們身旁朝屋內前進。

貓咪的腳步似有若無，無論走到哪裡都不會發出聲音，堪比淩空御虛、騰雲駕霧、水中擊磬、洞內鼓瑟；又好比精妙法要，如人飲水冷暖自知，只可意會不能言傳。凡俗的洋館、模範的廚房沒啥大不了，車夫家的大嬸、雜役、燒飯的傭人、大小姐、婢女、鼻子嫂、金田老爺也不算什麼，本喵可以去任何想去的地方，打聽任何想聽的消息，然後吐吐舌頭，揮揮尾巴，豎起鬍鬚悠哉回家。本喵精於此道，全日本無人能出其右，本喵甚至懷疑自己身上是不是有妖貓的血統呢。相傳癩蛤蟆的額頭上長著夜明珠，本喵的尾巴則有仙道佛法，通曉人間有情無常之理，隱含愚弄眾生的獨門妙方。

本喵要神不知鬼不覺地穿越金田家走廊，無異於探囊取物，這時候本喵也不由得佩服起自己了，一定是平日妥善照料的尾巴有保佑，以後不能小看尾巴了。本喵稍微低下頭，想好好膜拜敬愛的尾巴大神，祈禱喵運興隆，但方向一直對不準，要快點對著尾巴膜拜三次才行啊。本喵想轉身看尾巴，尾巴也

跟著順勢轉動，本喵轉頭想追上尾巴，尾巴卻總是保持一定的距離，果然是廣納天地玄黃於方寸之間的神物啊，不是本喵能夠追上的。本喵追逐尾巴七圈半以後，累到不得不放棄了，頭好暈。本喵連自己在哪裡都分不清了，但本喵憑著一股不怕死的衝勁四處亂晃，正巧聽到拉門裡傳來鼻子嫂的聲音。本喵知道這裡是關鍵要地，便停下來張大耳朵，屏息偷聽。

「一介窮酸教師，囂張個什麼勁啊。」鼻子嫂又發出尖銳高亢的嗓音。

「嗯，太囂張了，應該要教訓一下以示懲戒，那間學校裡有我的同鄉。」

「誰啊？」

「津木乒助，還有福地細螺，我去拜託他們好了。」本喵不知金田出身何地，只是很訝異那個地方怎麼都出一堆名字古怪的人。金田又說了：「那傢伙是英文教師嗎？」

「是啊，聽車夫家的大嬸說，好像是教英文閱讀的吧。」

「大概也不是什麼像樣的教師。」有錢人講話如此粗俗，本喵也算開了眼界。

「之前我遇到乒助，乒助說學校裡出了一個怪傢伙，學生問那傢伙番茶的英文是什麼，他竟然正經八百地回答Savage tea，成了教師之間的笑柄，有那樣的教師，其他人都很困擾呢，現在想來一定是你講的那個教師。」

「肯定是他沒錯，看他就是一副滿嘴蠢話的模樣，還留著討厭的鬍子。」

「真不像話。」留鬍子就叫不像話，那我們貓咪沒有一隻像話的了。

「還有那個叫迷亭還是酩酊的，也是個白目又浮誇的傢伙，說什麼他伯父是牧山男爵，我光看他的

面相，就知道他不可能有什麼男爵伯父了。」

「把那種來歷不明的傢伙說的話當真，你也有錯啦。」

「我也有錯？你說這話也太欺負人了吧。」鼻子嫂的語氣顯得很不滿，奇怪的是他們完全沒提到寒月，不曉得是本喵潛入以前就已經談完了，還是他們看不上寒月所以懶得再提，總之探不出結果也無可奈何。本喵佇足偷聽一會，走廊對面的房間傳來了鈴聲，那裡恐怕也有動靜，本喵決定過去一探究竟。

來到現場一看，就聽到某個女人正扯著嗓子說話，她的聲音跟鼻子嫂挺像的，本喵猜測她就是金田家的千金，那個害寒月投水自盡不成的女人吧。可惜啊，隔著拉門沒機會拜見到她的尊容，不曉得她臉上是不是也有一個大鼻子，從她的談吐和粗重的鼻息來判斷，也不太可能是含蓄低調的小鼻子。女人拚命說個沒完，卻聽不到對方答話的聲音，應該是在用傳聞中的電話交談吧。

「喂，大和戲院嗎？明天我要過去一趟，幫我訂最上等的位子，知道嗎——你有沒有在聽啊——什麼，你沒聽到？我不是說了，要最上等的位子——你說什麼——訂不到？怎麼可能訂不到啊？叫你訂就訂——笑屁啊，你說我在開玩笑——誰跟你開玩笑了——你冷嘲熱諷個屁啊？你老幾貴姓啊？你叫長吉？你哪根蔥啊，叫你們老闆娘出來聽電話——啥？由你代為轉達？——你可以再沒禮貌一點啦，你知不知道老娘是誰啊，我是金田家的人——笑屁啊，你說你知道？你這傢伙耍什麼白痴啊。——跟你說我們金田家。——什麼？——多謝我們惠顧？——有什麼好謝的，誰要聽你道謝啦——唉唷，你還笑，你是蠢到沒藥醫是吧。——你說我講得對？——你敢瞧不起人我可要掛電話啦，我真要掛了，你沒在怕的嗎——你不說話我怎麼知道啊，有種放幾個屁來聽聽啊。」電話裡的長吉也許真掛她電話了，似乎沒有

任何回應，大小姐氣得猛搖電話轉盤，在她腳邊的小狗被嚇到狂吠，本喵不敢有絲毫大意，飛快跳到走廊下面避難。

這時傳來有人接近的腳步聲，還有打開拉門的聲音，本喵凝神細聽，想看看又是誰來了。

「大小姐，老爺和夫人在叫您呢。」原來是下人來了。

「關我屁事啊。」大小姐給下人吃了一頓排頭。

「老爺和夫人有事，請我找大小姐過去一談。」

「煩耶，沒興趣啦。」大小姐又給下人一頓排頭。

「……據說是跟水島寒月先生有關的事情。」下人靈機一動，想藉此平息大小姐的牛脾氣。

「管他寒月還是水月，跟我沒關係啦——我最討厭他了，長得一臉蠢瓜相。」第三頓排頭，遠在異地的可憐寒月也中槍了。

「唉呀，你什麼時候把頭髮盤起來了？」下人鬆了一口氣，盡量簡潔地回答：「今天。」

「太囂張了，不過就是個下人嘛。」第四頓排頭，竟從意想不到的方向而來。

「你還換新的領巾啊？」

「是的，之前大小姐送我的，我捨不得用，就放進行李了。但以前那一條太髒了，只好拿來替換。」

「我何時送過你那樣東西了？」

「就是今年正月去白木屋購買的——茶色質地還染有相撲力士的圖樣，您說那款式太樸素，就讓給

我了，正是那一條。」

「哼，還挺合適的嘛，真令人嫉妒。」

「不敢當。」

「我不是在稱讚你，我說令人嫉妒你沒聽到嗎？」

「是。」

「用起來這麼好看你也不告訴我，還好意思收下來。」

「是。」

「你用都合適的話，我用起來也不奇怪吧。」

「大小姐用一定很好看的。」

「你知道還不跟我說，自己偷偷拿來用，真沒品。」大小姐的攻勢一刻都沒間斷，就在本喵專心聆聽事態發展時，對面客廳傳來金田呼喊女兒的聲音。

「富子啊，富子在嗎？」大小姐應和一聲，不情願地離開了電話室。比本喵大上一點的小狗，眼睛和嘴巴都皺成一團，跟著大小姐離開了。本喵再次神不知鬼不覺地離開廚房，從大馬路上趕回主人家中，這次的探險成果斐然啊。

本喵一回到家，發覺自己從一棟漂亮的房子回到骯髒的小窩，那種感覺就好像從陽光明媚的山巔上，鑽入黑燈瞎火的洞窟裡。本喵在探險的過程中，注意力都放在其他事情上，並沒有細心觀察房屋的裝潢或拉門的品質，但本喵確實感受到自己住的地方有多下等，同時也懷念起金田家的凡俗。果然企業

家還是比教師了不起，本喵也覺得這想法有點奇怪，便請教尾巴大神的意見，尾巴前端也晃來晃去，告訴本喵企業家真的比較了不起。進入客廳後，本喵很訝異迷亭還沒離去。火盆裡塞了密密麻麻的菸屁股，活像一個蜂窩似的，迷亭大剌剌地坐著聊天，寒月不知道什麼時候也跑來了，主人枕在手臂上眺望天花板漏水的痕跡，依舊是一幅太平散人聚會的景象。

「我說寒月啊，那個在夢中對你念念不忘的婦人，你當初姑隱其名，現在也該告訴我們了吧。」迷亭率先調侃寒月。

「倘若整件事只跟我有關，那據實以告也無妨，但這話說出來會給對方添麻煩的。」

「你還是不願說啊？」

「況且我跟○○博士的夫人有言在先了。」

「她要你保密是嗎？」

「是的。」寒月又在玩弄外套的帶子，那條帶子是普通商品所沒有的紫色。

「那條帶子的成色，是不是有些落伍啊？」主人躺著問話，他對金田事件毫不在意。

「沒錯，怎麼看都不像日俄戰爭時期的東西，大概只有戎裝配劍才適合用那帶子吧。據說織田信長成婚時有綁頭髮，用的就是那種帶子呢。」迷亭的說明還是又臭又長。

「實際上，這是我爺爺參加長州征伐時用的帶子。」寒月很嚴肅地答道。

「你乾脆捐給博物館吧，否則讓人家知道上吊力學的演說者，理學士水島寒月竟然打扮得像個落魄的幕府親衛，可有損名譽。」

「二位的忠告我當然無有不從，可有人說我很適合這條帶子——」

「誰說這麼沒品味的話啊？」主人翻個身子大聲問道。

「那是二位不認識的——」

「不認識也沒關係，到底是誰嘛？」

「某位女性。」

「哈哈哈哈哈，你也真是風流，我來猜猜看，是不是那個在隅田川呼喚你的女子啊？你何不穿著那件大衣，再試一次羽化登仙？」迷亭也從旁打岔。

「呵呵呵呵呵，水中已無佳人呼喚我，而是從西北方的清淨世界……」

「有個惡毒的鼻子在，也清淨不到哪去吧。」

「對面巷弄裡的鼻子，剛才來過了，我們可是受了一場震撼教育啊。對吧，苦沙彌？」

「咦？」寒月一臉疑惑。

「唔嗯。」主人躺著喝茶。

「鼻子？誰啊？」

「你那位水中佳人的高堂啊。」

「是喔。」

「金田的妻子跑來打聽你的消息。」主人認真地說明原委，不知道寒月會驚奇、高興、還是害羞。

沒想到寒月仍然老神在在，把玩著他的紫色衣帶：「她是來拜託你們說服我，娶她的女兒是吧？」

「你錯了，那位夫人有一魁偉的鼻子……」迷亭話才說到一半，主人就牛頭不對馬嘴地說：「喂，我剛才就想用那個鼻子寫一首詩。」在隔壁房的夫人也笑了。

「你也真夠閒的，寫好了嗎？」

「一點點，第一句是此顏大有神鼻在。」

「再來呢？」

「下一句是敬獻神酒供神鼻。」

「再下一句呢？」

「其他還沒想到啦。」

「真有趣呢。」寒月愉悅地笑了。

「下一句是鼻孔幽幽深不知，怎麼樣？」迷亭馬上就想到下一句了，寒月也獻上一句歪詩：「那最後就是，未見鼻毛何處在。」正當三人說笑之際，有四、五個人在外邊的圍籬附近大喊：「狸貓陶偶、狸貓陶偶。」主人和迷亭有些訝異，他們從圍籬的縫隙望出去，那幾個人哈哈大笑走掉了。

「狸貓陶偶是啥玩意？」迷亭很好奇。

「莫名其妙。」主人說道。

「真是肆無忌憚呢。」寒月也加入批評。迷亭似乎想到了什麼，他猛然站起來，以演講的語氣說：「在下以多年來的美學見解，對吾人的鼻子進行了一番研究，請二位聽一下我的淺見。」

面對這突兀的舉動，主人愣愣地看著迷亭，寒月小聲地說：「懇請賜教了。」

「根據我的多方調查，鼻子的起源已不可考。首先第一個疑問是，假設鼻子是實用的器官好了，那麼兩個鼻孔又嫌多了，況且也沒必要從顏面中央隆起。誠如各位所見，為什麼我們的鼻子會越來越突出呢？」迷亭捏起自己的鼻子。

「也沒多突出啊？」主人說了一句實話。

「至少沒凹下去嘛，別以為這只是兩個鼻孔並排的狀態，否則可能會產生誤解，這點是要事先聲明的。——依照我個人的淺見呢，鼻子的發達是我們擤鼻涕的小小動作，經過自然累積後所呈現的顯著現象。」

「果真是淺見呢。」主人又插入一段短評。

「大家都知道，擤鼻涕要捏著鼻子嘛，捏著鼻子就等於刺激局部。以進化論的大原則來說，局部對刺激產生反應，跟其他部位相比才會過度發達。所以自然變得皮堅肉厚，甚至硬化成骨頭啊。」「這有點說不過去吧——肌肉無法自由進化成骨頭的。」寒月提出抗議，真不愧是理學士，迷亭毫不介意地說下去。

「你的懷疑是有道理的，但事實勝於雄辯，你看我們的鼻子是有骨頭的。這點無庸置疑嘛，已經有骨頭了對吧，有骨頭還是會流鼻涕，流鼻涕就得擤出來。這個作用擠壓骨頭的左右兩側，使之變細隆起——實在是可怕的作用啊，就好比滴水能穿石、頭殼磨久會光滑、奇香異臭天生自成，鼻子也是這樣變堅挺的。」「你的鼻子還是很塌啊。」

「這我就不多說了，以免有維護演說者自身局部之嫌。那位金田夫人的鼻子，是更加發達雄偉的天

下奇珍，我想向二位介紹一下。」寒月忍不住笑了。

「俗話說物大便是美，可太大的東西又令人望而生畏。那位夫人的鼻子是很氣派，只是好像太險峻了一些。古有蘇格拉底、戈德史密斯、薩克萊[5]等人，他們的鼻子構造也都有其缺陷，但缺陷當中又帶有幾分討喜之處。換言之，鼻子貴在精奇、不在高挑。講句粗俗點的，好看的鼻子畢竟比不過好吃的食物，那麼從美學價值來看，在下的鼻子也算是中規中矩啦。」

「呵呵呵。」主人和寒月都笑了，迷亭自己也笑得很開心。

「且聽我剛才說——」

「用且聽一詞跟說書的一樣不夠高雅，還是換一句吧。」寒月報了前幾天的一箭之仇。

「好，請容我從頭講起。——嗯嗯——接下來我想探討鼻子和五官的比例問題，單論鼻子，那位夫人的鼻子走到哪都不丟人——如果鞍馬山有辦鼻子展覽會，她絕對能拔得頭籌。很遺憾，那個鼻子和眼睛、嘴巴、其他部位完全不搭調。打個比方，凱撒[6]的鼻子夠氣派吧，但我們若把凱撒的鼻子剪下來，黏在這隻貓咪的鼻子上，那又如何呢？這就好像在方寸之地，聳立英雄的鼻梁，無異於在棋盤上供奉大佛嘛。如此一來不僅比例失衡，美學價值也將一落千丈，金田夫人的鼻子挺拔帥氣，程度不下英雄凱撒，可周圍的五官條件又如何？想當然，是沒有這隻貓咪醜陋啦，只是那八字眉活像癲癇發作，細長的眼睛又往上斜吊，令人感嘆一只好鼻子配在醜臉上啊。」

5 蘇格拉底，古希臘哲學家。戈德史密斯，愛爾蘭劇作家。薩克萊，英國小說家。
6 凱撒，羅馬共和國末期統帥，政治家。

迷亭話一說完，房子後面就有人說：「他們又在討論鼻子的話題，也太不識好歹了吧。」

「是車夫家的大嬸。」主人告訴迷亭說話的人是誰，迷亭又開口了。

「後邊又有一位女性旁聽者來訪，這對演說者是無上的光榮啊，況且有此嬌豔美聲，無疑替枯燥的講席增添不少韻味，真是喜出望外之幸呢。我會盡量以深入淺出的方式演說，不負佳人淑女的期待，只可惜接下來有少許力學上的問題，可能對諸位婦人有些困難，還望包含。」

寒月一聽到力學二字又笑了。「我要證明的是，她的鼻子和五官有失均衡，不符合德國美學家贊辛所說的黃金定律，我想以嚴謹的力學公式算給各位看。首先H是鼻子的高度，α則是鼻子和臉部平面的交叉角度，W當然是鼻子的重量了，講到這裡還聽得懂嗎？……」

「誰聽得懂啊？」主人說他聽不懂。

「那寒月呢？」

「我也不太懂呢。」

「這可麻煩了，苦沙彌聽不懂也就罷了，我以為你是理學士，應該聽得懂才對啊。這個公式是演說的核心，不講式子前面的演說就統統白費了——沒辦法，那我就省略公式只說結論好了。」

「還真有結論？」主人很好奇地反問。

「當然，沒有結論的演說，就跟沒有甜點的西洋料理一樣。——聽好囉，我要說結論了。——綜觀

上面的公式和菲爾紹、魏斯曼[7]等科學家和演化學家的說法，我們必須承認先天上的形態遺傳，儘管有學說證明後天與遺傳無關，但伴隨這種形態所產生的心理狀態，在某種程度上還是無法避免的。因此這種鼻子與身分不搭調的女人所生的孩子，其鼻子也可能有某些異狀。寒月你的年紀尚輕，也許還看不出那位千金的鼻子構造有偏差，無奈遺傳的潛伏期是很長的，搞不好哪天氣候劇變，她的鼻子也會跟其母一樣瞬間發達膨脹。有鑑於此，我的學理證明這一樁婚事還是放棄為宜。我相信這裡的東道主，還有那隻在睡覺的妖貓大人，也不會有異議才對。」

主人特地爬起來，很熱心地勸說：「沒錯，誰會娶那傢伙的女兒啊？寒月，你可千萬要想清楚。」本喵也叫了幾聲，表示贊同之意。

寒月也鎮定地說：「既然是二位的意見，那我也只好忍痛放棄了。萬一她本人抑鬱寡歡生了重病，那可就罪過了——」

「哈哈哈哈，風流債是吧。」主人一個人氣呼呼地說：「怎麼可能啊，那種人的女兒肯定也不是什麼好東西。初次造訪就盛氣凌人的，傲慢。」

這時圍籬外又有幾個人哈哈大笑，其中一個人說：「自己傲慢還說別人傲慢的傻蛋。」另一個人說：「你羨慕人家住大房子是吧？」還有一個人說：「真可悲，也只敢在自己家耍大牌啦。」

主人衝到外廊破口大罵：「哭夭啊，幹嘛故意跑到人家牆外？」

7 菲爾紹（Rudolf Ludwig Karl Virchow，1821-1902），德國人類學家。魏斯曼（Friedrich Leopold August Weismann，1834-1914），德國演化生物學家。

那些人也回嘴：「哇哈哈哈哈哈，把番茶的英文搞錯，丟人喔。」這句話戳到主人痛處，他抓狂拿起棍子衝到馬路上，迷亭還拍手叫好：「有意思，上！」寒月把玩著外套的衣帶笑瞇瞇的，本喵也跟著主人外出，從圍籬的缺口探頭往外看。主人拄著棍子呆站在路上，外邊一個人影也沒有，儼然丈二金剛摸不著頭腦。

四

本喵按照慣例，又潛入金田家了。

按照慣例是什麼意思，相信也不需要解釋了，那是在形容自己常做某件事的頻率。俗話說有一就有二，無三不成禮，這種好奇心也不是人類獨有，貓咪打從娘胎出來也有好奇心，這是無可否認的事實。重複三次以上的事情，就會被冠上習慣一詞，這是生活和進化不可或缺的行為，此點貓咪也與人類無異。有人可能會想問，為什麼本喵要頻繁前往金田家？本喵想反問你們一個問題，為什麼你們人類要從嘴巴吸菸，再從鼻孔噴出來呢？抽菸既不能填飽肚子，對身體也沒有好處，你們同樣恬不知恥地吞雲吐霧啊，所以請不要怪罪本喵出入金田家，金田家就形同本喵的香菸。

用潛入一詞其實不太精確，聽起來就跟小偷或姘頭一樣難聽。本喵雖是不請自來，但也沒有偷他們家的魚肉，或是跟那隻眼鼻擠在一起活像抽筋的小狗有任何密談。——那麼本喵是去探人隱私的嗎？——當然不是，本喵認為世上最低賤的職業莫過於密探和高利貸了。沒錯，本喵曾經替寒月出頭，發揮出一隻小貓罕有的俠義心腸，潛入金田家探查敵情。不過那也才一次而已，後來本喵可沒做過有損貓咪良心的惡行。——那為什麼本喵要用潛入這種字眼？——這是別有深意的，在本喵的觀念裡，天地開闢是用來包容和乘載萬物的，喜好強辯的人類也無法否認這一事實。人類對開天闢地何曾貢獻過一絲心力？那他們有什麼道理主張那是自己的東西？要主張所有權也沒差，但他們沒理由禁止別人出入。自作

聰明的人類，在這片蒼茫的大地上用圍籬和木樁圈地，這就形同在劃分蒼天、私相授受一樣沒意義。如果土地可以分割出售，那我們呼吸的空氣是不是也該分割出售？空氣無法分割出售，佔有空氣不合道理，那麼土地的私有化也不合理才對。本喵信奉如是觀、行如是法，自然是遨遊天地任我行。當然，本喵不會去討厭的地方，只是心之所向無分東西南北，本喵走到哪裡都是堂堂正正、無所畏懼。區區暴發戶，本喵沒在跟他客氣的。——然而貓咪可悲的地方在於，我們的力氣比不上人類。這世道有句話叫「強權即是公理」，就算我們貓咪再有道理，人類也不會接受。若是不知進退，就會像車夫家的黑仔那樣，被魚販打到跛腳。

當道理碰上權力通常只有兩種下場，要不是放棄道理乖乖服從，不然就是瞞著掌權者貫徹自我。不消說本喵選擇後者，本喵不想挨揍才得偷偷來，何況本喵有正當的出入權，自是不能放棄這份權利了，所以本喵才潛入金田家。

本喵沒有探人隱私的意圖，但隨著潛入的次數變多，本喵還是會看到不想看的事情，記得不想記的東西。例如鼻子嫂在洗臉時，會特別用心擦拭鼻子；富子大小姐成天吃麻糬吃個不停；至於金田本人——他的鼻子很塌，跟妻子不同。也不光是鼻子，他的整張臉都很平，本喵懷疑他是不是小時候跟人吵架，被小流氓抓住脖子推去撞牆，導致四十年後的今天，這段因果還在他臉上顯現。反正是一張很平順的臉，就是太缺乏變化了，他再怎麼生氣也不會有起伏。——金田吃鮪魚生魚片的時候，會拍拍自己的禿頭，而且他不只顏面扁平，身材也十分矮小，所以喜歡穿戴特別高的禮帽或木屐。車夫背地裡取笑金田愛用矮子樂，還會說給學生聽，學生也稱讚車夫觀察入微。——總之，諸如此類的事情太多了。

最近本喵會從廚房門邊穿過庭園，躲在假山後面觀察動靜，確認拉門緊閉又沒有聲音，才敢偷偷跑進宅子裡。萬一人聲鼎沸，或是有被客廳裡的人發現的風險，本喵就會繞過池子東面，從廁所旁邊偷偷跑到走廊下。本喵不是在幹壞事，也沒什麼好躲藏或害怕的，但總比遇到人類這種暴徒，再來感嘆自己時運不濟要好多了。倘若世人皆為奸佞之輩，那麼即便是聖人君子也會採取本喵的應對措施吧。金田是一位企業家，並不會像流氓一樣拿刀砍人，可他得了一種不把別人當人看的病，想必對待貓咪也好不到哪裡去。因此，品格再高尚的貓咪到他家裡，也千萬不能大意。

不過這樣的風險還是有幾分趣味，本喵甘犯風險也要潛入金田家，可能也是要享受刺激的感覺吧。改日待本喵深思過後，再來詳細介紹貓咪的思維吧。

本喵抬起下巴放到假山的草皮上，想看看今天宅子裡是什麼動靜。七坪大小的客廳對著三月天的春色門戶大開，金田夫妻正和一位來客交談，鼻子嫂的神鼻隔著水池，正對著本喵的額頭，本喵有生以來頭一回被鼻子緊迫釘人。好在金田轉身面對來客，平坦的部位有一半被遮住，看不出來他的鼻子長在何處，只見臉上長著灰裡透白的雜亂鬍子，兩個鼻孔大概在那上面吧，這是本喵唯一不必細想就能得出的結論。本喵縱情想像，要是春風吹過的地方也都那樣平坦，想必能省下不少力氣吧。來客是三人之中相貌最普通的一位，由於太過普通，反而沒有值得一提的部分。普通乍聽之下是好事，但普通到庸俗的地步就是悲劇了。這位天生帶著平庸相貌生於明治盛世的人物，到底又是誰呢？本喵一如往常，躲到走廊下偷聽他們對談。

「……於是妻子特地到那個男人家，想打聽一點消息……」金田的語氣同樣傲慢，卻又不帶一點峻

厲，跟他的五官同樣扁平。

「原來如此，他曾經教過水島先生嘛——原來如此，你們想得挺周到——原來如此啊。」來客開口閉口離不開原來如此。

「可是，他講的不得要領啊。」

「嗯嗯，苦沙彌是不得要領沒錯——過去我跟他當室友，他就是個態度魯鈍的人——也難怪你們會困擾了。」來客對鼻子嫂說道。

「我說啊，這不是困不困擾的問題，我活到這把年紀，去別人家拜訪從沒受過那麼無禮的對待。」鼻子嫂又在大放厥詞了。

「他說了什麼失禮的話是嗎？他從以前個性就很頑固——畢竟長期甘於當一個英文閱讀教師，性格也就可想而知了。」來客也很識趣地迎合鼻子嫂。

「不是，據說妻子不管問他什麼，他都在刻意挑釁，完全沒辦法溝通啊……」

「這確實不成體統呢——小有學問便待人輕慢，再加上人窮志短，會心生妒意也是在所難免的吧——唉、世上還真有一些敗德之徒，也不想想自己無能，成天只會仇富——好像別人騙走他們的財產一樣，真可怕啊，啊哈哈哈。」來客表現出不勝惶恐的模樣。

「是啊，太不像話了，那種人就是沒見過世面才敢囂張，所以我已略施小懲，教訓他一下以示懲戒。」

「原來如此，想來他也學乖了吧，這對他有好處啊。」來客還沒聽到金田懲戒的手段，就已經表示

同意了。

「對了，鈴木先生，為什麼那傢伙如此頑固啊？聽說他到學校上課，也不理會福地先生和津木先生是吧。我們原以為他學乖了，結果他卻拿著棍棒，追打我家無辜的學生呢——都三十幾歲人了還幹出那種蠢事，一定是惱羞成怒才崩潰抓狂吧。」

「是喔，他怎麼會如此粗魯呢……」這下連來客也覺得事有蹊蹺了。

「也沒什麼，就幾個人走過他面前說了幾句，他就突然抄起棍子，赤腳衝出來了。就算我家學生得罪了他，人家年紀輕不懂事嘛，虧他還是一個當教師的大男人。」

「就是說啊。」來客此言一出，金田也表示贊成。三人意外得到了共識，他們認為教師受到任何污辱都應該像木頭一樣忍氣吞聲。

「還有啊，那個叫迷亭的也真是有夠放肆荒唐的，淨說些沒路用的謊話，我還是第一次遇到那種怪胎。」

「啊啊，迷亭是吧，他愛吹牛的習性依舊沒變啊。您也是在苦沙彌家見到他的嗎？您可別跟他一般見識，我以前跟他是同吃一鍋飯的伙伴，他常捉弄別人，我們兩個動不動就吵架呢。」

「面對那種人誰都會生氣啦。其實說謊也沒什麼大不了。好比遇事理虧，需要打個圓場的時候——任誰都會說點違心之論的嘛，但那個傢伙在不必說謊的情況下也拚命說謊，簡直莫名其妙嘛。扯那些大謊，真搞不懂他到底想幹嘛——吹牛還臉不紅氣不喘呢。」

「說得對，出於玩心的謊言最令人困擾了。」

「我認真跑去打聽水島的事情，也被他們搞得亂七八糟的。我生氣歸生氣啦，可念在人情義理，跑去跟人家打聽消息，總不能都不表示一下嘛。所以我事後派車夫送一打啤酒過去，結果你知道他怎麼回應嗎？他竟然說自己沒理由收下啤酒，要車夫送回來呢。車夫說那啤酒是謝禮，請他收下——他的回應真是讓我越想越火大，他說自己寧可每天吃果醬，也不喝啤酒這種苦澀難喝的東西，說完就轉身走人——哪有人那樣說話的啊，你說是不是太失禮了？」

「是很過分呢。」這次來客似乎也覺得太過分了。

「因此我們今天才特地請你過來一趟。」久未開口的金田又說話了。「我們是想暗中捉弄他一下就好，但那也有個問題……」金田跟吃鮪魚生魚片時一樣，又拍拍自己的禿頭。老實說本喵躲在走廊下，並沒有親眼見到他拍腦袋，只是那拍禿頭的聲音近來也聽習慣了，就如同比丘尼能分辨木魚的聲音一樣，本喵躲在走廊下也能馬上聽音辨位。「有鑑於此，才想請你幫點小忙……」

「只要是我能力所及的事情，二位儘管吩咐便是——這次有幸到東京任職，也全賴二位多方關照嘛。」來客爽快答應了金田的請求，從對話內容來看，這位來客也是受了金田恩惠的人。唉呀，事情的發展越來越有趣了，本喵看在今天風和日麗，才勉為其難跑來一瞧，不料卻得到這麼棒的題材，這就好比清明時節到寺廟掃墓，住持意外請吃點心一樣。本喵在走廊下豎起耳朵，想聽聽金田打算提出何等要求。

「那個叫苦沙彌的怪人，不知為何對水島嚼舌根，還慫恿水島不能娶我家女兒——是這樣沒錯吧，老婆？」

「才不是慫恿呢，他勸寒月千萬別想不開，這世上沒人會娶那種人的女兒。」

「也太失禮了，他當真說出這樣粗鄙的話嗎？」

「可不是，是車夫家的大嬸告訴我們的。」

「如何，鈴木先生，情況聽起來很棘手對吧？」

「是很棘手啊，婚嫁之事不比其他，外人不該妄加置喙才對啊。這點道理苦沙彌豈會不懂呢，究竟是怎麼搞的？」

「我們聽說你跟苦沙彌是學生時代的室友，且不論現在交情如何，至少你們以前是很親密的吧。所以我才想拜託你去見他一面，向他曉以利害關係。可能他在生什麼氣吧，儘管錯在對方，但他若肯息事寧人，我也樂意給他方便，不再做挑釁之舉。可他冥頑不靈的話，我們也不會善罷干休的——換句話說呢，脾氣太硬對他本人也不好嘛。」

「您說的沒錯，愚蠢的抵抗對他百害而無一利，我會好好勸他的。」

「還有一事，來我們家提親的人不少，也不是非水島不可。但根據我們的見聞，他好像是個品學兼優的人才，未來他要是用功當上博士，我們也願意考慮婚配之事。這點你在言談中也稍微透露一下。」

「相信當事人聽到這則喜訊，一定會更為奮發用功吧，美事一樁啊。」

「另外，說來也奇怪——水島似乎對苦沙彌那個怪人敬重有加，對他言聽計從是吧，真令人困擾，我是認為這有失水島的身分啦。總之，我們不是非水島不嫁，所以苦沙彌想從中作梗我們也不介意啦……」

「水島先生太可憐了嘛。」鼻子嫂也幫腔了。

「我沒見過水島本人，但有幸和貴府聯姻也是他一生的幸福，想來他本人也不會反對才是。」

「可不是，人家水島先生想娶，都怪苦沙彌和迷亭那兩個怪人說三道四。」

「這並非好事，也不是一個知識分子該有的行徑，我會去對苦沙彌曉以大義的。」

「嗯嗯，那就麻煩你了。說來說去，最瞭解水島的終究還是苦沙彌，但上次妻子去拜訪的時候，結果也如你所見，沒打聽出什麼消息來，麻煩你幫忙打聽水島本人的品性才學可好？」

「瞭解了，今天是禮拜六，我接下來過去一趟，他應該也回家了才對。請問他目前住在哪裡呢？」

「前面右轉到底，再往左走一段距離，有一面破損黑牆的房子就是了。」鼻子嫂告知主人的住處。

「那就在附近嘛。沒問題，我回程時順道去拜訪一下。別擔心，看門牌應該很快就找得到了。」

「他家門牌時有時無喔，純粹是拿著紙片用米粒黏起來而已。下雨天就會剝落，晴天就重新貼起來，光看門牌不準。直接掛一塊木牌不就得了嗎，何苦這麼費事？真不知道他腦筋裡到底在想什麼呢。」

「真令人訝異呢。不過聽您說有一面破敗的黑牆，我應該認得出來的。」

「鎮上也只有他那一家髒成那副德性了，你馬上就認得出來的。認不出來也沒差，你就找屋頂上有長草的就對了。」

「他家也太有特色了吧，啊哈哈哈哈。」

得趁鈴木造訪前快點趕回去，否則情況不太妙，談話聽到這裡也就夠了。本喵順著走廊繞過廁所西

面，從假山後方跑到大馬路上，飛快跑回屋頂長草的家中，若無其事地爬上客廳的外廊。

主人在外廊鋪著白色的毛毯，在明媚的春光下趴曬著背。普照大地的陽光大公無私，屋頂有長草的破敗小屋，也跟金田家的客廳一樣享有溫暖。只可惜那毛毯跟春天太不搭調了，製造商本來是生產白色的毛毯沒有錯，中盤商也是拿來當作白色的毛毯販賣，主人購買時也是白色的——但那是十二、十三年前的事了，白色早已不復存在，整條毛毯逐漸變成濃灰色。這條毛毯能否撐過濃灰色的時期，進化到暗黑色就不得而知了。毛毯上到處都是破損和脫線，稱為毛毯根本就是一種褻瀆，直接稱為破布還比較妥當。但主人的想法是，毛毯能撐個一年、兩年、五年、十年，那撐一輩子也沒問題才對，他太樂天了。

主人趴在這條歷史悠久的毛毯上幹什麼呢？本喵看他用雙手撐住自己突出的下巴，右手手指夾著一支香菸，再也沒有別的動靜了。說不定他滿是頭皮屑的腦袋裡，正在激烈辯證宇宙的真理吧，但從外表上來看一點也不像就是了。

香菸的火光逐漸移向吸嘴的部分，主人專心凝視冉冉飄升的煙霧去向，渾不在意燒完的菸灰掉落到毛毯上。煙霧順著春風上下飄盪，化為幾層流動的煙圈，飄向夫人剛洗好的滿頭青絲——對了，本喵應該先提夫人的事情才對，都忘了呢。

夫人的屁股正對著主人——嗯？你們說夫人太失禮了？有什麼好失禮的呢，失不失禮是看當事人之間怎麼解釋的。主人若無其事地趴在妻子的屁股後面，夫人也若無其事地把莊嚴的屁股放到主人面前，何來失禮之有？他們是一對超然脫俗的夫妻，當年結婚才不到一年的時間就放棄一切禮儀教條的束縛了。——反正，以屁股對人的夫人也不知道在想什麼，她看今天天氣不錯，就拿海藻湯和生雞蛋清洗那

一尺有餘的豔麗黑髮，並且將直順柔滑的部分撥到背後示人，默默縫製給小孩穿的小背心。她可能是要曬乾頭髮，才拿著羊毛坐墊和針線道具來到外廊，刻意把屁股對準主人吧，或者是主人刻意把臉對準人家屁股。剛才提到的煙霧，沒入豐沛的黑髮之間，彷佛夏季特有的熱氣蒸騰現象，主人專心看著眼前的光景。然而，煙霧是不斷往上升的，不會固定停留在一處，主人得跟著移動視線，才能將煙霧和毛髮交纏的奇景盡收眼底。主人先從腰部一帶觀察，視線慢慢往上移到背脊、肩膀、頸部，最後看到腦門時他可嚇了一大跳。——這個發誓和他白頭偕老的女人，頂上竟有一大塊圓形禿。而且禿髮的部分在溫暖陽光的照耀下，閃耀著恭逢其盛的光采。

面對這出人意表的大發現，主人充滿活力的眼神中還夾雜著驚訝之情。也顧不得強烈的光芒刺眼，眼睛死盯著那塊禿頭不放。他在發現禿頭的那一刻，腦海裡首先浮現家傳的佛壇之上，有一塊世代相傳的油燈碟片。主人的家族信奉淨土宗，自古以來淨土宗的信徒就喜歡在佛壇上花大錢，打腫臉充胖子。主人小時候居住的老家，有一個貼滿金箔的佛龕放在昏暗的倉庫中，佛龕裡擺有黃銅製的油燈碟片，他還記得那碟片在白天時也點著朦朧的火光。在一片黑暗之中，碟片上燃燒著相對明亮的光芒，年幼的主人看得心馳神往，夫人的禿頭喚醒了他小時候的回憶。油燈碟片的回憶不到一分鐘就消散了，主人接下來想起的是觀音寺的鴿子，觀音寺的鴿子跟禿頭看似無關，但在主人的腦袋裡兩者有密切的關聯。小時候他去淺草的觀音寺拜拜，一定會買豆子餵食鴿群，一盤豆子只值幾分錢，就裝在紅色的土器裡。那土器的色澤與大小，都和夫人的禿頭差不多。

「原來如此，滿像的呢。」主人的語氣顯得很感佩。「像什麼啊？」夫人頭也不回地反問一句。

「還問我什麼，你頂上有一大塊禿頭耶，你知道嗎？」

「知道啊。」夫人答話時，依舊在忙她的針線活。禿頭被發現她也無所畏懼，實乃超凡脫俗的模範妻子。

「你是嫁來之前就禿了，還是結婚以後才禿的？」主人心中想的是，如果她是嫁來之前就禿了，那這門婚事根本是詐欺。

「我也不記得了，禿頭無關緊要吧？」夫人看得很開。

「無關緊要？這是你自己的腦袋耶！」主人似乎有些不開心。

「正因為是我的腦袋，才無關緊要啊。」夫人講是這樣講，但多少還是有點在意，她伸出右手摸摸自己的禿頭。「唉呀，範圍變大了呢，以前沒有這麼大。」聽她的口吻，她也知道依自己的年紀來看，這禿頭的程度是嚴重了一點。

「女人會把頭髮盤起來，這個部位整天被拉扯，任誰都會禿的好嗎？」夫人替自己的禿頭小小辯護了一番。

「照這速度禿下去，每個人到四十歲不就都變成大光頭了嗎？這絕對是病，搞不好還會傳染，快去給甘木醫生看一看吧。」主人擔心地摸摸自己的腦門。

「好意思說我，你鼻孔裡不也有白毛嗎？禿頭要是會傳染，白毛也會傳染啦。」夫人有些動怒了。

「鼻孔裡的白毛又看不到，無傷大雅啊，腦門頂就——尤其年輕女子禿頭太難看了，簡直半殘好嗎？」

「那你還娶我？自己喜歡才娶的，又沒人逼你，竟然說我半殘……」

「我以前不知道你禿頭啊，今天才知道的。你要禿得理直氣壯，為什麼剛來的時候沒掀開腦門給我看？」

「你說什麼蠢話！世上哪有人看腦門來決定婚配的？」

「也罷，禿頭我就不計較了，可你的身高跟常人比也太矮了，不好看啊。」

「身高這你一看就知道了吧，你也是接受我矮才娶的不是嗎？」

「話是沒錯，我以為你會再長高，才先娶起來放啊。」

「哪有人過二十歲還會長高的——你也太瞧不起人了吧。」夫人拋下針線活，憤然轉身面對主人，主人再亂說話保證吃不了兜著走。

「法律又沒規定年過二十就不能長高了，我是想說娶了你以後，讓你多吃點營養的，你應該就有機會再長高啊。」主人嚴肅地扯出一堆歪理，這時門鈴聲大作，有人大喊一聲打擾了。看來鈴木終於尋著屋頂上的雜草，找來苦沙彌老師的臥龍窟了。

夫人暫且休兵，急忙抄起小背心和針線用具，逃到裡面的起居室中，主人捲起鼠灰色的毛毯丟進書房。

幫傭送來訪客的名片，主人看過後面露詫異的神色。他吩咐幫傭帶人進來，自己握著名片走進廁所。本喵不清楚他為何突然躲進廁所，也就難以說明他握著鈴木藤十郎的名片走去廁所的原因了，最倒楣的莫過於被迫聞臭氣的名片了。

幫傭調整好坐墊的位置，請客人入座便退下了。鈴木環顧室內，依序眺望木庵禪師的墨寶仿造掛軸，還有京都產的便宜青瓷，以及當中的彼岸櫻。鈴木偶然低下頭來，看到幫傭拿給他的坐墊上有一隻貓咪，不用說正是本喵了。當下鈴木的內心激起了不形於色的波瀾，這塊坐墊無疑是要給他的，沒想到有一隻奇妙的動物，大剌剌地搶先坐在上面，這是打破鈴木內心平穩的第一要素。倘若坐墊上空無一物，任由春風吹拂，或許鈴木會先坐在榻榻米上，等主人勸坐後再行入座，以表謙遜之意。而這塊遲早屬於自己的坐墊，竟被一個來路不明的傢伙直接搶走。如果是人的話，那互相禮讓也沒什麼，但貓咪就太不像話了，一隻貓跟人搶座位更讓鈴木不愉快，這是打破鈴木內心平穩的第二要素。最後，這隻貓的態度有夠欠揍，牠神色倨傲地坐在別人的坐墊上，眨眨一點也不可愛的圓眼睛，凝視著鈴木的表情，好像在嗆鈴木你算老幾一樣，絲毫沒有過意不去的意思，這是破壞鈴木內心平穩的第三要素。光看這幾項不滿，鈴木其實可以拎起本喵，他卻默默地坐視本喵猖狂。堂堂人類不可能害怕一隻小貓而不敢動手，本喵知道他之所以沒有動手宣洩不滿，純粹是出於愛面子的自重之心。一旦訴諸武力，連黃口小兒也能輕易玩弄本喵於股掌，但從面子第一的角度來思考，即便鈴木藤十郎乃金田的左膀右臂，他也奈何不了室內的這隻貓咪大神。

事關人類尊嚴，在沒有旁人耳目的地方，他也不想跟一隻貓咪爭座位，和貓咪計較是非曲直太幼稚、太滑稽了。不想丟人他就非忍不可，受到侮辱卻被迫吞下去，對本喵更是恨得牙癢癢的。他不時臭臉看著本喵，有幸拜見鈴木不滿的臉色太有趣了，所以本喵故意裝出無動於衷的模樣，壓抑內心想笑的衝動。

本喵和鈴木之間的默劇持續上演，主人整理好儀容後從廁所出來了。主人向鈴木打了一聲招呼後坐上位子，看他手上沒有揣著名片，想來那鈴木藤十郎的名字被處以關廁所的無期徒刑了。本喵還來不及為無辜遭殃的名片致哀，主人就責備本喵亂來，直接把本喵拎起來丟到外廊下。

「請坐吧，難得見到你呢，你什麼時候來東京的？」主人勸舊友上座，鈴木把坐墊翻面後才入座。

「我一直都很忙碌，也沒機會通知你。其實我最近調回東京的總公司了……」

「那很好啊，好久不見了。自從你調去鄉下，這是我們第一次碰面吧。」

「是啊，將近十年了呢。這段期間我偶爾也會到東京來，只可惜公務繁忙，也就疏於問候了，請別見怪才好。在公司任職是很忙碌的，比不上你當教師清閒。」

「十年不見，你跟以前判若兩人呢。」主人上上下下打量著鈴木的身段，鈴木的頭髮分得很整齊，身上還穿著英式的針織西服，配戴華麗的領飾，胸口上還別著一條閃閃發亮的金鍊子，怎麼看都不像苦沙彌的老朋友。

「嗯，我的身分也不得不戴上這些東西了。」鈴木顯得很在意那條金鍊子。

「那是真貨嗎？」主人提了一個頗為失禮的問題。

「十八K金的呢。」鈴木笑著回答後，話鋒一轉：「你也蒼老不少呢，聽說你有小孩了是吧，獨子嗎？」

「不是。」

「那是兩個囉？」

「也不是。」

「還有啊，該不會是三個？」

「沒錯，正好是三個，以後還不知會有幾個呢。」

「你講話還是一派悠哉悠哉啊，最大的幾歲了呢？應該也不小吧？」

「嗯，詳細年紀我也忘了，大概六、七歲吧。」

「哈哈哈，真羨慕你當教師清閒啊，早知道我也當教師了。」

「當看看啊，保證你三天就受不了。」

「是嗎？當教師的感覺很高雅、悠哉、清閒，又能研究自己喜歡的東西，不錯啊。當企業家是也不錯，但我們的內在就不行了，當企業家必須不斷往上爬，屈居人下就得拚命說一堆無聊的客套話，或是勉強陪人喝酒應酬，俗氣得很啊。」

「我從學生時代就很討厭企業家，有錢賺什麼事都幹得出來，在古代不過是最下等的職業嘛。」主人當著企業家的面唱高調。

「你誤會了——話也不能這麼說，企業家是有些不入流的地方，但不抱著與錢共存亡的決心是幹不下的——錢是一種很難掌握的東西。——我剛才去拜訪某個企業家，他說賺錢也是需要運用三角學的——也就是不講義理、不講人情、不怕丟臉，這三者合稱三角學。很有趣對吧，啊哈哈哈哈。」

「哪個笨蛋說的啊？」

「他不是笨蛋喔，是個非常聰明的男人，在企業家之間小有名氣。你或許不知道吧，就住在附近巷

弄裡。」

「你說金田嗎？他是怎樣啊？」

「你生氣啦？當然，他說的多少也是玩笑話啦，他是在比喻要做到那種地步才能賺錢，不能用你的方式認真解讀。」

「三角學的事情我就當他是玩笑，可他老婆的鼻子是怎樣？你也看過了吧，那鼻子。」

「你說金田夫人啊，她是個很通情達理的人。」

「我是說她的鼻子，她的大鼻子。前不久，我還用她的鼻子寫了一首俳體詩呢。」

「什麼是俳體詩啊？」

「你不知道俳體詩？也太落伍了吧。」

「是啊，我太忙了，文學方面完全不行嘛。應該說，我本來就不太喜歡文學。」

「那你知道查理大帝的鼻子嗎？」

「啊哈哈哈哈，你也太閒了吧，這種事我怎麼知道呢？」

「威靈頓公爵的鼻子，也被他的部下拿來作文章呢，你知道嗎？」

「為什麼你只看鼻子啊？鼻子是圓是尖都無所謂吧。」

「這你就錯了，法國全才帕斯卡的事你知道嗎？」

「你還問啊，我是來參加考試的嗎？帕斯卡又怎麼啦？」

「他說過一句話。」

「什麼話？」

「如果埃及豔后克麗歐佩特拉的鼻子稍微短了一點，整個世界的面貌就會大大不同。」[1]

「原來如此。」

「所以你不該小看鼻子。」

「好啦，我以後會多加重視的。其實呢，我今天來有點事情想要請教——你以前有一個學生，叫水島——叫水島什麼的，我想不太起來了。——就是那個常來拜訪你的。」

「你說寒月啊？」

「對對，寒月寒月，我是想打聽一下那個人的消息。」

「跟結婚事件有關嗎？」

「八九不離十啦，今天我去金田家……」

「之前那個鼻子親自來過了。」

「是嗎？金田夫人也提過，說本想好好請教你，不巧碰到迷亭鬧場，什麼事也沒打聽出來。」

「誰叫她長著顧人怨的鼻子。」

「人家不是在罵你，只是那個迷亭也在場，她很遺憾沒能深入對談，所以才拜託我再打聽一遍。我也從來沒有幫過這種忙，不過當事人之間看對眼的話，我們居中協調也不是一件壞事嘛——這才是我來

1此句話出自法國哲學家帕斯卡所著之《思想錄》，因埃及豔后以美貌影響了當時羅馬、埃及的疆域與歷史。

訪的原因。」

「辛苦你了。」主人答得冷淡，但他一聽到當事人這幾個字，內心莫名被打動了，就好比悶熱的夏夜裡，一絲冷風吹進袖口的感覺。說來主人是一個不擅交際，個性又頑固無趣的人。然而，他並不是一個不近人情的冷酷文明產物。儘管主人滿腹牢騷，心中多有不滿，卻也不是不懂這當中的道理。前幾天他和鼻子嫂吵架，純粹是看不慣鼻子嫂的為人，鼻子嫂的女兒並沒有錯。主人討厭企業家，身為企業家的金田也不是什麼好東西，但他畢竟沒有接觸過對方女兒，更談不上有何恩怨情仇。而寒月又是主人喜愛的得意門生，主人對寒月的關愛更勝親弟弟。萬一鈴木所言非虛，當事人之間互有情愫，那麼間接妨礙就非君子所為了。——沒錯，苦沙彌老師以為自己是個君子。——可問題就出在這裡，主人得先瞭解事實真相，才能決定是否要改變自己的看法。

「我問你，金田家的女兒想嫁給寒月嗎？金田和那個鼻子怎麼想我不管，我只問他們女兒的意向。」

「這個嘛，呃——該怎麼說呢——我想——她應該是想嫁給寒月的吧。」鈴木的回答不太果決，他本想打聽寒月的消息交差了事就好，也沒想到要確認大小姐的心意。方才口條流利的鈴木，也掩藏不住狼狽的神態。

「你說應該，這也太含糊了吧。」主人凡事都是心直口快、直來直往。

「呃、是我的說法不太好啦。大小姐也是有意願的，真的喔——你問我怎麼知道的？——喔，這是金田夫人告訴我的，據說她常講寒月的壞話呢。」

「那個女孩嗎？」

「是的。」

「說人壞話真沒教養，這哪裡是喜歡寒月？」

「世間情理就是如此玄妙啊，有些人就喜歡說心上人的壞話嘛。」

「最好是有這種蠢蛋啦。」扯到複雜深奧的人性，主人聽了也不太明白。

「沒辦法，世上就有不少蠢蛋啊。金田夫人就是這樣解釋的，她女兒時常嫌棄寒月跟笨瓜一樣，想必寒月在她女兒心裡很有分量吧。」

這種不可思議的解釋實在太出人意料，主人聽得瞠目結舌，活像個算命的直盯著鈴木的臉龐。鈴木也看出來，這樣的說法很有可能說服失敗，於是他決定換一個主人聽得懂的方式來說明。

「其實你仔細想想也就懂了，對方家大業大，女兒又年輕貌美，要找一個門當戶對的豪門並不困難。寒月或許也算了不起，但光看身分──呃、說身分是有點失禮啦。──總之從財產來看，明眼人都知道他們是不登對的。然而，人家父母急到特地拜託我前來，足見女方對寒月是有情意的嘛。」鈴木言之在理，看主人聽明白了，他也終於鬆了一口氣。但不乘勝追擊又有遭受反駁的風險，鈴木深知要更進一步，及早完成使命才是萬全之策。

「然後呢，誠如我剛才所言，對方也不計較什麼金錢或財產，只是希望寒月本人帶有一些資格──與其說資格，不如說頭銜吧。──當然，他們並沒有高高在上的要求，非博士不嫁什麼的──這點請你不要誤會，上次金田夫人來訪時，都怪迷亭在一旁亂說話──啊，這不是你的問題，人家金田夫人也稱

讚你是一個正直誠懇的好人，有錯的是迷亭啦。——所以說呢，寒月當上博士，金田家對外也比較好有個交待嘛，人家也是要顧面子的。如何呢，最近水島先生有打算提出博士論文，取得博士學位嗎？相信我——金田家並不在乎寒月是博士或學士喔，只是世間風評不能輕忽嘛。」

聽鈴木的說法，金田家要求博士學位也是情有可原的。有了這情有可原，主人就會想按照鈴木的話做，完全被鈴木操弄的主人，確實是個單純正直的人啊。

「好吧，下次寒月來訪的時候，我會勸他寫博士論文的。但我要先問清楚，他到底想不想娶金田家的女兒。」

「我說，你不需要這麼慎重其事沒關係啦。你就在普通的談話中，稍微誘導他一下就行了。」

「誘導他？」

「啊、這說法不太恰當。——總之就是循循善誘嘛，你在談話過程中自然會懂的。」

「也許你懂，我可是聽得一頭霧水。」

「不懂也沒差，但像迷亭那樣瞎攪和就不可取了。就算我們不作媒，這種事好歹也該尊重本人的意願嘛，下次寒月來訪還請不要干預啊。——啊、我不是說你喔，我是說迷亭。那傢伙一開口準沒好事。」鈴木指桑罵槐，好死不死迷亭真的來了，迷亭又跟往常一樣，隨春風飄進廚房的後門了。

「唉呀，真是稀客啊。像我這種常客來訪，苦沙彌都懶得招待了呢，看樣子十年才來一次比較好啊，這甜點比我們平時吃的還要好呢。」迷亭毫不客氣地吃起名店的羊羹，鈴木有些坐立不安，主人暗自竊笑。本喵在外廊目睹這一刻，心想這真是一齣渾然天成的默劇。禪宗的不立文字講究的是以心傳

心，這一齣默劇顯然也是以心傳心的一幕；演出的時間不長，卻是極為敏感犀利的一幕。

「我還以為你是永遠的遊子呢，什麼時候回來的啊？活得久還是有好處，天曉得會有什麼際遇是吧？」迷亭對待鈴木也不客套，就跟對待主人的態度如出一轍。老朋友十年未見，會感到生疏也是理所當然，可迷亭完全沒有類似的反應，真不知該說他厲害還是蠢。

「很遺憾，沒什麼好讓你消遣的。」鈴木做出了不卑不亢的回答，但他冷靜不下來，神經質地擺弄著那條金鍊子。

「你搭過電車嗎？」主人沒頭沒腦地詢問鈴木一個怪問題。

「我今天似乎是來給二位消遣的呢，別看我長期待在鄉下——我也持有鐵路公司的六十股喔。」

「這確實是不容小覷啊，我本來也有八百八十八股半，可惜大多被蟲子給啃了，現在只剩下半股。如果你早些來東京，我就可以轉讓十股給你了，遺憾啊。」

「你嘴巴還是很毒嘛。撇開玩笑話不說，持有那種股票是有好處的，每年的價值越來越高呢。」

「沒錯，區區半股持有一千年，也能成為有錢人的嘛。你跟我在這方面都是不世奇才，苦沙彌就可憐啦，他還以為股票是什麼食物呢。」迷亭拿起羊羹看著主人，主人看見後也嘴饞地拿起羊羹食用。這世上凡是主動的人，就有讓人下意識跟著做的能力。

「股票怎樣都好啦，我很希望帶曾呂崎搭一次電車啊。」主人悄然凝視著咬在羊羹上的齒痕。

「讓曾呂崎搭電車，他一定會搭到品川才下車吧。還不如讓他當個天然居士，死後刻在壓醬菜的石頭上比較省事。」

「聽說曾呂崎去世了是吧，真可憐。他的頭腦不錯呢，天妒英才啊。」鈴木話一出口，迷亭就接著說下去。

「他的頭腦是不錯，但煮飯的技術是最差勁的。每次輪到他做飯，我就得到外面去吃蕎麥麵果腹。」

「曾呂崎煮的飯又硬又焦，我也受不了呢。而且他準備的菜色都是生豆腐，冰冰冷冷的根本吃不下啊。」鈴木也喚起了十年前的不滿回憶。

「苦沙彌跟他從以前就是好朋友，每天晚上都一起出去吃紅豆湯，所以現在才會受慢性胃病所苦啊。老實說，苦沙彌吃的紅豆湯遠比曾呂崎多，照理說應該是苦沙彌先死吧。」

「天底下哪有這種道理的。先不說我吃紅豆湯的事，以前你每天晚上拿著竹刀，跑去後邊的墓地敲擊石塔，還說那是在運動。後來被和尚發現，吃了一頓排頭不是嗎？」主人也不甘示弱，揭露迷亭過去的瘡疤。

「啊哈哈哈，沒錯沒錯。和尚還說我這樣是在打擾死者安寧，要我快快住手。我拿竹刀還算好的，這位鈴木將軍可粗魯了，他跟石塔玩相撲，推倒了大小三座石塔呢。」

「那時候和尚怒氣沖沖，逼我一定要恢復原狀，我請他寬限時間等我雇人來幫忙，他卻要我自己動手來表示悔意，否則便是有違佛意呢。」

「你那時候的風采難得一見啊。身上穿著一件薄杉和兜襠布，在剛下完雨的濕地上忙得半死不活……」

「你還滿不在乎地畫下我的糗樣子，也太過分了。我這個人很少生氣的，那時候我真的覺得你太沒禮貌了，我至今都還記得你當初說過的話，你還記得嗎？」

「十年前說的話誰還記得啊，我只記得那石塔上刻著歸泉院殿黃鶴大居士安永五年辰正月，那石塔有一種古風的美感，我離開之前好想偷走那座石塔呢。真是一座符合美學原理，充滿歌德風的石塔。」迷亭又在胡扯美學理論了。

「那敢情好，我重複一次你當初說的話——你說自己戮力研究美學，天地間發生的趣事都必須盡量描繪下來，以供未來參考之用。你還不以為意地說，一個忠於追求學問的人，不會受到同情和憐憫之類的私情影響。我被你這沒良心的傢伙氣到，直接用沾滿泥巴的雙手撕爛你的繪畫本。」

「我那不可限量的繪畫才能，就是從那時候一蹶不振的啊。你毀了我的希望，我可是恨你入骨呢。」

「別說笑了，我才恨你入骨。」

「迷亭從以前就愛吹牛。」主人吃完羊羹，又加入兩人的對話。

「他從來沒有守過信用，每次失信於人也不肯道歉，只會講一堆歪理。有一次那座寺廟裡的百日紅開花了，迷亭發願要在花謝之前寫出一部美學原論，我嗆他根本寫不出來。他卻說自己有不可斗量的堅強意志力，還邀我對賭呢。我也真的答應他了，我們約定輸的人要請對方吃高級西洋料理。我知道他一定寫不出來，內心多少還是有些害怕，畢竟我沒有錢請客。結果迷亭絲毫沒有動筆的跡象，過了七天、二十天連一張稿紙也沒寫出來。等到百日紅全都謝光了，他本人還是一副無所謂的樣子，我心想這下有

口福了，就叫迷亭實現約定，他卻裝死不肯認帳。」

「他又搬出什麼歪理對吧？」鈴木也附和了。

「嗯，實在有夠厚臉皮的，他還好意思說自己別無所長，只有意志力高人一等呢。」

「我連一張稿紙都寫不出來，還敢講這種大話啊？」這次換迷亭自己提問了。

「當然啊，那時候你大言不慚地說，論意志力自己絕不輸給任何人，唯獨記憶力奇差無比。你是有撰寫美學原論的意志，但這話說完以後隔天就忘了。因此在花謝之前沒有完成著作，那是記憶力不好，不是意志力不好。既然不是意志力的問題，就沒有理由請客了。」

「原來啊，迷亭發揮他一貫的特色要賴，真有趣。」鈴木莫名感到有趣，語氣也跟迷亭不在的時候大相逕庭，說不定這也是聰明人的特色吧。

「哪裡有趣啊？」主人似乎還耿耿於懷。

「不好意思嘛，所以我才大費周章地尋找孔雀舌要補償你，你暫且息怒靜候佳音吧。說到寫作啊，我今天帶來了一個罕見的消息喔。」

「你哪一次來不是這樣說的？你的話不能盡信。」

「今天的消息是真的很罕見啦，絕對是貨真價實的罕見。你知道寒月開始起草博士論文了嗎？寒月自詡有見識，我以為他不會浪費心力寫什麼博士論文，結果他還是有俗氣的部分嘛，真好笑。你去通知那個鼻子吧，搞不好她還在做橡果博士的春秋大夢呢。」

鈴木一聽到寒月的名字，死命對主人擠眉弄眼，暗示他千萬別透露剛才的對話，主人完全不懂鈴木

的暗示。剛才聽完鈴木的說法，主人還很同情金田的女兒，現在聽迷亭提起鼻子嫂，他又想起前幾天吵架的事情，心情是又好氣又好笑。不過誠如迷亭所言，寒月起草博士論文確實是近來難得的好消息，不只是難得的好消息，更是天大的好消息。娶不娶金田的女兒尚在其次，寒月成為博士可是一大喜事。像自己這種朽木被束之高閣餵蟲，倒也沒什麼好遺憾的；可寒月這樣的良質美才，當然要快點鍍金才是。

「他真的開始起草論文啦？」主人無視鈴木的暗示，熱心詢問迷亭。

「你疑心病也太重了吧。——我是不知道他打算寫橡果還是上吊力學啦，總之寒月寫出來的東西，一定會讓鼻子心悅誠服。」

迷亭從剛才就一直不客氣地直呼鼻子，鈴木是越聽越不安，但迷亭完全沒有發現，態度依然故我。

「後來我對鼻子又有研究，最近我發現《項狄傳》[2]一書中有鼻子的論述呢。可惜作者史泰恩無緣一見金田夫人的鼻子啊，不然肯定有參考價值。人家擁有足以名垂青史的神鼻，卻默默無聞地腐朽，未免太可憐了。下次她來拜訪，我就替她畫一幅肖像，作為美學的參考資料好了。」迷亭還是一古腦兒地胡說八道。

「聽說，她女兒想嫁給寒月呢。」主人把鈴木告知的消息說出來了，鈴木的擔憂盡寫在臉上，他頻頻向主人使眼色，主人就像個絕緣體，怎麼也不來電。

「真有趣啊，那種人的女兒也會戀愛，想必也不是多了不起的情意，頂多跟鼻頭差不多分量吧。」

2《項狄傳》，全名為《紳士特里斯舛·項狄的生平與見解》（The Life and Opinions of Tristram Shandy, Gentleman），是英國作家勞倫斯·斯特恩寫的小說。全書共九冊。該小說被認為是意識流小說的開山之作。

「跟鼻頭差不多分量也罷，寒月肯娶就好。」

「肯娶就好？你前幾天不是反對這門婚事嗎？今天怎麼軟化了？」

「我沒有軟化，真的沒有軟化，只是……」

「只是什麼？鈴木啊，你好歹也是個敬陪末座的企業家，我說句話給你參考參考。那個金田，想讓女兒高攀名滿天下的秀才水島寒月，無異於螢火與明月爭輝啊。我們這些當朋友的豈能坐視不管呢，相信你這位企業家對此也沒意見吧？」

「你還是一樣吃飽撐著，跟十年前相比絲毫沒變，了不起。」鈴木轉移話題，顧左右而言他。

「你要稱讚我，就請稱讚我博學的優點吧。古代希臘人非常重視體育，各種競技都有提供豐厚的獎賞，講究的是多方獎勵的政策。奇怪的是，他們對學者的知識沒有任何讚賞的記錄，這是我一直很好奇的疑問。」

「確實有些奇妙呢。」鈴木打定主意迎合迷亭的話題。

「前幾天我研究美學的時候，總算找到了解除我多年疑惑的答案。猶如茅塞頓開，直達歡天喜地的境界啊。」

迷亭的言詞很誇張，口才一流的鈴木也露出難以應付的表情。主人低著頭拿象牙筷子敲打裝點心的盤子，象徵迷亭又要開始講古了，迷亭逕自得意地說道：「你們想想，是誰明示了這個矛盾的現象，替吾人一解這千古迷津呢？這個人就是逍遙始祖亞里斯多德，自有學問以來就被稱為學者的希臘哲人。根據他的說法——喂，不要敲盤子啦，專心聽我講嘛。——他們希臘人在競技中得到的獎勵，遠比他們的

技藝更加貴重，這才算得上獎勵和獎品。那麼知識又如何呢？想要給予智者獎勵，就必須給出比知識更有價值的東西，問題是這世上有比知識更珍貴的東西嗎？當然沒有。

「送得不好反而有損知識的威嚴，他們本想用相當於奧林帕斯的金山銀山，還有克羅伊斯王的所有財富來獎勵卓越的知識，但他們領悟知識的價值非金銀財寶可比，後來就乾脆不給予任何獎勵了。現在各位知道，白花花的銀子比不上知識了吧？瞭解了這個觀念，我們再回頭來看時事，那位金田就形同長了眼睛鼻子的鈔票，用一句特殊的說法來形容，不過是個人形紙幣罷了，人形紙幣的女兒，充其量就是人形票券吧。那我們的寒月又如何呢？他坐擁第一學府首席畢業生的榮耀，還不忘本地佩帶著祖輩傳下的衣帶，日夜刻苦鑽研橡果的安定度，更沒有因此而自滿，最近還打算發表超越克耳文動爵[3]的大論文。沒錯，他是有行經吾妻橋幹下投水自盡的蠢事，可這也是熱血青年常有的一時衝動，無損他的智慧風采。依在下獨到的方式來比喻，寒月稱得上一座人形圖書館，或是以知識堆砌成的二十八釐米榴彈。這顆砲彈只待時機一到，必會在學界引爆，——等他引爆了——引爆了就會——」迷亭自誇獨到的形容方式靈感枯竭了，有種虎頭蛇尾後繼無力之感，但他馬上又說：「等他引爆了，再多的人形票券也得灰飛煙滅，所以寒月不能娶那種配不上他的女性，首先我就不贊同，這就跟百獸之中最聰明的大象，娶了最為貪婪的小豬一樣。對吧，苦沙彌？」

迷亭話一說完，主人又默默地敲著盤子。鈴木頗為氣餒，他無可奈何地說：「沒有這回事吧。」方

3 第一代克耳文男爵威廉．湯姆森（William Thomson, 1st Baron Kelvin，1824-1907），即克耳文動爵，是一位在北愛爾蘭出生的英國數學物理學家、工程師，也是熱力學溫標（絕對溫標）的發明人，被稱為熱力學之父。

才鈴木說了不少迷亭的壞話，所以眼下必須謹言慎行，否則主人這白目不曉得會爆出什麼料來。最好的方法是暫避其鋒，平安地化險為夷。鈴木是個聰明人，他很清楚避免不必要的紛爭才是現代的處世方法，無意義的口舌之爭是封建時代的遺物。

人生的目標貴在實踐，不在言談。只要按照計劃逐步完成每一件事，自然就能達成人生的目標。屏棄一切辛勞、憂慮、爭論，做好該做的事情，即可輕而易舉達成人生目標。鈴木離開學府後，就是秉持輕鬆主義功成名就，秉持輕鬆主義配戴金錶鍊彰顯尊榮，秉持輕鬆主義賣給金田夫妻一個人情。就在他用同樣的輕鬆主義說服苦沙彌，即將完成委託的時候，竟殺出迷亭這一號不受常規束縛、心理狀態又異於常人的程咬金，這突如其來的變故害他有些不知所措。明治時代的紳士發明了輕鬆主義，鈴木藤十郎則是輕鬆主義的奉行者，而今輕鬆主義也令他坐困愁城。

「你是不明實情，才會講出那句話，佯裝一副溫文儒雅的模樣。你要是前陣子看到那個鼻子來訪的態度，我敢打賭你再怎麼偏袒企業家，也絕對忍受不了的。我說苦沙彌啊，你經歷了一場苦戰對吧？」

「聽說我的評價還比你高呢。」

「啊哈哈哈，你真是有自信啊。沒有自信的人被學生或老師拿番茶事件調侃，大概也待不下去了吧。我自認意志力不落人後，卻也沒有這麼厚的臉皮，佩服佩服。」

「學生或老師說些蠢話罷了，何懼之有啊。聖伯夫[4]是獨步古今的大評論家，但他在巴黎大學授

4聖伯夫（Charles-Augustin Sainte-Beuve，1804-1869），法國作家、文藝批評家。

課的風評極差，外出時還得在袖子裡藏匕首防身，以應付學生的攻擊呢。布倫特爾在巴黎大學攻擊左拉的小說時……」

「得了得了，你又不是什麼大學講師，區區一個英文教師自比名家，豈不是小蝦米自比大鯨魚嗎？你就是愛說傻話，才會被人家嘲笑啦。」

「閉嘴啦，聖伯夫跟我都是不相伯仲的學者好嗎？」

「真有見地，不過拿著短劍行走太危險了，你可千萬別效法喔。人家大學講師拿短劍，你一個英文閱讀老師拿小刀就夠了。是說拿刀具太不安全，你乾脆去商店街買一把玩具槍背在身上，看起來多可愛啊。對吧，鈴木？」看迷亭不再談論金田家，鈴木也放心了。

「跟你們談天還是一樣純真愉快啊。事隔十年再會，我就好像從一條狹窄的巷弄，來到寬廣的草原呢。我們企業家之間對談，片刻都大意不得，說什麼都膽戰心驚的，很痛苦啊。沒有心機的對話最棒了，跟以前學生時代的朋友聊天更是無拘無束。對了，今天和迷亭不期而遇我也很高興，那我還有其他要事，先行告辭了。」

鈴木一起身，迷亭也開口：「我也該離開了，接下來我還要去日本橋的演藝矯風會，我們兩一起走吧。」

「也好，難得有這機會我們一起散散步。」語畢，兩人連袂離去了。

五

要把一整天發生的事情鉅細靡遺地寫下來，一五一十地讀出來，少說也得花上同樣長的時間對吧，本喵再怎麼推崇紀實文章，也不得不承認這超出一隻小貓的能力範圍了。本喵的主人從早到晚都有一堆值得大書特書的奇怪言行，遺憾的是本喵沒有逐一告訴讀者的能力和毅力，這也是不得已的遺憾啊，休息對一隻小貓來說也是有必要的。

鈴木和迷亭回去以後，家中就像疾風驟停、白雪靜落的夜晚一樣安靜。主人照慣例躲進自己書房，小孩子在三坪大的房內鋪好寢具睡覺，隔著一道拉門的南面房內，夫人躺下來餵三歲的小孩吃奶。春季的烏雲天早就看不到西墜的金烏了，起居室裡能夠聽到路上行人的木屐聲，鄰近的宿舍發出斷斷續續的吹笛聲，不時刺激著極需休眠的耳朵。戶外的夜色應該很朦朧吧，本喵晚餐吃下貝殼裡的魚板湯，胃部太需要休息了。

本喵聽說世上有一種叫「貓戀」的詩歌題材，大意是說春天一到，本喵的同類就會興奮得睡不著，夜晚在大街上亂跑，本喵倒是還沒有經歷過這樣的心理變化。戀愛是全宇宙共通的活力來源，上自天神下至昆蟲都熱中此道，這是萬物的天性。我們貓咪會略感興奮，一展衝動的情感也是無可厚非的。回首過往，本喵也曾經深愛三花子，就連利慾薰心的金田，他那愛吃甜點的女兒也有愛慕寒月的傳聞。所以本喵也不會嘲笑那些滿心想著春宵美夢在路上亂竄的公貓母貓，只是眼下本喵受到誘惑也不會動心，只

需要好好休養。沒先睡飽要怎麼談戀愛呢，於是本喵信步走到小孩的棉被邊，舒舒服服地睡上一覺……

本喵睡到一半張開眼睛，看到主人不知何時離開書房，跑到寢室中鑽進夫人旁邊的棉被裡面。主人有一個習慣，他在睡覺時一定要從書房裡，拿幾本橫向排版的書過來，可他從來沒有看超過兩頁。有時候直接放到枕頭邊，連碰都沒有碰過。不看的話其實根本沒必要特地拿過來，但主人就是這種人，不管夫人怎麼笑他或勸他，他就是不肯從善如流，每天晚上都辛辛苦苦地把書搬來。有時候貪心還一次搬三、四本，前幾天還拿來韋氏字典[1]呢。或許這是主人的痼疾，就跟奢侈的愛茶之士，非得聽到茶水煮沸的聲音才睡得著一樣，他枕邊不擺幾本書就睡不著吧。對主人來說書籍不是拿來讀的，而是一種催眠的工具，一種鉛印的安眠藥。

本喵很好奇主人今晚帶來什麼書，就看到一本紅皮薄本半開，放在主人的鬍子前面。主人左手姆指還夾在書頁之間，看來他今夜神奇地讀了五、六行。跟紅皮書擺在一起的鎳製懷錶，綻放出跟春天不搭調的冰冷光澤。

夫人把還沒斷奶的小孩放到一尺外，自己張開嘴巴呼呼大睡，腦袋也沒落在枕頭上。人類最難看的模樣，莫過於張開嘴巴睡覺吧，我們貓咪一輩子都不會丟這種臉。本來嘴巴是發出聲音的部位，鼻子才是呼吸空氣的器官。據說有的北方人很懶惰，講話都懶得張開嘴巴，最後就演變成用鼻腔發音的怪腔怪調，本喵認為用嘴巴呼吸比怪腔怪調還要丟臉，萬一天花板掉下老鼠屎實在太危險了。

---

1 韋氏字典（Webster's Dictionary），為在美國被譽為「美國學術和教育之父」的辭典編纂者、拼寫改革倡導者諾亞・韋伯斯特（Noah Webster，1758-1843）編寫的一系列字典。在美國，韋伯斯特的名字等同於「字典」。

至於那幾個小孩，睡相也差到不遑多讓。姊姊屯子把右手壓到妹妹耳朵上，彷彿在宣誓那是當姊姊的權利；妹妹寸子也以牙還牙，單腳壓在姊姊肚子上。兩人睡覺的姿勢比原先偏離了九十度，她們維持著超不自然的睡姿，也沒有任何不適，睡得又香又甜。

春季月色果然不同凡響，竟能將這幅天真可愛又極盡沒品的光景，襯托成一副璀璨典雅的景象，像在勸人好好珍惜美好夜晚一樣。本喵環顧室內，想看看現在幾點了，四周只有時鐘的滴答聲、夫人的酣聲，還有幫傭在遠處磨牙的聲音。這個幫傭每次被別人指責磨牙，沒有一次乖乖承認的，還說她這輩子從來就沒有磨過牙，既不改過也不認錯，永遠只會說她沒印象。的確，睡著時幹的事當然沒印象，但沒印象不代表沒發生過。世上有些人壞事幹盡，卻自以為是個好人，他們相信自己沒有任何罪過，才會表現出純真無辜的態度。然而再怎麼純真無辜，也改變不了給別人添麻煩的事實。這些紳士淑女，跟我們家幫傭都是一丘之貉。——看樣子，夜已經很深了呢。

有人輕輕敲了兩下廚房的窗板，深夜沒有人來拜訪的，大概又是老鼠吧，本喵鐵了心不抓老鼠的，如果是老鼠就隨牠鬧好了。——敲窗板的聲音又響起了，聽起來不像老鼠所為，以一隻老鼠來說也太謹慎了。主人家的老鼠，就跟主人教導的那些兔崽子一樣，整天忙著修練胡搞瞎搞的本領，以破壞人家小小的美夢為天職，不可能這麼客氣。之前有隻老鼠闖入主人寢室，偷咬主人扁平的鼻頭後凱旋而歸，膽小如斯可不符合牠的作風，來者絕對不是老鼠。接著又響起窗板被抬起來的聲音，對方還盡量緩慢地打開拉門，這下百分之百確定是人類，不是老鼠了。深夜時分偷偷潛入別人家中，代表來者不是迷亭或鈴木，可能是赫赫有名的梁上君子吧，若真是梁上君子，本喵可得盡快一睹其尊顏啊。此刻梁上君子在廚

房邁開兩大步，第三步踢到踏墊，劃破了夜晚的寧靜，就好像有人拿著鞋刷亂刷本喵背上的皮毛似的。腳步聲暫時停下來了，本喵望向夫人，她還是張開嘴巴呼吸著太平的氣息，主人可能還在做著自己姆指被紅皮書夾住的夢。本喵聽到廚房有點火柴的聲音，顯然梁上君子的夜視能力沒有本喵優異，可能眼力不佳看不清楚。

本喵蜷伏在地上思考著，不知梁上君子是打算從廚房前往起居室，還是要往左轉通過玄關前往書房。——隨著打開拉門的聲音響起，腳步聲前往外廊下了，梁上君子進入書房後再也沒有動靜。

這段時間本喵總算想到，要趕快叫醒主人夫妻才是，但該如何叫醒他們呢？本喵拿不定主意，各種想法在腦海裡激盪，一點辦法也沒有。本喵想用嘴巴拉扯他們的棉被，拉了幾次卻完全沒有效果。本喵又想到用冰涼的鼻頭去磨蹭主人臉頰，才剛把臉湊過去，熟睡的主人就伸出手來痛擊本喵的鼻頭。鼻頭也是我們貓咪的要害，本喵痛得半死，決定改用喵喵叫的方式吵醒他們。不知道怎麼搞的，本喵的喉嚨碰巧卡住了什麼東西，無法隨心所欲地發出叫聲。好不容易擠出了一絲低沉的叫聲，本喵卻被嚇到了，本喵念茲在茲的主人絲毫沒有醒來的跡象，反倒是梁上君子又發出腳步聲了。外廊下的腳步聲逐漸逼近，對方就快來了，本喵也只好放棄叫醒主人，趕緊躲到拉門和小櫃子之間觀察動靜。

梁上君子的腳步聲來到寢室的紙門前停下來了，本喵屏氣凝神，擔心對方不曉得要幹什麼。事後回想起來，本喵要是抓老鼠也有這種氣魄就好了，魂魄都快從眼珠子飄出來了。多虧梁上君子造訪，本喵才能得到這千載難逢的領悟。紙門上的第三個格子中央，像沾到雨水一樣變色了。透過和紙的淡紅色物體越漸清晰，最後穿破和紙，出現了一截紅色的舌頭，不久舌頭又消失到黑暗中了。取而代之的是一道

恐怖的光芒出現在破洞中，那肯定是梁上君子的眼睛，感覺那隻眼睛死盯著夾縫中的本喵，並不在意房裡的其他東西。整個過程才不到一分鐘，但那視線壓力差點就讓本喵折壽了。本喵再也忍受不了，準備從暗處衝出來的時候，寢室的紙門被輕輕打開，梁上君子總算要現出廬山真面目了。

按照本喵講故事的先後順序，接著當然是要向大家介紹這一位不請自來的稀客，但請大家先容本喵陳述一下個人淺見。在古代神明被人類視為全知全能的存在，基督教的神祇在二十世紀的今天，同樣頂著全知全能的光環，可凡夫俗子眼中的全知全能，有時候也能解釋成無知無能。這番話聽起來很矛盾，古往今來大概也只有本喵能一語道破癥結。一想到這裡，本喵心中泛起一股自命不凡的虛榮心，因此本喵要詳述理由，好讓你們傲慢的人類牢記貓咪也是不容小覷的。

若說天地萬物是神創造的，那麼人類也該是神創造的，事實上一本叫聖經的書籍就是這麼記載的。人類對自己累積了數千年的觀察，在感嘆人類構造的玄妙神奇之餘，也有承認神明全知全能的傾向。別的不談，人類的數量難以估計，但世界上沒有人長得一模一樣。他們臉上的五官都是同樣的東西，大小也相去不遠，換句話說他們出自同樣的材料，卻各有不同的結果。能用這麼簡單的材料做出千變萬化的臉龐，創造者的技術不得不令人感佩，沒有獨特的想像力斷難發揮這諸般變化。一代繪畫名家窮盡畢生心力追求變化，最多也只能畫出十二、三種臉孔，憑一己之力創造所有人類的神明，確實值得讚嘆。這畢竟是人類社會看不到的神技，稱為全知全能似乎也不為過，就這個層面來說，人類非常敬畏神明。以人類的觀點來看，這份敬畏也是其來有自的。

不過站在貓咪的立場來看，同樣的事實反而能證明神的無知無能，縱使不是無知無能，也不比人類

強到哪裡去。神明創造了無數獨特的臉孔，這是祂一開始就安排好的嗎？還是祂本來打算每個人都做得一模一樣，只是沒做好才變成這種雜亂無章的結果？人類的臉孔可以視為神明的奇蹟，也可以視為神明失敗的痕跡。要把全能的神明說成無能也沒問題，例如人類的兩顆眼球是長在平面上的，他們沒辦法同時觀看左右兩邊的東西，等於他們的視線範圍只能看到事物的一半，這無疑是可憐的缺陷。從不同的角度來看，類似事實不停在人類社會上演，他們卻不肯正視現實，只會對神明歌功頌德。

如果在製作上追求變化有難度，那麼追求徹底的模仿也同樣困難才對。舉例來說，要求畫聖拉斐爾畫兩張一模一樣的聖母像，就跟畫兩張完全不同的一樣麻煩。不對，也許畫兩張分毫不差的更困難些。又好比書法名家空海大師，你要求他連續兩天用同樣的筆法寫下空海二字，搞不好還比變換筆法更加困難。人類使用的語言也是靠模仿習得的，當他們從母親、保母、或其他人身上學習實用語言時，也只是毫無巧思地照本宣科，用盡一切能力模仿。這些從別人身上學來的語言，經過十年、二十年後，發音也會自然而然地產生變化，這代表人類缺乏徹底模仿的能力，純粹的模仿實在太困難。換句話說，神明要把人類做成難以區分的樣版五官，才能證明祂的全知全能；反觀當今之世，朗朗乾坤下充斥著千變萬化的臉孔，變化多到令人目不暇給，反倒是證明上帝無能的最佳證據。

本喵忘記自己為什麼要談論這件事了，你們人類都會遺忘事情了，也就不要太計較貓咪健忘了。總之，寢室的紙門拉開的那一瞬間，本喵看到梁上君子的廬山真面目，內心便自然湧現上述的感想了。各位想問為什麼？——既然大家都問了，本喵就得好好思考一下。——呃呃，理由差不多是這樣。

悠然出現在本喵面前的梁上君子——他的臉龐實在太有特色了，足以推翻本喵對神明造人的本領，

以及神明是否無能的疑問。所謂的特色就是，他的眉宇和我們親愛的水島寒月如出一轍。本喵沒有認識太多雞鳴狗盜之輩，只是平常會從那些劣行來推斷他們的長相。

在本喵的想像中，這些人該有一個左右外擴的塌鼻子，還有一對銅錢大小的賊眼珠，外加一頭短髮，但實際所見和想像天差地遠，想像中的梁上君子一點也不挺拔。這位梁上君子身材修長，臉上有淡淡的一字眉，是一位十足瀟灑的賊人，年紀約莫二十六、七歲吧，連歲數都和寒月相近。神明有本事造出兩個這麼相似的人，那絕對稱不上無能之輩。事實上眼前之人和寒月極為神似，本喵甚至懷疑，寒月是不是發神經才半夜潛入民宅，但對方的鼻子下方沒有一撮小鬍子，本喵從這點注意到他們不是同一個人。寒月是嚴肅剛毅的好漢子，更是上帝精雕細琢的產物，就連被迷亭稱為人形票券的金田富子小姐，也會被他輕易融化。然而這位梁上君子的外貌，對女性的吸引力絲毫不比寒月遜色。倘若金田家大小姐喜歡上寒月的眼眸和嘴型，那麼她就該以同樣的熱忱愛上這位小偷才說得過去，至少要這樣才合理。寒月才氣煥發、天資聰穎，相信這點道理自是不必旁人提點。所以用這位小偷代替寒月，金田家大小姐必定也會全心相愛，共結琴瑟之好。萬一寒月受迷亭蠱惑，毀棄了這段千古良緣也沒差，有這位梁上君子在就妥當了。未來的發展本喵都推算好了，也終於替富子大小姐鬆了一口氣。這位小偷生於天地，就是要帶給富子大小姐幸福的。

梁上君子腋下好像抱著什麼東西，仔細一看是主人先前丟進書房裡的舊毛毯。他穿著棉製的直紋上衣，屁股上纏著一條墨綠色的帶子，透出褲管的白皙小腿，正要一腳踏上榻榻米。從剛才就夢到手指被書夾住的主人，突然翻過身來大喊：「寒月啊。」梁上君子嚇得弄掉毛毯，趕緊把伸出來的腳縮回去。

紙門上看得到兩條細長的腿部影子在發抖，主人嘟囔著不清不楚的夢話，伸手推開紅色的小薄本，抓抓自己黝黑的手臂，活像得了癬疥似的。

之後就沒有聲音了，主人的腦袋一歪，沒有躺在枕頭上照樣酣睡，看來那一句寒月純粹是無意識吐出來的夢話。梁上君子待在外廊窺探室內的情況，等確定主人夫妻熟睡後，又抬起一隻腳踏上榻榻米，這次就沒聽到主人嚷嚷寒月的名字了，於是梁上君子的另一隻腳也踏了進來。亮著一盞絢麗春燈的三坪房間，被梁上君子的影子一分為二，小櫃子附近到本喵頭上一帶，有半面牆壁都被黑影遮住。本喵回頭一看，梁上君子的頭部陰影，正好在牆上三分之二的地方移動。長相再俊美的人光看陰影也是怪模怪樣，就像一個有八顆腦袋的怪物。梁上君子俯視著夫人的睡相，不曉得在笑什麼，本喵很訝異他連笑法都和寒月相似。

夫人的枕邊放著一個一尺半左右的四方形打釘木盒。這是出身肥前唐津地區的多多良三平，前些日子返鄉後帶來的土產山藥。把山藥放在枕邊睡覺也實在特異，但我們家夫人是一個對置物場所沒概念的人，連煮菜用的砂糖都會放到小抽屜裡，因此把山藥或醬菜放在寢室她也不會在意吧。梁上君子又不是神，當然不知道夫人是這樣的女人了，也難怪他會以為貼身安置的必定是貴重財物。他試著拿起裝山藥的盒子，看盒子沉甸甸的應該符合預期，他顯得相當滿意。一想到梁上君子大費周章地偷山藥，而且還是這麼一位美男子偷山藥，本喵忽然覺得好好笑，但發出聲音太危險了，本喵不得不憋笑。

梁上君子開始用舊毛毯，細心包住裝山藥的箱子。他環顧四周想找個拿來捆的東西，正好看到主人睡覺時解下的和服腰帶，便拿起腰帶纏好裝山藥的箱子，輕輕鬆鬆地背在背上，這副模樣女人可不會喜

歡。梁上君子又抓起兩件小孩的背心，塞進主人的彈性貼身褲裡，襠部鼓起一大包，有點類似吞了青蛙的錦蛇——或是快要臨盆的錦蛇，反正很奇怪就對了。

各位不信的話自己試試看就知道了，梁上君子把彈性貼身褲纏在頸子上，本喵很好奇他接下來要幹什麼，只見他把主人的綢衣像個布包一樣攤開來，將夫人的衣帶、主人的外套、和服內衣等雜七雜八的東西整齊安置包好，那靈活老練的手法深得本喵敬佩。最後他把夫人的衣帶和束帶綁在一起，用那條帶子纏好布包拎在手上，順便看看室內還有沒有值得偷的東西。主人的腦袋前方有放香菸，梁上君子也笑納了，他從中抽出一根香菸用燈火點燃，很享受地吞吐著煙圈。乳白色的煙圈尚未消散，梁上君子的腳步聲已遠離外廊了，主人夫妻還是睡得不省人事，人類也太沒有警覺心了。

本喵還需要休養一段時間，徹夜長談身體可受不了。本喵睡醒時，春季的天空一片晴朗無雲，主人夫妻在廚房後門和警察交談。

「所以嫌犯從這裡繞到寢室，你們睡得很熟，都沒有發現動靜是嗎？」

「是的。」主人的態度有些尷尬。

「那案發時間是什麼時候呢？」警察問了一個蠢問題，主人他們要是有醒來看時間，哪會讓小偷得手啊。主人夫妻也沒想通這一點，還認真地商量起來了。

「是什麼時候啊？」

「這個嘛。」夫人陷入沉思，她以為認真想就會知道了。

「你昨晚幾點睡覺的？」

「我比你晚睡啊。」

「嗯嗯，我比你早上床休息。」

「那我們幾點起床？」

「七點半吧。」

「這麼說來，小偷是幾點進來的？」

「半夜吧。」

「當然是半夜，問題是幾點啊？」

「不仔細想一想，沒辦法知道確切的時間啊。」夫人還在思考，其實警察也是問一個形式上的問題罷了，小偷何時闖入根本無關緊要。隨便扯一個時間也無所謂，偏偏這對夫妻還傻傻地自問自答，警察看得也有些煩躁。

「那麼案發時間不明是吧。」警察詢問主人，主人以他一貫的態度回答：「嗯嗯，是這樣。」主人回答完，警察也沒有陪笑，只說：「所以明治三十八年某月某日，你們關好門窗就寢後，小偷從某處的窗板潛入，偷走了家中的財物。請你們記下這些事項，提出告訴的書面文件。這是告訴，不是申報，不用寫收件人了。」

「被偷走的東西也要逐一寫下來嗎？」

「沒錯，例如被偷走幾件衣服，值多少錢等等，你們做張清單提出來。——我就不進去查看了，反正東西都被偷走了。」警察說了句事不關己的話就走了。

主人拿著筆硯到客廳，叫夫人前來：「我來寫竊盜的告訴狀，你一五一十地跟我說什麼東西被偷了。快點，還慢慢來咧。」主人一副要找人吵架的語氣。

「你唷，語氣那麼衝，誰想理你啊。」夫人在腰部纏了一條細繩子坐下來了。

「你那什麼模樣，比那些在賣的還不如，不會纏條腰帶嗎？」

「不喜歡你買給我啊，還說人家是在賣的，東西都被偷走了，我有什麼辦法。」

「連腰帶都被偷走了嗎？可恨的傢伙，那我先從腰帶開始寫，什麼樣的腰帶？」

「你還問，我有很多條腰帶嗎？就黑綢緞搭配絹織那條。」

「一條黑綢緞搭配絹織的腰帶——多少錢？」

「六塊錢左右吧。」

「你好意思用這麼貴的帶子，以後買一塊五角的就好了。」

「哪來這種便宜的腰帶？你就是這副德性，人家才說你不近人情啦。反正自己的老婆再邋遢都沒關係，自己過得好就行了對吧？」

「好了，別說了，下一樣是什麼？」

「絲織的外套，那是河野阿姨的遺物呢，跟現在的絲織品完全不同。」

「我沒問你這個，多少錢啦？」

「十五塊。」

「穿十五塊的外套，你配嗎？」

「有什麼關係，又不是花你的錢買來的。」

「下一樣呢？」

「一雙黑襪子。」

「你的嗎？」

「你的啦，值兩角七分。」

「還有呢？」

「一箱山藥。」

「連山藥都拿走？那小偷是要直接煮來吃，還是做成山藥湯？」

「這我怎麼知道呢，你去問小偷啊。」

「值多少錢？」

「我可不知道山藥值多少。」

「那就寫十二元五角好了。」

「你腦子浸水啦？就算是從唐津挖來的山藥，也不可能值十二元五角好嗎？」

「你不是說不知道多少錢？」

「我是不知道啊，但十二元五角太誇張了。」

「不知道多少錢，那你又知道十二元五角太誇張？豈有此理，所以我才說你是八七．帕里奧洛格

斯[2]啦。」

「你說什麼啊？」

「八七．帕里奧洛格斯啦。」

「什麼是八七．帕里奧洛格斯？」

「不重要啦，再來是——對了，為什麼都沒講到我的衣服？」

「再來是什麼衣服都無所謂，你先跟我說八七．帕里奧洛格斯是什麼意思。」

「就跟你說沒什麼嘛。」

「那你為什麼不告訴我？你很瞧不起我是吧，欺負我不會英文，就用英文說我壞話。」

「別說傻話了，快點說剩下的衣服，不然東西拿不回來喔。」

「反正現在提出告訴也來不及了，你先跟我說八七．帕里奧洛格斯是什麼意思。」

「你很煩耶，就真的沒什麼意思啊。」

「那我不說了。」

「你也太頑固了吧？隨你高興啦，我也不寫告訴狀了。」

「好啊，我也不說失竊品項了。告訴狀是你自己要寫的，我沒差啊。」

「那就算了。」主人又跟平常一樣躲進書房裡，夫人也坐到起居室裡的針線箱前面，他們整整十分

2 主角是用拜占庭帝國最後一位昏庸皇帝君士坦丁．帕里奧洛格斯的姓名做修改，故意將這位皇帝的君士坦丁改成諧音的白癡、蠢蛋，原文為「奧坦欽．帕里奧洛格斯」，江戶語中的奧坦欽為「糊塗蟲」之意。

鐘都沒做任何事，只是一直瞪著紙門。

這時有人用力打開玄關大門，是贈送山藥的多多良三平來了。多多良三平以前是這戶人家的寄宿學生，如今法學院畢業後到某家公司的礦山部工作，也算是企業家的幼苗，鈴木藤十郎的後進。念在過往情分，三平不時會造訪恩師的茅廬，在放假時來玩個一天，算起來跟這家人也是相當親暱的。

「太太，今個兒天氣不錯呢。」操著一口唐津鄉音的三平穿著西褲，立起單膝坐在夫人面前。

「唉呀，是多多良先生。」

「老師他出門了嗎？」

「沒有，他在書房裡呢。」

「太太，老師整天埋首學問，對身體不好啊，難得的假日該出來透透氣嘛。」

「對我說也沒用，這得你去勸他才行。」

「這個嘛……」話才說到一半，三平望了客廳一眼說：「今天也沒看到幾位千金呢。」三平才剛向夫人打聽，屯子和寸子就從隔壁房間跑出來了。

「多多良先生，你今天有帶壽司來嗎？」姊姊屯子還記得前幾天的約定，一見面馬上就摧他交出壽司，多多良抓抓腦袋說。

「你記得真清楚啊，下次我一定帶來，今天忘了。」他據實以告。

「吼唷……」姊姊表達不滿，妹妹也跟著「吼唷……」夫人的心情總算變好了，臉上也重拾笑容。

「今天我沒帶壽司來，但之前我有給山藥啊，你們吃過了嗎？」

「什麼山藥啊？」姊姊詢問三平，妹妹也模仿姊姊問：「什麼山藥啊？」

「你們還沒吃嗎？快拜託媽媽煮給你們吃吧，唐津的山藥跟東京的不同，可好吃了。」三平誇耀家鄉名產，夫人這才想到自己應該要說什麼。

「多多良先生，前幾天真是多謝你的美意了。」

「如何呢，已經吃過了嗎？我特地放在箱子裡以免壓斷，整根都完好如初呢。」

「很遺憾，那些山藥昨天被小偷偷走了。」

「被偷走了？那小偷也太蠢了吧，有這麼喜歡山藥的人嗎？」三平聽了反而有點肅然起敬。

「媽媽，昨晚有小偷跑來嗎？」姊姊問夫人。

「是啊。」夫人淡淡地回答。

「小偷跑來了——這樣啊——小偷跑來了——那個小偷長什麼樣子啊？」這次換妹妹提問了，夫人也不知道該如何回答這個怪問題。

「當然是一臉可怕的樣子囉。」夫人回答完，看了多多良一眼。

「可怕的樣子？跟多多良先生的臉一樣嗎？」姊姊好奇反問，講話一點也不委婉。

「你啊，講話也太失禮了吧。」

「哈哈哈哈，我的臉有那麼可怕嗎？這下我頭大了。」多多良又抓抓腦袋，他的後腦禿了一塊，大約三公分左右，是一個多月前才有的。他也去看過醫師了，但禿頭並不好治，最先發現他禿頭的是姊姊屯子。

「唉呀，多多良先生的腦袋跟媽媽一樣，都會發光呢。」

「不是叫你閉嘴了嗎？」

「媽媽，昨晚的小偷腦袋也會發光嗎？」這次換妹妹提問了，夫人和多多良都忍不住笑了出來，但一一回應童言童語也太麻煩了，夫人便說：「好了，你們到院子去玩吧，等會媽媽給你們吃喜歡的點心。」此話一出，總算哄走兩個小孩子了。

「多多良先生，你的腦袋是怎麼了？」夫人很認真地詢問多多良。

「被蟲咬的啦，一直都沒有好，太太也有同樣的毛病？」

「不是啦，我沒被蟲咬。女人整天纏著頭髮，被拉扯的地方多少會禿嘛。」

「禿頭都是細菌造成的喔。」

「我的跟細菌無關。」

「太太是死鴨子嘴硬吧。」

「不要什麼都牽拖細菌。對了，英文的禿頭怎麼說？」

「英文的禿頭是Bald。」

「不是，我聽到的不是這個字眼，有沒有更長的？」

「去問老師不就知道了嗎？」

「他都不告訴我，我才問你啊。」

「我只知道Bald，你聽到的是什麼字眼呢？」

「好像叫八七．帕里奧洛格斯，八七可能是禿的意思，帕里奧洛格斯則是腦袋之意吧。」

「或許吧，我這就去老師的書房翻一下韋氏字典好了。是說，老師也真是個怪人，大好的天氣卻躲在家裡——太太，他那樣胃病很難好喔，勸他去上野賞花吧。」

「你帶他去吧，女人家講的話他都不肯聽呢。」

「他還是嗜吃果醬嗎？」

「是啊，跟以前一樣。」

「之前老師跟我抱怨，他說太太抱怨他吃太多果醬了，他並沒有吃很多。一定是哪裡弄錯了才對，幾位千金和太太也有吃吧——」

「多多良先生，瞧你說這什麼話。」

「太太，你看起來也很喜歡吃果醬啊。」

「這種事從面相看得出來嗎？」

「是看不出來啦——不過，太太都沒有吃果醬嗎？」

「當然會吃一點，有什麼關係嘛，是我們自家的東西啊。」

「哈哈哈哈，我就知道——說句實話，家裡遭小偷真是飛來橫禍，小偷只拿走山藥而已嗎？」

「如果只有山藥，我還不需要煩惱，連居家衣物也被偷走了呢。」

「麻煩接踵而至是吧，又要借錢過日子了嗎？這隻貓咪要是狗就好了——真遺憾。太太啊，勸你務必要養一隻大狗。——貓咪太沒用了，只會蹭飯吃——牠有抓過老鼠嗎？」

「一隻也沒抓過，實在是有夠厚臉皮的貓。」
「那就沒辦法了，快點棄養吧，不然我帶回家煮來吃好了。」
「唉呀，多多良先生還會吃貓啊？」
「我吃過喔，滿好吃的。」
「真豪氣。」

本喵曾聽聞，下等的寄宿學生之中有吃貓肉的野蠻人，但本喵做夢也沒想到，素來對本喵關愛有加的多多良也是這種人。他已經不是學生了，雖說畢業的時日不長，卻也是一位堂堂的法學士，更在六井物產公司任職，所以本喵的震驚難以言喻。寒月二世的行為印證了一句格言，看到一個人就要先懷疑他有偷盜之心；而這次多多良讓本喵領悟另一個真理，看到一個人就要先懷疑他有吃貓之心。

在紅塵中打滾難免會看盡世間百態，瞭解世間百態固然可喜，但生活就會一天比一天危機四伏，一天比一天擔心受怕。為人變得狡詐卑劣、表裡不一，也是看盡世間百態之故，而看盡世間百態又是年紀變大的原罪，老人沒有幾個好東西也是這個道理。或許趁現在跳進多多良的火鍋中，跟著洋蔥一起升天也未嘗不是件壞事。本喵縮在一旁思考這些事情時，方才吵架躲進書房的主人，一聽到多多良的聲音就跑來起居室了。

「聽說老師你遭小偷啦，也太傻了吧。」多多良一見面就調侃主人。
「傻的是那個小偷。」主人始終以聰明人自居。
「話是這麼說沒錯，被偷的也聰明不到哪裡去吧。」

「沒有東西可偷的多多良先生最聰明了是吧？」夫人這次替自己的丈夫說話了。

「最傻的就是這隻貓了，真搞不懂牠在想什麼。既不抓老鼠，小偷來了也不關牠的事。——老師啊，你乾脆把這隻貓給我，反正留下牠也沒什麼用處嘛。」

「給你沒問題，你要幹什麼？」

「煮來吃掉啊。」

聽到這句驚人的回答，主人發出了一種胃虛所致的陰沉笑容，沒有多作回答；多多良也不是非吃本喵不可，這對本喵是不可多得的福氣，主人也換了一個話題。

「貓咪怎樣都無所謂啦，衣服被偷了，沒東西可穿有夠冷的。」主人表現出極為消沈的模樣，沒衣服穿確實會冷啊。昨天他還穿著兩層棉襖，今天卻只有一件薄袍和短袖襯衫，從一早就枯坐家中不運動，不充足的血液都拿去支援消化了，沒有循環到四肢上。

「老師啊，你不該以教師為職志的。你看一遭小偷生活就有困難了——何不趁此機會轉換志向，改當企業家呢？」

「他就討厭企業家，講了也沒用的。」

夫人在一旁回應多多良，當然夫人是希望自己丈夫當上企業家的。

「老師，你畢業幾年了？」

「今年是第九年了吧？」夫人轉頭問主人，主人不置可否。

「九年來都沒有加薪，拚命研究學問也沒有人稱讚，真可謂郎君獨寂寞啊。」多多良朗誦中學時代

學到的詩句，替夫人說話出頭。夫人聽不太懂，也就沒有回答他。

「我討厭當教師，但更討厭企業家。」主人似乎在思考自己喜歡什麼。

「他這人什麼都討厭……」

「唯一不討厭的就是太太了吧？」多多良開了一個不像他會開的玩笑話。

「我最討厭她了。」主人的回答簡單明快，夫人先撇過頭裝出若無其事的表情，接著又望向主人說：

「你連活著都討厭吧。」夫人說這話是存心要給丈夫難堪的。

「是不太喜歡啊。」沒想到主人的答覆挺溫吞的，夫人也拿他沒有辦法了。

「老師，你要多出去外邊走走，不然身體會搞壞的。——然後轉行當企業家吧，賺錢絕不是什麼難事喔。」

「你又沒賺多少。」

「別這麼說，我去年才剛進公司嘛，但我的儲蓄比老師多喔。」

「你有多少儲蓄啊？」夫人熱心地打聽。

「已經五十元了。」

「那你薪水有多少？」這也是夫人問的問題。

「三十元啊，每個月我會抽五元存在公司，以備不時之需。——太太，你不妨拿點小錢買些鐵路公司的股票，包準三、四個月就會翻倍喔。只要花一點小錢，很快就會翻個兩、三倍的。」

「有這麼多錢就不怕遭小偷啦。」

「所以我才說企業家是唯一選擇啊。老師要是念法律，到企業或銀行任職的話，現在每個月少說也有三、四百元的收入，真是太可惜了呢。——老師，你認識一個叫鈴木藤十郎的工學士嗎？」

「嗯，他昨天來過。」

「是喔，前不久我在某場宴會上碰到他，我跟他談起你的事情。他說你們以前住在小石川的寺廟同吃一鍋飯呢，還要我轉達關照之意，他近日也會過來拜訪。」

「聽說他最近來東京了。」

「沒錯，之前他都在九州的炭坑，最近調到東京來了。手腕不錯呢，他對待我這種菜鳥也像朋友一樣。——老師，你猜那個男人賺多少？」

「我怎麼知道。」

「他月薪有兩百五十元，再加上其他加給，平均有到四、五百元的程度呢。你看人家賺那麼多，你卻搞什麼英文閱讀，過著勤儉刻苦的日子，這不是太傻了嗎？」

「確實挺傻的。」主人這麼超然物外的人，金錢觀念和一般人也沒什麼兩樣。不對，可能是窮日子過慣了，才比一般人更想要錢吧。多多良宣揚企業家的好處後，也沒有其他話好說了，便換了一個話題。

「太太，有個叫水島寒月的人來拜訪老師嗎？」

「有啊，他常來呢。」

「他是什麼樣的人物？」

「聽說很有學問呢。」

「是一位美男子嗎？」

「呵呵呵，跟你差不多的美男子呢。」

「是喔，跟我差不多。」多多良的態度很嚴肅。

「你是怎麼知道寒月的？」主人反問。

「先前某個人拜託我打聽的，我很好奇那個叫寒月的真有打聽的價值嗎？」多多良還沒有打聽到消息，就已經不把寒月放在眼裡了。

「他比你更了不起。」

「是嗎？比我更了不起啊。」多多良既不陪笑、也不生氣，這也算是他的特色了。

「再過不久他就要成為博士了嗎？」

「似乎已經在寫論文了。」

「果然是個笨蛋，竟然開始寫博士論文，我還以為他是值得一提的人物呢。」

「你的見識還是一樣夠嗆啊。」夫人笑著答話。

「據說只要他當上博士，某人就會考慮把女兒許配給他。我說天底下哪有這種傻瓜，為了娶老婆特地成為博士的。因此我就說啦，與其把女兒許配給那種人，不如許配給我。」

「你對誰說的？」

「拜託我打聽水島的人。」

「是鈴木嗎？」

「不是，我對他還不敢那麼說，人家地位比較高嘛。」

「多多良先生真是出外一條蟲，來我們家裡講話都肆無忌憚的，你在鈴木先生面前都不敢亂說話對吧？」

「是啊，明哲保身嘛。」

「多多良，一起去散步吧。」主人突然提議外出，他從剛才就只穿一件薄袍，因此想運動一下暖暖身子，這個想法促使他提出了前所未有的建議，隨性的多多良當然也不會拒絕。

「好啊，我們去上野，到芋坂吃糰子吧。老師，你有吃過那裡的糰子嗎？太太，我建議你去吃一次，柔軟好吃又便宜呢，而且還有酒喝喔。」多多良照例說著不著邊際的話，主人已經戴好帽子前去穿鞋了。

本喵還需要休養一段時間，主人和多多良在上野公園幹什麼，或是吃了幾盤糰子，這點小事就沒必要打探了，本喵也沒有跟蹤他們的勇氣。這部分就直接略過，讓本喵好好養精蓄銳吧，休養是老天爺賦予萬物的正當權利。

在這世上背負著生存義務的庸碌之人，必須獲得休養才能生存下去。假如上帝說我等為工作而生，不為睡眠而活，本喵是絕對不認同的；按本喵的說法，我等為工作而生，也該為工作休養。就連主人這種憤世嫉俗的大木頭，也常在假日以外自主休養嘛。那麼多愁善感、日夜勞心的本喵，即便只是一隻小貓，會比主人更需要休養也是很合理的事情。方才多多良痛罵本喵是個只會休養的廢物，這點倒是讓本

喵頗為掛懷。那些受表相驅使的俗人，除了五感的刺激以外別無所感，所以他們只懂得以外在條件評價萬物。反正他們只看簡單的結論，對他們來說一定要揮汗如雨才叫工作。相傳有一位叫達摩的和尚，禪定到雙腿腐爛的地步。假設有藤蔓伸進來纏住他的口鼻，他還是不為所動，這也不代表他在睡覺或圓寂了。他的腦袋一直在活動，思考著涅盤寂靜的大道理。儒家也有講究靜坐的功夫，這可不是在室內安閒隱居的跪坐修行，而是務求腦袋的活力要倍於常人。只是外表上看起來沉靜肅穆，凡人就以為這些智者是昏睡假死的庸人，或者當他們是無三小路用的飯桶。這些人天生缺乏慧眼，凡事只見其形，而不見其心。——尤其那位多多良三平，更是只見其形、不見其心的佼佼者，也難怪他會把本喵視為廢物了。可嘆的是，主人飽讀古今聖賢之書、略通事物真理，竟也附和膚淺的三平，不對烹煮本喵一事表達任何異議。可退一步來思考，他們會看不起本喵也是情有可原的。正所謂大聲不入於里耳，陽春白雪曲高和寡，這些都是自古以來就有的比喻。強迫那些只重外在的無能之輩，要他們欣賞本喵的智慧光彩，無異於逼和尚盤髮、逼鮪魚演講、逼電車脫軌、逼主人辭職、逼三平不愛錢一樣，太強人所難了。

不過貓咪畢竟是社會性的動物，既是社會性動物，自命不凡的本喵在某種程度上，也還是要迎合社會才行。主人夫妻、幫傭、三平等人對本喵的評價不公，實屬遺憾之至。本喵擔心他們瞎了狗眼，剝下本喵的皮毛拿去賣，或是剁了本喵送去給多多良享用，那樣一來事情就大條了。本喵上承運籌帷幄的天命，紆尊降臨紅塵濁世，堪稱獨步古今的神貓，本喵的身體是萬金之軀啊。俗話說千金之子、坐不垂堂，仗著自身優秀而無視危險，這不僅是自取滅亡，更是有違天意之舉。猛虎被抓到動物園，也只能和小豬比鄰而居；鴻雁被抓到肉舖，也跟小雞或肉雞差不了多少。和庸人相處就要化為一隻庸貓，庸貓就

得學著抓老鼠。——所以本喵決定抓老鼠了。

前不久日本和俄羅斯開戰了，身為一隻日本小貓，本喵當然支持自己的祖國了。本喵恨不得組一隻小貓團去抓死那些俄羅斯士兵，戰意如此旺盛的本喵，只要有心還怕抓不到一、兩隻老鼠嗎？本喵閉著眼睛都抓得到。古時候有人請教一位著名的禪師，到底要怎麼做才能開悟，禪師說要跟貓抓老鼠一樣專注。這個貓抓老鼠的比喻是說，用這樣的態度求道就不會有所偏差了。有句俗話說，女人裝聰明反而更顯蠢笨，但沒有人說貓咪裝聰明抓不到老鼠的對吧。換句話說，聰明如本喵豈會抓不到老鼠呢，這是不可能的。過去本喵沒抓老鼠，純粹是不想抓罷了。春陽一如昨日西去，隨風飄落的花瓣飛進廚房紙門的破洞中。落入水桶中的花瓣，在廚房昏暗的照明中更顯雪白。本喵決定今晚立下戰功，讓這家人刮目相看，所以本喵要先觀察戰場，徹底瞭解作戰的地形。

當然本喵沒打算把戰線拉到太大，以坪數來算廚房大概兩坪左右吧，其中半坪有一半是流理台，一半是酒鋪或菜販來談生意的地方。裡面有一座寒酸廚房不該有的大爐灶，以及亮晶晶的赤紅銅壺，距離後方木板牆六十公分的空間，是放置本喵貝殼的地方。收納鍋碗瓢盆的櫃子佔據起居室旁的兩公尺見方，使整個狹窄的廚房更為擁擠，跟一旁突出的壁櫥差不多高度。下面放了一個擂缽，擂缽裡的小桶子，桶底就對著本喵。牆上掛著磨泥板和搗杵，旁邊放著一個滅火盆。黑色的交叉房梁中央，吊著一根置物鉤，鉤上又吊著巨大的扁平竹籠，時而隨著風勢搖晃。以前本喵剛來的時候，完全不懂這竹籠是用來幹嘛的，待本喵發現那是要把食物蓋起來以免貓咪偷吃，本喵才深切感受到人類的惡意。

接下來要擬定作戰計劃了，跟老鼠打仗，就得選在老鼠出沒的地方。本喵雖佔地利，但獨自乾等也

稱不上戰爭，本喵有必要研究老鼠的動線。本喵站在廚房中央環顧四周，思考老鼠是從哪裡進來的，感覺自己就像是海軍名將東鄉平八郎。幫傭跑去洗澡還沒回來，小孩子也早就睡了，主人吃完糰子回家依舊躲進他的書房，至於夫人——夫人在做什麼本喵就不知道了，大概是在做山藥的美夢吧。門前偶有人力車通過，聲音過後更顯孤寂。本喵的決心、本喵的氣慨、廚房的光景、四周的寂靜，整體充溢一股悲壯的情懷，更讓本喵覺得自己是貓中的東鄉大將無誤。任何人達到這種境界，都會在悸動中產生喜悅之情，但本喵在喜悅之餘還發現一大隱憂。本喵早有覺悟與老鼠一戰，不管來幾隻本喵都沒在怕的，問題是不清楚牠們從哪裡現身可就麻煩了。本喵詳查四周，經綜合分析後得出鼠賊出沒的三條路徑。

如果這些老鼠是溝鼠，牠們一定會沿著管線，從流理台跑到爐灶後方；屆時本喵就以滅火盆為掩護，斷絕牠們的退路。或者，牠們也可能從通往排水溝的洞口進來，先迂迴到浴室再突襲廚房；那麼本喵就盤據飯鍋的蓋子上，待牠們來到下方時一躍成擒。本喵繼續環顧四周，發現櫃子的右下方有被咬成半月形的洞口，這也有可能是老鼠出入的途徑。本喵用鼻子嗅了一下，聞到一絲老鼠的臭味。倘若牠們從這裡出來，本喵就先躲在柱子後面，待牠們通過後再賞一爪。本喵抬頭仰望上方，擔心老鼠從天花板出沒，純黑的煤灰被燈光照得明亮，那景象就好比懸在上空的地獄，憑本喵的身手是上不去也下不來的。本喵心想老鼠應該不會從上方突襲，也就不再警戒那個方向了。話說回來，我方還是有遭受三方攻擊的風險，敵方要是只打一處來，本喵閉著一隻眼睛都能取勝；敵方要是打兩處來，本喵也有信心擊退來犯；但敵方要是打三處來，那麼捕鼠本領值得期待的本喵也是無力可回天。偏偏本喵又不能仰賴車夫家的黑仔，這事關本喵的顏面問題。想破腦袋也想不出好主意的時候，要破除不安的最快方法，就是告

訴自己最壞的情況不可能發生。況且，想不出主意的事情，大家自然會希望它不要發生，看看這社會就知道了。昨天娶的老婆搞不好今天就翹辮子了，可那些新郎官還是一副喜氣洋洋的樣子，絲毫不擔心。他們不擔心，不是因為風險不值得擔心，而是再怎麼擔心也沒有方法應付。本喵的情況也是如此——沒有明確證據指出敵人不會發動三方攻擊，但說服自己三方攻擊不會發生，比較容易安心。安心是萬物的必需品，本喵也需要安心，故本喵篤定三方攻擊不會發生。

然而本喵的憂慮並未消失，本喵深思後終於知道自己在擔心什麼。這三大方案中哪一個才是最佳方案，對於這個疑問本喵難有明確答案，所以才大傷腦筋。

敵人從櫃子出來，本喵自有應對之策；敵人從浴室現身，本喵也有應變之計；敵人從流理台爬上來，本喵也有迎擊準備；但要本喵擇一取捨可就難上加難了。據說東鄉大將也曾苦惱，不知波羅的海艦隊會通過對馬海峽，還是走津輕海峽，亦或遠程迂迴宗谷海峽。如今本喵也有同樣境遇，實不難想像東鄉大將的難處。本喵不只戰況和東鄉大將相似，就連身居高位的苦心也是別無二致。

本喵正忙著絞盡腦汁，幫傭突然打開破掉的紙門，探出一張臉來。本喵不是說她沒有手腳的意思，而是其他部分在夜色中看不清楚，唯獨一張臉顏色特別鮮明，才會映入本喵的眼簾中。幫傭洗完澡回來，一張紅臉比平常更加通紅，她早早就來關閉廚房的門窗了，大概是昨晚學到教訓了吧。主人在書房嚷嚷，叫別人把拐杖放到他的枕頭邊，本喵搞不懂他在枕邊放拐杖做什麼，總不會以為自己是什麼劍術高超的烈士吧。昨天擺山藥，今天擺拐杖，明天看他要擺什麼。

夜色還沒有很深，還不到老鼠出沒的時間，本喵要在大戰前好好養精蓄銳。

主人家的廚房天花板沒有天窗，只有牆上開了一尺左右的洞口，類似客廳出入口上方的小氣窗，用來代替天窗發揮通風透氣的功能。不吝凋落的櫻花飄入洞口，一道強風吹入驚醒了本喵，朦朧的月光照入廚房中，爐灶的陰影斜斜地映在踏墊上。本喵凝神傾聽家中動靜，順便看看自己有沒有睡過頭。家中跟昨晚一樣靜悄悄的，只聽得到時鐘的聲音，現在是老鼠出沒的時間了，牠們會從哪裡冒出來呢？

本喵聽到櫥櫃裡有聲音，好像是老鼠踩在盤子邊上，在櫃子裡面胡作非為。本喵躲在櫃子的破洞旁等老鼠出來，但始終沒有現身的跡象。踩踏盤子的聲音停下後，這次似乎碰到什麼大碗，不時會發出沉重的碰撞聲。而且就在隔板後面鬧，距離本喵的鼻頭不到幾公分。

偶爾有腳步聲接近洞口，卻連一隻鼠影也看不到。敵人正在隔板後面為所欲為，本喵只能守在洞口，這未免也太漫不經心了。鼠賊在旅順碗中召開舞會，那幫傭也真不機靈，就不會事先打開櫥櫃，好讓本喵進去捉老鼠嗎？

這次本喵放在爐灶後面的貝殼也有動靜了，看樣子那邊也有敵人潛入。本喵躡手躡腳地過去，就看到水桶的旁邊有一條尾巴，沒一會又鑽到流理台下了。不久浴室裡發出了漱口杯碰到金屬臉盆的聲音，本喵回頭觀看後方的瞬間，有隻十幾公分大的老鼠弄掉牙粉袋，跑到外廊下躲起來了。本喵也飛快衝過去，生怕獵物逃跑，不料本喵趕到時已經連影子都看不到了。原來抓老鼠遠比想像的困難，說不定本喵天生缺乏抓老鼠的能力吧。

本喵一繞到浴室，敵人就從櫥櫃跑出來；本喵提防櫥櫃，敵人就竄上流理台；本喵在廚房中央全力戒備，敵人就在三方面同時引發騷動。該說牠們狡猾還是卑鄙呢，總之老鼠絕不是有格調的敵人。本喵

來回奔走十五、六次，忙得焦頭爛額、身心俱疲，竟一次也沒有捕鼠成功。很遺憾面對這般小人，饒是東鄉大將也無計可施啊，起先本喵充滿勇氣、鬥心、悲壯等崇高的美感，漸漸變成了麻煩、可笑、想睡、好累的心情，最後本喵乾脆坐在廚房中間不動了。但本喵仍用眼神威嚇四方，小小鼠輩也就不敢太過張狂了。由於本喵的敵人實在太微不足道，本喵也不再認為戰爭是什麼光榮的事情，只留下一種厭惡的念頭。當厭惡的念頭不再，本喵就失去幹勁放空了。放空後本喵也懶得管老鼠了，反正牠們也幹不了什麼大事，本喵看不起牠們，簡直到了想睡覺的地步。經過以上的心理變化，本喵終於克制不住睡意了，本喵要睡覺了，身在戰陣中也是需要休養的。

屋簷下半開的窗口又吹進一團花瓣，強風吹過本喵的身邊，櫥櫃的洞口有東西像子彈一樣飛快衝出來，以迅雷不及掩耳之勢咬了本喵的左耳一口。

隨即又有一道黑影繞到本喵身後，本喵未及反應，黑影就掛在本喵的尾巴上了，這都是彈指之間發生的變故。本喵反射性地跳起來，使盡渾身的力氣要甩掉那些怪物，咬住本喵耳朵的怪物重心失衡，垂掛在本喵的側面，如橡皮管一般柔軟的尾巴意外滑入本喵嘴裡。大好的反擊機會當前，本喵咬住怪物的尾巴左右亂甩，不咬斷誓不罷休。這一甩只剩下尾巴留在本喵的牙齒間，怪物的身體撞到貼著舊報紙的牆壁，在踏墊上翻滾了幾圈。本喵飛撲過去不給對方喘息之機，誰知那怪物竟像高速的皮球掠過本喵鼻頭，跳到架子的邊緣踮腳而立。怪物在櫃子上俯視本喵，本喵則在地板上仰望對手，雙方距離大約一公尺半。映入廚房的月光彷彿一條鋪在空中的彩帶，本喵前腳使勁，試圖跳上櫃子。本喵的前腳成功掛上邊緣，後腳卻懸在半空中。掛在本喵尾巴前端的黑色東西，死也不肯放開本喵的尾巴，本喵危險了。本

喵前腳不斷掙扎，想要找到更深的施力點，但本喵越是掙扎，尾巴的重量就害本喵越往下滑，再滑落兩、三分就會掉下去了。本喵真的危險了，爪子刮在木板上的聲音有夠清晰的，本喵揮舞左前腳想力挽狂瀾，爪子一個沒抓好，本喵只剩下一隻右前腳還掛在櫃子上了。本喵自己的體重和尾巴上的怪物，害本喵的身體無法保持安定，在櫃子上伺機而動的那一隻怪物，還落井下石跳到本喵臉上來。本喵的爪子失去唯一的施力點，隨著那兩隻怪物一同劃破月光垂直落下。放在底下的擂缽、擂缽中的小桶子、果醬的空罐也同受連累，砸到下面的滅火盆，一半掉進水缸裡，一半掉在地板上。這一切毀了深夜該有的寧靜，也徹底凍結了本喵狂熱的戰魂。

「大膽賊人！」主人發出粗野的叫聲衝出寢室，他一手拿著提燈，一手握著拐杖，惺忪的睡眼綻放出與情緒相當的怒火。本喵佯裝無辜蹲在貝殼旁邊，那兩隻怪物也鑽到櫃子裡不見蹤影了。無賊可抓的主人，怒氣沖沖地問了一個注定沒人回答的問題：「是誰發出這麼吵的聲音？」那時月已西沉，白色的月光彩帶也只剩一半大小了。

六

天氣熱成這樣，貓咪也受不了啊。據說英國作家西德尼．史密斯也很怕熱，還想脫下一身臭皮囊納涼呢。脫不下臭皮囊也無所謂，好歹讓本喵脫下這一身淺灰色帶斑紋的皮毛，暫時拿去送洗或典當也行。在人類眼中，我們貓咪一年四季都是同樣的表情，穿戴著同樣的皮毛，過著極為單純又不花錢的生活，其實貓咪對冷熱也是有感覺的。本喵不是沒有想過要泡個澡，無奈這身皮毛沾濕後很不容易弄乾，所以本喵寧可忍著汗臭味，活到這一把年紀都還沒去過澡堂。本喵也想用用看扇子，但貓爪沒辦法握東西，只好放棄了。

從這個角度思考，人類實在過太爽了，可以生吃的東西刻意煮熟，使用各種多餘的烹調方式和醬料還自得其樂。說到穿衣服也是一樣，對於天生有缺陷的人類來說，或許沒辦法學我們貓咪一年到頭都穿同樣的皮毛啦，可也沒必要在皮膚上穿戴一大堆多餘的東西吧。他們人類必須仰賴綿羊、桑蠶、棉田的恩惠，顯見生活奢侈是無能的象徵。衣食尚屬生活必需，本喵也就不計較了，但和生存沒有直接關聯的事情他們也這樣搞，這就說不過去了吧。首先，頭頂上的毛應該放任它自然生長才對，放任不管才是最方便有利的。沒想到他們吃飽太閒，在頭頂上變一堆花樣還自鳴得意。那些自稱和尚的傢伙，總是把腦袋剃個精光，天氣熱就撐一把傘，天氣冷就包著頭巾，都不知道他們剃頭的用意何在。

不同意嗎？你們人類不是喜歡用一種叫梳子的無用鋸齒狀道具，把頭頂上的毛分成左右兩邊嗎？而

且不是左右均分，是以七三分的方式，在頭蓋骨上頭劃分人工區塊，有些人的分線還穿過髮旋直至後腦勺，跟假的芭蕉葉沒兩樣。此外，人類還會把頭頂剃平，左右邊切成直角，好比圓形的腦袋套上四方形的箱子，看上去就像園丁修剪的樹叢。其他還有五分頭、三分頭、一分頭之類的髮型，搞不好以後還有剃進腦袋裡的負一分頭、負三分頭等新奇古怪的髮型登場。本喵不懂為何人類這麼沉迷瑣事，再者人類明明也有四隻腳，卻只用兩隻腳來走路，這也太暴殄天物了。用四隻腳走路至少走比較遠嘛，可你們人類就愛用兩隻腳裝模作樣，剩下兩隻就無所事事地垂在那裡，有夠愚蠢的。光看這幾點，人類一定是比我們貓咪還要無聊，才會無所事事想這些莫名其妙的東西取樂。最好笑的是他們動不動就說自己忙，表情也一副真的很忙的樣子，有時候憔悴到好像快要忙死了一樣。有些人類看到本喵，就羨慕貓咪悠閒自得，那你們何不效法本喵呢？又沒有人拜託你們忙個不停。自己搞出一堆處理不完的事情，然後埋怨生活辛苦，這豈不是自己死命生火，還嫌天氣太熱嗎？你要是叫貓咪想出二十幾種剃頭方法，保證貓咪再也悠閒不起來。想要掌握悠閒的氣質，請學本喵練就一身夏天也能穿毛衣的本事吧。——話說回來，還真有點熱啊，穿皮毛太熱了啦。

這下本喵拿手的午睡絕活也發揮不出來了。有什麼有趣的事情嗎？本喵疏於觀察人類好一段時間了，本想久違地欣賞他們汲汲營營的蠢相，不巧主人在這一點上跟貓咪天性相近。

主人午睡的功夫絲毫不下本喵，放暑假後就沒幹過一件人類該幹的活，觀察再久也沒意義啊。如果迷亭這時候跑來，主人胃虛的黯淡肌膚還會產生幾分光澤，幫助他蛻變成一個人類。本喵心想迷亭也該來了才對，正好有人在浴室裡潑水，潑水聲中還夾雜著吆喝，整棟房子迴盪著「爽啊、痛快，再來一盆

水」的聲音。來到主人家裡大聲嚷嚷，完全不講為客之道的人，非迷亭莫屬了。

迷亭終於來了，這下能夠打發半天的時間了。他擦著汗水穿好衣服，和往常一樣大剌剌地跑到客廳，他脫下帽子扔到榻榻米上，隨口問道：「夫人吶，苦沙彌在哪裡啊？」在隔壁房的夫人，本來趴在針線箱旁邊舒服地睡午覺，這會被撼動耳膜的聲音驚醒，趕緊張開惺忪的睡眼出來待客。迷亭穿著高級的麻衣，隨意坐在客廳裡搧風納涼。

「唉呀，你來啦，我都沒發現呢。」夫人的語氣有些狼狽，頂著冒汗的鼻頭行禮。

「也沒有啦，我來沒多久，剛才在浴室請幫傭替我潑點水，總算又活過來啦——天氣熱嘛。」

「這幾天沒幹活都會流汗呢，確實很熱。——好在你還是康健如昔啊。」夫人依舊沒有擦掉鼻頭的汗水。

「多謝，承夫人貴言啊。熱一點也沒什麼啦，但這熱度太誇張了，身體都懶洋洋的提不起勁。」

「像我平常沒在睡午覺的，可這麼熱實在——」

「忍不住是吧？沒關係啊，中午睡得好，晚上又睡得著，這是美事一樁嘛。」迷亭同樣說著溫吞的見解，只是他認為這樣不夠充分，就補了一句：「我的體質不太需要睡眠，每次來看到苦沙彌都在睡覺，我就很羨慕。是說胃腸不好的人，大熱天的很難受吧？平常身體健康的人，今天也都懶得撐起腦袋呢。可腦袋畢竟長在脖子上，又不能砍掉是吧？」迷亭難得煩惱頭殼該如何處置。

「夫人你腦袋上還頂著一大包東西，也難怪坐不住啦。光看那盤頭的重量，就想躺下來了是吧。」

夫人以為是髮髻形狀，暴露出她剛剛睡醒的事實，她整理著自己的髮型說：「呵呵呵，你真愛說

笑。」

迷亭倒也不在意，又換了一個奇怪的話題：「夫人，昨天我在屋頂上煎蛋呢。」

「你在屋頂上煎蛋？」

「屋頂上的瓦片被太陽曬得很燙嘛，不拿來利用一番怪可惜的，我就在屋頂上塗點奶油，打了一顆雞蛋。」

「這樣啊。」

「不過陽光終究無法隨心所欲地利用啊，我一直煎不出半熟的蛋來，就回到屋子裡看報紙。看到一半好友跑來拜訪我，我就忘記自己在煎蛋了，今天早上我爬去屋頂一看，心想雞蛋總該煎好了。」

「然後怎麼樣了？」

「雞蛋全都流掉了，連個半熟也沒留下。」

「唉呀呀。」夫人皺起八字眉嘆道。

「話說回來，立秋之前氣溫都變涼了，現在又變熱未免太不可思議了。」

「就是說啊，前陣子穿沒內襯的和服都嫌涼了，兩天前又突然變熱了。」

「本來天氣跟螃蟹一樣，是亦步亦趨移動的，今年的天氣卻是在走回頭路，這或許是在告訴我們倒行逆施也未嘗不可的道理吧。」

「什麼意思啊？」

「沒有、什麼意思也沒有，這氣候異變就像海克力士的牛呢。」迷亭越講越起勁，終於說出了詭怪

奇譎的話來，夫人果然有聽沒有懂。但方才已有聽不懂倒行逆施的先例，夫人便隨口應和，並沒有反問那是什麼意思。夫人不反問，迷亭提出這個話題就沒意義了。

「夫人啊，你知道什麼是海克力士的牛嗎？」

「誰聽過那種牛啊。」

「不知道嗎？那我來講解一下好了。」夫人也不好意思說不要，只好答應了。

「很久以前，海克力士拖了一頭牛。」

「那個叫海克力士的，是養牛的嗎？」

「不是養牛的，也不是賣牛肉的，當時希臘還沒有賣牛肉的呢。」

「唉呀，原來是希臘的故事啊？那你何不明說呢。」夫人倒是聽過希臘這國家。

「我已經說了海克力士了啊。」

「說到海克力士，就會想到希臘是嗎？」

「沒錯，海克力士是希臘的大英雄。」

「那難怪我不曉得，那個男人怎麼樣了——」

「那個男人啊，就跟夫人你一樣在睡午覺——」

「又說到我頭上來。」

「他睡到一半，伏爾甘的兒子來了。」

「伏爾甘又是誰啊？」

「算是打鐵的啦，這位鐵匠的兒子就偷了那一頭牛，而且是拉著牛尾巴倒著走的。海克力士睡醒後到處找牛，卻怎麼也找不到。沒辦法嘛，小偷是拖著牛尾巴倒著走，不是往前走的，海克力士當然找不到腳印。以一個鐵匠的兒子來說，那小偷也算聰明了。」迷亭已經完全忘記天氣的話題了。

「對了，你丈夫呢？他還在睡午覺嗎？中國人的詩也有提到午睡，午睡本身是件風雅的事情，但苦沙彌把午睡當成例行公事，這就有點俗氣了，簡直是在百無聊賴的生活當中慢性自殺嘛。夫人啊，麻煩你去叫醒他可好？」

迷亭催促夫人，夫人似乎也有同感：「嗯嗯，他睡成那樣實在令人困擾，最主要是對身體不好，才剛吃飽就睡大頭覺。」

夫人正要起身，迷亭厚顏地說著沒人想知道的事情：「夫人，說到吃飯，其實我還沒用膳呢。」

「唉呀，都到吃飯時間了，原來你還沒有吃飯啊——家中也沒別的，吃茶泡飯好嗎？」

「不不，不必給我茶泡飯也無所謂。」

「也是啦，我們家沒有合你胃口的東西嘛。」夫人稍稍反唇相譏，聽出言外之意的迷亭回答：「我不是這意思，是真的不需要沒關係。我在來這裡的途中自己訂好了，想在這裡吃。」腦筋正常的人可說不出這番話，夫人只說了一句：「是嗎？」她的話中夾雜著驚訝、不滿、以及省下麻煩的慶幸之意。

由於家中比平時更加吵鬧，被強行拖出夢境的主人，踩著虛浮的步伐走出書房。

「你這傢伙還是一樣吵鬧，破壞我難得的午睡心情。」主人打著哈欠，滿臉不高興。

「唷，你醒啦，擾你清夢真是不好意思啊。偶一為之又何妨呢，請坐吧。」

聽迷亭這樣講，真搞不清楚誰才是客人，主人默默地坐下來，從木盒裡拿出一根香菸吞雲吐霧，恰巧看到迷亭擺在一旁的帽子，就問：「你買帽子啦？」

迷亭馬上自豪地遞到主人夫妻面前：「如何？」

「滿好看的，做工很細，摸起來很柔軟呢。」

夫人反覆摸著帽子。「夫人，這頂帽子很珍貴喔，你隨意折騰它都沒關係。」

語畢，迷亭捏起拳頭，一拳打向帽子的側面，帽子邊還真出現了一個拳印。夫人還來不及驚訝，迷亭的拳頭又陷進帽子內側，上頭被頂得又尖又翹。接下來迷亭從兩側擠壓帽緣，帽子就像被擀麵棍壓過一樣扁平，迷亭把扁平的帽子捲起來放入懷中：「你們看，就像這樣。」

「真神奇呢。」夫人感嘆的程度，不下於看了一場魔術表演，迷亭也有意炫技，他刻意從左袖口抽出懷中的帽子，重新把帽子恢復成原狀：「完全沒有損傷對吧？」

變完戲法後，迷亭把帽子套在食指上轉個不停。就在本喵以為迷亭沒把戲的時候，迷亭將帽子往後一扔，一屁股坐到上面去。「你這樣不要緊嗎？」

連主人都擔心了，夫人就更不用提了，她好心提醒迷亭：「難得的帽子弄壞了多可惜啊，也差不多該住手了吧？」

帽子的主人卻很得意：「這頂帽子就是不會壞，很神奇吼？」皺成一團的帽子又被拿起來戴在頭上，還真的神奇地恢復原狀了。「這帽子也太耐用了，怎麼回事啊？夫人的佩服有增無減，迷亭戴著帽子回答：「也沒什麼啦，這種帽子本來就很耐用的。」

「老公啊，你也買那種帽子吧？」夫人勸主人買同樣的東西，迷亭則說：「苦沙彌不是有一頂很氣派的草帽嗎？」

「你有所不知，前幾天那頂帽子被小孩子踩壞了。」

「喔喔，那真是太遺憾了。」

「所以我希望他也買一頂這種漂亮又耐用的。」夫人不知道一頂巴拿馬帽多少錢，才會一直勸主人購買同款的東西。

這次迷亭從右邊的袖口，抽出一柄收在紅色盒子裡的剪刀給夫人看：「夫人，先別管帽子了，來看看這剪刀吧，這也是極為寶貴的好東西啊，有十四種使用方法喔。」如果迷亭沒拿這法寶出來，主人就要被夫人給煩死了。好在夫人擁有女性天生的強烈好奇心，主人才得以倖免於難，本喵看出這不是迷亭機靈，而是純屬僥倖。

「這剪刀真有十四種用法？」夫人一提問，迷亭就興高采烈地說：「我現在一一解釋給你們聽，看好囉？這邊有個新月形的缺口對吧，這是拿來切雪茄用的。還有這底部的位置也有點玄機，這是拿來剪鐵絲用的，然後平放在紙上還能當尺用，另外刀背的地方有刻度，能夠拿來量尺寸。你們看這邊有附銼刀，是用來磨指甲的，看到了嗎？這前端的部分插進螺紋裡，就是一把螺絲起子啦。大多數用釘子釘成的箱子啊，用這東西插進去都撬得開。不只如此喔，這裡的刀尖能當錐子，這是用來削掉寫錯的字。整體拆解開來，就變成一把小刀了，最後呢——夫人，最後的功能很趣味，這邊有個蒼蠅眼大小的球對吧？你來看一下。」

「才不要，你一定又想戲弄我。」

「你這麼不信任我啊，我麻煩了。你就當被我騙一次，稍微看一下嘛。咦？不要嗎？看一下下就好啦。」迷亭將剪刀交給夫人，夫人怯生生地拿起剪刀，湊近那個蒼蠅眼大小的球體。

「怎麼樣啊？」

「黑漆漆的什麼也看不到。」

「沒有光源可不行，你往紙門那邊挪一點，剪刀不要平放下來——沒錯沒錯，總該看到了吧？」

「唉呀，有照片呢，那麼小張的照片是怎麼擺進去的？」

「這就是它的有趣之處啊。」夫人和迷亭聊得正起勁，起先沉默不語的主人也想看照片了：「喂，也讓我瞧瞧。」夫人還是貼著剪刀，始終不肯放手：「真漂亮，是裸體美女呢。」

「喂，就跟你說我也想看啊。」

「你先等等啦，真豔麗的及腰長髮，而且還是仰躺的高挑美女，長得真好看。」

「叫你給我看是聽不懂喔，還不快點拿來。」主人心急地逼著夫人交出來。

「好啦，讓你久等了，你就看個夠吧。」夫人交出剪刀，幫傭從廚房送來兩盤蕎麥麵，說是迷亭叫的外賣送到了。

「夫人，這就是我自己準備的伙食。不好意思，請讓我在這裡用膳啊。」迷亭很有禮貌地打躬作揖，夫人看不出他是認真的還是在開玩笑，就隨口同意他用膳，並且在一旁看他吃東西。主人看完照片後說：「大熱天的，吃蕎麥麵對身體不好吧。」

「安啦，我吃自己喜歡的東西很少生病的。」迷亭說完後打開蒸籠。

「剛打好的蕎麥就是讚，放到軟掉的麵條，就跟無腦的笨蛋一樣沒勁。」迷亭把調味料放入湯汁中拚命攪拌，主人擔心地說：「你加入這麼多芥末，味道會很辣喔。」

「蕎麥麵就是要吃湯汁和芥末的，你不喜歡吃蕎麥麵對吧？」

「我喜歡吃烏龍麵。」

「烏龍麵是馬伕或搬運工在吃的，不懂得蕎麥滋味的人最可憐了。」說著，迷亭舉起筷子插進麵條中，將大量的麵條拉起六公分的高度。

「夫人，吃蕎麥麵也是有各種學問的，外行人吃蕎麥麵總會沾一大堆湯汁，在嘴巴裡嚼個不停。那樣吃不出蕎麥麵的滋味，要先這樣夾起一些麵條來。」迷亭提起筷子，一長串麵條被拉起三十公分高度，他心想長度也差不多了，就看了底下一眼，結果還有十二、三根麵條黏在底下沒有拉起來。

「這麵條很長對吧，夫人。」迷亭又尋求夫人的意見，夫人佯裝佩服地說：「是很長呢。」

「這一長串只有三分之一能沾湯汁，沾完後要一口吞下去。絕不能咀嚼，否則就吃不出蕎麥麵的滋味了，讓麵條滑過喉嚨的感覺最棒了。」迷亭用力一扯，麵條終於離開底部了，夾麵的筷子慢慢落入左手的碗中，麵條的尾巴終於沾到湯汁了。根據阿基米德的原理，蕎麥麵浸泡到湯汁裡的分量，會增加湯汁的高度。碗裡的湯汁本來已裝至八分滿，迷亭手中的蕎麥麵還沾不到四分之一，整個碗就快要滿出來了。迷亭的筷子停在碗上十五公分的位置，一時無法移動。這也是無可奈何的事情，再動下去湯汁就要溢出來了。在這節骨眼上迷亭也有些舉棋不定，但他旋即以飛快的動作湊近麵條，本喵還未及細辨，他

就已經發出吸吮麵條和喉頭鼓動的聲音，筷子上的麵條也消失得一乾二淨了。仔細一看才發現，迷亭兩眼似乎有淚水滴到臉頰上，不曉得是芥末味道太嗆，還是吞嚥太辛苦的關係。

「了不起，虧你能夠那樣一口氣吞下去。」主人表示敬佩，夫人也讚賞地說：「確實很厲害呢。」迷亭先不說話，他放下筷子，用拳頭搥了胸口兩、三下。

「夫人，像這樣一盤麵，要用三口半或四口吃光才行，再多幾口就不好吃了。」迷亭拿出手帕擦拭嘴巴，稍事休息。

不知怎麼搞的，寒月竟在大熱天戴著冬季的帽子來訪，雙腳還沾滿了灰塵。

「唷，美男子來啦。不好意思，我才吃到一半，等我把東西吃完啊。」迷亭吃完剩下的麵條，在眾人的環伺下也不害臊。他的吃法沒有剛才豪邁，也沒有拿出手帕擦嘴休息，兩盤麵就被他輕而易舉吃光光了。

「寒月，你的博士論文初稿寫好了嗎？」主人一打聽論文的消息，迷亭也說：「人家金田家大小姐快等不及了，你還不快點寫出來。」

寒月照樣露出陰沉的笑容說：「那真是罪過，我也想盡快寫好讓她安心，但我專攻的題目不易，需要花上不少心力研究呢。」寒月以一種認真嚴肅的態度，談論著聽起來一點也不嚴肅的話題。

「是啊，專攻的題目不易，那鼻子也就沒辦法稱心如意啦。是說，那鼻子也確實有讓人乖乖聽話的價值啦。」迷亭也學寒月來上一句玩笑話，主人相對來說比較嚴肅。

「你的論文題目是什麼啊？」

「紫外線對青蛙眼球的電動作用有何影響。」

「真奇特的題目，不愧是寒月大師啊，青蛙都對你刮目相看呢。我説苦沙彌，何不在論文初稿完成前，去金田家告知他們寒月的研究題目？」

主人也不理會迷亭，逕自問寒月：「這題目很困難是嗎？」

「是的，這是非常複雜的問題。首先，青蛙的眼球瞳孔構造並不簡單，必須經過多方實驗才行，我是打算弄個玻璃珠來做實驗的。」

「需要玻璃珠？那去玻璃行不就行了嗎？」

寒月得意地挺起身子解釋：「非也非也——本來圓形或直線是屬於幾何學的產物，符合那種定義的理想圓形或直線，現實世界中是不存在的。」

「既然不存在，何不作罷呢？」迷亭也開口了。

「我想做個可以用於實驗的玻璃珠，前陣子已經開始動手了。」

「做成了嗎？」主人講得一副很容易的樣子。

「怎麼可能呢。」寒月話一説出口，發現這跟剛才的説法前後矛盾，就補充道：「事情沒有那麼容易，起先我只顧著打磨其中一面，那一面的半徑變得太長；為求平衡我就細心打磨另一面，這會又換另一面太長了。我費盡千辛萬苦打磨好，玻璃珠的整體形狀卻歪了；好不容易形狀磨正，直徑又偏掉了。一開始玻璃珠有蘋果那麼大，後來變得只有草莓那麼大，我不死心繼續打磨下去，就剩下大豆的尺寸了。無奈磨到大豆的尺寸，也磨不出完美的圓形，話説我也很熱中打磨玻璃珠——從正月到現在總共磨

了大小六顆玻璃珠。」寒月說了一段分不清是真是假的話來。

「你在哪裡打磨玻璃珠的？」

「在學校的實驗室啊，我從早上開始磨，吃完午飯休息一會又磨到天黑，很辛苦呢。」「你說自己最近很忙，連禮拜天都跑去學校，就是在忙這個？」

「目前我從早到晚都在忙著磨玻璃珠。」

「你是費盡心思要成為磨珠子的專家是吧——不過看你如此熱心，那鼻子也會很感動吧。其實我前幾天有事去圖書館一趟，離開時正好碰見老梅，我看他畢業以後還跑圖書館，就佩服他是個勤勉好學之人。他聽了以後一臉莫名其妙的表情，直說自己不是來看書的，而是行經此地來借個廁所。我聽了哈哈大笑，你跟老梅是完全相反的例子，真該編入新的兒童教材裡啊。」迷亭一如往常，說了一串又臭又長的注解，主人頗為認真地反問：「你要每天磨珠子也沒差，但你預計什麼時候完工啊？」

「照這情況看來，得花上十年時間吧。」寒月看起來比主人還要溫吞。

「十年——就不能早點完成嗎？」

「十年已經算快了，搞不好得花上二十年呢。」

「糟糕，這樣你就無法輕易當上博士啦。」

「是啊，我也想早日完成學業讓大小姐安心，可玻璃珠沒磨好，重要的實驗無法進行啊……」

寒月先頓了一下，接著又說：「二位請不必擔心，金田家也知道我在忙著打磨珠子，幾天前我去拜訪時，有把情況告訴他們了。」寒月一臉得意的表情。

至今胡裡糊塗地聽著三人談話的夫人，很疑惑地問道：「金田一家，上個月就到大磯去了不是嗎？」寒月被問到有點尷尬，便裝蒜回答：「這就奇怪了，怎麼會這樣呢？」

這時候迷亭就顯得格外重要了，每次大家聊到沒話題、尷尬、想睡覺、不知所措的情況下，他都有辦法從旁插上一腳：「金田一家上個月去大磯，寒月幾天前卻在東京碰到他們，這也太神奇了。這應該是所謂的靈性交流吧，犯相思的時候常有類似的現象發生，據說是一種似夢非夢，卻又比現實更加真切的夢境。像夫人這種沒經歷過戀愛就嫁給苦沙彌的人，一輩子都不明白戀愛為何物，也難怪會懷疑寒月說的話啦……」

「唉呀，你有什麼證據這樣講啊？也太瞧不起人了吧。」夫人中途改變攻擊對象。

「你也沒有什麼刻骨銘心的戀情吧？」主人也不拐彎抹角，直接替夫人說話。

「我的戀愛故事再多，你們聽沒幾個月就忘光光了吧——其實我就是經歷失戀，才會這把年紀還單身。」迷亭環顧在座眾人的面孔。

「呵呵呵，你又說笑了。」這句話是夫人說的。

「你要我們啊。」主人乾脆轉身看著庭園，唯獨寒月依舊笑瞇瞇地說：「請務必談一談那則往事，也好讓我參考參考。」

「我的故事很神奇，已故的小泉八雲大師聽了也極為讚賞，可惜大師已然仙逝，我也就無心細說了。難得有這機會，我就告訴你們吧，你們可得認真聆聽喔。」迷亭慎重其事地提醒大家，這才開始進入正題：「回想起來，那是——呃呃——那是幾年前的事啦——麻煩死了，就當是十五、六年前的事好

了。」

「你開什麼玩笑啊？」主人鼻孔噴氣表示不屑。

「你的記性還真不好呢。」夫人也潑了一盆冷水，就只有寒月信守承諾不發一言，一副想要快點聽到下文的態度。

「那是某一年冬天的事了，我走過越後的蒲原郡筍子谷，來到章魚壺山道，差不多就要到會津一帶了。」

「地名也太奇怪了吧？」主人又打岔了。

「你就安靜聽嘛，這不挺有趣的嗎？」夫人出言制止。

「結果太陽下山後，我認不清道路，肚子又餓，只好去造訪半道上的一戶民家。我詳述自己的困境，祈求對方收留我一晚，對方也爽快答應我。那位女孩拿著蠟燭替我照明，請我進到她家裡。我一看到她的臉龐，整個身體都在打顫，那時候我徹底瞭解到，戀愛這鬼東西有多大的魔力了。」「說的跟真的一樣，那種荒山野嶺真有大美人嗎？」

「這不是山上或海邊的問題，夫人啊，我真想讓你看一眼那個女孩，她有一頭高聳又漂亮的髮髻呢。」

「是喔。」夫人聽得是張口結舌。

「我進去一看，四坪大的房間中央有個地爐，我和那位女孩，還有她的爺爺奶奶就圍著地爐坐下來。人家問我肚子是不是餓了，我就請他們賞我一口飯吃，女孩的爺爺說難得有客人來，乾脆煮蛇飯請

客人吃好了。好、接下來快要講到失戀了，請各位專心細聽。」

「大師，我們當然願意專心聽，但越後的冬天沒有蛇啊。」

「嗯、這疑問有道理。不過提到這種詩情畫意的事情，就不要太拘泥常理了。泉鏡花[1]的小說裡不也有寫，螃蟹從雪地裡蹦出來嗎？」迷亭解釋完，寒月說了一句原來如此，又恢復專心聽講的態度了。

「當時我是個濫食派的翹楚啊，什麼蝗蟲、蛞蝓、赤蛙我都吃到膩了，蛇飯自是不在話下的。我就請老爺爺趕緊張羅，老爺爺在地爐上面掛了一個鍋子，往裡面倒入米粒烹煮。不可思議的是，鍋蓋上有十個大小不一的洞口，蒸氣從洞口冒出來，我很佩服鄉下地方煮飯還如此別出心裁。老爺爺起身離開了一會，沒多久又抱著一個竹簍回來了，他把竹簍放到地爐旁邊，我探頭一看——裡面啊，真有一堆蛇捲在一起取暖呢。」

「不要說這個了啦，怪討厭的。」夫人皺起了眉頭。

「這跟我失戀大有關係，不能省略不說。老爺爺左手拿起鍋蓋，右手一把抓起群蛇，直接丟進鍋中蓋起來悶煮，那時候我嚇得大氣也不敢喘吶。」

「那就不要說了，噁心死了。」夫人只顧著害怕。

「就快談到失戀了，請你再忍一忍吧。差不多過了一分鐘左右，鍋蓋上的洞穴冒出了一條蛇的頭，

1泉鏡花（1873-1939），活躍於明治後期、昭和初期的日本小說家，出生於日本石川縣金澤市。本名鏡太郎。

我心想這蛇還會冒出來啊。旁邊的洞口也跟著冒出另一條了，每個洞口接二連三都有蛇冒出來，沒多久整個鍋蓋上都是蛇了。」

「為什麼那些蛇都冒出來了？」

「鍋中很熱啊，牠們痛到想爬出來嘛。老爺爺看煮得差不多了，就說要開始拉蛇頭了。老奶奶和那女孩紛紛附和，各自抓住蛇頭用力一拉，蛇肉全留在鍋裡，骨頭卻全部扯出來了，長長的蛇骨就隨著蛇頭連根拔起呢。」

寒月笑著問道：「蛇被拔骨了是吧。」

「當真是拔骨啊，他們用這方法也太聰明了。之後老爺爺打開鍋蓋，拿杓子攪拌米飯和蛇肉，攪拌好就請我享用啦。」

「你吃啦？」主人冷淡地詢問，夫人神情苦悶地抱怨：「別說了，我都聽到反胃了，晚飯要吃不下啦。」

「夫人，你是沒吃過蛇飯才會這樣講，你吃過一次就知道了，包你終生難忘。」

「天啊，誰要吃那鬼東西。」

「吃飽以後我也不冷了，那女孩的俏臉我也欣賞夠了，正想著還有沒有其他事可做，人家就來跟我道晚安了。由於舟車勞頓，我也就乖乖躺下來休息，睡到渾然忘我了。」

「後來怎麼了？」這次是夫人主動催促迷亭說下去。「等我早上醒來就失戀啦。」

「怎麼回事啊？」

「也沒怎麼回事，我早上醒來抽菸嘛，就看到後邊的窗戶外面，有個光頭在取水口旁邊洗臉啊。」

「是老爺爺還是老奶奶？」主人問。

「我一開始也看不清楚，就仔細瞧了一會，那個光頭轉頭面對我，真把我嚇壞了，那個光頭竟是我昨晚的初戀對象啊。」

「你不是說，那女孩纏著很漂亮的髮髻？」

「是啊，昨晚是那樣沒錯，確實是很漂亮的髮髻，可隔天早上就變成光頭啦。」

「你唬人是吧。」主人又撇開視線，望著天花板了。

「我也感到納悶，內心忐忑不安，就偷偷觀察下去。那光頭洗完臉後，拿起放在一旁石頭上的假髮戴起來，若無其事地進到屋子裡了。在我想通的那一刻，我也注定承擔失戀的悲情命運了。」

「有夠無聊的失戀。我說寒月啊，迷亭就是這副德性，所以失戀也不改朝氣蓬勃的性格。」主人對著寒月評論迷亭的失戀經驗談，寒月說：「如果那女孩不是光頭，大師把她娶回東京來，說不定會更加朝氣蓬勃呢。難得的美女竟是光頭，實乃千古恨事啊，話說回來，為什麼年輕女子會掉髮呢？」「我也思考過這個問題，想必是蛇飯吃太多害的，蛇飯燥熱嘛。」

「不過，你就沒有怎麼樣啊，很值得慶幸嘛。」

「我是沒有禿頭啦，但如各位所見，我從那時起就近視了。」迷亭拿起金邊眼鏡，用手帕細心擦拭，不久主人想到一件事，亟欲確認一下：「這故事哪裡神奇了？」

「我到現在還想不清楚，那髮髻究竟是買的還是撿到的，夠神奇吧？」迷亭又把眼鏡戴回鼻子上。

「感覺就像在聽說書的講故事呢。」夫人也不忘批評一句。

迷亭的鬼扯也告一段落，本喵以為他無話可說了，偏偏他生性就是靜不下來，除非拿東西塞住他嘴巴；很快迷亭又談起另一個話題了。

「我的失戀經驗固然苦澀，但那時候我要是未經詳查就娶了那個光頭，那可是一輩子的污點啊，所以不考慮清楚就結婚太危險了。結婚這種事，往往會在快要成婚的緊要關頭，讓你發現對方刻意隱瞞的缺點。寒月，你也不要一個人想太多，對婚姻抱有過多的憧憬或失望之情，平心靜氣好好打磨你的玻璃珠吧。」迷亭難得講出有見地的話來，寒月則佯裝困擾地回答：「是啊，我也想好好打磨我的珠子，可對方無法接受，我也很頭疼呢。」

「也是，你的情況是對方咄咄逼人，我還聽過一個更好笑的例子。那個去圖書館小解的老梅啊，他的經歷可謂一絕。」

「什麼樣的經歷？」主人好奇地反問。

「事情是這樣的，老梅以前曾經在靜岡的旅館住過一晚。——只一晚而已——當晚他就對旅館的女傭求婚了，我這人生性放蕩，可還沒到他那種地步。當初那間旅館有一位叫阿夏的知名美人，就是她去打理老梅的客房，老梅會一見傾心也不足為奇啦。」

「何止不足為奇，這跟你的經歷簡直一模一樣吧。」

「是有點類似，老實說我跟老梅也沒多大差別。總之，老梅對阿夏小姐求婚了，他在等待答覆的過程中很想吃西瓜。」

去。

「什麼鬼啊？」主人一臉狐疑，夫人和寒月不約而同地歪著頭思索，迷亭也不管那麼多，繼續說下去。

「老梅找來阿夏小姐，詢問靜岡有沒有西瓜可吃，阿夏說靜岡當然有西瓜了，就替他拿了一大堆的西瓜來。老梅吃完西瓜後，乖乖等待阿夏的答覆，還沒等到答覆肚子就痛起來了。老梅痛得唉唉叫，肚子的狀況又始終沒改善，他就請教阿夏靜岡有沒有大夫。阿夏說靜岡當然有大夫了，給他找了一個名字活像千字文的醫師。多虧大夫診治有方，隔天早上老梅的肚子就不疼了，他很是感激。在臨行前的十五分鐘，老梅找來阿夏聆聽求婚的答覆，阿夏笑著說，靜岡有西瓜也有醫師，就是沒有一夜成婚的好騙女人。阿夏說完就走，再也沒有露過一次臉，後來老梅就跟我一樣失戀，變成了一個去圖書館也只會小便的人，仔細想想女人真是有夠罪過啊。」

迷亭此話一出，主人難得接著他的話頭說下去：「真的，前陣子我看法國劇作家繆塞寫的劇本，當中的人物引用羅馬詩人的一段話，發表下面這番見解。——比羽毛更輕浮的是灰塵，比灰塵更輕浮的是風，比風更輕浮的是女人，沒有東西比女人更輕浮了。——這話說得太透徹了，女人就是麻煩。」主人在這種奇怪的事情上特別激動，夫人聽了不敢苟同。

「女人輕浮不好，那你們男人沉重也不好吧。」

「你說的沉重，是指什麼啊？」

「就是會讓人家覺得很沉重的事啊，像你一樣啦。」

「我哪裡沉重了？」

「你是很沉重啊。」夫妻兩人開始了奇妙的爭論，起先迷亭興味盎然地聽著，隨後他也開口：「面紅耳赤地互相責難，這大概才是夫妻相處的真相吧？古早的夫妻相處模式根本一點意義也沒有。」迷亭的言詞閃爍，聽不出來是讚美還是非議，話題本該到此為止，他卻以往常的態度說出下面這番話。

「過去的女人啊，是絕不會跟丈夫頂嘴的，這跟娶一個啞巴有什麼分別？我可不喜歡。像夫人那樣會反嗆丈夫的比較好，我也想被嗆一次呢。同樣是娶老婆，偶爾要吵架鬥嘴才不會無聊嘛。我媽在我爸面前就只會唯命是從而已，兩人結婚二十多年以後，就只有去寺廟的時候才會共同外出，多可悲啊？我媽都會背每一位祖先的法號了呢。男女交往也是相同的道理，我小時候就沒辦法像寒月那樣，跟心上人共同演奏樂器，或是進行靈性的交流，在朦朧的夢境中相會。」寒月低下頭說：「真是太可憐了。」

「是很可憐啊，而且以前的女人，品性不見得比現在的女人要好。夫人，近來大家常說女學生的品性墮落什麼的，其實古時候更誇張呢。」

「真的嗎？」夫人很認真地問道。

「當然是真的啊，我講話是有憑有據的，可沒有胡說八道。苦沙彌，你還記不記得我們五、六歲的時候，曾經有人把小女孩裝進籠子裡，像在賣南瓜似地挑著扁擔到處叫賣？」

「我才不記得那種事。」

「你的家鄉有沒有我不知道，在靜岡確實是有的。」

「不會吧？」夫人小聲地喃喃自語。

「真有此事嗎？」寒月的口吻夾雜著懷疑的語氣。

「真有啊，我老爸還出過價呢。當年我六歲左右吧，跟著老爸從油町走到通町，對面就有人大聲吆喝在賣女孩呢。我們正好走到二丁目的轉角，在名為伊勢源的和服店前面，碰到那個叫賣的男子。伊勢源是靜岡首屈一指的和服店，門面長十八公尺，倉庫足足有五間呢。下次你們到靜岡不妨去見識一下，那家店還沒有倒，是一間很漂亮的豪宅。擔任掌櫃的是一個叫甚兵衛的傢伙，他總是頂著一張母親剛去世三天的臭臉，站在櫃台那裡待命；甚兵衛的旁邊還有一個叫阿初的年輕人，大約二十四、五歲，這位阿初也是一臉氣色不佳，彷彿皈依佛門後整整二十一天都只喝蕎麥湯。在阿初旁邊的是阿長，阿長就像昨天家裡發生火災一樣憂鬱地打著算盤，跟阿長在一起的……」

「你是要談和服店，還是要談人口販子？」

「沒錯沒錯，我是要談人口販子。事實上那家和服店也有故事可講，今天就暫且不提，來談人口販子好了。」

「你乾脆連人口販子也甭提了。」

「這是考究二十世紀的今天，和明治初期的女子品性的重要參考資料，不能輕易省略——反正，我跟老爸一起走到伊勢源前面，那個人口販子就問我老爸，要不要買個女孩子，他還有一些賣剩下的，願意算便宜一點，說完就放下扁擔擦汗了。

「仔細一看，前後的竹籠各放著一個女孩子，差不多都兩歲左右。老爸對那個人說，價格不貴的話他有意購買，但沒有其他女孩子了嗎？人口販子說，不巧其他的都賣光了，就剩下這兩個，請隨便挑一個沒關係。人口販子像在拿南瓜一樣，把女孩子捧到我老爸面前，老爸拍拍女孩子的腦袋，說聲音聽起

來不錯。接著兩人就開始討價還價了，幾經殺價後，老爸表示他願意買，只是擔心品質有問題。人口販子則說，放在前面的女孩他顧得很仔細，品質是絕對有保證的，可他背後沒有長眼睛，挑在後面的那個就不敢保證了，搞不好會有哪裡撞傷之類的，既然無法保證，後面那一個他會算便宜點。時至今日我都還記得他們的對話，但我小小年紀就知道對待女子馬虎不得了。——話說回來，明治三十八年的今天，沒有人會幹那種叫賣女孩的蠢事了，我也從來沒聽過挑在後方比較危險的道理。所以，我認為西洋文明確實提升了女子的品性。你說呢，寒月？」

寒月在答話前，先故作文雅地輕咳一聲，並用低沉的嗓音發表評論：「現在的女孩子放學以後，經常跑去參加合奏會、慈善會、園遊會，積極地對外推銷自己，根本不需要雇用那種小販，做出沿街叫賣的沒品之舉。人類的獨立之心越盛，自然會演變成這個樣子，老人家動輒杞人憂天說長道短，其實這是文明的趨勢，我也暗懷慶幸之意，歡迎這樣的現象發生。買方也不會做出敲腦袋看品質的失禮之舉，就這方面來說值得安心。在這個複雜的世界生活，每天計較這麼多是沒完沒了的。否則會到了五、六十歲，連個伴侶都找不到哦。」寒月不愧為二十世紀之青年，他發表了當世的高論後，往迷亭臉上吹了一口煙。

區區煙霧可奈何不了迷亭，他說：「你說的對，現在的女學生或大小姐，就像用自尊或自信堆砌成的一樣，那種巾幗不讓鬚眉的氣魄，著實令人佩服。我家附近的女校學生啊，就更加厲害了，她們竟然穿著男性的工作服在吊單槓呢。每次我在二樓窗口看她們練習體操，難免會想起古代希臘的婦女。」

「又是希臘。」主人冷笑道。

「有美感的東西大多源自希臘，我也沒辦法嘛，美學家跟希臘是分不開的。——當我看著肌膚黝黑的女學生在練體操，腦海裡想到的都是安格諾迪絲的故事。」迷亭裝出一副很博學的模樣。

「又出現一個很拗口的名字了呢。」寒月依舊笑臉迎人。

「那個安格諾迪絲是位了不起的婦女，我也非常敬佩她。過去雅典的法律規定，女性是不能當助產士的，這太不方便了，安格諾迪絲大概也覺得很不方便吧。」

「那個安什麼的——是什麼東西啊？」

「是女人，女人的名字啦。這個女人思前想後，她認為女人不能當助產士有失公允，又不方便，她說什麼也想當上助產士。於是她苦思了三天三夜，看看有什麼方法可以當上助產士。就在第三天清晨，她聽到隔壁家的小寶寶號啕大哭，這一哭讓她頓悟了。她剪掉自己的長頭髮，改穿男性的衣服去聆聽希羅菲盧斯[2]的課程。上完所有課程後，她心想自己本事夠了，就開始當一位助產士。沒想到啊，夫人，她的生意可興隆了。到處都有人在生小孩，大家都找安格諾迪絲幫忙接生，她也賺了不少錢。不過世事無常，天有不測風雲，她女扮男裝行醫的事被揭穿，官員打算嚴懲她打破規定的行為。」

「聽你說話像在聽說書呢。」

「我講得不錯吧？沒想到雅典的婦女一同連署替她求情，官員也不得不放低姿態，赦免安格諾迪絲的罪行。後來政府頒布一道法令，女人終於也可以擔任助產士了。」

2希羅菲盧斯是一名古希臘醫生，也是希臘第一個解剖學家。

「虧你知道這麼多典故，佩服佩服。」

「嗯嗯，大多數的事情我都知道，唯一不知道的就是自己蠢了，但我也慢慢有自知之明啦。」

「呵呵呵，你真愛說笑……」夫人笑得前仰後合好不歡快，這時門鈴響起了自安裝以來就沒變過的輕亮聲響。

「唉呀，又有客人造訪了。」夫人退到起居室裡，換我們熟知的越智東風進來了。

有東風在場，出入主人家的怪人就算沒有全部到齊，這些人數至少也足以排解本喵的無聊了，這樣還嫌少就太不知足了。如果本喵運氣不好被別人家飼養，說不定這輩子都遇不到在座的任何一位大師了。好在本喵是苦沙彌老師門下的小貓，朝夕與貴人相伴，因此有幸認識老師、迷亭、寒月、東風等人。在這廣大的東京也很難找到這些以一擋百的豪傑，本喵得以躺著拜見他們的言行舉止，實乃千載難逢的光榮。也多虧這份機緣，本喵忘了在大熱天身穿皮毛的痛苦，由衷感激這半天能夠過得如此愜意。這麼多奇人聚在一起必有趣事發生，本喵躲在紙門後面洗耳恭聽。

「好久不見了，久疏問候真是不好意思。」東風打了一聲招呼，他的臉龐還是跟之前一樣光彩照人，光看五官就像一個舞台劇演員，可他下半身正經八百地穿著白色的厚重褲裙，怎麼看都像是學劍道的。換言之，東風全身上下只有肩膀到腰部一帶像個正常人。

「天氣這麼熱，你還有心前來。來來，快來這邊坐下吧。」迷亭講得彷彿自己才是東道主。

「也好久沒見到大師了。」

「是啊，我們上次見面是今年春天的朗讀會吧，最近很盛行舉辦朗讀會是吧。你後來有演阿宮不是

嗎？演得真好，我有用力鼓掌喔，你有發現嗎？」

「是，多虧大師鼓勵，我才有辦法順利演到最後。」

「你們下次活動是什麼時候？」這是主人提的問題。

「我們打算七月和八月先休息，九月再來辦一場盛大的活動，有什麼好主意也歡迎提出來。」

「是喔。」主人心不在焉地回應。

「東風啊，你們要不要用我的創作？」這次輪到寒月主動攀談了。

「你的創作想必很有趣，但究竟是什麼題材呢？」

「劇本啊。」寒月積極地毛遂自薦，果不其然，三人一時不知該做何反應，不約而同地盯著寒月。

「你還會寫劇本啊，了不起，是喜劇還是悲劇呢？」東風進一步提問，寒月裝模作樣地說：「不是喜劇也不是悲劇，最近大家都在爭論舊劇和新劇的高下，所以我創作了俳劇，想要一改氣象。」

「什麼是俳劇啊？」

「就是俳句風格的戲劇，簡稱俳劇。」寒月解釋完，主人和迷亭有點不得要領，也就沒有發表意見。

「你所謂的風格是指？」提問的終究是東風。

「出自俳句的東西，當然不能演得又臭又長嘛，因此我只寫一幕的戲碼。」

「原來如此。」

「先從舞台道具談起吧，這準備起來也很方便，首先在舞台中央擺一棵大柳樹，還要有一根柳絲往

右邊突出來，枝頭上再擺一隻烏鴉。」

「烏鴉最好不會亂動。」主人自言自語地表示擔憂。

「這還不簡單，事先把牠的腳綁在樹上嘛。然後樹下放一個洗澡盆，找個美女側身擦拭身子。」

「這似乎太頹廢了，況且你要找誰來演美女？」迷亭有意見了。

「這也很好解決，雇用美術學校的模特兒就行啦。」

「警察不會來抓人嗎？」主人又操心了。

「不是商業行為就沒差啦，整天計較這些小事，美術學校不就沒辦法描繪裸體畫了嗎？」

「人家那是在練習繪畫，跟觀賞用的表演不一樣啦。」

「各位大師這麼保守，代表日本還不夠先進啊。無論是繪畫還是演戲，那都同樣是藝術嘛。」寒月講得振振有詞。

「議論暫且擱下吧，再來呢？」聽東風的語氣，只要內容不錯他就有意表演，是故他急欲知道下文。

「再來啊，俳句詩人高濱虛子手持拐杖，從舞台邊的步道登場，他頭戴白色燈芯絨織成的帽子，身上穿著極薄的絹衣外套，底下的長袍要撩起下擺，露出下面的半筒靴。那身打扮看似陸軍的御用商人，但他畢竟是個俳句詩人，所以台步要走得緩慢悠揚，猶如在認真思考俳句內容。等虛子走完步道登上舞台，忽然抬頭瞭望前方，但見一棵大柳樹，樹下竟有細皮白肉的女子在沐浴。再往上看，枝頭上有一隻烏鴉在偷看女子洗澡，這時要有整整五十秒的時間，表現出虛子大師深受詩意啟發的模樣，最後大師吟

了一首烏鴉偷看婦女洗澡的俳句，旁邊的人員就可以敲響板閉幕了。——如何，這種風格還喜歡嗎？與其演阿宮，不如演虛子比較合適喔。」

東風顯得不太滿意，他認真地說：「這是不是太空洞了？我希望是多點人情味的戲碼。」迷亭跟之前比起來相對安分，但也不可能一直默不作聲。

「只有這點內容，俳劇也太了不起了。根據評論家上田敏的說法，俳句風格或滑稽諷刺之類的東西，都是消極的亡國之音。上田先生不愧是評論家，講得真是有道理，你有本事就演看看，保證會被上田先生恥笑。更何況，戲曲或短劇的內容太消極了，誰看得懂啊。恕我冒昧直言一句，寒月老弟你還是乖乖在實驗室磨珠子好了。俳劇是亡國之音，創作再多也沒意義。」

「沒這麼消極吧？我認為挺積極正面的啊？」寒月聽了頗不以為然地回嘴。語畢，他又開始替這種無關緊要的事情辯解：「說到虛子大師，他以烏鴉隱喻自己欣賞沐浴女子，這不是非常積極的事嗎？」

「這說法新鮮，願聞其詳。」

「依我一個理學士的見解，烏鴉喜歡上女子是不合理的事情。」

「是不合理。」

「以理直氣壯的方式，說出這種不合理的事情，聽起來就沒有不合理了。」

「是這樣嗎？」主人打岔表示懷疑，寒月也不理會。

「為什麼沒有不合理呢？這從心理的角度來說明就很好懂了。其實喜歡與否是依託在詩人的情感上，跟烏鴉沒有什麼關係。換言之虛子以為烏鴉喜歡沐浴女子，說穿了是他自己喜歡才對，不是烏鴉的

問題。虛子本人看到美女後驚為天人，就喜歡上人家了，他主觀認定枝頭上的烏鴉也喜歡那個女子，才會低頭往下看。儘管虛子大師誤會了，但這是充滿文學氣息又很積極的特質。他把自己的體會強加到烏鴉身上，還故作道貌岸然，這不也是一種積極主義嗎？大師你說呢？」

「有道理，無懈可擊的理論啊，虛子聽了保證大吃一驚。你的說法聽起來很積極，但實際上演的話，觀眾會感到消極的。對吧，東風？」

「是的，我是覺得內容太消極了點。」東風嚴肅地回答。

主人想拓展談話的流向，就問東風：「東風啊，最近有什麼傑作嗎？」

「呃、也沒有什麼特別值得一提的創作，只是最近我寫了一本詩集——所幸原稿我也帶來了，懇請賜教。」東風從懷裡拿出一個紫色的小包袱，從中取出五、六十張稿紙放在主人面前，主人神情恭謹地道謝後，看到第一頁寫著兩行字：

與眾不同的羸弱佳人，

獻給富子小姐。

主人的表情變得有點微妙，他無言地凝視著那一頁，迷亭探頭過來說：「這什麼啊？新體詩嗎？」迷亭看過後稱讚道：「唷，是獻給佳人的。東風，你直接挑明要獻給富子小姐，了不起。」

主人不解地說：「東風，這位富子小姐是真有其人嗎？」

「是的，之前我招待迷亭大師參加的朗讀會，那位小姐也有到場，她就住在這附近。今天我去她家拜訪，本想拿這詩集給她瞧瞧，沒想到他們全家上個月就到大磯避暑，沒人在家呢。」東風很嚴肅地答

覆主人。

「苦沙彌啊，二十世紀就是這樣，別擺出那種表情了，快點朗讀一下傑作嘛。我說東風啊，你這寫法是不是不太妥當？你認為這句羸弱是什麼意思？」

「應該是纖弱或窈窕的意思吧。」

「嗯，要這樣講也行啦，但本來的字義是危殆之意喔，我就不會用這個字眼。」

「那怎麼寫會更有詩意呢？」

「我會寫，與眾不同的羸弱佳人，獻給富子小姐的鼻下。別看只加了幾個字，有沒有鼻下差很多呢。」

「是喔。」東風不太能理解，卻還是客套地接受了。

沉默的主人總算翻動一頁，開始朗讀第一章了。

在倦思的薰香中，

你的靈魂是否化為相思的一縷輕煙，

啊啊，我活在這辛酸塵世，

終得甜蜜香吻。

「這我看不太懂耶。」主人嘆了一口氣，轉交給迷亭。

「太矯揉造作了。」迷亭又轉交給寒月。

「原來如此。」寒月還給東風。

「各位大師不懂也是理所當然的，今日的文壇十分發達，與十年前的文壇完全不可同日而語。最近的詩不太好懂，不適合躺著欣賞或在停車場閱讀；連作者本人也常有回答不出質問的情況。作者全憑靈感創作，不負一切責任，講究注釋或讀義那是學者在幹的事，我們並不重視。前陣子我有位叫豎十的好友，寫了一部短篇叫〈一夜〉，大家都看不出明確的文意，便跑去請教他本人，他說自己根本沒考慮過這個，我想這就是詩人的特色吧。」

「也許他算是詩人啦，但也真是個怪人。」主人此話一出，迷亭趕緊補刀：「那是笨蛋啦。」輕而易舉就否定了那位豎十。東風還嫌講不過癮，又補充道：「豎十在我們同好間也是例外啦，總之請各位用同樣的心情來讀我的詩。最值得注意的是辛酸塵世和甜蜜香吻，這兩句可是我苦思良久的對句呢。」

「看得出來用心良苦呢。」

「又甜又酸的，這調味料修詞法真趣味啊，東風獨特的伎倆真令人肅然起敬。」一群人調侃正直的東風取樂。

主人似乎想到什麼主意，起身去書房拿了一張紙回來。

「看了東風的傑作，我也想朗讀自己的短文，請大家批評指教。」聽主人的語氣不是在開玩笑。

「天然居士的墓誌銘，我聽過兩、三次啦。」

「閉嘴啦，迷亭。東風啊，我這不是什麼得意之作，你就當餘興聽看看吧。」

「那我是非聽不可了。」

「寒月也順便聽一下吧。」

「別說順便，老師的作品我當然聽，不是很長的文章吧？」

「才六十餘字而已。」苦沙彌老師要開始朗讀他的傑作了。

「大和精神！日本人像罹患肺病般激動咳嗽的喊著這四個字。」

「令人耳目一新的開頭呢。」寒月給予讚賞。

「報社疾呼大和精神！扒手疾呼大和精神！大和精神紅至海外，連英國人都演說大和精神，德國也有人在演繹大和精神。」

「原來如此，這是超越天然居士的神作啊。」這次換迷亭浮誇了。

「東鄉大將有大和精神，魚販也有大和精神，販夫走卒和殺人犯統統都有大和精神。」

「老師，你應該加一句寒月也有大和精神啊。」

「問大家什麼是大和精神，沒有一個人答得出所以然，但他們依舊洋洋得意。」

「這一句寫得好，你果然有文才，快說下一句吧。」

「大和精神究竟是圓是扁？顧名思義，既以精神相稱，外形自然捉摸不定。」

「大師寫得太有意思了，但大和精神是不是太多了一點？」東風出言提醒。

「這個意見我贊成。」會講這句話的也只有迷亭了。

「人人談論大和精神，卻沒有人親眼見過；人人都聽過大和精神，卻沒有人實際遇過。難不成大和精神是傳說中的天狗之流嗎？」

主人自以為用很有韻味的方式念完文章，然而他的文章實在太短，又聽不出有什麼中心思想，三位

聽眾也沒想到文章就這樣結束了，他們苦等良久都沒聽到主人說出下文，最後是寒月發問：「這就念完了嗎？」主人只回了一聲是，這答覆方式也太隨便了。

不可思議的是，迷亭對這篇文章沒像往常那樣發表多餘的評論，他正色道：「你乾脆也把這些短篇編成一冊，獻給某個人不是挺好？」

主人不以為意地說：「不然給你好不好？」

迷亭回答：「免了。」語畢，他就用剛才給夫人玩的剪刀剪指甲了。

寒月詢問東風：「你認識金田家的大小姐嗎？」

「自從今年春天我招待她參加朗讀會，承蒙她不棄，我們一直有在交流。我看到她就有一種莫名的感動，目前是不愁吟詩作對的雅興了。這本詩集中有不少情愛之詩，也都是異性朋友帶給我的靈感，我不得不對那位大小姐表達深切的感謝之意，因此我才想藉這機會獻上詩集。自古以來沒有紅顏知己的人，都寫不出什麼好詩呢。」

「是嗎？」寒月說這話時，臉上藏著笑意。一群能言善道的人聚在一起，也不可能永遠聊個沒完，他們的話題也聊得差不多了。本喵也沒義務整天聆聽他們了無新意的閒談，便先行離席跑到庭園去抓螳螂了。梧桐的綠意之間透著夕陽的餘輝，寒蟬在樹幹上賣力鳴叫，可能入夜會下雨吧。

七

最近本喵也開始運動了，有些人會不屑地說，貓咪也懂運動？本喵想請教一下那些人，你們人類也是近年來才懂什麼叫運動的，在此之前你們不也是以混吃等死為職志嗎？你們用悠閒自得矯飾自己的懶散，雙手插在袖管裡一坐下來，屁股都快坐爛了也不肯離開坐墊，還自鳴得意地說那是大丈夫的驕傲。你們會開始提出一堆無聊的點子，呼籲別人去運動、喝牛奶、泡冷水澡、游泳、夏天到山中吸取日月精華，那也是西洋傳到日本的一種新疾病吧，跟黑死病、肺癆、神經衰弱差不了多少。

本喵是去年才出生的，一歲多的小貓當然沒有人類罹患傳染病的記憶，那時候本喵都還沒有來到紅塵俗世。但貓咪的一年相當於人類的十年，我們貓咪的壽命比人類少兩到三倍不止，卻足以讓一隻貓咪成長茁壯了。由此可知，以人類的歲月來衡量貓咪是非常荒謬的事，你們看本喵就不難理解了。本喵才一歲多就有這般見識，主人最小的女兒已經三歲，智能發展卻很緩慢，除了哭泣、尿床、吃奶以外啥也不會，比起憂國憂民的本喵差多了。換句話說，本喵的小腦袋懂得運動、游泳、旅行療養的歷史，也不足為奇。只有人類這種缺了兩條腿的愚蠢生物，才會對此感到驚奇了，人類從以前就不聰明。因此最近才開始宣揚運動或游泳的好處，還自以為是什麼了不起的大發現。這點小事本喵還沒爬出娘胎就曉得了，為什麼游泳有益身心健康呢？大家去一趟海邊就知道了嘛，本喵並不清楚寬廣的海域有多少條魚，可沒有一隻魚會生病跑去看醫生的，那些魚類都在海裡健康游泳。魚類一旦生病身體就不聽使喚，死了

就會浮上水面，所以魚類往生稱為翻肚，鳥類去世稱為折翼，人類死亡稱為長眠。

你們要是有遇到橫越印度洋的留學生，不妨問他們有沒有看過魚死掉的景象，他們一定回答沒有，絕對沒有。水裡的魚兒游得再疲累，你也不會看到有任何一隻在海面上嚥氣——用嚥氣形容不太妥當——應該說是嚥海水翻肚才對。你在寬廣無垠的大海上，不分晝夜地開蒸汽船尋找，永遠也找不到一隻翻肚的。從這點我們可以推論，魚類是十分健壯的生物。為什麼魚類很健壯呢？這個簡單的答案人類想很久都想不通，其實原因很簡單，主要是魚類整天喝海水游泳的關係，游泳的神效在魚類身上盡顯無遺。既然對魚類都有效了，對人類也一定有效。

一七五〇年英國醫師理查．拉賽爾打了一個廣告，宣稱跳入布萊頓[1]的海水中能馬上治好渾身痼疾，本喵都想笑他們後知後覺呢。等適當的時機一到，我們貓咪也會一起去鎌倉海岸游泳，但絕不是現在，凡事都要講時機的。這就好比明治維新以前，日本人終其一生沒體驗過游泳的好處一樣，目前貓咪還不適合赤身跳入海中。俗話說欲速則不達，只要貓咪被丟到築地後沒辦法自行回家，我們就不能隨意跳入海中游泳。根據進化法則，我們貓咪還不具備應付怒海狂濤的能力——等到貓咪翻肚的說法，普遍取代貓咪死去的說法——貓咪才能進到海水游泳。

游泳留待未來實踐，本喵決定先來運動就好。二十世紀的今天，不運動的人就像貧民似的很不光彩。大家會說不運動的人不是不運動，而是沒辦法運動，沒有時間運動，沒有閒情逸致去運動。過去喜

1布萊頓（Brighton），英國英格蘭東南部的海濱市鎮。

歡運動的人會被笑稱跑腿的，現在反而是不運動的人被瞧不起，人類的評價就跟本喵的瞳孔一樣善變。

本喵的瞳孔還只是變大變小而已，人類的評價則會完全顛倒過來。顛倒過來也沒什麼，本來事物就是一體兩面、互有表裡。會翻轉同一件事的看法，是人類的通權達變之處，心中一詞倒過來就變中心，不也挺有趣的嘛。從胯下觀看日本三景，也別有一番樂趣；一成不變的莎士比亞索然無味，偶爾要有人倒著欣賞哈姆雷特，進而發表批評，文壇才會進步嘛。因此批評運動的人開始運動，連女人都拿著球拍滿街跑，這也沒什麼好奇怪的，你們不要嘲笑一隻貓咪也愛運動就好。

那好，或許有人很好奇本喵的運動是什麼，本喵就來說明一下。各位也知道，很遺憾本喵的肉球沒有抓握的能力，無法拿起球或球棒之類的東西，再來本喵也沒錢，不能去買運動器材。綜合以上兩點，本喵選擇的運動屬於不花錢、又不需要器材的種類。你們可能會想，那乾脆散步或叼著鮪魚逃跑不就得了？光是牽動四肢，順應地心引力橫行大地，這未免太單調無趣了。同為運動行為，像主人不時從事的運動，就真的只是字面上的運動，本喵覺得那簡直是在污辱運動的神聖性。不消說，單純的運動若具有某種程度的刺激，也是有嘗試價值的。例如搶柴魚片、找鮭魚大賽等等就不錯，但也要有標的物才行，少了重要的標的物就沒樂趣了。缺乏獎勵性的刺激，本喵想從事比較有技巧性的運動。幾經思量後，本喵想到從廚房的遮雨棚跳到屋頂，踮腳站在最頂端的梅花形瓦片上，然後走過曬衣服的竹竿——這運動本喵從沒成功過，竹竿光溜溜的根本站不穩。從後方偷襲小孩子也不錯——本喵對這運動很感興趣，可惜太常玩會倒大楣，一個月頂多只能嘗試三次。在頭上套紙袋——這是一種痛苦又無趣的運動方法，還得借助人類幫忙才會成功。下一個運動是用書皮磨爪子——這被主人抓到有挨揍的風險，況且只鍛鍊到

爪子的靈活度，無法活動到全身肌肉。

以上都是本喵稱之為舊式的運動，而新式的運動可有趣了，第一項是狩獵螳螂——狩獵螳螂的運動量沒有抓老鼠大，危險性也相對較小，是夏至到秋季初期最上乘的遊戲。方法是先到庭園找一隻螳螂，天氣好的時候隨便就能找到一、兩隻。找到以後迅速跑過螳螂身邊，螳螂就會嚇到抬起上半身備戰。這螳螂也算勇氣可嘉了，不明白對手實力便妄想抵抗，真是太有趣了。本喵用右前腳碰觸螳螂的腦袋，柔軟的頸部輕易就歪到一旁了，這時候螳螂的表情很有趣，彷彿很意外的模樣。本喵飛快繞到螳螂身後，輕輕抓一下牠的翅膀，那翅膀平常是闔起來的，用力一抓就會抓出濾紙般的淺色薄膜。大熱天的還辛苦背著兩層膜，實在有夠奇怪的。每次本喵繞到螳螂身後，螳螂長長的脖子一定會轉到後方。有時候牠會主動出擊，但大多數情況下只有伸長脖子站在原地，等待本喵先出手。對方一直不肯出擊，本喵也沒辦法運動，所以僵持太久本喵會先動手。聰明點的螳螂吃過這一招就該逃跑了，膽敢反擊的想必是沒受過教育的野蠻螳螂。倘若對方太過囂張，本喵就會看準時機賞牠一頓粗飽，中招的螳螂都會飛出兩、三尺遠。敵人要是乖乖掉頭逃跑，本喵就會萌生惻隱之心，先像飛鳥一樣盤繞庭園的樹木幾圈，螳螂逃不了多遠的，牠已深知本喵實力，也沒有勇氣反抗了，只會不知所措地左右奔逃。然而本喵絕不放過牠，最後被逼急的螳螂就會揮舞翅膀，試圖絕地大反攻。

本來螳螂的翅膀跟牠的脖子對稱，長得十分細長，據說那是裝飾用的，跟人類的英文、法文、德文一樣毫無用處。憑那種沒用的東西絕地大反擊，對本喵起不了作用，美其名為絕地大反擊，其實不過是拖著翅膀在地上走而已。玩到這個地步本喵都替牠感到可憐了，但也不能怪本喵，這是運動嘛。本喵致

歉後再次衝過螳螂面前，螳螂基於活動慣性無法迅速掉頭，只好繼續往前進，本喵就趁勢往牠鼻頭來上一拳。這時候螳螂就會張開翅膀撲倒，本喵就用前腳壓住牠稍事休息，休息夠了就放開，放開後再壓住，用七擒七縱的方式玩弄牠，反覆玩弄三十分鐘左右。螳螂動彈不得後，本喵即咬住牠左右亂甩，甩完再吐出來。螳螂躺在地上不動，本喵就伸手戳牠一下，待牠順勢起身再一把壓住。最後本喵玩膩了，就會直接吃掉螳螂，順便告訴你們這些沒吃過螳螂的人，螳螂的味道不怎麼樣，也沒什麼營養。

下個運動叫作捕蟬，蟬也是有分很多種的。人類也有分滑頭的、吵鬧的、嘮叨的，蟬也有分油蟬、小鳴蟬、寒蟬。油蟬很難應付，小鳴蟬又霸道，唯一抓起來好玩的就是寒蟬了，寒蟬要夏末才會出來。當秋風吹進衣服縫口，使人感冒著涼的時候，這種蟬就會翹起屁股狂叫了。寒蟬很會叫，本喵甚至覺得牠們的天職就是狂叫和被貓抓了。入秋本喵就會開始抓寒蟬，這稱為捕蟬運動。有件事要先說清楚，被稱為蟬的生物是不該掉到地上的，掉到地上的蟬肯定爬滿螞蟻。本喵要抓的不是被螞蟻佔領的屍體，而是停在樹梢頂端吵個不同的傢伙。關於這點本喵想請教博學的人類，寒蟬到底是嘰嘰叫、還是嗡嗡叫？不同的解釋可能會影響到蟬的研究。

這是人類比貓咪優秀的地方，人類自誇的也正是這項特質，現在回答不出來也無妨，請好好思考便是。反正這對捕蟬運動沒什麼影響，本喵只要尋聲爬上樹木，趁牠們叫得不亦樂乎的時候抓住就好。這是一種乍看輕鬆，實則非常累人的運動。本喵有四隻腳，在大地上馳騁絕不輸給其他的動物，至少從數字上來判斷，四隻腳是不會輸給人類兩隻腳的。不過說到爬樹就不乏更厲害的高手了，天生愛爬樹的猿猴姑且不論，就連猿猴進化成的人類也有些不容小覷的爬樹好手。爬樹是違抗地心引力的事情，辦不到

也沒什麼好丟臉的，但不會爬樹就很難進行捕蟬運動。好在本喵有爪子這項利器，勉強還爬得上去，只是沒有旁人看起來那麼輕鬆自在。再者，蟬跟螳螂不一樣，蟬是會飛的生物，牠們從樹上一飛走，本喵就得面臨白費功夫上樹的悲慘命運。最後，捕蟬還有被牠們小便淋到的風險，蟬的小便似乎專往人家的眼睛噴，牠們要逃跑也無所謂，拜託不要噴小便就好。在飛行中小便，究竟是什麼樣的心理狀態所產生的生理現象啊？可能是驚恐過度，或是用出其不意的方式偷襲敵人，替自己爭取逃跑的時間吧。照這樣看來，蟬的小便行為就相當於烏賊吐墨汁、小混混露刺青、主人賣弄拉丁文吧。這也是研究蟬學不能忽略的問題，充分研究的話絕對有寫成博士論文的價值。閒話到此為止，我們言歸正傳吧，蟬最常聚會的地方——用聚會不恰當，那就改用集合吧，但集合一詞太常用了，還是用聚會吧。——蟬最常聚會的地方是青桐樹，漢語稱作梧桐。

而且梧桐的葉片很多，有扇子那麼大，繁茂的葉片交疊在一起根本看不到枝頭，這對捕蟬運動是一大妨礙，本喵甚至懷疑，只聞其聲不見其形這句話，是不是專為本喵發明的。本喵無奈之下，只好尋聲問路了。爬到大約兩公尺高，梧桐的樹幹左右岔開了，本喵在此地休息，以葉片為掩護觀察蟬的所在位置。本喵在爬樹的過程中不小心動到葉片，嚇走了一些急著飛走的蟬。一有蟬飛走情況就不妙了，蟬跟人類一樣都是喜歡互相模仿的笨蛋，一隻飛走其他就跟著飛走了。有時本喵爬到樹幹分岔的地點時，樹上早已沒有半點聲音了。過去本喵爬到這個位置，睜大眼睛豎起耳朵也找不到蟬，乾脆就在樹上休息懶得下去了。本喵在分岔的樹幹上等待第二次機會，無意間犯睏就神遊夢鄉了，當本喵清醒過來時，已經從夢鄉掉到庭園的石板地上了。好在本喵十有八九都能抓到一隻，掃興的是本喵在樹上非得用嘴巴咬著

獵物不可，待本喵拿下來玩時獵物早就死了。不管本喵怎麼逗弄都沒反應，捕蟬的樂趣在於趁著寒蟬拚命抽動屁股時，偷偷衝過去用前腳按住牠的身體，被按住的寒蟬會發出尖叫，胡亂揮動薄薄的半透明翅膀。那翅膀快速揮動的美妙景象，真是寒蟬界的一大奇觀，本喵每次按住寒蟬，都要觀賞到這藝術表演才甘心。本喵看膩了，就說句不好意思把牠吃下肚，有的蟬被吞進嘴裡還會表演。

下一項運動叫滑松，這項運動不需要講太詳細，本喵簡單說明就好。滑松聽起來很像從松樹滑下來，事實上不是這樣的，滑松同樣是一種爬樹活動。跟捕蟬不同的是，滑松的目的在於爬樹，不在於捕獵物。過去佐野源左衛門曾經將珍藏的盆栽用作柴火，款待出家的北條時賴；古往今來，松樹的表皮一向粗糙，沒有比松樹更不滑的東西了，沒有比松樹更好施力或踩踏的東西了。——換句話說，沒有比松樹更好鉤抓的東西了。

這種運動的玩法是，一口氣衝上那容易鉤抓的樹幹，再一口氣衝下來。衝下來的方法有兩種，一是以倒立的姿勢俯衝，二是以原本的姿勢向下倒退。本喵問你們人類，你們認為哪一種方法比較困難？依人類的淺見，大概以為用倒立的姿勢俯衝比較輕鬆對吧，那可就大錯特錯了。大家只知道鎌倉戰神源義經衝落山谷的故事，你們覺得義經都向下俯衝了，貓咪應該也是向下俯衝才對。別妄下定論了，請你們想想貓咪的爪子是往哪個方向長的，貓咪的爪子都是往後長的。這種構造能像鉤子一樣勾住東西拉過來，卻沒辦法產生推力。假設本喵現在飛快衝上樹木好了，本喵是地面上的生物，就大自然的定律來說是不可能逗留樹上太久的，待久了早晚要掉下來。但主動放手似乎又掉得太快了，因此要用某種手段稍微違背一下大自然的定律，這個手段就是滑落了。掉落跟滑落看似有極大差異，其實差異沒有想像中的

大。掉得慢點就叫滑落，滑得快點就叫掉落了，連字都只差一個字而已。本喵不喜歡從松樹上掉落，就得減緩速度下來才行，亦即用某種東西抵抗落下的速度。剛才也說過，本喵的爪子是向後長的，用頭上腳下的姿勢向上一抓，就能利用抓力來抵消落下的力道。如此一來就會從掉落變成滑落了，這是很顯而易見的道理。不信你學義經用俯衝的方式落下，爪子絕對派不上用場，身體的重量失去支撐，就會一直向下滑。這樣試圖緩降的貓咪，就會直接摔成肉餅了，所以義經用的方法確實是很困難的。普天之下的貓咪，想必只有本喵身懷這等絕技了，這便是本喵稱此運動為滑松的由來。

最後本喵來談談繞圍籬，主人的庭園是用竹籬笆圍成長方形的。和外廊平行的那一面長約十五、六公尺，左右兩邊則是七公尺左右。本喵說的繞圍籬，就是在圍籬上繞行一圈而不落地的運動，這個運動不太容易成功，但成功後很有成就感。沿途還有根部燒焦的圓木[2]可供休息，今天本喵的狀況不錯，從早上到中午已經走三圈了，每一次都有進步，走起來也更有趣。本喵走第四圈的時候，半途有三隻烏鴉從隔壁的屋簷飛來，在兩公尺外的地方排排站。真是不請自來，妨礙別人運動的程咬金，沒人飼養的野鳥也敢跑到別人的籬笆上。本喵要牠們識相點自己讓開，最前面那隻烏鴉看著本喵賊笑，第二隻烏鴉眺望主人的庭園，第三隻烏鴉用圍籬的竹子擦拭鳥喙，想必剛才吃了什麼東西吧。本喵站在籬笆上等待，給牠們三分鐘時間答覆。據說烏鴉也被叫做勘左衛門[3]，果然名副其實。本喵等了許久，牠們既不打招呼、也不乖乖飛走，本喵只好繼續邁步前進。最前面那一隻勘左衛門稍微張開翅膀，本喵以為自己的威

2木樁打入地下前會將根部燒過，防止木材被泥土中的微生物侵蝕，導致腐爛甚至倒掉，可以使木樁保存較久。

3勘左衛門為日本給烏鴉取的擬人名字（日文中的烏鴉和勘左衛門開頭發音近似），勘左衛門也是嘲笑膚色黑的人的用語。

武神態把牠嚇跑了，沒想到牠只是換個姿勢而已。該死，若是在地面上本喵絕對不會善罷干休，好死不死本喵正在不易行走的圍籬上，根本沒有多餘心力去對付勘左衛門。本喵也不想等牠們自己飛走，本喵等不了那麼久，對方是有翅膀的生物，可以輕鬆停在籬笆上，想停多久就停多久。反觀本喵繞行圍籬四次，早已精疲力盡，這可是不下於走鋼絲的特技運動。沒有障礙物都不見得能保持平衡了，更何況有三個黑漆漆的畜牲擋在途中，看來本喵得停止運動爬下圍籬了。跟牠們耗下去也麻煩，就這麼辦好了，敵眾我寡嘛，牠們又是這一帶的生面孔，尖尖的鳥喙就像小天狗一樣。

這些烏鴉肯定不是什麼善類，撤退比較安全，萬一追擊不成還摔下來，反而自取其辱。就在本喵打定主意後，身體朝左的烏鴉罵了本喵一句呆瓜，第二隻也有樣學樣地罵了一句，最後一隻還連續罵了兩聲，這下性格溫厚的本喵也忍不下去了。在自己家裡被烏鴉欺負，這可關係到本喵的名譽。好啦，本喵還沒有名字，當然也沒有名譽上的問題，應該說關係到面子才對。總之本喵打死不退，有句成語叫烏合之眾嘛，說不定三隻烏鴉的戰力也不怎麼樣。決意勇往直前的本喵，邁開步伐慎重前進，看那些烏鴉不以為意地在聊天，本喵更是心頭火起。圍籬要是再寬一點就好了，本喵絕對整死牠們，很遺憾本喵再怎麼怒火中燒，也只能慢慢前進。好不容易離最前面那隻只剩下十五公分左右，三隻烏鴉不約而同地拍動翅膀，飛起大約半公尺的高度，一陣勁風吹到本喵臉上，本喵一不小心就失足跌下去了。自知失算的本喵仰望籬笆上面，三隻烏鴉又飛回原本的位置，一同俯視著本喵。也太囂張了，本喵惡狠狠地瞪著牠們，卻一點用也沒有。本喵拱起背部，做出齜牙咧嘴的表情，威嚇性不增反降。這就好比俗人不懂神妙的詩文，牠們對本喵憤怒的動作也沒有任何反應。仔細想想也正常，本喵是用對待同類的態度在對待

牠們的，這是本喵不對。對一般貓咪採取上述舉措，保證會有反應，可惜對方是烏鴉，遇到烏鴉就沒輒了。這就形同主人不在乎企業家的淫威，出家人不在乎金銀財寶，烏鴉對維新三傑的銅像拉屎一樣。本喵擅長見機行事，心知這下沒戲唱了，就果斷跑回外廊，吃晚飯的時間也快到了。運動是好事，但太過度也不好，本喵的身體有種倦怠感，此外在初秋的陽光下運動，毛皮充分吸收了夕陽的熱度，熱得本喵受不了啊。從毛孔滲出的汗水又流不下來，全聚集在體毛的根部。

背部好癢喔，流汗的癢跟跳蚤爬在身上的癢不一樣。在嘴巴碰得到的地方發癢，本喵還能用嘴巴輕咬止癢；在四肢碰得到的地方發癢，本喵也有辦法抓得到，偏偏在脊椎所處的中央地帶就力有未逮了。這種情況下就要找個人類磨蹭，或是用松樹的樹皮充分磨擦，否則會難受到無法安眠。人類很愚蠢，本喵稍微發出諂媚的聲音——照理說是人類要對本喵諂媚才對，因此依照本喵的標準來看，那是本喵享受人類按摩時發出的聲音——好，反正人類是很愚蠢的，本喵發出舒服的聲音跑到他們腳邊，那些男男女女就會誤以為本喵喜歡他們，讓本喵為所欲為，偶爾還摸摸本喵的腦袋。然而，最近本喵身上長出一種叫跳蚤的寄生蟲，本喵跑去磨蹭人類，他們就會把本喵拎起來扔到一旁。區區幾隻肉眼難辨、不足為懼的小蟲就讓他們冷漠以對了，真可謂翻臉比翻書還快啊，才一、兩千隻跳蚤嘛，人類也太現實了。人類世界有一條通用的愛心法則——在對自己有利的前提下，才需要善待別人。——由於人類太容易翻臉，本喵癢死都沒辦法尋求人類幫助，只能去磨擦松樹的樹皮了。本喵決定去磨一下樹皮止癢，正要跳下外廊時，本喵發現這不全然是一個好主意。原因說穿了很簡單，松樹會分泌黏性極強的樹脂，這樹脂一沾到毛皮上，哪怕天降轟雷或波羅的海艦隊覆滅，也絕對清不掉。更有甚者，樹脂會從一根毛蔓延到五根

毛，再從五根毛蔓延到十根毛，等你發現自己十根毛黏住，就已經有三十根壯烈犧牲了。本喵是一隻酷愛平淡的瀟灑小貓，最討厭那種麻煩、惡毒、難纏、執迷的傢伙了，就算是天下美貓，本喵也敬謝不敏，更何況是松樹的樹脂？這玩意就跟順著北風吹來的黑仔眼屎差不多，低三下四的東西也敢弄髒本喵這身淺灰色毛衣，真是豈有此理。

松樹真該好好反省反省，話雖如此，松樹怎麼看都不會思考。跑去磨蹭松樹皮，背部一定會黏在上頭，跑去招惹那種蠢貨事關本喵顏面，更關乎本喵的毛皮啊。所以本喵再癢只好忍耐，兩個方法都無效也太令人難過了，不趕快想方設法解決問題，本喵搞不好會癢到生病。本喵彎起後腳思索解決之道，忽然想到一件事，主人經常拿著毛巾和肥皂出門，一去就是三、四十分鐘，回來後他那黯淡的臉龐就多一分活力和爽朗。那效果對主人這種邋遢的人都管用了，對本喵一定也管用的。本喵已經長得很帥了，倒也沒必要再帥下去，本喵是擔心自己罹患疾病英年早逝，會對不起天下蒼生啊。聽說這也是人類想出來打發時間的招數，好像叫泡湯是吧。人類發明的準沒好貨，但去嘗試一下也無傷大雅，沒有效的話以後就別試了。問題是，人類會允許一隻小貓去利用他們的專屬設施嗎？這是值得懷疑的。雖說主人都有資格進入了，本喵應該是不會被拒絕才對啦，可天有不測風雲嘛，萬一被拒絕了多丟人啊。最好還是先去查探一下，等確定沒問題本喵也叼著一條毛巾去泡澡吧。主意既定，本喵信步走向澡堂。

從巷弄往左走，遠處聳立一根像竹子的東西在冒煙，那裡大概就是澡堂了。本喵偷偷跑入澡堂後門，人家常說走後門是卑鄙下流的行徑，那是走不了後門的人心理不平衡，才亂說的屁話。古時候聰明人也都是走後門搞偷襲的，《紳士養成方略》的第二集，在第一章的第五頁就有記載。

下一頁還有寫道，走後門是紳士的遺教，更是修習德行的方便之門。本喵是一隻二十世紀的小貓，這點教養自然不在話下，別小看本喵啊。本喵偷偷潛入後門，左邊放著劈成三十公分的松木，疊得跟一座山差不多高；右邊的煤炭則疊得跟丘陵一樣。也許有人會問為什麼松木用山來形容，煤炭就用丘陵？也沒什麼特別的意思，就只是兩種都想用看看罷了。你們人類吃米飯菜餚、飛禽走獸等亂七八糟的東西還不滿意，現在還墮落到吃煤炭就對了？本喵同情你們。

盡頭有一個兩公尺左右的入口，裡面空蕩蕩的沒有半點聲音，對面不時傳來人類的喧囂，本喵研判聲音傳來的地方就是所謂澡堂。穿越松木和煤炭形成的山谷，往左手邊直走，會看到右手邊有玻璃窗。玻璃窗旁邊有一座金字塔，是用圓形的小木桶疊成的。本喵能夠理解那些小圓桶的心情，圓形的東西被疊成三角形，想必它們也是千百個不願意吧。小圓桶的南邊多出了一公尺半的木板，看起來就是在歡迎本喵爬上去的。木板距離地面大約有一公尺高，跳上去並不困難。本喵吆喝一聲縱身飛躍，澡堂已近在咫尺了。天下間最愉快的事情，莫過於品嚐未知的食物，欣賞未知的景色。各位不妨效法我家主人，每個禮拜來澡堂三次，消磨個三、四十分鐘再走。如果你們跟本喵一樣沒看過浴池，那最好趕快見識見識，來不及見父母最後一面也沒關係，這景象你們絕對不能錯過。天地雖大，本喵卻從未見過這等奇觀。

什麼樣的奇觀呢？連本喵都難以言喻的奇觀啊。玻璃窗後面擠滿了吵吵鬧鬧、渾身赤條條的人類。簡直是最原始的土著，二十世紀的亞當。綜觀衣服的歷史——這說來話長了，交給熟知服裝哲學的托菲

史德瑞克[4]來解釋吧，本喵就不贅述了——本喵要說的是，衣服是人類的命脈。

十八世紀大英帝國的溫泉聖地巴斯，還有明訂嚴格的泡湯規範，管理者納許規定入場泡湯的男女，需要穿著衣物遮住肩膀到下盤一帶。大約在六十年前，英國的某處建立了一座設計學校，設計學校當然會買一些裸體畫、裸體雕像、模型四處陳列，不料舉行創校典禮時，發生了一件事情令校方大為頭痛。創校典禮得邀請各方淑女參加，可當時的貴婦認為人類是服裝的動物，有別於渾身毛茸茸的猴子。沒穿衣服的人，等同於沒有鼻子的大象、沒有學生的學校、沒有勇氣的軍隊，完全失去了主體性，說是野獸也不為過。與野人的畫作為伍，會傷害到她們的品格，因此她們拒絕出席典禮。校方認為那些女人也太不通情理，無奈女人古今中外都是一種不可或缺的裝飾品，她們不會搗米、不能當兵，偏偏各式典禮又少不了她們點綴。最後沒辦法，校方只好去布行購買一大堆黑布，替那些野獸作品穿上衣服了，而且連顏面都要遮起來以免失禮。費了一大番功夫，好不容易典禮才順利進行。

從這個故事我們不難發現，衣服對人類有多重要，近來有主張裸體的大師，整天高呼裸體畫的美好，他們太荒唐了。本喵有生以來未嘗有一天裸體，在本喵來看他們大錯特錯。裸體是希臘羅馬的遺風，受到文藝復興時代的淫靡風氣影響才流行的，希臘人和羅馬人平常看慣裸體了，也不覺得這有傷風化吧。但北歐是很冷的地方，連日本都沒有人裸體走在路上了，在德國或英國裸體保證會死翹翹的，被凍死太蠢了，所以才要穿衣服。當大家都穿上衣服，人類就是服裝的動物，成為服裝的動物以後，遇到

4 托菲史德瑞克是蘇格蘭作家湯瑪斯．卡萊爾（Thomas Carlyle，1795-1881）筆下《衣裳哲學》中的主角。

沒穿衣服的動物就不會承認那是人，只會當那是野獸。

所以歐洲人，尤其是北歐人才會把裸體畫和裸體雕像視為野獸，比貓咪更低下的野獸。你們說那很漂亮？漂亮又怎麼樣，不過是漂亮的野獸罷了。有人可能會問本喵，那你有沒有看過西洋婦女的禮服？本喵只是一隻小貓，當然沒有看過了。聽說西洋婦女把露出胸部、肩膀、手臂的衣服稱為禮服是吧，太不成體統了。

十四世紀以前，她們的服裝跟普通人沒什麼兩樣，也沒有那麼滑稽。至於為何會變成下等雜技演員的裝扮，本喵也懶得提了，反正知道便罷，不知道也沒什麼大不了。且不論歷史如何，她們在夜間得意地穿上奇裝異服，內心倒是還保留著些許人性，一到白天又把肩膀、胸部、手臂乃至全身都包得緊緊的，連被看到腳趾甲都會害羞。從這點不難看出，她們的禮服是出於一種不合邏輯的觀念，只在笨蛋之間才通用。不信叫她們大白天也露出肩膀、胸部、手臂試試，那些信奉裸體主義的人也一樣，裸體這麼好的話，有種叫你們女兒陪你們到上野公園裸體散步啊。不敢嗎？你們不是不敢，純粹是西洋人沒這樣做，你們才沒有群起效尤而已。

實際上，現今就有人穿著那不合邏輯的禮服，大搖大擺地跑到帝國飯店不是嗎？理由也很簡單，因為西洋人穿，你們才跟著穿。西洋人很強大，所以再不合邏輯、再愚蠢的事情你們也得效法才甘心。遇強則屈、遇硬服軟，這也未免太沒腦袋了吧？如果你們說這是逼不得已，本喵也不怪你們，拜託你們以後別再說日本人有多了不起就好。研究學問也是同樣道理，但這跟服飾沒什麼關係，本喵就省略不提了。

誠如前述，衣服對人類是極為重要的，我們甚至可以大膽提問，究竟是人類造就衣服，還是衣服造就人類？

人類的歷史不在於血脈骨肉，而在於衣服。因此大家看到沒穿衣服的人，就好像遇到怪物似的。如果每個人都是怪物，那世上就沒有怪物了，如此一來人類自己會很困擾。過去大自然造人是公平的，每個人來到世上都是赤身露體，假使人類的本性甘於公平，那就該一輩子赤身露體才對。然而有些裸體的人就想，大家都一樣努力就沒有意義了，辛苦付出也看不到成果，他們要想個法子讓自己與眾不同，例如在身上穿個令人耳目一新的東西。他們苦思十年，終於發明出四角褲，穿上去四處招搖。這就是今天那些車夫的祖先了，大家也許無法理解，為何發明一件簡單的四角褲要花上十年吧？這是我們從現代的角度，反觀古代未開化的世界才會得到的結論，在當時可沒有其他更偉大的發明。笛卡兒那句「我思故我在」連三歲小孩都懂，他想出這個真理也花了十幾年的時間。

一切發明都是很費功夫的，車夫發明四角褲花費十年，他們的智慧反而值得讚賞。好，四角褲發明出來後，沒有人比車夫更神氣了，有些怪物看不慣車夫穿著四角褲招搖過市，就花了六年的時間發明出和服外套這種沒路用的玩意。四角褲頓時勢微，變成了和服外套的全盛時期，雜貨店、中藥行、和服店都是這個大發明家的末流。繼四角褲和外套之後，便是褲裙流行的時期了，這又是看不慣和服外套的怪物發明的，古代的武士和現代的官員皆出自該物種。追求世人目光的怪物們標新立異，最終創出了帶有燕尾的畸形服飾，我們退一步來考究燕尾服的由來，會發現那並非胡亂做出來的偶然產物。

那是怪物們的爭奇鬥豔之心，化為各種嶄新的點子，穿在身上好彰顯自己的不同凡響。而這樣的心

態也讓我們看穿一件事，這就好比自然界無真空，人類社會也無平等一樣。人類厭惡平等，所以不得不把衣服當成身體的一部分穿著。而今，只有瘋子才會拋棄這個部分，回歸史前的公平時代。好，就當你們甘於接受狂人的稱號好了，你們還是同樣回不去的。在已開化的人眼中，那些回歸原始的人就是怪物，除非你有辦法說服全世界好幾億的人口成為怪物，那才叫真正的平等。大家都是怪物，就沒什麼好丟臉了，你以為這樣就能安心了嗎？沒用的。全球人口化為怪物的隔天，肯定又會開始競爭，不能穿著衣服競爭，那就改用怪物的方式競爭，赤身露體也得分出個高低來。由此可知，人類是捨棄不了衣服的。

然而，本喵看到的這一群人類，竟把不該脫的四角褲、和服外套、褲裙都放到櫃子裡，在眾人的環伺下暴露原始的狂態，悠閒自得地談笑風生。本喵剛才說的一大奇觀，指的就是這個景象了。本喵很榮幸有機會，向各位文明的讀者介紹眼前的景象。

下面的景象太混亂了，本喵都不知道從何談起才好。怪物幹的事情沒邏輯，很難用有條理的方式論述。先從浴池講起吧，本喵也不曉得啥是浴池，純粹猜個大概。那東西長約三公尺、寬約一公尺，從中間隔開分成兩半，一半是白色的池水，聽說是叫藥湯的玩意，彷彿溶入石灰一般混濁不清。而且還不光是混濁不清，是帶有黏稠感的混濁不清，本喵細聽之下才發現，那一池白色的水臭掉也不足為奇，畢竟一個禮拜才換一次。再看旁邊的普通熱水，本喵發誓那也絕不是清澈透明的，水質跟裝在消防缸裡攪拌過的雨水差不多，從水的顏色就能看出來。

接下來談談那些怪物好了，麻煩死了。那一缸攪拌過的雨水裡，有兩個年輕人面對面站在一起，把

水潑在自己肚皮上，感覺挺舒服的，他們的皮膚黝黑到無可挑剔的地步。這兩個怪物長得很結實，其中一個人拿著毛巾擦拭胸口一帶說：「金哥，我這一帶會痛耶，是什麼毛病啊？」

那位叫金哥的好心告誡對方：「那裡是胃部，胃部問題會關係到性命，你得當心吶。」

「我是痛左邊耶？」提問的人指著左肺的位置。

「那裡是胃沒錯啦，左邊是胃，右邊才是肺。」

「是喔？我以為胃部在這裡呢。」提問的人拍拍腰部一帶，金哥又說：「那是疝氣啦。」這時有個二十五、六歲的小鬍子跳進浴池，身上的肥皂泡沫隨著污垢一起浮上水面，就像帶有鐵鏽的水在陽光下閃閃發光一樣。旁邊有個禿頭的老爺爺，對著一個五分頭的說話，兩人都只露出一顆腦袋。

「唉、年紀大就不中用啦，年老體衰比不過年輕人啊。但老頭子泡湯，還是要泡熱一點的才舒服。」

「老爺子，你還硬朗呢，看你這麼有精神沒問題的。」

「我也沒什麼精神啦，就是沒生病罷了。人只要不做虧心事，都能活到一百二十歲。」

「真的假的，人有這麼長壽啊？」

「當然是真的，一百二十歲不成問題。明治維新以前，牛込地區有個叫曲淵的幕府武士，他的下人還有活到一百三十歲的。」

「虧他能活那麼久。」

「是啊，他活到連自己的歲數都忘了，一百歲以後就沒記年齡了。我認識他的時候，他已經

一百三十歲了，還活得好好的呢。後來怎樣我就不知道了，說不定還沒死吧。」說著，禿頭老人爬出浴池，留著小鬍子的男人在身旁散佈類似雲母的東西，笑得很開懷。另一個進來泡湯傢伙的跟普通怪物不同，這一隻背後有刺青，刺的應該是傳說英雄岩見重太郎揮刀斬大蛇的故事，可惜整片刺青還沒有完成，不曉得那隻大蛇在哪裡。

所以這位重太郎先生顯得不夠威武，他跳進水裡說：「這水溫不夠熱啊。」又有一個跳進來附和：「這水也太……嗯……再熱一點比較好。」看得出這個新來的皺著眉頭在忍耐高溫，他一碰到重太郎就先說一句師傅好，重太郎也打了聲招呼。

之後重太郎問道：「阿民怎麼樣了？」

「不知該怎麼說，反正他做事沒分寸的。」

「何止是沒分寸……」

「是啊，那傢伙也滿肚子壞水。——不曉得怎麼搞的，他就是沒人緣。——應該說——他得不到信賴吧。專業的師傅不該是那樣的吧。」

「沒錯，阿民太自大了，姿態不夠低，活該得不到信賴。」

「就是說啊，仗著自己有點本事就亂來。——到頭來吃虧的還是他自己。」

「白銀町的老師傅都去世了，現在就剩桶子店的阿元，還有紅磚店的老闆跟師傅。我好歹是這土生土長的，哪像那個阿民，都不知道打哪來的。」

「是啊，真虧他能爬到那個地步。」

「嗯，他沒人緣，又不懂得與人交際。」兩人從頭到尾都在說阿民的壞話。

消防缸就說到這裡，白色浴池也是非常擁擠的，與其說是人泡在湯裡，不如說是湯泡在人裡還比較貼切。況且他們都超級悠閒，剛才泡進去的沒有一個人跑出來。這麼多人泡的湯一個禮拜才換一次水，水質會混濁也是理所當然的。本喵欽佩之餘，看到苦沙彌老師擠在浴池的左邊，渾身泡得紅通通的。可憐沒人要挪出空位讓他出來，他也沒有打算離開，就一直泡在裡面把自己煮熟。太辛苦了，可能是花了錢就要盡量泡個夠本，才會忍耐到遍體通紅的地步。本喵在窗外有些擔心主人，他再泡下去可要暈倒了，主人隔壁的隔壁，有個男的皺起八字眉說：「這似乎熱過頭了，背部不斷有熱流湧上來啊。」言外之意是尋求其他怪物的同情。

「還好啦，這樣正好啊，藥湯就是要熱才有效。在我家鄉啊，水溫比這燙一倍呢。」有人講得一副很自豪的樣子。

「這藥湯對什麼症狀有效啊？」把毛巾疊起來遮住凹凸不平腦袋的人詢問大家。

「對很多毛病都有效喔，包治百病，夠豪氣對吧。」這句話出自一個體格和氣色皆與瘦黃瓜相去不遠的人，倘若這藥湯真具有神效，他又豈會如此瘦弱？

「剛添入藥材的藥湯效果不夠好，泡過三、四天的最有效了，今天正好是時候。」佯裝博學的是一位肥碩的男子，全身多半是贅肉。

「喝下肚也有用嗎？」有個很三八的聲音，不知從哪裡傳出來的。

「冷卻後喝一杯再去睡覺，半夜不會頻尿喔，大家不妨試試。」這句話就不曉得是誰說的了。

浴池的介紹就到此為止吧，本喵望向澡堂的沖洗區，裡面有一堆絕對不如畫中俊美的亞當，以不同的姿勢清洗不同的身體部位。最令人驚訝的是，有人躺在地上仰望天窗，也有人趴在地上俯視水溝，這兩隻亞當也太閒了。一位和尚面對著牆壁，後面有個小和尚在幫他捶背，這是拿小徒弟當澡堂小弟使喚吧。當然也有真正的澡堂小弟，或許他是感冒了吧，在這悶熱的地方還穿無袖背心。澡堂小弟拿起橢圓形的桶子，往客人肩上淋一桶熱水，右腳姆指夾著一條擦澡用的布。有個男人貪心地抱著三個小桶子，一邊勸旁邊的人多用點肥皂，一邊發表長篇大論，本喵很好奇他在說什麼，內容如下：

「火槍是外國傳來的玩意，古時候都是近身對砍的，外國人太卑鄙了，因此才會發明出那種東西。不是中國發明的，是外國沒錯。和唐內[5]那個時代還沒有呢，和唐內畢竟也是清和源氏[6]出身的嘛，據說義經從蝦夷到滿洲的時候，有個蝦夷的學者也跟著他。然後義經的兒子攻打大明朝，大明朝不堪其擾，就派使者找三代將軍商借三千兵馬，三代將軍不讓使者回去覆命。——那使者叫什麼啊？——好像叫什麼使的吧？——反正使者被扣押兩年，在長崎找到一位女子，兩人生下來的兒子就是和唐內了。等他們回國才發現大明朝被國賊消滅了……」這傢伙在胡說八道什麼？

後邊有個二十五、六歲的陰沉男子，呆呆的用白色的藥湯沖洗胯下，或許是受什麼病痛或疙瘩所苦吧。一旁有個年方十七、八歲的小伙子不停大放厥詞，想必是這一帶的寄宿學生吧。旁邊又有一個奇怪

5日本作家近松門左衛門曾寫了一部名為《國性爺合戰》（改「姓」為「性」）的淨琉璃劇，風靡一時。主角「和唐內」即鄭成功。

6清和源氏，是日本古代皇族賜姓貴族源氏的一支，因其祖先可追溯到清和天皇而得名。源義經即出身於清和源氏。但和唐內跟清和源氏是沒有關係的，書中此人只是在胡說一通。

的背影，背上的脊椎骨很明顯，活像從屁股塞進一根竹子似的，脊椎兩邊各有四個像是跳棋棋點的形狀，那些形狀紅腫潰爛，有的周圍還流膿。照順序這樣描述下來，要講的事情實在太多了，本喵連要形容個大概都有困難，就在本喵後悔自己接下了苦差事的時候，入口出現一位身穿淡藍和服的七十多歲光頭。光頭恭敬地對所有裸體的怪物行禮，口條流暢地說：「大家好啊，感謝各位每天光臨，今天氣溫稍冷一點，請慢慢泡湯——歡迎多多利用白色的藥湯，好好暖和身子啊。——掌櫃的，注意水溫吶。」掌櫃的聽到後答了一聲是。

那個和唐內稱讚老爺爺：「真會做人，沒那種本事可沒辦法做生意。」突然冒出這奇怪的老爺爺，本喵多少有點訝異，所以決定先專心觀察老爺爺，澡堂介紹暫且告一段落。

老爺爺伸出手，對一個剛起身的四歲小男孩說：「小少爺，請過來吧。」小孩子一看到貌似乾癟麻糬的老爺爺，當場哇哇大哭。老爺爺頗為意外地嘆道：「唉呀，為什麼哭呢？覺得老爺爺很可怕嗎？這可糟糕了。」老爺爺無奈之下，把話鋒轉向小孩的父親：「唷，源先生，今天還滿冷的呢。昨晚潛入近江屋的小偷也太蠢了，竟在門上開一個四方形的口子，結果什麼也沒偷到就跑了，興許是碰到警察或巡夜的吧。」老爺爺嘲笑小偷的愚蠢，又對另一位客人說：「今天滿冷的是吧。你看來還年輕，可能沒什麼感覺吧。」在場就他一個老人家怕冷。

本喵的注意力都集中在老爺爺身上，完全忘了其他怪物，連縮在浴池裡忍耐的苦沙彌老師也給忘了。這時有人冷不防在沖澡區和更衣室之間大叫，仔細一看正是苦沙彌老師。主人的嗓門大，音色又混濁也不是這一、兩天的事了，但在這種地方大吼還是嚇了本喵一跳。本喵研判這是他長時間浸泡熱水，

泡到火氣太大的關係。倘若是心理有病那還情有可原，偏偏主人火大都是有確切理由的，本喵解釋一下各位就知道他為什麼鬼吼鬼叫了，主人竟對一個微不足道的臭屁學生大動肝火。

「給我退開點，不要往我的桶子裡潑水。」會這樣破口大罵的當然是主人了。任何事情都能有不同的見解，我們也沒必要把主人的怒吼一概視為火氣大，說不定一萬個人之中會有一個人，以為那是武士在訓斥山賊吧。他本人搞不好也是以這種氣魄演給大家看的，但對方並不是山賊，也就得不到預期的成果了。

學生回過頭，很安分地說：「我本來就在這裡了啊。」這是很正常的回答，對方只是不願意順主人的意離開罷了，主人火氣再大也該明白，那態度和言詞其實並不值得他破口大罵。不過主人不滿的並非學生的位置，那兩個學生年紀輕輕，講話卻傲慢又自以為是，主人真正不滿的是這一點。因此對方放低姿態，他也不肯乖乖離開，接著他又罵道：「混帳，有人像你們這樣把髒水弄到別人桶子裡的嗎？」

本喵也不喜歡那小鬼頭，內心暗暗替主人叫好，但以一個教職員來說，主人的言行稱不上妥當。主人的缺點就是太不知變通了，就跟燒剩的煤渣一樣又臭又硬，古代迦太基名將漢尼拔率軍穿越阿爾卑斯山時，路上有一顆大石頭擋道，妨礙軍隊通行。漢尼拔命人在大石頭上淋醋點火，等軟化以後再用切魚板的方式鋸開。那神效的藥湯對主人絲毫不起作用，看來還是要對他淋醋點火才有用吧，不然世上再多幾百個這種臭屁學生，主人頑固的毛病再過幾十年都醫不好。擠在浴池和沖澡區裡的，都是一些脫下衣物的未開化怪物，怪物是不受常規常理約束的，他們想幹嘛就幹嘛，把肺部當成胃部、把和唐內說成清和源氏、把阿民說得一文不值都沒關係。不過當他們走出澡堂，就不再是怪物了，回到普通人類打滾的

塵世，他們就得穿上文明社會不可或缺的衣物，表現得像個人類。

如今主人一腳踏在門邊上，也就是沖澡區和更衣室的門邊上，馬上就要回歸和顏悅色、圓融婉轉的世界了。在文明社會的交界也這般頑固，這對他本人來說肯定是痼疾了。疾病是很不容易矯治的，依本喵的淺見，唯有請校長解聘他才治得好了。不知變通的主人一失業，生計頓失著落，下場可能是橫死街頭。換言之，失業等於是主人的間接死因，主人自願患上頑固病還自鳴得意，但他本人是很怕死的，他只是想嘗試生病又死不了的奢侈體驗罷了。威脅他再發瘋就要斷絕他的生計，貪生怕死的主人保證嚇到皮皮挫，本喵相信到時候他就會不藥而癒了，再醫不好那也沒輒了。

主人再蠢再頑固，終究是本喵的主人，俗話說一飯須知恩可報，君恩似海深難掬。小貓也是懂得體恤主人的，本喵內心充滿同情之意，注意力都集中在主人身上，忘記觀察沖澡區的狀況了。白色浴池那邊赫然發出叫罵聲，本喵懷疑那裡是不是也有人吵架，就看到一群怪物擠在狹窄的浴池入口，毛茸茸的腿和光溜溜的屁股不停蠕動。初秋的夕陽餘暉照耀著直達天窗的氤氳蒸氣，本喵看著那些怪物擠成一團的朦朧景象。一群人大喊好熱的聲音在本喵的小腦袋裡迴盪，混亂的聲音夾雜著各種光怪陸離的色彩，在澡堂內形成一股莫可名狀的聲響，只能用嘈雜迷亂來形容，絲毫不具意義。

本喵呆站在原地，茫然凝視眼前的光景，吵雜的聲音飆至極限，膨脹到飽和點時，互相推擠的人群中冒出一個彪形大漢。他的身材比其他人高出十公分左右，鬍子多到不曉得是臉上長出鬍子，還是鬍子長出臉孔的程度，他頂著一張紅臉，聲若洪鐘地喊道：「火小點火小點，太燙了太燙了。」那雄赳赳的聲音和五官，壓過那些推擠打鬧的烏合之眾，整個澡堂幾乎成了他一個人的地方。本喵見識到超人了，

這正是尼采說的超人，群魔中的大王，怪物中的翹楚啊。浴池後面有人回應那位老兄的要求，本喵定睛觀看浴池後方，剛才的澡堂小弟在一片昏暗中，把一塊大煤炭丟進鍋爐壓制火勢，煤炭一進到鍋爐燒出連串爆響，照亮了澡堂小弟的側臉，同時後方的磚牆在暗處像著火似地發光，本喵一時有些膽寒，就趕緊跳下窗邊跑回家了。

本喵在回家的路上思考，那些裸體怪物脫下衣物追求平等，但少了衣物同樣有英雄豪傑出來力壓群雄，顯然他們人類赤身裸體也無法獲得平等。

本喵回到家，家中一片太平景象，泡完湯的主人氣色紅潤地享用著晚餐。他一看到本喵從外廊爬上來，就說本喵過太爽，不曉得跑去哪裡鬼混了。本喵觀察餐桌上的菜色，他們明明就沒錢，餐桌上卻擺了兩、三道菜餚，當中還有一條烤魚呢。本喵不知道這叫什麼魚，應該是昨天從台場抓上來的。前面也提過魚類是很健壯的，但再健壯也經不起煎煮炒炸，拖著抱病之軀苟延殘喘還好一點。本喵坐到餐桌旁邊，佯裝一副興趣缺缺的模樣，打算趁機偷吃幾道菜，不會裝乖的貓咪是吃不到美味烤魚的。主人吃了一口烤魚，就放下筷子露出難吃的表情了，坐在對面的夫人默默動著筷子，專心研究主人嘴巴的咀嚼運動。

「喂，你拍一下那隻貓的腦袋。」主人沒頭沒腦地對夫人提出了一個要求。

「打牠幹什麼啊？」

「你管我幹什麼，打就對了。」

夫人輕拍本喵腦袋一下，還問主人這樣做對不對，本喵倒是沒什麼感覺。

「牠沒有叫。」

「是啊。」

「你再試一次。」

「再試幾次都一樣吧。」夫人又拍了本喵腦袋一掌，本喵不痛不癢，乖乖待在原地。聰明的本喵看不出主人的意圖，如果知道他的意圖，本喵也還有應對的方法。然而他只叫夫人拍拍看，別說動手的夫人困惑，被打的本喵也不知如何是好。連續兩次都沒有得到預期的成果，主人也急了：「喂，大力一點讓牠叫啊。」

夫人嫌麻煩地說：「牠叫了又能怎樣？」說完又往本喵腦門來上一掌。既已知道主人的目的了，叫兩聲讓他滿意又有何難。主人實在蠢到令人生厭，想聽本喵叫的話明講就是了，犯不著重複同樣的事情好幾次，本喵也不用被打好幾次。主人說試著打看看，這道命令只適合用在單純打人的情況下。打與不打是他們的自由，叫與不叫卻是本喵的自由，他一開始就認定本喵被打會叫，一道粗魯的命令就無視了本喵叫與不叫的自由，這未免太失禮了，根本是踐踏別人的人格，擺明了瞧不起我們貓咪嘛。主人畏如蛇蠍的金田才會幹這種事吧，以清廉正直自居的主人幹這種事太卑劣了。事實上主人並非如此狹量之人，所以他的命令與卑鄙狡猾無關，簡單說就是腦殘長蛆才會耍蠢。生物吃飽了肚子就會膨脹，被砍到就會流血，被殺掉就會死翹翹，因此他直覺認定本喵被打就會叫。很遺憾這個推論不太合邏輯，照他的邏輯來思考，掉下河裡的人非死不可，吃天婦羅的人非拉肚子不可，領薪水的人非出勤不可，讀書人非幹大事不可。凡事都照這個邏輯，大家會很頭痛吧，要是被打到就非叫不可，那本喵可頭痛了。把本喵

當成一敲就響的鐘，本喵生為一隻小貓不就沒意義了嗎？本喵在心裡痛罵主人，罵完還是乖乖叫一聲給他聽。

主人對夫人說：「你看牠叫了，你知道喵喵叫的聲音是感嘆詞還是副詞嗎？」

面對突如其來的疑問，夫人什麼也沒說。說句老實話，本喵懷疑主人泡完湯火氣還沒退下來，本來主人就是街坊鄰居公認的怪人，還有人斷言他是個神經病。沒想到主人超級有自信的，他堅稱自己不是神經病，世人才是神經病。鄰居稱呼主人瘋狗，主人為求公平起見就稱呼他們豬玀，他真以為自己在維護公平正義，你也拿他沒辦法。主人就是這樣的人，對他來說問自己的妻子怪問題，形同家常便飯。可對妻子來說，這幾乎是神經病在講的鬼話，所以夫人一時反應不過來，什麼話也說不出口。至於本喵是連開口說話都沒辦法，主人大聲喊道。

「喂。」

「是。」夫人吃了一驚，下意識地做出回答。

「你那一句是，是感嘆詞還是副詞？」

「管它什麼詞，這種蠢事怎樣都無所謂吧？」

「怎麼會無所謂，這可是困擾語言學家的大問題啊。」

「貓咪的叫聲也算大問題嗎？真是夠了，貓咪的叫聲又不是日文。」

「正因為不是日文，才更顯困難，這稱之為比較研究。」

「是喔。」夫人很聰明，不會傻傻地去碰這蠢問題，她說：「那麼，到底是感嘆詞還是副詞啊？」

「重要的問題，哪有一下子就得出結論的。」主人又夾起魚肉咀嚼，順便品嚐一旁的燉豬肉和芋頭，主人問：「這豬肉是吧？」

「嗯，是豬肉沒錯。」

「唔嗯。」主人以一種很輕蔑的態度吞下菜餚，遞出手中的酒杯說：「我要再喝一杯酒。」

「你今晚喝不少呢，臉都紅了喔。」

「我當然要喝啊——你知道全世界最長的單字是什麼嗎？」

「知道啊，過去的關白太政大臣對吧。」

「那是人名，我是說單字。」

「單字？你說外文啊？」

「嗯。」

「不知道啦。——你也別喝了，多吃點飯菜吧，好嗎？」

「不管，我還要喝，告訴你什麼是最長的單字吧？」

「好好，說完了就乖乖吃飯喔。」

「最長的單字是Archaiomelesidonophrunicherata。」

「你要我是吧？」

「我哪有要你，是希臘文啦。」

「翻成日文是什麼意思？」

「我不知道意思，只知道拼法，寫長點的話可以有二十公分長呢。」

別人發酒瘋在講的話，主人卻一本正經地拿來講，這也算得上奇觀了。話說回來，主人今晚喝的酒特別多，平常他頂多喝兩小杯而已，今天已經喝到四杯了。喝兩杯就滿臉通紅的人，喝四杯後臉就像燒紅的鐵塊一樣，看上去十分難受。偏偏他就是不肯罷休，還遞出酒杯討酒喝，夫人也看不下去了。

「別喝了，你喝得夠多了，喝太多會難過吧。」夫人面有難色。

「再辛苦我也要練習酒量啦，人家大町桂月也說過，有酒就要盡量喝啊。」

「桂月是什麼啊？」堂堂墨客遇到夫人也是一文不值。

「桂月是現今一流的評論家，他都贊成喝酒了，代表喝酒是一件好事。」

「說什麼傻話啊。我管他桂月還是梅月，喝酒喝到那麼痛苦，你是吃飽了撐著吧。」

「他不只勸人多喝酒，還勸人多交朋友，多嘗試各種興趣，多旅行呢。」

「那就更糟糕了，這也配叫第一流的評論家？我也真開了眼界，居然勸有家室的人不務正業……」

「不務正業也不錯啊，等我有錢，不用桂月相勸我也想嘗試看看。」

「幸好我們家沒錢，不然你開始不務正業，那可就糟了。」

「你不喜歡，那我不幹就是了。相對的，拜託你多看重自己的丈夫，晚上多燒些好菜給我吃。」

「我已經很盡力了。」

「是嗎？那等我有錢再來不務正業，今晚就不喝了。」主人遞出飯碗，當天他吃了三碗茶泡飯，本喵也享用到三塊豬肉和鹽烤魚頭。

八

本喵在說明繞圍籬的運動時，有稍微提到主人庭園的竹籬笆。請不要誤會，竹籬笆外面不是隔壁人家，南面並沒有次郎兄跟我們相連。這棟房子租金低廉，苦沙彌老師會住下來自有他的道理，主人沒有與那些叫做阿與或次郎兄的傢伙作為鄰居的緣分。圍籬的外面是十公尺寬左右的空地，盡頭還有五、六株茂密的扁柏，從外廊望去就像一片蒼鬱的森林，而住在這裡的苦沙彌老師，則是遺世獨立，以無名小貓為友的隱士。其實扁柏沒有真的那麼茂密啦，從樹間看過去可以看到一棟名過其實的便宜宿舍，叫作群鶴館，因此要想像苦沙彌老師的隱士風采不太容易。如果這宿舍也配叫群鶴館，那苦沙彌老師的住所稱為臥龍窟也未嘗不可，取名字又不用課稅，大家各自取個神氣點的便是。

這片寬十公尺左右的空地，順著圍籬往左右延伸二十公尺，然後拐了一個彎，正好圈住臥龍窟的北邊。北邊這塊地是混亂的根源，本來自己家被空地兩面包夾，主人還能自詡環境清幽，走完一塊空地又是一塊開闊的空地。但臥龍窟的主人和窟內的靈貓──也就是本喵都對這塊空地束手無策。北邊有七、八棵梧桐樹，彷彿在跟南面的扁柏互別苗頭，樹幹寬約三十公分，找製作木屐的來大概能賣個好價錢。可惜土地不是自己的，有想法也沒辦法付出行動，本喵也滿同情主人的。前陣子學校的校工前來，鋸掉了一段樹枝帶走，等他下次來時穿了一雙新的木屐，還主動炫耀那是上次鋸掉的樹枝做成的，太狡猾了。住家旁邊有梧桐，對本喵和主人一家卻沒有任何價值。有句成語叫懷璧其罪，應該改叫植桐無錢才

對，總之就是暴殄天物啦。真正愚蠢的不是主人，也不是本喵，而是房東傳兵衛才對。人家梧桐樹也想被做成木屐，傳兵衛卻視若無睹，只顧著跟我們家收租。本喵跟傳兵衛沒有什麼過節，壞話就說到這裡了。現在本喵就回歸主題，介紹一下這塊空地何以帶來混亂的奇談，各位千萬不能告訴主人，這是我們之間的秘密。

首先這塊空地最大的問題是沒有圍籬，完全是一塊通風良好、任人來往的空地；這麼說有撒謊之嫌，正確來說那已經是過去式了。不過一切都要追本溯源才會瞭解原因，不弄清原因醫生也無法對症下藥，且聽本喵細說剛搬來時的情況吧。有一塊通風良好的空地，夏天待起來也清涼舒適，再者小偷通常對窮人家沒興趣，不用提心吊膽也沒差，因此主人家不需要外牆、圍籬、木樁之類的東西。但這也要看住在空地外圍的人或動物品性如何，我們得先迅速瞭解對面那些君子的品性，才好解決這個問題。還不瞭解對方是人或動物，就先稱呼君子是有欠考慮沒錯，反正多半都是君子啦，這世道連小偷都能稱為梁上君子了不是嗎？然而，現在我們討論的君子不是那種會被警察抓的君子，不會被警察抓的君子就所在多有了，隨便抓都一大把。

有一間叫落雲館的私立中學——專門將八百個學生培養為君子，每個月還收取兩塊錢的君子養成費。光看學校名稱，你可能會以為裡面盡是風流倜儻的君子，那可就大錯特錯了。名稱不可盡信，就好比群鶴館無鶴、臥龍窟有小貓一樣，學士和教師之中，也有苦沙彌主人這種腦袋少根筋的人物嘛。依此類推各位也該知道，落雲館的學生不全是風流倜儻的君子。還是不明白那也沒關係，來主人家住個三天就會明白了。

前面也說過，本喵剛搬來的時候，那塊空地是沒有圍籬的，落雲館的君子會學車夫家的黑仔，偷偷跑到種植梧桐的地方聊天、吃便當、躺在竹葉上——各式各樣的事情他們都幹得出來。後來凡是有個舊字的東西都被丟到那一帶，例如包便當用的舊竹皮、舊報紙、舊草鞋、舊木屐等等。個性大而化之的主人也不在意，並沒有跑去學校抗議，不曉得他是沒看到環境髒亂，還是看到了也不想管。豈知那些君子在學校受教育後，行為變得越來越君子，漸漸地從北邊進犯到南邊來了。進犯一詞不適合拿來形容君子是吧？那本喵不用就是了，可本喵找不到其他方式形容了。他們就像逐水草而居的沙漠民族，拋棄梧桐樹跑來扁柏一帶，而客廳正好面對扁柏，只有膽大包天的君子才敢如此囂張。一兩天後他們大膽的行徑變本加厲，教育的成果真是太可怕了，他們不光是逼近客廳正面，甚至還唱起歌來了。本喵不記得他們唱什麼歌，絕不是詩歌那一類的東西，是更活潑通俗的歌曲。不只主人訝異，就連本喵也折服於那些君子的才情，忍不住聽他們唱歌。相信各位讀者也該知道，有時候敬佩和礙眼的情緒是會共存的，現在回想起來，這兩種情緒合二為一還是很遺憾的事情。主人應該也很遺憾吧，但他還是不得不衝出書房，叫那些君子滾出去，總共趕了兩三次有吧。沒想到受過教育的君子就是不同凡響，怎麼講都講不聽，被趕走就鍥而不捨地跑回來，再接再厲地引吭高歌、大聲喧譁。而且君子的談吐就是與眾不同，他們講的都是舊時代的粗話，是明治維新以前的下人、苦力、澡堂小弟的專業知識，據說到了二十世紀，那是受過教育的君子唯一學過的正統語言。有人說，這就跟過去受人輕視的運動，如今大受歡迎是同樣道理。

某一次主人抓狂衝出書房，逮住一個精通君子流粗話的小屁孩，質問他們為什麼要擅闖空地。那個小屁孩頓時遺忘典雅的粗話，以極為低級的敬語回答：「不好意思，我們以為這裡是學校的植物園。」

主人警告他不可再犯，就放生那個小屁孩了。用放生一詞聽起來好像在放生烏龜，實際上他確實是揪住對方袖子談判的。主人認為厲聲警告就沒問題了，無奈理想與現實從女媧時代就是有落差的，主人的警告失敗了。這一次那些君子從北邊穿越家中，再從正門跑出去，由於正門被人打開，主人還以為是客人來了，結果就聽到梧桐樹下有死小孩在哈哈大笑。情勢越來越危急，教育的成果一天比一天顯著，可憐的主人自認沒輒，就躲在書房裡寫信給落雲館的校長，懇請校長取締滋事學生。校長也鄭重回了一封信，答應主人會蓋一道圍籬，請暫待數日。不久來了兩、三個工人，只花半天時間就在主人家和落雲館之間，蓋起了高約一公尺的方格竹籬。主人慶幸終於可以安心了，本喵的主人太蠢了，那些君子豈會被這點小事打敗呢？

說句老實話，捉弄人是很有趣的事情，本喵一隻小貓都會不時捉弄主人的女兒了，落雲館的君子怎麼可能放過傻乎乎的主人呢？會感到不開心的，也只有被整的當事人吧，我們來分析一下捉弄人是怎樣的心態。捉弄人講究兩大要素，第一是被捉弄的人不能毫無反應，第二是捉弄人的一方在勢力和人數上必須佔優勢。之前主人從動物園回來，說了一件他很佩服的事情。他看到一隻小狗在跟駱駝吵架，小狗快如疾風地繞著駱駝狂吠，駱駝依然頂著背上的駝峰，老神在在地佇立原地，任憑小狗狂吠也不搭理牠。最後小狗自討沒趣就不鬧了，主人嘲笑駱駝沒神經，其實現況剛好符合這個例子。

小狗捉弄人的手段再高明，遇到駱駝也是玩不起來；而獅子老虎之類的戰力又太強，也同樣玩不起來，捉弄牠們的下場就是被大卸八塊。最好是被捉弄的一方會生氣，但又奈何不了自己，有這種安心感捉弄起來才特別愉快。為什麼捉弄人有趣呢，理由不一而足。首先捉弄人很好打發時間，不然無聊時只

好數髫鬚打發時間，據說以前有個犯人在監獄因為太無聊，還在囚房的牆上畫了一堆三角形。

無聊是世上最難忍耐的東西了，沒有刺激活力的趣事發生是很難活下去的，捉弄人便是產生刺激的一種娛樂手段。不過要先讓對方生氣、焦急、困擾，玩起來才會刺激，因此自古以來喜歡捉弄人的，不外乎是缺乏同理心又太無聊的笨領主，或是幼稚到整天只想找樂子，又無處發洩精力的少年。再來，捉弄人是證明自身優越最簡單的方法，殺人、傷人、陷害別人也能證明自己優越，然而那是真正想殺人、傷人、陷害別人時的手段，證明自身優越頂多是實行後必然產生的現象。假設當事人想證明自身優越，又不想真正傷害到別人，捉弄人就是最適合的方法了。要多少傷害到別人，才有辦法證明自己確實優越；缺乏確切的實證，就算心裡有種比下有餘的安心感，也享受不到太大的快樂。人類喜歡誇耀自我，不值得誇耀的事他們也想誇耀，這種比下有餘的安心感，他們非得拿別人來證明不可。那些沒有頭腦的蠢貨，或是缺乏自信而忐忑不安的人，會利用各式各樣的機會來掌握這份特權。

這就跟柔道家時常技癢是一樣的道理，有些心術不正的柔道家，滿腦子只想找比自己弱的傢伙來摔摔看，對方是外行人也無所謂；他們抱著這種危險的觀念逛大街，也是出於類似原因。當然還有其他的理由，但講下去沒完沒了，本喵就省略不提了，想知道的人拿一塊柴魚來求教吧，本喵有教無類。

綜合以上幾點來推論，本喵認為動物園的猴子和學校老師最適合拿來調侃捉弄了，拿學校老師跟動物園的猴子比較是有些失禮啦——不是對猴子失禮喔，是對老師失禮。但兩者性質相近，本喵也沒有辦法。大家都知道，動物園的猴子有套上鐐銬，牠們再怎麼生氣，你也不用擔心被抓到。當老師的沒有被套上鐐銬，卻受制於每個月的薪水。學生可以安心調侃他們，也不用擔心他們遞出辭呈動手打人，有勇

氣辭職不幹的傢伙，一開始就不會去當死小孩的保母了。主人是個教師，他雖不受聘於落雲館，可終究是為人師表，因此捉弄起來心安理得、輕鬆無比、毫無風險。落雲館的學生都是少年，他們很清楚捉弄別人能增進信心，而這也是受過教育的知識分子該有的權利。除此之外他們也是一群下課時閒得發慌的人，不捉弄別人就不曉得如何善用活力充沛的四肢和頭腦。滿足了以上的所有條件，主人自然成了被捉弄的目標，學生自然也不會放過他，這在任何人眼中都是不需要理由的自然發展。對此動怒的主人也是太不懂人情世故，太愚蠢了，接著本喵就來講講落雲館的學生怎麼捉弄主人，主人又是多麼糊塗透頂。

各位知道方格圍籬是什麼東西嗎？就是一種通風良好的簡便圍籬，小巧的本喵還能自由穿越洞口，有沒有那一道圍籬根本沒差別。不消說，落雲館的校長特地找工匠打造圍籬，不是要防範小貓入侵的，而是要防止自己培養的君子亂跑胡鬧。

的確，圍籬上有通風口人類也鑽不過去，就算是清朝的魔術師張世尊親臨，大概也很難穿過用竹子編成的四方形空格吧。這道圍籬完美發揮了阻擋人類的功用，主人看到圍籬蓋好就放下心防也無可厚非，但主人的邏輯有一個大漏洞，是比圍籬的洞口更大的漏洞，連大魚都會跑掉的漏洞。他認定圍籬是不能攀越的，或者他以為再粗糙的圍籬，只要受過教育的人看到那樣東西，就會知道那是分界線而自律。後來他暫且推翻自己的假設，得出了有人擅闖也不必擔心的結論。任何小孩都無法穿越竹子編成的圍籬，是故不會有被闖入的危險。也對啦，除非那些學生變成小貓，否則不可能穿越四角形的小洞口，他們想穿越也辦不到。但攀越或飛越圍籬對他們來說輕而易舉，甚至能當成一種有趣的運動。

圍籬蓋好的隔天，那些學生照樣跳到北邊的空地，圍籬有蓋跟沒蓋一樣。但他們沒有跑到客廳的外

面，否則被追捕就沒有時間逃跑了，他們只在沒有風險的地方徘徊，替自己爭取逃跑時間。待在東廂的主人當然不知道他們在幹嘛，他們在北邊空地徘徊的狀況，得打開庭園木門，從反方向拐個彎才看得到，或是從廁所的窗戶隔著圍籬觀察。從窗戶是能清楚看到外面的狀況沒錯，但找得到敵人不代表抓得到，在室內的人只能隔著窗子破口大罵。從庭園的木門迂迴到敵方陣地，敵人聽到腳步聲也會趕緊撤退，猶如曬太陽的海狗遇到盜獵漁船的反應。主人不可能在廁所站崗，他也沒打算開啟庭園的木門，一聽到有人嘻鬧的聲音就衝出去抓人。要做這種事，他就得辭去教職整天站崗，才有辦法抓到人了。

主人最大的不利在於，他在書房裡只能聞其聲，而見不得其形；從窗戶望出去，又只能見其形，而無法對敵人出手。敵人正是看穿主人的弱點，才採取這樣的戰略，他們一發現主人躲在書房裡，就以巨大的音量喧譁，故意說一些冷嘲熱諷的話來。最狠的是他們會分散地點吵鬧，讓你聽不出他們是在圍籬裡，還是在圍籬外。萬一主人跑出來看，他們要不是趕緊逃跑，不然就是待在圍籬外面裝無辜。當主人跑去廁所——從剛才本喵就一直講廁所這個骯髒的字眼，本喵非但不覺得光榮，反而厭惡透頂，不過要描述這場戰爭，就少不了類似的描述，本喵也無可奈何——話說從頭，他們看到主人去上廁所，就會跑到梧桐附近徘徊，故意讓主人看到。倘若主人發出驚動鄰居的音量怒吼，他們也是不慌不忙地退回根據地。主人被他們搞得不堪其擾，當他確信敵人闖入，手持拐杖衝出去時早已沒人了。當他以為外面沒人，從窗口看出去一定會有一兩個死小孩。主人時而跑到房子後邊查看，時而躲在廁所裡偷窺，時而又跑到房子後邊查看，本喵知道自己一直在說同樣的事情，但主人一直在做相同的蠢事。疲於奔命就是在形容這個狀況，最後主人火冒三丈的程度，讓你搞不清楚他的本業到底是教書還是打仗。就在他怒到最

高點時，發生了下面的事件。

事件多半是上火衝動引起的，上火一詞顧名思義，正是虛火上升的意思。相信羅馬五賢帝的御醫格蘭、醫療化學始祖帕拉賽薩斯、乃至古代的扁鵲都不會反對這個說法的。至於是什麼樣的虛火飆竄，這就有待商榷了。根據歐洲人的傳說，人體內有四種液體循環不息，第一種稱為怒液，怒液上升人就會動怒了。第二種為鈍液，鈍液上升神經就會遲鈍。第三種是憂液，憂液上升人就會憂鬱。最後則是血液，血液是滋養四肢百骸的。

後來隨著文明進步，鈍液、怒液、憂液的說法消失了，至今只留下血液在體內循環的說法。因此所謂的虛火上升，應該就是指血壓上升了，血液的分量是因人而異的，多少也會受到性情的影響，每個人大約是十公升左右[1]。當這十公升的血液飆竄，血液集中的部位會劇烈活動，其他缺血的部位則有陰寒之感。這就好比當初東京發生暴動，所有警察都跑到警察署待命一樣，鎮上一個警察也沒有。從醫學角度來看，那就是警政機關的血液集中了。要治好血液飆升的現象，就得讓血液平均回歸到身體各部位才行，亦即讓竄升的血壓降下來。有效的方法還不少，主人去世的父親會拿濕毛巾放在腦袋上，鑽進被爐裡面取暖，傷寒雜病論也有說頭寒腳熱是健康長壽的徵兆，濕毛巾是值得每天厲行的保健良方。不然嘗試和尚的方法也不錯，四處雲遊的僧侶一定都是待在樹下的石頭上休息，這麼做的用意不是苦行，過去禪宗六祖在搗米時，想出了這個降火的秘訣。不信各位坐在石頭上試試，屁股涼涼的對吧，屁股透心

1 正常成人血量應為體重的十三分之一。

涼，火氣自然降，這也是毫無疑問的真理。人類發明各式各樣的巧思降火，很遺憾卻沒有發明上火的方法。照常理推斷，上火是有害無益的現象，但有時候無法一概而論。有些職業不得不上火，不上火就完全幹不了活，當中最需要上火的莫過於詩人了。詩人需要上火的程度，就跟蒸汽船需要煤炭一樣，他們的腦袋一天不上火，就會變成混吃等死的凡夫俗子了。說穿了，上火是癲狂的別稱，不發瘋就幹不了活未免太難聽了，所以他們同行間不會用上火來形容上火。

他們都用一種很鄭重的語氣，稱其為靈感，這是他們發明來欺世盜名的詞彙，事實上就是上火無誤。柏拉圖還替那些詩人說話，形容上火狀態是一種精神的癲狂，無奈再怎麼神聖也沒用，沒人想理會瘋子的；還是要取一個類似新藥品的名稱，對他們才有利。可惜名稱再響亮終究是上火，這就好像魚板的原料是山藥、觀音像的前身是朽木、蔥鴨麵用的是烏鴉、旅館的牛肉鍋用的是馬肉一樣。

換個角度來看，上火就形同臨時的癲狂，那些人沒被關進神經病院的唯一理由，就在於他們的癲狂不是永久的。想要刻意營造出臨時的癲狂可不容易，當一輩子的神經病很簡單，只有拿起紙筆才發瘋可就困難了，即便萬能的上帝也很難辦到，所以這種臨時的癲狂很罕見。

上帝不願意賜福，人類就只好自己想辦法了，古往今來的學者絞盡腦汁，他們思考上火術的心思可不下於降火術。為了獲得靈感，有人每天食用二十顆酸柿，理論是吃下酸柿保證便秘，便秘就注定上火。還有人拿著酒瓶衝去泡熱水澡，說是在熱水中喝酒有助上火。根據那個人的說法，如果泡澡喝酒還不成功，燒一大桶葡萄酒跳下去絕對見效，可憐的是他還沒錢實踐就死翹翹了。最後有人想到，效法古人或許就會靈光乍現了，這個方法應用的學說原理是，效法別人的態度行為，即可接近對方的心理狀

態。學酒鬼胡言亂語，就能在無意間揣摩酒鬼的心思；花一杜香的時間坐禪，就能領略當和尚的心情。換言之，效法那些獲得靈感的大師言行準沒錯，相傳法國文學家雨果，曾經躺在帆船上思考文章，那麼搭船仰望藍天必定上火啊。聽說英國文學家史帝文森是趴著寫小說的，趴著拿筆大概有提升血氣的功效吧。許多人想出了各式各樣的辦法，卻未有一人成功，人為引發上火目前是不可行的，實屬無可奈何的一大憾事。總有一天人類可以任意汲取靈感，這是無庸置疑的，本喵也殷切盼望這一天早日到來，以振人文之發展。

虛火上升的說明已然足夠，本喵要開始論及事件始末了。任何大事在發生前，都會發生微不足道的小事，只描述大事而輕忽小事，是古往今來的歷史學家常有的通病。主人的火氣也是經由許多小事催化，最終才發展成大事的，不先講解前因後果，就很難理解主人到底是如何發火。不細究主人何以發火，世人還以為主人發火沒什麼了不起，純粹是浪得虛名。主人難得發瘋一次，不讓世人好好崇拜一下豈不糟蹋了？再來要談論的事情無論大小，對主人都是不光彩的事情，既是不光彩的事情，那好歹要讓大家知道，主人發火發得堂堂正正、不落人後啊。主人跟其他人相比，並沒有值得一提之處，不拿他發火的事跡說嘴，也沒有什麼值得費心描述的地方了。

落雲館的敵軍近來發明了一種達姆彈[2]，每到下課時間或放學後，就會對北邊的空地發動密集砲火。這種達姆彈通稱棒球，那些學生用粗大的木棍，任意將棒球打到敵方陣地。達姆彈的射程再遠，從

2達姆彈為一種不具備貫穿力但是具有極高淺層殺傷力的「擴張型」子彈。

落雲館的操場發射也打不中書房裡的主人。敵人也知道他們的彈道有失準頭，但這也是戰略之一。在旅順戰爭中，海軍發射的間接砲擊發揮不小的功效，掉到空地的棒球也不是全無戰果。更何況，他們每次開砲都會發出震天嘶吼，嚇得主人四肢血管隨之收縮。

主人不堪其擾，全身上下的血液就飆竄了，敵人的戰略確實巧妙無比。古代有位希臘作家叫埃斯庫羅斯，這個男人留著學者和作家常見的髮型，所謂學者和作家常見的髮型，也就是指禿頭了。為什麼他們會禿頭呢，想必是腦袋營養不足，毛髮缺乏生長活力吧。學者和作家極耗腦力，通常也不怎麼有錢，所以學者和作家的腦袋都是營養不良才禿的。那好，埃斯庫羅斯也是個作家，按常理他是非禿不可的，是以他有一顆光滑亮麗的禿頭。有一天，埃斯庫羅斯頂著那一顆頭——腦袋又不是飾物，直接用那一顆頭來形容便是——他晃著那一顆腦袋，在大太陽下走來走去，這就犯了一大錯誤。從遠方望過去，陽光下的禿頭是很光亮的，俗話說樹大招風，光頭必也有所招惹。一隻老鷹飛到埃斯庫羅斯的頭上，爪上還扣著一隻活的烏龜。烏龜和鱉的味道不錯，但從遠古時代就長有堅硬的甲殼，有長甲殼的東西再美味也是吃不到的。蝦子還能連殼一起烤來吃，可你沒看過有人吃龜殼的吧？那個時代也沒有人吃龜殼。那隻老鷹也不知如何是好，正好底下有個發光的東西，牠就靈機一動，打算把烏龜丟到那個發光體上，來砸破烏龜的甲殼。等甲殼碎裂後，再飛下去飽餐一頓。打定主意的老鷹，瞄準目標後從高處丟下烏龜，不巧作家的腦袋比烏龜的甲殼軟，禿頭就被龜殼砸碎了，有名的埃斯庫羅斯就這麼枉死了。最啟人疑竇的是老鷹的想法，牠到底知不知道那是作家的腦袋？還是牠誤以為那是光禿禿的岩石？依照不同的見解，拿落雲館的學生和這隻老鷹比較，或可成立、或不可成立。唯獨可以肯定的是，主人的腦袋不若埃斯庫

羅斯，也不若那些威名遠播的學者光亮。

不過主人待在號稱書房的三坪房間裡，打瞌睡也不忘把腦袋擱在困難的讀物上，那他就有資格被視為學者和作家的同類。換句話說，主人沒有禿頭只有一種可能，他還沒有禿頭的資格，在不久的將來他就得面對頂上無毛的命運了。照這樣看來，現在正是落雲館的學生對他腦袋開砲的最佳時機，此番攻擊行動再持續兩個禮拜，主人飽受驚恐和煩惱的腦袋必會營養不足，變成光亮的金桔、茶壺、銅壺。而這三種玩意也承受不了連續兩週的砲擊，沒有料到這種下場，還堅持與敵人奮戰的笨蛋，也只有苦沙彌老師了。

某天午後，本喵一如往常在外廊睡覺，夢到自己變成了一頭大老虎。本喵在夢中叫主人端雞肉來，主人誠惶誠恐地端來了。迷亭來到家中，本喵命令迷亭準備雁肉，滿足本喵的口腹之慾。迷亭也照例講了一堆屁話，說把醃蕪菁和鹽煎餅混著吃跟吃雁肉的味道一樣，本喵張開血盆大口威嚇他，他臉色蒼白地說現在沒有人賣雁肉了，該如何是好？本喵特地開恩，准許他用一斤上好牛肉代替，並交待他動作快一點，否則就要吃了他。迷亭趕緊跑出去張羅食材，本喵躺在外廊等迷亭回來，突然變大的身體佔據了整條外廊。這時家中響起巨大的音量，本喵還沒吃到牛肉就被打回現實了。在夢中對本喵恭恭敬敬的主人，冷不防衝出廁所，一腳踢到本喵的肚子，本喵還來不及反應，他就穿著木屐打開庭園的木門，直接衝向落雲館了。本喵從老虎縮水變回一隻小貓，對自己的妄想感到尷尬又可笑，主人的怒火和被踢一腳的痛楚，很快就讓本喵忘記老虎的事情了。

主人終於要出手和敵人交戰了，此等趣事豈容錯過。本喵強忍疼痛，隨著主人跑出後門，同時聽到

主人大喊有小偷的聲音。仔細一瞧，一個戴著學生帽的十八、九歲健壯少年，正準備跨過竹籬笆。本喵還以為那戴帽子的腳程不快，下一秒對方就拔腿狂奔，勢若奔雷地衝回根據地了。主人大喊有小偷的戰術奏效了，他追上前去，扯開嗓子大喊有小偷。可要追上對方，主人就得跨過圍籬不可，再深入敵營就換他自己變成小偷了。本喵方才有提過，主人是個容易上火的高手，他既已抓狂追擊小偷，就沒在怕自己從教師變成賊的。主人毫無懼色地衝到圍籬前，正要踏入小偷的領域時，敵軍中出現了一位留著零星鬍鬚的將官。兩人隔著圍籬談判，內容有夠無聊的。

「那是本校的學生。」

「當學生的，憑什麼擅闖別人的住家？」

「不不，是球飛到您府上了。」

「那為什麼不通知一聲再進來拿？」

「以後我會敦促他們的。」

「那就好。」

本喵還期待會有龍爭虎鬥，沒想到才三言兩語，整件事就迅速了結了。主人的氣魄只是一時的意氣用事，真到關鍵時刻總是虎頭蛇尾，猶如本喵從老虎縮水成一隻小貓。這就是本喵所指的小事，提完小事再來該提大事了。

主人打開客廳的拉門，不曉得趴在地板上思考什麼，可能是防禦敵人的策略吧。落雲館的學生都在上課，操場顯得格外安靜。其中一間教室傳來倫理課的授課聲音，講話的人聲若洪鐘、立論分明，正是

昨天出來和主人談判的將軍。

「……公德是非常重要的，海外不論是法國、德國、英國，還是哪個國家，沒有不重視公德的。地位再怎麼低下的人，也沒有不重視公德者。可悲的是，我國日本在這一點尚比不上外國。說到公德，或許有人以為那是海外傳入的思想，這可就大錯特錯了。古人有云，夫子之道一以貫之，忠恕而已矣，這個恕字正是公德之本源。就以我來說，人嘛，難免會有想要引吭高歌的時候，但我在讀書時聽到別人唱歌，那可是一個字也讀不下去，因此當我想要吟詠唐詩一解懷憂之時，我就會擔心鄰居跟我一樣怕人打擾，那我吟詩的舉動等於是在無形中給人添麻煩，轉念及此，我便懂得克制自己。所以呢，各位也請秉持公德之心，千萬不要做妨礙他人的事情……」

主人側過耳朵，似乎很專心在聽對方講課，他聽到這裡露出了會心的微笑。本喵得說明一下他微笑的用意是什麼，憤世嫉俗的人讀到這一段落，可能會認為主人的笑容背後，有什麼冷嘲熱諷之意吧。主人絕非如此不厚道的人，或者應該說他沒有那種頭腦，主人的微笑是出自愉快。他深信在倫理老師的諄諄教誨下，自己就永遠不會在受到達姆彈的侵擾了，腦袋也暫時不會禿了。至於虛火上升一時無法好轉也無妨，假以時日總會康復的，不用再頭上蒙著濕毛巾鑽被爐，也不必在樹下石上歇息了，這才是主人笑的原因。二十世紀的今天，他還傻傻地相信有借有還的道理，也難怪他會把這番話當真了。

下課時間一到，講師的聲音停了下來，其他教室的課程也一併結束，被關在室內的八百壯士一獲解放，各個鬼吼鬼叫地衝出教室。其聲勢之浩大猛烈，不下於巨大的蜂巢被擊落的後果，那些吵鬧的學生爭先恐後地衝出門窗，凡是有洞的地方他們都鑽，這就是大事的開端了。

首先本喵來說明落雲館的群蜂布陣，有人可能會懷疑，小小打鬧何來排兵布陣啊？這麼想可就錯了。一般人講到戰爭，都只知道在滿州發生的幾場日俄大戰。至於說到比較傳奇的野蠻人，大家就只想到一些很誇張的故事，例如阿基里斯拖著敵國王子的屍首，繞行特洛伊三圈；或是燕人張飛在長坂橋上單槍匹馬，獨對曹操的百萬大軍。要怎麼聯想是個人自由，但你們不要覺得世上沒有其他戰爭了，那些瘋狂愚蠢的戰爭行徑，或許只有在民智未開的時代才有。現今國泰民安，大日本帝國中心要發生那樣的野蠻行徑純屬奇蹟。再大的騷動也超越不了先前的反議和暴動，因此臥龍窟主人苦沙彌老師，對抗落雲館八百壯士的戰爭，無疑是東京市創立以來的一大戰爭。左傳描寫鄢陵之戰，也是先從排兵布陣講起的，古來擅長敘事的人都是用這種筆法，本喵又豈能不詳述落雲館的群蜂布陣？

起先本喵發現，有一支排成縱列的小隊在竹籬笆的外側，他們是要引誘主人前來戰線的，一伙人紛紛罵道：「你要不要投降啊？」「他不會投降啦！」「沒用啦，沒用啦！」「有種出來拚輸贏啊！」「快撐不住了吧？」「當然撐不住啊。」「吠兩聲來聽聽啦！」「汪汪！」「汪汪！」「汪汪汪汪！」罵完了所有人齊聲發出吶喊，縱隊右邊的不遠處，有支砲兵團佔據操場的地利布陣。一位將官手持巨大搗棍般的木棒面對臥龍窟，在他對面九公尺處站了一個人，持棒者後方也有一個人，這個人正對臥龍窟昂然而立。

像那樣排成一列遙望我方的是砲手，有人說那是一種叫棒球的運動，絕對不是在進行戰鬥準備，本喵是個不懂棒球為何物的沒文化小貓。聽說是從美國傳來的遊戲，目前在國高中是最流行的運動。美國這國家常發明一些破天荒的玩意，也難怪本喵會誤以為那是砲兵了，連這種會驚擾周圍的遊戲都願意教

我們，可見美國有多麼親切。另外，在美國人眼裡這真的是一種運動競技，但純粹的遊戲具有驚動鄰居的能力，用來發動砲擊也是威力十足的。依照本喵的觀察，他們試圖利用這項運動來砲擊我方。任何事情都有不同的解釋方法，有人假借慈善之名行詐欺之實，也有人性喜癲狂還說那叫靈感，誰說棒球這遊戲就不能拿來打仗？美國人玩的應該才是真正的棒球，現在描述的棒球實為攻城用的砲術。

再來，本喵介紹一下他們發射達姆彈的方法，排在砲列的其中一人右手握住達姆彈，丟給手持木棒的人打擊。本喵一個外人不曉得達姆彈是什麼做的，感覺就像在石丸子外面縫上一層皮革。其中一個砲手丟出達姆彈後，彈藥劃出破風聲飛到對面，手持木棒的人再用力揮擊。偶爾也會有沒揮到的，但大多數都會發出巨大輕脆的聲音被打回來。砲彈的勢道極其剛勇猛烈，要打爆神經性胃虛的主人腦袋自是不在話下，開砲者有兩人便足矣，附近則圍了一大群援兵兼看熱鬧的。當球棒敲中石丸子，那些人就會拍手叫好，有人叫砲手多打幾發，也有人幸災樂禍，還有人嗆主人怕了沒有，要不要乖乖投降。如果只是叫陣那也沒什麼，偏偏他們每敲三棒就有一棒會飛來臥龍窟腹地。

球沒有飛進來，就無法達成攻擊的目的。達姆彈近來各地都有製造，但價格依然居高不下，戰爭時期也難有充分的供給。一隊砲手頂多也才持有一、兩顆，總不能每敲一棒就失去一顆，於是他們組織一隊撿球手去撿回砲彈。砲彈落點不遠的話，撿球手也不用費太大的功夫，反之飛到草叢或別人的家裡，就很難找回來了。所以照理說要打到容易撿的地方，才能盡量節省勞力。可事實正好相反，他們的目的在於戰爭，而不是遊戲，達姆彈得刻意打到主人家裡。球飛到家裡，撿球手就闖進去撿，最簡單的方法是跨越方格圍籬。他們衝進圍籬搗亂，主人就只有動怒和投降兩種選擇，再這麼煩惱下去，主人是非禿

不可了。

說時遲那時快，敵軍擊出的一砲不偏不倚，穿透方格圍籬後打落梧桐葉，敲到臥龍窟的第二道城牆，也就是竹籬笆了。砲擊發出巨大的聲音，根據牛頓第一運動定律，在沒有施加外力的情況下，移動的物體會維持均速進行直線運動。如果物體的運動只受此一定律的支配，那麼主人的腦袋下場就跟埃斯庫羅斯一樣了。好在牛頓還發明了第二運動定律，主人的腦袋才勉強安全無虞。第二運動定律是說，運動的變化與施加的力道呈正比，但只作用在力道施加的直線方向上。本喵不太瞭解那是什麼意思，總之達姆彈穿透竹籬笆後，沒有打破紙門命中主人腦袋，肯定是牛頓有保佑。

不久，敵人果然又闖入宅邸中了，幾個人拿著棍子撥弄竹葉說：「是掉在這裡嗎？」「更左邊一點吧？」敵人闖入主人家中撿球時，會刻意發出特別大的聲音，偷偷潛入撿走就無法達成目的了。

達姆彈也許很貴重，但調侃主人更是重中之重。他們早就遠遠看到彈著點，擊中竹籬笆的聲音也不難辨認，中彈的位置和落地場所更是一清二楚，因此他們有安靜撿球的話，當然也辦得到。根據德國數學家萊布尼茲的定義，這世界有一種理性的秩序，凡事都有固定的安排。正如柳樹之下必有泥鰍，新月之夜亦有蝙蝠一般；圍籬和棒球是不太搭調，不過對那些整天把球丟進別人家的人來說，這樣的空間與棒球可謂是天作之合，更是一目瞭然的真理。而他們每每出聲挑釁，則是對主人挑起戰爭的策略。

事已至此，主人個性再消極也不得不應戰了。剛才在客廳微笑聆聽倫理課的主人，憤而起身衝出門外，雷厲風行地生擒了一名敵方士兵，主人難得有此輝煌戰果。可這戰果竟是一位十四五歲的小毛孩，似乎不配當一個大男人的敵手。問題是，主人內心很滿意，他不顧對方道歉，硬是將那小毛孩拖到外廊

邊。本喵有必要解說一下敵人的戰略，敵人昨天看到主人勃然大怒，料定今天主人也會親自出馬。若是高年級生兵敗被擒，那事情可就麻煩了，派遣一年級或二年級生去撿球，方可避免不必要的風險。小孩子被主人抓去說教，也不影響落雲館的名聲，反而是斤斤計較的主人會丟臉，這才是敵人的想法。事實上這也是普通人的正常思維，但他們忘了自己的對手不是普通人。假如主人有這點程度的常識，昨天也不至於衝出去抓人了。虛火上升會把一個普通人，變成一個非比尋常的異類；把一個有常識的人，變成一個沒常識的瘋子。會在意什麼老弱婦孺、販夫走卒，就沒資格以發瘋上火自豪。

要像主人去抓一個微不足道的小孩來當俘虜，才有資格擠身發瘋上火的名家。最可憐的就是俘虜了，他純粹是聽從學長命令去撿球的小兵罷了，卻倒楣遇上缺乏常識的敵方將領，而這將領更是發飆抓狂的天才，小孩子連爬牆都來不及，就被拖到庭園軍法從事了。這下落雲館壯士也不甘伙伴受辱，紛紛跨過方格圍籬，打開木門衝入庭園之中。闖入庭園的大約有十二人，所有人一字排開站在主人面前，他們多半沒有穿外套或背心，有人捲起白襯衫的袖子，也有人雙手環胸，還有人把褪色的棉絨衫披在背上。各位以為這就沒了嗎，旁邊還有穿著白底黑邊、胸口袖有黑字的時髦衣服的人。每一位看上去都是以一擋百的猛將，身材黝黑又結實，彷彿昨夜剛從鄉下出來的。讓他們去中學讀書太可惜了，應該去當漁夫或船員才能為國家出力啊。他們不約而同地打赤腳捲褲管，有點像是要去救火的味道。眾人站在主人面前一言不發，主人也不肯開口，雙方橫眉怒目，現場氣氛劍拔弩張。

「你們是強盜嗎？」主人先開口了，氣勢倨傲不懼。一口悶氣憋在口中，化為怒火衝出鼻孔，張大的鼻翼盡顯主人的憤恨。想來舞獅面具的鼻子，就是模仿人類動怒時的表情做出來的吧，否則不可能做

得那麼恐怖。

「不，我們不是小偷，是落雲館的學生。」

「放屁，落雲館的學生會擅闖別人家的庭園嗎？」

「我們有戴學校的帽子，帽子上有校徽。」

「假的吧，落雲館的學生為何無緣無故侵入別人家？」

「球不小心飛進來了。」

「為什麼球會飛進來？」

「就不小心的啊。」

「把球打進別人家裡，成何體統？」

「以後我們會注意的，這次請原諒我們吧。」

「一群來歷不明的人翻牆闖入別人家，你以為這是說原諒就原諒的嗎？」

「我們確實是落雲館的學生啊。」

「落雲館的幾年級學生？」

「三年級學生。」

「沒說謊？」

「沒說謊。」

主人看了家中一眼，大喊一聲：「來人啊！」

埼玉出身的幫傭趕緊應聲前來。

「你去落雲館找人來。」

「請問要找誰來呢？」

「找誰都無所謂。」

「是。」幫傭口頭上答應，但庭園的光景太過詭異，她又不懂主人提出這要求的用意，再加上整起事件的發展蠢到不行，害她坐也不是站也不是，只能顧著傻笑。主人自認在進行一場殊死大戰，徹底發揮他抓狂的本領對敵，沒想到應該護主的幫傭，非但沒有認真對待這件事，在聽到命令後還只顧傻笑，主人越來越火大。

「我不是叫你去隨便找個人來嗎？聽不懂啊？看是要找校長、幹事、訓導都好……」

「找校長來啊……」幫傭聽不懂剩下幾個職位是什麼意思。

「我說找校長、幹事、訓導都好，你是哪裡有問題啊？」

「如果都沒人在，找校工來可以嗎？」

「笑話，找校工來能幹嘛？」

主人話都講到這份上，幫傭也知道不得不照辦了，她二話不說趕緊出門找人。本喵看她根本不懂主人的用意，還擔心她傻傻地找校工來，豈料那個教倫理的老師竟從正門進來了。主人靜待對方就座後，立刻展開了談判。

「適才，此一干人等擅闖私家禁地……」主人用一種演古裝劇的口吻開頭，隨後語帶諷刺地問道：

「他們真乃貴校學生嗎？」

教倫理的老師也不吃驚，他先泰然自若地環視那些站在庭園的勇士，再把視線移回主人身上答道。

「正是，他們確是敝校學生。我始終訓誡他們不能給人添麻煩……無奈這些學生就是不受教啊……為什麼你們要攀越圍籬呢？」

學生畢竟是學生，他們在倫理老師面前也放不出個屁，一群人沒有一個敢答腔。他們乖乖縮在庭園一隅，如雪地中的羊群般乖巧。

「球飛進來也無可厚非，這房子就在學校旁邊，有球飛進來也是在所難免。不過……他們的舉止未免太過無禮，要是他們悄悄跨過圍籬，不吵不鬧地撿走球，那多少還有寬恕的餘地……」

「正是，我也經常對他們耳提面命，但人數一多難免有管束不周的地方……今後我會好好教導他們的。你們幾個，往後再有球飛進來，一定要跑到正門通報一聲才能撿，知道嗎？——學校太大老師也不容易管，真沒辦法，運動是教育上的必要措施，我們又不能禁止他們打球是吧？容許他們打球就免不了這些麻煩，還請您多多包含。我以後一定督促他們，先跟您通報再撿球。」

「那好，只要他們肯聽話就沒問題，球丟進來也沒關係，記得來通報一聲就好。這些學生就麻煩您領回去吧。勞煩您特地前來，真是不好意思了。」主人又跟往常一樣虎頭蛇尾，倫理老師帶著那群鄉下漢回落雲館了，本喵所說的大事到此告一段落。大概有人會譏笑，這也配叫大事啊？想笑就笑吧，這只代表對他們來說是小事罷了。本喵是在描述主人的大事，不是在描述那些人的大事。

若有人要批評這是雷聲大雨點小，請記得這就是主人的特色，主人會被當成搞笑文章的材料也是出

於這個特色。對一個十四、五歲的小孩較真，你們要說他蠢本喵也同意，所以大町桂月才說主人稚氣未脫啊。

大小事本喵都說完了，接下來要講講大事發生後的一點小餘波，來替全篇總結。讀者諸君或許覺得本喵通篇都在胡說八道，但本喵絕非如此輕率的小貓，本喵的一字一句都蘊含著宇宙哲理，而且一字一句莫不前後連貫、首尾呼應，看似不值一讀的胡扯閒話，背後也隱藏著高深難解的法要。切勿躺下來翹起二郎腿，做出隨手翻閱的無禮之舉。柳宗元在讀韓愈的文章之前，都會先用薔薇露洗手[3]，各位要閱讀本喵的文章，好歹自掏腰包買書來讀吧，千萬不要借朋友看過的喔。本喵再來要講的事情既稱餘波，有的讀者可能會認為那是窮極無聊的內容，跳過不讀也無所謂，這麼做保證你會後悔，請務必仔細閱讀啊。

大事發生的隔天，本喵走到戶外散散心，就在快要拐到巷口的轉角處，看到金田和鈴木站著聊天。金田正要搭車回家，鈴木則是上門撲空後，在回程途中和金田不期而遇。近來本喵也不稀罕金田家了，很少再往那個方向跑，如今有緣再見到金田，總有股懷念的心情湧上心頭。本喵也好久沒碰到鈴木了，去拜會一下也好，打定主意的本喵走到兩人身旁，很自然地聽到他們的對話。這不是本喵的錯喔，是他們自己要在本喵面前講話的。人家金田可是個會派人打探主人動靜的良心人士，那麼本喵偶然聽到他們對話，金田也沒資格生本喵的氣是吧，如果他生本喵的氣，那他就不懂什麼叫公平。

3典出於唐代馮贄所著《雲仙雜記》：「柳宗元得韓愈所寫詩，先以薔薇露灌手，然後發讀。」

總之呢，本喵聽到他們談話了，這不是本喵想聽才聽的，談話自動傳入耳中，本喵也是千百個不願意啊。

「我剛到您府上拜訪，還好您回來了。」鈴木恭敬地頷首一揖。

「唔嗯，是嗎。其實我前陣子就想找你呢，你主動來太好了。」

「這樣啊，那正好，敢問有何指教？」

「也沒什麼大事，小事一樁而已，但非你不可啊。」

「在下能力所及，無有不從，是什麼事呢？」

「嗯嗯，這個……」金田沉思不語。

「不然，等您方便了我再來一趟吧？就不知您何時方便？」

「真的不是什麼大事啦。——既然你都開口了，那我就麻煩你啦。」

「請指教……」

「那個怪人，也就是你的老朋友，好像叫苦沙彌是吧？」

「是的，苦沙彌怎麼了嗎？」

「沒有，該怎麼說呢，那起事件發生以來，我也怪不好受的。」

「也是，苦沙彌他太傲慢了……他完全不把別人放在眼裡，也不思考一下自己在社會上的地位。」

「沒錯，他不為五斗米折腰，看不起咱們企業家——他敢講這些囂張的話，我就讓他瞧瞧企業家的手段。之前他被整得半死也不肯投降，也太頑固了，真令人吃驚。」

「他是個不懂利害關係的人，才會不自量力苦苦支撐吧。他從以前就是那副德性，沒發現自己吃虧才是他最無可救藥的地方。」

「啊哈哈哈，真的是無可救藥啊。我試過各種方法去整他，最後決定交給學校的小孩去辦。」

「好主意呢，那可有效果？」

「聽說他深受其擾呢，想必再過不久就要投降啦。」

「太好了，他再囂張畢竟還是勢單力孤嘛。」

「沒錯，一個人孤掌難鳴啊，諒他也吃了不少苦頭，所以我想請你去幫我看看他實際的狀況。」

「喔喔，是這樣啊，那有什麼問題呢。我馬上就去，回程的時候再順便跟您報告。那個老頑固失意落寞的模樣肯定有趣，值得一瞧啊。」

「好，那我就等你來啦。」

「那在下先失陪了。」

這兩個傢伙又是一肚子壞水，話說企業家的勢力果真不容小覷，油盡燈枯的主人會虛火上升，三千髮絲飽受煩惱摧殘，還差點跟埃斯庫羅斯一樣被爆頭，這一切全都是企業家的惡勢力造成的。本喵並不清楚地球自轉出於什麼作用，但推動世間運轉的無疑是財富之力，沒有人比企業家更瞭解金錢的效用，也沒有人比他們更會運用金錢的雄威了。太陽得以順利地東升西落，也全是企業家的功勞啊。本喵生長在一個冥頑不靈的窮學究家中，竟不知企業家的本事，這是本喵的過失。冥頑不靈的主人這次也該開竅了，再不開竅可就危險囉，可能會危害到主人寶貴的性命啊。不曉得主人會跟鈴木談些什麼，要聽對話

內容才能知道他有沒有開竅了。事不宜遲，貓咪也是會擔心主人的，本喵要趕在鈴木造訪前回到家中。

鈴木依舊是個見人說人話、見鬼說鬼話的男人，今天他來主人家中愉快地閒話家常，絲毫沒有提到金田。

「你的氣色不太好呢，怎麼了嗎？」

「沒什麼事啦。」

「看你臉色很蒼白，要小心保重啊。近來天氣不太好，晚上睡得好嗎？」

「嗯。」

「有什麼煩心的事嗎？有我幫得上忙的地方，一定盡力而為，儘管開口。」

「你所指的煩心事是什麼？」

「沒有，沒事的話那就好，我是怕你有煩惱。煩心是最傷身的，人生在世就得過得開開心心的嘛，你太抑鬱寡歡了。」

「歡笑對身體也不好，隨便亂笑會死人的。」

「別說笑了，笑口常開好運自來啊。」

「古代希臘有一個叫克律西波斯的哲學家，你知道嗎？」

「不知道耶，怎麼了嗎？」

「那個人就是笑死的。」

「是喔，真不可思議呢，但那是古早的事情嘛……」

「古早或現代都一樣啦，他看到一隻驢子在吃無花果，就忍不住哈哈大笑，這一笑完全停不下來，最後就笑死了。」

「哈哈哈，你不必學他毫無節制嘛，稍微笑一下就行了——適度笑一下——這樣心情會變好喔。」

鈴木忙著觀察主人的動靜，有人打開正門，但並非客人。

「球不小心飛進來了，麻煩讓我們撿一下可好？」

「好。」幫傭從廚房探頭出來應聲，學生就繞到庭園後面了，鈴木一臉不解地詢問，這是怎麼一回事，主人回答。

「後邊的學生把球丟進來了啦。」

「後邊的學生？你家後邊有學生啊？」

「有一間叫落雲館的學校。」

「啊啊，原來是學校，也太擾人清靜了吧。」

「何止擾人清靜，我連書都讀不下去了。我若是文部大臣，早就廢了他們學校。」

「哈哈哈，瞧你氣的，他們做了什麼事讓你不開心嗎？」

「何止做了，他們從早到晚都讓我不開心。」

「這麼不開心啊，那你何不搬家呢？」

「誰要搬家啊？沒禮貌。」

「你對我發火也沒用啊。小孩子嘛，別理他們就得了。」

「你修養好，我可受不了啊，昨天我找他們老師來談判了。」

「這可有趣了，對方怕了嗎？」

「嗯。」

這時又有人開門說：「球不小心飛進來了，麻煩讓我們撿一下可好？」

「喂，他們也太常來了吧，又有球飛進來了不是嗎？」

「嗯，我規定他們要先通報再來撿。」

「原來如此，所以他們才那麼常來啊。嗯，我曉得了。」

「你曉得什麼了？」

「曉得他們來撿球的原因啊。」

「這是今天第十六次了。」

「你不嫌吵嗎？讓他們別來不就得了。」

「讓他們別來，他們還是會來啊，沒辦法。」

「你要說沒辦法，那我也無話可說，但你又何苦如此頑固呢？做人不夠圓滑，走到哪裡都是跌跌撞撞吃盡苦頭。你看那圓形的東西，到任何地方都暢行無阻，而有稜有角的東西是寸步難行啊，走到哪就撞到哪，痛的還是自己嘛。這世界又不是我們一個人的，別人也不會遷就我們。也就是說呢，頂撞有錢人對自己沒好處啦，徒傷心神和健康罷了。別人不會稱讚你清高，對方也不痛不癢，他們坐在家中找人整你就夠了，寡不敵眾是不言自明的道理啊。你不想改那也沒什麼，但不知變通的下場，終究還是妨礙

到自己的學業，也影響你每天的工作不是嗎？這是百害而無一利的事。」

「不好意思，球不小心飛進來了，麻煩讓我們去後邊撿一下可好？」

「你看，這不又來了。」鈴木笑著說道。

「沒禮貌。」主人臉都紅了。

鈴木心想訪問已達到目的，說聲告辭後就先行離去了。

鈴木一走，甘木醫生就來了。自古以來，很少有抓狂名家以此身分自居，當他們注意到自己抓狂上火，那麼火氣也差不多快退了。主人經歷昨天的重大事件，虛火雖已飆至頂點，談判本身卻是虎頭蛇尾。好在終究談出了一個結果，當晚他就在書房潛心思索，察覺了事有蹊蹺。當然，整件事是落雲館或是他自己的問題，這還有待商榷，總之有問題是不會錯的。即使住在學校旁邊，一年到頭暴跳如雷也太不正常了，有問題就得想辦法解決，無法自行解決，那就只好用醫師的良藥安撫虛火根源了。主人想通了以後，決定找來平日仰仗的甘木醫生看病，且不論他是聰明還是愚笨，能發現自身問題已屬難能可貴，不得不說這是很罕見的領悟。

甘木醫生像平常一樣，以沉靜的語氣笑瞇瞇地問道：「哪裡不舒服呢？」醫師大多都會問病人這一句，本喵反而信不過沒講這一句的醫師。

「大夫，我吃藥都沒有效耶。」

「嗯？有這種事嗎？」

「你們醫師開的藥真的有效嗎？」

甘木醫生聽到這句話頗為訝異，但他是位溫和的長者，並沒有為此動怒。

「怎麼會沒效呢。」甘木醫生溫言以答。

「我的胃病，吃了一堆藥也沒見效啊。」

「沒有這回事的。」

「是嗎？我的情況有改善嗎？」自己的胃部狀況，主人還要問別人。

「胃病沒有馬上好的，都是慢慢改善，你已經好很多啦。」

「是喔？」

「你肝火上升了吧？」

「當然，我連睡覺都大動肝火。」

「何不運動一下呢？」

「運動更容易上火吧。」

甘木醫生聽到都傻眼了。

「我來替你診察吧。」醫生開始替主人診察，主人等不及診察完就大聲嚷嚷。

「醫生，我之前讀過一本催眠術的書，上面說應用催眠術可以矯正偷盜的惡習，醫治各式各樣的疑難雜症，請問是真的嗎？」

「是，確實有這樣的療法。」

「現在也有嗎？」

「有啊。」

「替別人催眠是不是很困難啊?」

「也不會,我就常替人催眠。」

「醫生你也替人家催眠?」

「沒錯,你要試試嗎?照理說任何人都該嘗試一下,你有意願我就替你催眠。」

「這可趣味了,那就麻煩醫生了。我也想看看催眠是如何奏效的,只是我怕到時候醒不過來耶。」

「不用擔心,我們開始吧。」

討論出結果後,主人終於要接受催眠術了,本喵從未見識過催眠術,興奮地躲在客廳角落觀看。醫生先從主人的雙眼下手,方法是由上而下撫摸眼瞼,主人都已閉上眼睛了,醫師還是反覆摸個不停。不久,醫生對主人說:「像這樣撫摸眼瞼,你的眼瞼會越來越沉重。」

主人回答:「確實,真有變重的感覺。」

醫生繼續撫摸眼瞼,喃喃地說:「越來越重囉,有感覺到嗎?」主人什麼也沒說,似乎是受到氣氛影響了。

同樣的撫摸法持續了三、四分鐘,最後甘木醫生說:「好,你的眼睛張不開了。」可憐的主人一雙招子真的廢了。

「是不是張不開了呢?」

「是,張不開了。」主人靜靜地閉著眼睛,本喵還以為主人眼睛瞎了呢。

又過一會，醫生說：「你試著張開眼睛看看，保證張不開的。」

「是嗎？」主人話一說完眼睛就張開了，他笑著說：「沒成功呢。」

甘木醫生也笑道：「是啊，沒成功呢。」催眠術就這樣無疾而終，甘木醫生也回去了。

下一個造訪的人呢——先容本喵打個岔，主人家很少有這麼多人來拜訪，這對沒什麼朋友的主人來說是很難以置信的事情。好死不死今天真有這麼多人來，而且這位還是稀客。本喵會提起這位稀客，不僅僅因為他是稀客，同時也是在補充前述事件的餘波，這位客人是描述餘波不可或缺的題材。本喵不知道他叫什麼名字，他有一張長長的臉和山羊鬍，年約四十歲左右。若說迷亭是美學家，那本喵就要稱呼他哲學家了。為什麼要稱呼他哲學家呢？理由不是他跟迷亭一樣愛現，而是他跟主人談話的光景，帶給本喵哲學家的印象。看他們的言談應對十分親密，大概也是以前的老同學吧。

「嗯，你說迷亭啊，他就像浮在水池中的魚飼料一樣飄忽不定。聽說前陣子他帶著好友經過陌生的名門望族家前，竟說要去討口茶喝，說完就拽著朋友進去了，也太閒了吧。」

「然後呢？」

「我也沒細問——我承認，他是個天賦異稟的奇人，卻也是個毫無想法，隨波逐流的魚飼料。至於鈴木嘛——他來過了嗎？是喔。他不明白什麼大道理，卻很懂得做人處世，不愧是有資格佩戴金錶的人。可惜他缺乏內涵不夠穩重，也是難成大器啊，他整天把圓滑掛在嘴邊，我猜他連圓滑是啥意思都不知道。迷亭若是魚飼料，那他就是用稻草捆起來的蒟蒻了，只會滑不溜丟地抖來抖去。」

主人聽到這奇特的比喻大為欽佩，臉上露出了久違的笑容。

「那你又是什麼？」

「我啊，我想想喔——我頂多是山藥吧，長時間都待在土壤裡面。」

「你一向悠然自得啊，真羨慕你。」

「我只是當個普通人罷了，沒什麼好羨慕的，好在我也不會羨慕別人，就這點好吧。」

「最近生計還好嗎？」

「都差不多啦，賺得不多不少，日子還過得下去，不值一提啊。」

「我心情壞透了，肝火一直壓不下來啊，不管碰到什麼事情都心生不滿。」

「不滿也好，有不滿就發洩出來，心情暫時就會好了。一樣米養百樣人，我們不可能要求別人都跟我們一樣。好比吃東西，用特立獨行的方式拿筷子吃飯當然不方便，反之吃麵包用自己的方法撕開，那才是最自在的吃法。給高明的服飾店做衣服，做出來的東西一穿上就很合身，可遇到技巧差勁的店家，那就得忍耐一陣子了。所幸天地自有一套調和之道，不合身的衣服穿久了，布料反倒會配合我們的體型伸縮。再舉例來說吧，我們若有一對教導有方的父母，教我們順應時代潮流的方法，那肯定是一大幸事；相對的，萬一父母不善教導，那就只好違逆潮流咬緊牙關，或是辛苦順應潮流了。」

「不過，我跟潮流總是背道而馳，真不知如何是好。」

「也不要勉強自己做不合適的事情，否則早晚要出問題的，輕則吵架鬧事，重則自殘性命啊。我相信你不會心情不好就浪費生命，也不會去跟人家吵架，還算不錯了。」

「你有所不知，我每天都在吵架，只要我一動怒，沒對象也吵給你看。」

「你這是跟自己吵架吧，真有趣，那就盡量吵吧。」

「我也不想啊。」

「那何不作罷呢。」

「這話我只對你說，自己的心靈是沒辦法隨意掌控的。」

「你到底對什麼事不滿啊？」

主人在這位哲學家面前，滔滔不絕地講起各種不平之事，舉凡落雲館事件，還有鄰居對他的罵名，以及職場同事的刁難等等。哲學家默默聆聽，最後對主人說出下面這番話：

「你的同事要說閒話，別理他們就得了，反正都是無聊的屁話。至於那些中學生值得你理會嗎？小孩子惡作劇算什麼妨礙了，你跟他們談判或吵架，他們也不會停止打擾你啊。從這點來看，我認為以前的日本人比西洋人厲害多了，時下盛行西洋人積極主動的做法，但那有很大的缺點。

「首先，積極進取是沒完沒了的事，你拚了老命去做，也很難達到圓滿或完美的地步。你看對面有扁柏不是嗎？你今天看扁柏不順眼把它砍了，對面還有一間宿舍礙眼，你把宿舍拆了，又換隔壁的房子礙眼了，永遠沒完沒了的。這正是西洋人的做法，拿破崙和亞歷山大一世英勇，卻不懂得滿足。你看別人不順眼，就跟別人吵架，對方不肯閉嘴，你難道要上法院打官司嗎？打贏了也未必清靜啊，你汲汲營營到死，心中也有處理不完的煩惱。

「人們嫌寡頭政治不好，就想出了代議體制，等到哪天代議體制行不通，便再想其他的法子；河道湍急難渡，就乾脆在河上搭橋；山脈阻礙難行，就鑿通一條隧道；嫌趕路麻煩，就直接在土地上鋪設軌

道。這麼做永遠都無法滿足，人力終有窮盡之時，豈能事事盡如我意？

「西洋文明也許是積極進取，但那是讓人們一生不懂知足的文明。反觀日本的文明，不會改變外在事物來尋求滿足。日本跟西洋最大的不同在於，我們的文明是以盡量不影響環境為前提發展的。好比對親子關係不滿，也不會用歐洲人的方式改變關係來解決問題，而是把親子關係當成不可動搖的事物，在那樣的關係下尋求安生的手段。

「夫妻與君臣之道亦復如是，武士與平民的差異也在於此，綜觀天地自然也是依循此道——山脈擋住了通往鄰縣的去路，你該思考的不是炸掉整座山脈，而是如何讓自己留在原地也能怡然自得，養成不必跨越山脈的無所求之心。

「你看看禪宗和儒家，根本上也是在探究這些問題，我們再了不起也無法隨心所欲改變世界，日落不能追回，河川不能逆流，可以改變的只有自己的心態。你要學著讓心靈自由，這樣落雲館的學生吵鬧也影響不了你，鄰居對你的誹謗也不會放在眼裡，職場同事說蠢話譏諷你，你就當他們笨蛋別計較就好。

「據說以前有個和尚被人砍，還瀟灑地說刀光一閃，無異於雷電劃破春風。可能是和尚勤於修心養性，參悟了消極的真意，才有這般靈活的妙用吧。我是參不透那種困難的道理，只是我覺得一昧崇尚西洋人的積極主義也不好，事實上你現在積極行動，還是拿那些找你麻煩的學生沒轍。除非你有廢掉那間學校的權力，或是對方幹了什麼驚動警察的事情，那就另當別論了，否則你積極處理也贏不了的。你想積極處理，那就牽涉到金錢和勢力的問題了。換句話說，你得對有錢人折腰才行，你得屈服於那些仗勢

欺人的小孩。你沒錢沒勢，又孤身與別人吵架，這才是你不滿的根源啊，懂了嗎？」

主人默默聆聽，也沒說自己到底懂了沒。稀客離開後，主人進去書房也沒念書，不曉得在思考什麼。

鈴木教導主人要服從金錢和群眾，甘木醫生建議主人用催眠術安定心神，最後一位稀客勸主人用消極的修養求得心安。要選擇哪一條是主人的自由，唯獨可以肯定的是，保持現狀是行不通的。

九

主人有一張麻子臉，據說明治維新以前麻子臉不在少數，而今日本和英國同盟，這樣的臉孔有些跟不上時代了。麻子臉的衰退與人口增長呈反比，在不久的將來應該會全面絕跡，這是根據醫學統計所得出的精確結論，連本喵這樣的小貓也從不懷疑。本喵並不清楚現在地球上有多少人長著麻子臉，至少在本喵的交際範圍中，有麻子臉的小貓是一隻也沒有，有麻子臉的人類就是主人了，真是有夠可憐的。

每次看到主人的臉，本喵就很好奇到底是什麼樣的理由，讓他敢頂著這張怪臉，恬不知恥地呼吸二十世紀的空氣？過去長痘疤或許還能炫耀一下，現代人的痘疤就只剩下胳臂上的疫苗接種痕跡了，堅守在鼻頭和臉頰上的痘疤非但不值得自豪，甚至還有失痘疤的體面，識相點的就該快點消退才對，相信痘疤本身也是很心急的。另一種可能是，痘疤在這勢力衰微之際發誓要力挽狂瀾，才囂張地佔領主人的顏面。要真是如此，那這些痘疤是不能輕視的，它們是對抗俗世洪流的不變凹痕，更是值得我們尊敬的存在，缺點就是難看了點。

主人小的時候，在牛込區的山伏町有一位叫淺田宗伯的漢方名醫。這位老人家外出診察時都是搭轎子的，宗伯老人去世後，他的養子改搭人力車。等到下一代養子繼承，搞不好藥物就從葛根湯變成了安替比林。搭轎子在東京逛大街，這在宗伯老人行醫的那個年代，也不是太體面的行為。做出這種事還不怕丟人的，只有食古不化的人和火車載運的豬，以及宗伯老人而已了。

主人的痘疤頑固難除，堪與宗伯老人的陋習難改相提並論，在旁人看來實屬可悲。頑固不下於老中醫的主人，每天就在眾目睽睽下暴露那張罕見的麻子臉，去學校教他的英文。

一個臉上帶著舊時代遺物的人，敢站在講台上授課教書，一定會帶給學生課業以外的寶貴教誨。他真正的價值不在於重複解釋基礎英文，而是用身教的方式告訴學生一個大哉問，那就是：「長著一張麻子臉會有什麼影響」。如果沒有主人這樣的教師，學生們就得到圖書館或博物館研究這個問題了，困難度就跟我們只能從木乃伊想像古埃及人的文明一樣。就這點來說，主人的麻子臉冥冥之中自有化育英才的功德。

當然，主人不是想做功德才長滿痘疤的。其實那是接種疫苗害的，倒楣的是本來接種在手臂上的牛痘，竟然擴散到臉部。主人當時年紀還小，也不在意什麼美不美觀的問題，他只知道臉癢了就要抓。這一抓形同火山大爆炸，流出的熔岩到處肆虐，也糟蹋了父母生給他的臉龐。主人常跟他的妻子炫耀，他沒長痘疤時可是玉樹臨風的美少年，去淺草觀音寺拜拜時連洋人都會回頭瞧他一眼。搞不好確有其事吧，可惜沒有人能替他證明就是了。

主人雖有教化學生的功德，但長相醜陋終究是不會變的，打從他懂事以來就很煩惱自己的痘疤，他也試過各種手段來遮掩醜態。然而這可不比宗伯老人的陋習，不是想改變就能馬上改變的，時至今日他的臉上也還是有明顯痘疤。主人很在意他的痘疤，走在路上還會去算有多少麻子臉，例如今天遇到幾個麻子臉，大多是男性或女性，場所在小川町的跳蚤市場或上野公園等等，所有觀察結果他都會寫進日記裡。

事關麻子臉的知識，本喵深信他絕對不輸給任何人，前陣子有位朋友從國外回來，他還問人家：「外國有麻子臉嗎？」

那位朋友歪著脖子想了一下，回答：「這個嘛，不多耶。」

不死心的主人再問一句：「你說不多，意思是多少還是有囉？」

好友也不疑有他地說：「頂多就乞丐或苦力吧，有教養的人沒長麻子臉的。」

主人說：「是喔，跟日本不太一樣呢。」

主人聽從哲學家的意見，不再跟落雲館爭鬥了，他整天關在書房裡不知道在想什麼。或許是遵循友人的忠告，在靜坐之中讓靈動的精神入滅吧，但主人本是一個心胸狹隘之人，學習那種陰沉無為的做法是不會有好下場的。不如把英文書拿去典當，跟藝妓學習載歌載舞還比較有益，無奈那種剛愎自用的人不會聽從一隻小貓的建議，本喵也就隨便他了，有五六天本喵都沒有接近他。

今天正好是第七天了，有些禪宗門人力行禪七，務求在七天內大徹大悟，本喵的主人不曉得怎麼樣了？他現在是生是死呢？有沒有悟出什麼結果呢？本喵從外廊悄悄走近書房，觀察室內的動靜。

書房是一個南向的三坪房間，在日照充足的地方擺了一張大桌子。只用大來形容各位可能不太清楚，那張桌子長約一百八十公分，寬約一百二十公分，高度也不低。而且桌子本身不是買現成貨色，那是特地找工匠打造的絕世精品，拿來當成書桌或床鋪都沒問題。為什麼主人要訂製新的大桌子，又為什麼要在上面睡覺，這就只有他本人才知道了。說不定是一時興起，才訂製這個麻煩的東西吧。或者，我們常看到神經病患有一種現象，他們會把不相干的兩件事串在一起，書桌和床鋪就是這樣被主人串在一

起的吧，總之是很奇特的想法，但也沒有其他用處就是了。

本喵看過主人在那張桌子上睡午覺，一不小心翻身摔到走廊上，後來主人就沒在桌上睡過午覺了。桌子前面擺了一塊單薄的羊毛坐墊，坐墊被香菸的星火燙出了三個洞口，當中隱約可見淺黑色的棉絮。主人跪在坐墊上縮著身子背對本喵，腰上的鼠灰色骯髒腰帶打了個結，多餘的部分垂落在腳掌上。之前本喵抓這帶子來玩，腦袋頓時挨了一掌，這是一條不能隨意接近的帶子。

主人還在沉思嗎？他沒聽過什麼叫多謀無斷啊？本喵從後面偷偷觀察主人，桌上有東西閃閃發光，本喵忍不住眨了眨眼睛，想看清楚這到底是什麼怪東西。仔細一看才發現，那是主人在桌上擺弄鏡子所發出的光芒，不曉得主人拿鏡子來書房幹什麼。鏡子應該是擺在浴室裡的東西，本喵今天早上才在浴室裡看到這面鏡子，之所以會特別強調「這面鏡子」，主要是主人家裡也沒有其他鏡子了。主人每天早上洗完臉，都是用這面鏡子梳頭的。——有的讀者可能會問，這種人還需要梳頭啊？事實上主人對其他事都很懶散，只有腦袋特別細心照料，自從本喵來到主人家，也沒看過他在大熱天理五分頭。主人的頭髮永遠保持在六公分左右，從左邊分成兩半，右邊還稍微厚一點，這大概也是神經病的症狀吧。本喵認為這等矯揉造作的髮型和桌子十分不搭調，但他也沒礙到別人，因此其他人沒多說什麼，他自己也很得意。先不論那西洋風格的分邊方式，主人刻意把頭髮留長是有原因的，痘疤不只毀了他的臉龐，還蔓延到他的腦殼上。如果他學普通人理五分頭或三分頭，短髮就遮不住底下的幾十個凹凸坑洞，那些坑洞任憑他好搓歹搓也不會消失。

當然，頭髮底下的痘疤就像荒野上的幾許螢火，要說風流倒也未嘗不可，只可惜完全不受夫人的好

評。留長頭髮就能遮住的缺點，沒必要自己暴露出來，主人恨不得整張臉也長滿毛髮，遮住橫行其上的痘疤。那麼，何苦花錢去弄掉免費的遮羞布，告訴別人自己的腦袋上也有痘疤呢？——這便是主人留長頭髮的理由，頭髮長了就得分邊整理，要分邊整理就得照鏡子不可。鏡子就擺在浴室裡，而家中也只有那一面鏡子。

本該在浴室的唯一一面鏡子出現在書房，那就只有兩種可能了，一是鏡子元神出竅，二是被主人拿到書房來了。主人拿鏡子來幹什麼呢？搞不好是修煉消極之心的必要道具吧。古時候有個學者向高僧求教，高僧莫名脫下衣服開始磨瓦片，學者就問高僧在做什麼，高僧說他在磨瓦成鏡。學者聽了很訝異，鐃是得道高僧也不可能磨瓦成鏡啊，高僧笑著回答，那麼讀一大堆死書又豈能悟道呢？說不定主人也聽過這一則故事，才會從浴室拿鏡子來，一臉得意地擺弄鏡子吧。主人的精神狀態是越來越危險了，本喵繼續窺探動靜。

主人專心地凝視家中唯一的鏡子，說到底鏡子是一種很可怕的玩意，深夜時分在空蕩蕩的房間裡點蠟燭照鏡子，是極度需要勇氣的行為。主人的女兒第一次拿鏡子放在本喵面前，本喵還嚇到在屋外轉三圈呢。雖說現在是白天，主人如此專注凝視鏡子，一定也會被自己的臉龐嚇到的，畢竟他本來就長得很抱歉了。良久，主人自言自語：「嗯，長得真醜呢。」敢於承認自己醜陋，這是值得欽佩的事情。

光看他的行為，那確實是精神失常的舉動，但他說的話卻是真理。這狀況再惡化下去，他就會開始害怕自己的醜陋了，人類要徹底體悟自己有多邪惡可怕，才算真正嘗過苦頭，沒嘗過苦頭的人無法得到解脫。主人到了這個地步，幾乎就要嫌棄自己面目可憎了，可他終究沒有說出口，只說自己長得很醜。

接下來也不曉得他在想什麼，他鼓起臉頰，用手掌拍拍鼓起的臉頰兩、三次。本喵也看不出這是啥儀式，只知道這張臉跟某個人還滿像的，仔細想想才發現是跟幫傭相似。難得有這機會，本喵順便描述一下幫傭的臉孔吧，主人家的幫傭臉有夠腫的，前陣子有人從神社拿來一個河豚燈籠，幫傭的臉就跟河豚燈籠差不多腫。由於臃腫的程度太過悲慘，幾乎都看不到眼珠子了，人家河豚至少是全身圓滾滾的，幫傭的臉龐卻是順著多角形的骨骼腫起來，外觀彷彿臃腫的六角形時鐘。這話要是被幫傭聽到，她絕對會抓狂的。幫傭的描述就到此為止，回頭來談主人吧，主人往臉頰灌進一堆空氣，再用手掌拍拍臉頰，還喃喃自語地說：「皮膚這麼緊繃的話，就看不出痘疤了。」

這次他側過臉來，在陽光下照看自己的側面，一副很感佩的語氣。「這樣看就很明顯，果然要正對著太陽看起來比較平坦，真不可思議。」主人把右手伸直，讓鏡子離自己遠一點，擺到定位後靜靜地凝視鏡中影像，說出了一段類似頓悟的感想。「離這麼遠就不明顯了，果然不能離得太近。——任何事看得太清楚都不好。」主人又把鏡子橫放，眼睛、額頭、眉毛全都擠到鼻根附近，乍看是一張非常不悅的面容。「不，這張臉不行。」好在他本人有自知之明，早早就放棄了。

「為什麼長得這麼醜呢？」主人疑惑地挪動鏡子，將鏡子拉回到面前。他用右手食指撫摸鼻頭，手指用力按住桌面的吸墨紙，鼻頭的油脂就印在紙上了。主人玩的花樣還真多，接著他又用同一根手指，翻開右眼的下眼瞼，做了一個標準的鬼臉。本喵都迷糊了，他到底是在研究痘疤，還是在跟鏡子互瞪啊？主人的個性心猿意馬，想必是在照鏡子的過程中起心動念的吧。也罷，就讓我們秉持善意，用穿鑿附會的方式說明主人的行為好了，說不定主人對著鏡子做出各種動作，是在領悟見性自覺的真意嘛。人

類所有的研究其實都是在研究自我，所謂的天地山川、日月星辰也不外是自我的別稱，沒有人能找到比自我更值得研究的事物。當人類跳脫到自我以外的範疇，就注定失去自我了，況且沒有人會替我們研究自我，縱然想請別人幫忙分析，也是辦不到的。因此自古以來的英雄豪傑，都是靠自己的力量成為英雄豪傑的。如果別人可以幫助我們瞭解自己，那我們以後也不用自己吃牛肉了，找個人代吃不就知道軟硬了嗎？朝夕聞道聽法，案前燈下苦讀，都只是引領我們自證的方便法門而已。自我不存於別人的法要或大道，更不存於五車之盛的書簡中，那只能算自我的幽靈。但在某些情況下，有幽靈好歹還勝過沒幽靈，尋蹤踏影也未必不能找到本相，大多數的影子離本相都不遠，主人若是用這種態度在玩鏡子，那可真是聰明過人了。怎麼說也比囫圇吞棗、故作學者風範要好多了。

鏡子是自戀的生產裝置，同時也是自傲的消毒裝置，若以虛榮的態度照鏡子，那麼再也沒有比鏡子更能煽動蠢才的東西了。古往今來，那些驕縱自傲、害人害己的事跡，有三分之二都是鏡子造成的。

發明鏡子的人想必也會良心不安吧，這就好比法國大革命爆發時，有位怪醫發明了改良式斷頭台禍害人間一樣。不過照鏡子又是防止自戀和自我膨脹的絕佳良方，鏡子照下去美醜就一目瞭然了，當事人會發現自己的長相抱歉，根本沒資格以人類的身分苟活至今。當人類有這份領悟時，就是他們人生最圓滿的時刻，體察自己的愚蠢是最難能可貴的情操了。任何自大之徒遇到這種有自覺的笨蛋都得俯首稱臣，即使他們不改囂張侮蔑的態度，在有自覺的人眼中，那種態度反而是低人一等的舉動。主人並非以明鏡自省的賢者，但他懂得客觀看待自己臉上的痘疤，自認醜陋是通往謙卑的階梯，主人是一位了不起的漢子啊，或許這也是哲學家指導有方。

本喵想著這些事情，偷偷觀察主人，不知情的主人做完鬼臉後說：「都充血了呢，是不是有慢性結膜炎啊？」他開始用食指搓揉充血的眼瞼，也許很癢吧，都已經紅腫充血了，再搓下去還得了？在不久的將來，鹽烤鯛魚的腐爛雙眼便是主人的下場。等他張開眼睛看著鏡子，兩顆眼珠的混濁程度直逼北國冬季的天空。平常他的眼睛就不太清澄明亮了，用句誇大的形容就是，他的眼珠混沌不明，瞳孔和眼白的分界混淆不清。他那眼窩裡的珠子從來就沒雪亮過，恰似他一向朦朧又不得要領的心智。有人說這是胎毒所致，也有人說是瘡痘的影響，據說主人小時候吃過不少安神偏方，可惜他母親的一片苦心完全沒用，他的眼睛還是跟小時候一樣混濁。本喵猜想他的症狀不是胎毒或瘡痘害的，他的眼珠之所以會徘徊在昏聵不明的悲慘境地中，主要是他的頭腦構造本身就昏聵不明，而那迷茫的作用慘到一個極致，才會形成那樣的眼珠，可憐的老母白操心了。

俗話說見微知著，眼神混濁是愚蠢的徵兆，他的眼睛象徵他的心智，他的腦袋就跟古銅錢一樣有洞，因此他的眼睛也跟古銅錢一樣，派不上多大的用場。

這下可好，主人開始捻鬍子了。他的鬍子不太聽話，每一根都隨便亂翹，當此個人主義盛行的時代，過於任性的鬍子還是會給主人添麻煩的。有鑑於此，主人最近也勤加管訓那些鬍子，盡量有系統地安排它們。好在主人的熱心沒有白費，那些鬍子總算有比較整齊了，之前他的鬍子是亂長的，這陣子他還炫耀自己打理得當。成功會激勵熱情，主人相信自己的鬍子前途無量，不分早晚都在鞭策他的鬍子。主人的野心是效法德國皇帝威廉二世，留出積極往上翹的鬍子。所以不論毛細孔往哪個方向長，他都直接揪起鬍子往上拉，那些鬍子也很辛苦吧，主人自己偶爾都嫌痛了。但訓練終究是訓練，再怎麼難受也

得進行下去，在外人看來這也許是莫名其妙的行為，他本人卻認為這是很理所當然的事情。就如同教育家使出渾身解數對學生循循善誘，這是值得誇耀的舉動，豈容他人批評。

主人懷著滿腔熱忱操練自己的鬍子，廚房的多角臉幫傭拿著幾封信來了，她跟往常一樣伸出紅紅的手到書房裡。主人右手捏著鬍子，左手拿著鏡子，回頭觀望書房的入口。幫傭一看到被迫往上翹的八字鬍，就回到廚房笑趴在鍋蓋上了，主人倒是一點也不在意。他慢條斯理地放下鏡子拿起信件，第一封信是印刷品，上面擠滿了密密麻麻的文字，內容如下：

敬啟者好，祝您吉祥安泰。

回顧日俄戰爭，我軍將士連戰皆捷，乘勝一舉平定戰亂。如今這些忠肝義膽的將士，齊奏凱歌高呼萬歲，國民之喜莫此為甚。陛下一發出宣戰詔書，這些勇敢的將士就遠赴萬里之外的異鄉，於嚴寒酷暑中奮勇作戰，為國犧牲的至誠之心，吾人永世難忘。

全軍將士幾乎已於本月歸國，本會將於二十五日代表本區居民，召開凱旋慶祝大會，撫卹本區內出征的一千多名將士，以及戰死的軍人遺族。我等定當竭誠迎接將士凱旋，聊表感謝之心。也希望各位共襄盛舉，一起來舉辦此次盛典，期待各位的贊助與捐獻。敬上

原來寄信的是某個舊時代的名門望族，主人讀過信後又收回信封中裝死，他大概是不會捐錢了。前些日子，他捐了兩、三塊錢救助東北饑荒，逢人就說自己被揩油了。捐款是心甘情願的，怎麼能說是揩

油呢，又不是遇到小偷騙子，用揩油太不恰當了。然而，主人卻視捐款如揩油之舉，不管他是否歡迎軍隊，名門貴族是否說破了嘴，他都不可能捐錢，除非人家當著他的面勸說，否則光憑一張傳單是無法成功的。按照主人的說法，他在歡迎軍隊之前得先歡迎自己，這樣才有辦法歡迎其他事物，萬一歡迎之舉會影響到自己的生計，那還是交給名門望族來歡迎就好。主人拿起第二封信說：「唉唷，又是印刷品。」

當此秋寒之際，敬祝各位康健昌隆。

誠如各位所知，本校這兩年來遭受幾位有心人士妨礙，一時亂象紛呈，這全是在下德性有虧所致。在下引以為戒、臥薪嘗膽，終憑一己之力，攢到建築理想校舍的費用了。此番，在下出版了《裁縫秘術綱要》一書，這是在下秉持多年來研究的工藝原理，嘔心瀝血創造出來的作品。費用只略高於成本費，還望一般家庭都能買來閱讀，一來算是推廣這門學問，二來也是幫在下積攢薄利，以資校舍建造之用。在下惶恐，只盼各位慷慨解囊，購買《秘術綱要》一書贈予下女，以表支持之意。

大日本女子裁縫最高等大學院

校長縫田針作九拜

主人揉爛這封多禮的書信，冷冷地丟到垃圾桶裡，針作先生的懇求和臥薪嘗膽絲毫起不了作用，有夠可憐的。主人拿起第三封信，第三封信綻放著一股奇異的光彩，信封是紅白相間色的，活像賣棒棒糖

的店家看板，中間用隸書寫著「珍野苦沙彌先生收」幾個大字，信件內容如何猶未可知，至少單看信封是挺氣派的。

若以我法律天地，則大可氣吞天下；若以天地律我，則我不過是塵芥而已。想當然，天地與我之間是互有交集的。……第一個吃海參的人，其膽量值得敬佩；第一個吃河豚的人，其勇氣值得敬佩。吃海參者乃淨土宗祖師再世，吃河豚者乃日蓮宗祖師分身是也。而苦沙彌先生只嘗過醃漬葫蘆乾，我還真沒見過吃醃漬葫蘆乾的天下名士……。

親友會背叛你，父母也未必沒私心，愛人也可能離你而去，富貴不值得仰賴，爵祿更是朝夕難保，你腦中密藏的學問也都腐朽過時了，那麼你該仰賴何物呢？天地之間有什麼值得仰賴的？神佛嗎？神佛是人類用來淡化痛苦的偶像，是人類痛苦的渣滓所凝結出來的殘骸。人類只是在仰賴不值得仰賴的東西，以求得心安而已。

咄咄怪事，無異於醉漢胡言亂語，蹣跚走向人生之墓地。待油盡燈枯之時，便是自我毀滅之日，宿業皆盡又有何物留下？苦沙彌先生，請用心品茗吧。……不把別人放在眼裡的人無所畏懼，不把別人放在眼裡的人，怨懟這個不把吾人放在眼裡的世道，則又該如何？達官權貴皆不把別人放在眼裡，則別人不把我放在眼裡，我當表現慍怒之色，你要表現什麼臉色隨你高興，混蛋……

我把別人放在眼裡，別人卻不把我放在眼裡，憤憤不平者便會從天而降了。此突發性的活動稱為革命，革命並非憤憤不平者所為，而是達官權貴有意為之。朝鮮人參頗多，先生何不服用？

天道公平書於巢鴨再拜

針作校長在信末九拜，這傢伙只有再拜，沒有伸手要錢的人整整省了七拜。這封信不是來討錢的，但寫什麼東西根本看不懂，拿去雜誌社投書保證被打槍。本喵以為腦袋昏聵不明的主人會撕碎這封信，沒想到他反覆讀了好幾次，或許他覺得這封信有什麼深意，決定要參詳到底吧。天地之間難解的事情很多，無法定義的事情卻一樣也沒有，任何困難的文章只要有心解釋，總能給出一個簡單的答案。你要說人類愚蠢或聰明，這一點也不困難；更進一步說，你要指人為犬或指人為豬，也不是多麻煩的事情。你要說山脈不高、宇宙狹小也無妨；你要說烏鴉是白色的，美女是醜陋的，苦沙彌老師是君子也沒問題。所以像這種沒意義的信件，隨便穿鑿附會一下也有意義，主人遇到不懂的英文都敢胡亂解釋了，他豈能不給這封信加油添醋呢。曾有學生問主人，為什麼天氣不好的日子也要講Good morning？主人整整煩惱了七天；還有學生問他，Columbus的日文怎麼說，他也煩惱了三天三夜才回答。所以他可以隨便掰一堆意義出來，例如葫蘆乾是天下名士，吃朝鮮人參有助革命等等。

主人用他瞎掰英文的才能解釋這封難解的書信，讀完後大力讚賞：「太奧妙了，這人肯定有很深的哲學造詣，了不起的見識啊。」光聽這句話就知道主人有多蠢了，但換個角度來思考，他說的也未必不對。主人喜歡讚賞一些莫名其妙的事情，這也不光是主人才有的毛病，高深莫測的東西自有不可輕視的道理，以及激勵人心的力量。因此凡夫俗子喜歡吹噓自己不懂的事情，知識分子也要把自己懂的道理，講解得複雜難懂才開心。在大學課堂上也一樣，講出大家聽不懂的東西容易獲得讚賞，講出大家都懂的

道理反而不受好評。主人的佩服不是出於這封信的立義明確，而是內容的主旨難以捉摸。前一句海參，後一句河豚，連渣滓都冒出來了。是故，主人敬佩這封信的唯一理由，就跟道家尊敬道德經、儒家尊敬易經、佛家尊敬臨濟錄的道理是一樣的，看不懂才是大家尊敬的原因。然而，他們又不甘心完全看不懂，因此就擅自添加注解，裝出一副很懂的模樣。對不懂的東西裝出又懂又尊敬的態度，自古以來就是一大快事。——主人恭敬地收起這封隸書信放到桌上，雙手插入袖中冥想。

這時，玄關有人扯開嗓子扣門求見，聲音聽起來像迷亭，但迷亭不會請家中之人開門領路。主人剛才就在書房聽到聲音了，依然是雙手插在袖中不動如山。主人絕不會從書房裡回應客人，可能他認為應門不是一家之主該幹的事吧。幫傭正好出去買肥皂了，夫人又在出恭沒空應門，那不就只剩本喵能招呼客人了？本喵才不想幫忙咧。客人脫下鞋子踏入家中，逕自打開拉門進來了。主人待客不周，客人也不懂為客之道，本喵以為客人前往客廳了，就聽到客人打開兩、三道拉門找人，最後找到書房來了。

「喂，你開我玩笑是吧？有客人來了，你在幹嘛啊？」

「唉呀，是你？」

「唉你個頭，既然在家為何不應聲？害我以為家裡沒人呢。」

「嗯，我正在想事情。」

「在想事情？那你好歹說一聲請進吧？」

「我考慮考慮。」

「你還是一樣膽識過人啊。」

「前不久我開始努力修養心性嘛。」

「怪人一個，修心修到連答話也不會，來你家的客人有夠倒楣。你反應這麼冷淡我可難辦了，其實我不是自己一個來的，我帶來了一位重要的客人，你出去見人家一面吧。」

「你帶誰來啦？」

「你管我帶誰來，出去就對了嘛，對方說務必要見你一面。」

「究竟是誰啊？」

「還管是誰，快點站起來啦。」

「你又想整我是吧？」主人雙手插在袖管中站起身來，走到外廊後大剌剌地進入客廳，就看到一位老人家嚴肅地坐在約兩公尺的壁龕前。主人不自覺地抽出雙手，趕緊坐到門邊。這下兩人都面朝西邊，沒辦法好好打招呼，拘謹的老人家對禮儀是很講究的。

「請坐到那裡吧。」對方請主人坐到壁龕前，主人一直到兩、三年前都不計較客廳的座位順序，後來有人告訴他相關的禮法，他才知道那是上位，也就是地位高的人坐的位置，從此以後他就沒再坐過了。而今這位陌生的老人家堅守禮節，主人連招呼都沒好好打，也顧不得上不上位的問題了，他低下頭說。

「請您上座吧。」主人重複了一次對方的話。

「不，這樣打不成招呼，您上座。」

「呃，這不妥吧……您請。」主人隨口學那位老人家讓座。

「您如此謙遜，實令在下惶恐。請您別介意，上座吧。」

「何來謙遜之說呢……這可折煞在下了，您請上座吧。」滿臉通紅的主人說著含糊不清的客套話，看來修養心性沒有太大的效果。迷亭在拉門後面偷笑看戲，見時機差不多了，就從後面推著主人的屁股。

「你就去吧，你一直縮在拉門旁邊，我要坐哪裡啊？你就大大方方上座嘛。」迷亭介入了兩人的對話，主人不得已坐到前方。

「苦沙彌，這位就是我常跟你提到的，那位住在靜岡的伯父。伯父，這位是苦沙彌。」

「終於有幸見到先生一眼了，聽說迷亭時常來打擾您，我就想總有一天要登門拜訪，聆聽您的學識高見。正好今天來到這附近，就想來拜會一番聊表感謝之意，今後還請您多多指教了。」迷亭的伯父以古樸的口吻流利對答，反觀主人沉默寡言又不善交際，幾乎沒遇過這種古雅的老人家，從一開始就有些不知所措了。現在對方又講了一長串，什麼朝鮮人參和棒棒糖信封都給忘光光了，他笨口拙舌地做出了奇怪的答覆。

「我……我也……有點想與伯父見上一面……請多多指教。」語畢，主人偷偷抬起頭來，老人家還是在榻榻米上低頭行禮，主人也緊張地把頭低下來。

老人見行禮時間差不多了，就抬起頭說：「我本來是住這一帶的，也很想一直長住下去，但幕府瓦解後我就離開了，沒有再回來過，現在回來完全不認得了——若沒有迷亭相伴，我連事情都辦不成呢。俗話說滄海桑田吶，江戶幕府開立三百多年，將軍家竟也會……」迷亭知道讓伯父再扯下去會沒完沒

了，連忙岔開話題。

「伯父，將軍家固然偉大，明治時代也不錯啊，以前就沒有紅十字會吧？」

「那是沒有，以前根本沒有紅十字會這種東西。也只有在明治時代，我們才得以見到擔任會長的熾仁親王啊。幸虧我活到這把歲數，才有機會出席今天的紅十字大會，聆聽熾仁親王的玉音，我已經死而無憾了。」

「難得有機會來東京逛一逛，也算賺到了啦。苦沙彌啊，我家伯父是特地從靜岡趕來參加紅十字會舉辦的大會，今天我陪他一起到上野，就趁回程的時候過來一趟了。你瞧，他還穿著我替他訂做的大禮服呢。」迷亭提醒主人觀看大禮服，老人家確實是穿著大禮服沒錯，但穿起來一點也不搭調。首先袖子太長，衣襟也沒扣好，背部還有明顯的凹痕，腋下一帶還往上吊；就算衣服做得不好，要穿得那麼難看也不容易啊。白領片跟白襯衫還是分開的，中間還看得到喉結，而且看不出他的領結是戴在脖子上，還是掛在襯衫前。最糟糕的還不是大禮服，大禮服配上白色髮髻那就真是奇觀了。本喵好奇傳聞中的鐵扇放在哪裡，原來就擺在膝蓋旁邊。主人這時候終於重拾本心，把他修養心性的成果發揮在老人家的衣服上了，換句話說，他沒有表現得太驚訝。主人原以為迷亭的描述是誇大其詞，如今親眼所見才知道事實更勝迷亭吹噓。假如主人的痘疤能成為研究歷史的材料，那麼這位老人的髮髻和鐵扇的研究價值絕對更勝一籌。主人很想打聽鐵扇的由來，卻不好意思直接請教，話題中斷又顯得沒有禮貌，因此他只好問了一個稀鬆平常的問題。

「與會人士不少吧？」

「嗯，非常多啊，大家都盯著我猛瞧——看來現代人的好奇心是越來越強烈了，以前可沒有那樣。」

「呃呃，是啊，以前是沒有那樣。」主人說了一句頗像年長者的感想，這句話並非不懂裝懂，純粹是主人從混沌的腦海中隨便挑一句客套話講罷了。

「還有啊，大家都盯著這把兵器。」

「這鐵扇看起來很沉重呢。」

「苦沙彌，你拿起來看看啊，很重喔。伯父，你拿給他吧。」

「失禮了，請吧。」老人家看似吃力地拿起鐵扇，遞交給主人玩賞。苦沙彌老師用一種接下日本刀的恭敬動作，將鐵扇放在手中。端詳了一會後，主人說：「原來是這種質感。」便交還給老人家了。

「大家都說這是鐵扇，其實是名為兜割的兵器，跟鐵扇完全不同……」

「是喔，這是怎麼用的呢？」

「主要是拿來突破防禦的——趁敵人不注意的時候發動攻擊，據說從楠木正成的南北朝時代就用到現在了……」

「伯父，那是正成的兵器嗎？」

「不，原本的持有者已不可考，只知道年代久遠。可能是建武時代，也就是十四世紀打造的。」

「年代是很久遠啦，寒月可被這玩意害慘了。苦沙彌啊，今天我們回程的途中正好經過大學，就順道去理科一趟了。寒月帶我們參觀物理實驗室，這把兵器是鐵做的嘛，有磁力的機械都大受影響，現場

亂成一團呢。」

「不，這不可能。這是建武時代的鐵器，更是良鐵打造的，不會有這種事情。」

「性質再好的鐵也未必不會出事啊，人家寒月會說錯嗎？」

「你說的寒月，是那個打磨玻璃珠的男人嗎？青春都耗在那上面，也真夠可憐的，就沒其他事情好做了嗎？」

「你說他可憐，他是在做研究呢，等他珠子磨好了，就是了不起的學者啦。」

「如果打磨珠子就能成為了不起的學者，那誰辦不到啊？我也辦得到，做玻璃藝品的也辦得到。從事那種工作的人在中土稱為玉人，身分十分低微。」老人家轉頭看著主人，尋求主人的贊同。

「原來如此。」主人乖乖受教。

「當今的學問都是在探討有形事物，表面上是很不錯，真正遇到問題卻派不上用場。以前就不一樣，武士是在刀口上討生活的職業，大家都拚命修煉心性，養成臨危不亂的個性。想必您也知道，那可是比打磨珠子或繡花針更困難的事情。」

「有道理。」主人還是乖乖受教。

「伯父，你說的修煉心性，是指雙手插在袖管裡枯坐嗎？」

「胡說八道，修煉心性豈是如此簡單的事情。孟子說過求放心，北宋儒學家邵康節則說心要放，元代的中峰和尚也教導我們具不退轉，這都是深奧難解的大道理。」

「我們聽不懂啊，到底該怎麼做才好？」

「你看過澤庵禪師寫的不動智神妙錄嗎？」

「沒有，聽都沒聽過。」

「心之所至，若專注於敵方動靜，則心會受制於敵方動作；若專注於敵方刀劍，則心會受制於敵方刀劍；若專注於斬殺敵人，則心會受制於此一殺意；若專注於自己的刀劍，則心會受制於自己的刀劍；若專注於閃躲斬擊，則心會受制於此一退意。若專注於敵方架勢，則心會受制於敵方的架勢；要心無常住才行。」

「虧伯父背得起來啊，伯父記憶力真好，內容有夠冗長的，苦沙彌你聽懂了嗎？」

「有道理。」主人這次也是用同樣的回答避重就輕。

「您看，我說的沒錯吧。心之所至，若專注於敵方動靜，則心會受制於敵方動作；若專注於敵方刀劍……」

「伯父，這些事情苦沙彌他都知道。最近他常在書房修身養性呢。人家心無常住的境界已經到了客人來訪也不動如山的地步，不用擔心啦。」

「唷，這可難得了——你也陪苦沙彌先生一起修煉修煉吧。」

「嘿嘿嘿，我沒那麼閒啦。伯父你現在樂得清閒，才以為別人也都在玩吧。」

「事實上你是在玩沒錯吧？」

「我是閒中有忙啊。」

「我是在勸你，你為人輕浮需要好好修煉。況且我只聽過忙中有閒，沒聽過閒中有忙。沒錯吧，苦

沙彌先生。」

「是啊，還真沒聽過。」

「哈哈哈哈，你們兩個損我一個，我可敵不過啊。對了，伯父你很久沒來東京了，要去吃鰻魚嗎？我請你去吃竹葉亭的鰻魚吧？搭電車馬上就到了。」

「吃鰻魚也不錯，但我還要去拜訪水原呢，也差不多該告辭了。」

「啊啊，你說杉原先生啊，那位老爺爺也很硬朗嘛。」

「不是杉原，是水原。你總是弄錯，真受不了你。弄錯別人姓名是很失禮的事，要小心留意啊。」

「明明寫作杉原不是嗎？」

「寫成文字是杉原沒錯，念要念成水原。」

「真奇特呢。」

「有什麼好奇特的，特殊的破音自古就有。這就好比日文的蚯蚓，念法跟日文的『看不見』相似，那是『蚯蚓無目』所衍生出來的讀音。青蛙的念法跟日文『翻肚』相似，也是同樣的道理。」

「是喔，真令人意外呢。」

「你殺死青蛙，青蛙不就翻肚了嗎？讀音就是由此而來。其他還有什麼把柵欄說成水欄啦，把蕪菁說成湯菜啦，也都是一樣的道理。杉原說成水原是鄉下方言，你不注意會被嘲笑的。」

「那你再來要去拜訪水原囉，這可麻煩了。」

「你不想去也不勉強，我一個人去就好。」

「你自己去得成嗎？」

「走路是困難了點，叫台車就好，我從這裡搭車去。」

主人趕緊派幫傭去車夫家叫車，老人家鄭重道謝後，戴上高帽遮住髮髻，留下迷亭獨自離開了。

「那就是你伯父啊？」

「那就是我伯父。」

「原來如此。」主人又坐回墊子上，雙手插進袖管裡沉思。

「哈哈哈，人中龍鳳對吧？我有那種伯父也算幸運了，不管帶去哪裡都有極大迴響，你也很驚訝吧？」迷亭喜形於色，他自認嚇到主人了。

「還好，也沒多驚訝。」

「看到伯父還不驚訝，你心臟夠強壯啊。」

「不過，你那位伯父也有值得敬佩的地方，我很贊同他提倡的精神修養。」

「值得敬佩嗎？如果你現在六十歲，說不定也跟他一樣跟不上時代吧。拜託你頭腦清醒一點，自願落伍可不是什麼聰明的事情。」

「你很介意落伍是吧，但有時候落伍的東西反而比較了不起。現在的人研究學問都是不斷推陳出新，永遠沒有止境，這是無法獲得滿足的。反之，東洋學問屬於消極之道，自有深奧的韻味，畢竟那是修煉心性的學問。」主人拾人牙慧，還講得好像自己的見解。

「我可被你嚇到了，你怎麼講話跟八木獨仙一樣啊？」

聽到八木獨仙這個名字，主人吃了一驚。這位八木獨仙，正是前陣子造訪臥龍窟，對主人曉以大義後悠然離去的哲學家。剛才主人義正詞嚴的一番話，全是跟八木獨仙學來的，主人原以為迷亭不知道，沒想到迷亭立刻提起八木獨仙，等於揭穿主人是銀樣鑞槍頭。

「你聽過獨仙講道嗎？」主人情急之下，決定試探一下迷亭。

「何止聽過啊，那傢伙講的道，從十幾年前的學生時代就沒變過。」

「真理不會說變就變，不變才代表可靠吧。」

「就是有你這種人支持他，他才會養成那樣的處世態度。就先說他的姓氏吧，他姓八木也太妙了，八木的讀音跟山羊相近，而他剛好也留山羊鬍。以前我們住在宿舍，他就已經留山羊鬍了。名字取叫獨仙也夠浮誇的，有一次他來找我，照例又講起消極的精神修養，同樣的論述不斷跳針重複，我就勸他快點去睡覺。那傢伙也是吃飽太閒，竟然跟我說他不睏，繼續用消極論調對我精神轟炸。沒辦法，他不睏我可睏得要死，我只好拜託他就寢，到這裡都還算相安無事——當天夜裡，有老鼠偷咬他的鼻頭，就聽到他在大半夜呼天搶地，你別看他講話超然灑脫，其實還是很怕死的，區區老鼠讓他擔心得半死。他還責備我，萬一鼠毒流竄全身該如何是好，我拗不過他，就跑去廚房弄些米粒黏在紙片上，用米膏來哄他。」

「你怎麼哄的？」

「我說那是進口膏藥，而且是德國名醫的最新發明，印度人被毒蛇咬都是塗那個的，保證藥到病除，貼上去就沒問題啦。」

「你從以前就很擅長唬人啊。」

「……獨仙的個性你也知道，他被我唬了以後，就安心睡大頭覺了。隔天早上起來，膏藥黏住他的山羊鬍，看上去有夠滑稽的。」

「不過，他跟當初比起來更有長進了。」

「你最近碰到他啦？」

「他一個禮拜以前來過，我們聊了很久。」

「難怪你會提起獨仙流的消極學說。」

「當時我聽他講道十分佩服，所以才想認真修養心性。」

「你有心是好事，但也不要太相信別人講的話，否則會吃大虧的。別人講什麼你都信以為真，這就是你的缺點。獨仙那個人就只有嘴巴厲害，真正遇到問題他也沒多大本事。你還記得九年前的大地震吧？那時候就只有他一個，從宿舍二樓跳下來摔傷呢。」

「關於那件事，他也有自己的說法不是嗎？」

「是啊，他本人還覺得很了不起呢。他胡扯自己參禪已久、頗有機鋒，才能在危急時刻以驚人的速度應對。他還拖著跛腳自鳴得意地說，其他人遇到地震都驚慌失措，只有他來得及從二樓逃脫，盡顯修行成果不凡呢。真是死要面子的傢伙，整天把禪佛掛嘴邊的，沒有一個可信。」

「是嗎？」苦沙彌老師有些沒信心了。

「之前他來你家，是不是說了一段禪宗和尚的混話？」

「嗯，刀光一閃，無異於雷電劃破春風。」

「那段雷電云云的，是他十年前就在用的老把戲。那個無覺禪師的電光論啊，宿舍裡是無人不知無人不曉。而且他經常搞錯，不小把雷電劃破春風，講成了春風劃破雷電，有夠可笑的。不信你也試試，下次你趁他講得頭頭是道，故意反唇相譏幾句，他馬上會講出顛三倒四的話來。」

「遇上你這種愛捉弄人的，也算他倒楣。」

「誰愛捉弄人還難說呢，我最討厭那些禪宗和尚或悟道的狗屁道理。我家附近有一間寺廟叫南藏院，裡面有一位八十好幾的隱士。有天下起午後陣雨，一道天雷落下打中庭園裡的松樹，老和尚卻不為所動，後來我打聽才發現他根本是個聾子，難怪有辦法泰然處之。那些篤信佛學的都一個樣啦，獨仙他要悟道無所謂，但他不該隨便拐別人一起悟道，已經有兩個人被他害到發瘋了。」

「誰啊？」

「你還問我？其中一個是理野陶然，他被獨仙影響，對禪學產生了極大的興趣，還跑到鎌倉去參禪，最後就在那裡瘋了。圓覺寺前面不是有鐵路平交道嗎？他跑到鐵路上面坐禪，信誓旦旦地說要擋下火車呢。好在火車當真停下來，他才僥倖撿回一條小命。後來他宣稱自己練就了金剛不壞之身，刀槍不入、水火不侵，還跳到寺廟裡的蓮池差點淹死呢。」

「死了嗎？」

「天可憐見，正好有和尚經過救了他一命，可惜回到東京就罹患腹膜炎死了。他的死因雖然是腹膜炎，但罹患腹膜炎的原因，是在僧堂食用大量麥飯和醬菜。換句話說，是獨仙間接害死他的。」

「太熱中一件事情也不好呢。」主人的表情變得頗為膽怯。

「是啊，我們同窗之中還有一個人也被獨仙害了。」

「真不平靜呢，誰啊？」

「立町老梅啊，那傢伙也被獨仙給拐了，整天說什麼鰻魚會升天的瘋話，然後就心想事成啦。」

「什麼心想事成啊？」

「鰻魚真的升天，豬八戒也變仙人囉。」

「你再說仔細一點。」

「若說八木是獨仙，立町就是豬仙了，我從沒見過那麼貪吃的人。貪吃的執念配上和尚的傻勁發作，那就注定沒救啦。起先我們也沒注意到他有問題，現在回想起來他幹的怪事可多了。例如他曾經跑來問我，有沒有看到豬排飛到松樹上，或是他家鄉的魚板會在砧板上游泳等等，總之他一天到晚講瘋話。光說瘋話那也就罷了，他還邀我一起到水溝挖甜點，連我也受不了啊。過不了幾天，他就位列仙班，住進巢鴨神經病院啦。本來豬八戒是沒資格發神經的，全賴獨仙教導有方才修煉有成啊，獨仙真是了不起。」

「是喔，他還在巢鴨神經病院嗎？」

「還在啊，而且是個口無遮攔的自大狂，最近他說立町老梅這個名字太無趣，就稱呼自己天道公平，自詡為天道的化身呢。他瘋得可厲害了，你有空去看看。」

「天道公平？」

「沒錯，天道公平。明明是個瘋子，名字倒取得不錯，偶爾還會寫成天道孔平。他動不動就寫信給親朋好友，說是要拯救世人破除迷津，我也有收到四、五封，其中有幾封信內容很冗長，害我被追討兩次郵資呢。」

「那麼，我收到的也是老梅的信了。」

「你也收到啦？這可有趣了，是紅色的信封對嗎？」

「嗯，中間是紅色的，左右兩邊則是白色，款式很奇怪的信封。」

「那是特地從中國買來的，據說是要彰顯豬仙的格言，天地之道皆白，吾人立身其中為紅……」

「原來這信封還有典故啊。」

「瘋子做事總有奇怪的講究嘛，看得出來他瘋了以後還是很貪吃，每次寫信都少不了食物的內容，你收到的信中也有提到食物吧？」

「嗯，有寫到海參。」

「老梅以前很喜歡吃海參，有寫是應該的，還有呢？」

「還有河豚和朝鮮人參。」

「河豚搭配朝鮮人參很妙嘛，他大概是說萬一吃河豚中毒，要熬人參來喝吧？」

「倒也沒有。」

「沒有也罷，反正是瘋言瘋語，沒有其他內容了嗎？」

「還有呢，信上還有一句，苦沙彌先生請用心品茗。」

「啊哈哈哈，還學和尚打禪機啊，這也太搞笑了。他以為這樣就能唬到你了吧，算我服了他，天道公平萬歲啊。」迷亭被逗得哈哈大笑。

主人得知自己心懷敬意再三閱讀的書信，竟是出自一個名副其實的狂人之手，內心是又羞又怒。怒的是先前求道的熱忱和苦心全都是白費功夫，羞的是自己居然費心參詳一個神經病寫的文章。最後主人還懷疑自己是不是也有病，不然怎麼會去佩服一個瘋子寫的書信。火大、慚愧、憂慮的念頭齊發，害主人一臉坐立不安的表情。

這時有人打開大門，在玄關踩出沉重的腳步聲，並且大喊：「請問有人在家嗎？」迷亭跟懶散的主人不同，是個非常活潑好動的傢伙，他也不等幫傭出去應門，就跑過中間的廳堂前往玄關了，過程中還請對方直接進門。迷亭擅自進入別人家裡是一種冒失之舉，但他進來後會跟寄宿學生一樣幫忙應門，這倒是挺方便的。迷亭怎麼說也是客人，客人都動身到玄關相迎了，身為東道主的苦沙彌老師又豈能待在客廳呢？普通人應該立刻跟上去才對，偏偏苦沙彌老師並非普通人，他的屁股依舊安放在坐墊上不肯起來，故作鎮定和平心靜氣看似相近，本質上卻有極大的差異。

趕到玄關的迷亭不曉得在講什麼，講完後他對屋內喊道：「喂，一家之主，勞你屈尊前來可好啊？這事情要你來才談得成。」主人不得已，雙手插在袖管慢條斯理地出來了。只見迷亭手握一張名片，向來訪者鞠躬哈腰，動作十分沒尊嚴。名片上寫著「警視廳刑事巡查吉田虎藏」幾個字樣，虎藏身旁站著一位二十五、六歲的修長青年，身上穿著瀟灑的藍底紅紋和服。奇怪的是他跟主人一樣雙手插在袖管裡，站在原地一言不發，本喵覺得這張臉好眼熟，仔細一看才發現他就是半夜偷走山藥的梁上君子啊。

好樣的，這次他竟敢在光天化日之下，從正門走進來。

「喂，這位刑事巡查抓到前陣子的小偷了，所以要你來指認，人家是特地趕來的喔。」

主人終於瞭解警察拜訪的原因了，可他低頭行禮的對象卻是小偷，那個小偷長得比警察帥多了，主人以為小偷才是警察。小偷也嚇了一跳，不過他又不能澄清自己才是小偷，只好站在原地佯裝鎮定。小偷的雙手一直插在袖管裡，應該是戴著手銬吧，他就是想把手伸出來也辦不到。一般來說光看這情景也該想通了，但主人對官僚和警察敬畏有加，絲毫不像一個現代人，上級的威嚴總令他倍感惶恐。就理論上來說，主人也知道警察是百姓雇用的公僕，無奈警察當前他就是改不了逢迎諂媚的毛病。過去主人的父親是一位小里正[1]，過慣了鞠躬哈腰的生活，因果循環之下兒子也繼承了同樣的習慣，本喵深感同情。

警察似乎也感到好笑，他笑嘻嘻地說：「明天上午九點，請來日本堤的分局一趟。——您的失物是什麼？」

「失物是……」主人說到一半，想不起家中有什麼東西被偷，他只記得多多良三平送的山藥不見了。山藥本身無關緊要，只是說不出家中的失物顯得腦袋不好，面子掛不住。如果是別人家遭小偷也就罷了，自己家遭小偷還回答不出來，這無疑是不夠穩重可靠的表現，因此他橫下心來說：「失物是……是一盒山藥。」

1里正為鄉里小官，負責掌管戶口、賦役等事。

小偷低下頭用衣襟遮住下巴，想來也是被主人逗笑了吧。迷亭哈哈大笑地說：「你很捨不得那盒山藥是吧。」現場只有警察特別嚴肅。

「我們沒找到山藥，其他的失物大多找回來了。——您來看一下就知道了，要領回失物得填寫文件，請記得帶印鑑前來。——對了，務必要在九點前來，地點是日本堤的分局。——也就是淺草警察局轄區內的日本堤分局，那我先告辭了。」警察說完就走人了，小偷也跟著離開。小偷沒辦法伸出手，大門也就沒關了，主人惶恐中還帶著不滿，氣得鼓起臉頰用力關門。

「啊哈哈哈，你很尊敬警察嘛。你要是常保態度謙卑，絕對是個無可挑剔的好男人，遺憾的是你只尊敬警察啊。」

「人家特地來通知我們領回失物嘛。」

「那是他們的工作，當然要來通知你啊，隨便應付一下不就得了。」

「當警察又不是單純的工作。」

「的確不是單純的工作，是暗中探人隱私的糟糕工作，比普通的工作還低等。」

「你講這種話，會惹麻煩的。」

「哈哈哈哈，那我就不說警察壞話了。是說，尊敬警察倒還沒什麼，我看到你尊敬小偷可被嚇壞了。」

「誰尊敬小偷了？」

「你啊。」

「我怎麼可能尊敬小偷啊。」

「你不是對小偷低頭嗎？」

「哪有？」

「你剛才就低下頭來啦。」

「胡說八道，那是對警察低頭致謝。」

「警察會穿成那樣嗎？」

「警察才應該穿成那樣吧。」

「你很頑固耶。」

「你才頑固。」

「那我問你，警察到別人家來，會雙手插在袖管呆站著嗎？」

「誰說警察不能把手插在袖管裡的？」

「這話你都說的出口，我也算服了你。你在低頭致謝時，那傢伙一直站著不動喔。」

「人家是警察，有點官威也正常吧。」

「你也太剛愎自用了，別人怎麼勸你都勸不聽。」

「當然不聽啊，你說人家是小偷，但你又沒有親眼看到小偷闖入，純粹是你先入為主又堅持己見罷了。」

迷亭知道主人是無可救藥了，難得閉上嘴巴不再辯駁，主人自認好不容易駁倒迷亭，內心十分得

意。在迷亭眼中，主人的頑固拉低了他的身價；而在主人的觀念裡，他的堅持才是勝過迷亭的關鍵。這種愚蠢的事情並不罕見，有些人剛愎自用，還自以為佔了便宜，殊不知自己的評價早已一落千丈。不可思議的是，那些老頑固到死都以為自己保住了面子，但他們做夢也沒想到，別人早就瞧不起他們，不屑跟他們來往了。其實無知也是種幸福，據說無知的幸福又稱為家畜的幸福。

「那麼，你明天要去認領失物嗎？」

「當然去啊，他說九點要到，我八點就出門。」

「你學校的工作怎麼辦？」

「請假啊，學校有啥了不起的。」主人的語氣極為不屑，氣勢滿分。

「這麼嗆啊，你可以請假嗎？」

「可以啊，我是領月薪的，請假又不會被扣錢，沒在怕的。」主人據實以告，你要說他奸詐也行，但他也確實挺單純的。

「你要去是沒關係啦，問題是你認得路嗎？」

「不認得，搭車去總行了吧。」主人氣呼呼地回答。

「小弟佩服，你對東京的瞭解不下伯父啊。」

「知道怕就好。」

「哈哈哈，說到日本堤分局啊，那裡可不是普通場所，是吉原喔。」

「你再說一次？」

「我說那裡是吉原。」

「就是有紅燈區的吉原？」

「對啊，說到吉原，全東京也沒第二個吉原了吧。怎麼樣，要去見識一下嗎？」迷亭又在調侃主人了。

主人聽到吉原二字，頓時有些猶豫不決，但他隨即改變想法，故意在不該逞強的地方逞口舌之快。

「管他是吉原還妓院，只要我說去就一定去。」笨蛋在這時候特別喜歡逞強。

「吉原應該很有趣吧，你不妨去看看。」迷亭也沒多說什麼了，驚起一陣波瀾的刑案到此告一段落，之後迷亭和主人閒話家常到天黑，他怕太晚回去會被伯父罵，就先告辭了。

迷亭回去後，主人吃完晚飯又躲進書房，雙手插在袖管裡沉思。

「按照迷亭的說法，深得我景仰的八木獨仙，也不是什麼值得效法的貨色嘛。況且他提倡的思維有違常理，誠如迷亭所言是癲狂的學說，他還教出了兩個神經病呢，太危險了。以後還是跟他保持距離，以免受到不良影響。那一篇令我讚嘆的書信，我原以為肯定出自飽學之士，誰知那個叫天道公平的其實是立町老梅，還是個十足十的神經病，目前就住在巢鴨神經病院。即使迷亭的言詞有誇大之嫌，他在瘋人院中以天道自居，妄想沽名釣譽，這恐怕是千真萬確的吧。如此說來，我自己可能也有問題，俗話說物以類聚、臭味相投，我會佩服瘋子的文章——或者應該說，我對瘋子的文字有所共鳴——或許我也是瘋子預備軍吧。好，就當我不是一丘之貉好了，整天與瘋子為伍，搞不好有一天真的會打破隔閡，跟那些神經病開懷暢談吧，這下可麻煩了。對啊，現在回想起來，我最近的腦部運作也太奇特了，奇特到連

我自己都訝異的地步。腦漿的化學變化姑且不論，很多出於我個人意志的言行舉止，都有失中庸之道啊。莫說我舌上無龍泉、兩袖絕清風，我根本齒根有惡臭、筋骨癲癇啊，這下真的不妙了，說不定我早就瘋了吧？好在我還沒有傷害別人，也沒有做出危害世間的舉動，所以才沒有被趕出鎮上，失去東京市民的資格吧。這已經不是消極或積極的問題了，要先檢查脈搏才行，可脈搏好像沒異狀啊，那腦袋有發熱嗎？腦袋也沒有氣血竄升。怎麼辦，我好擔心。

「話說回來，拿一堆神經病跟自己比較，當然三步不離神經病的範疇嘛，是我的比較方法不好。以那些神經病為標準，拿他們的思維來自我評斷，才會衍生出負面的結論。反之以健康的人為標準，拿健康的人來自我評斷，也許會出現不一樣的結果吧。好，那就先從身旁的對象開始比較吧。首先是今天來訪的大禮服伯父，他是提倡心靈修煉的……可能也不太正常吧？第二個是寒月，帶著便當去學校磨珠子，從早磨到晚也有病。第三個是……迷亭？那傢伙以裝瘋賣傻為職志，神經病檢定絕對是陽性。第四是……金田夫人吧，那惡毒的性情完全脫離常軌了，百分之百是個瘋子。第五就輪到金田本人啦，我沒見過金田，但他跟那個夫人有辦法相敬如賓、感情融洽，想必是個非凡的人物。非凡是瘋狂的別稱，把金田視為神經病的同類也行吧。再來有誰呢？——對了，還有還有，落雲館的那些君子年紀輕輕，躁鬱程度卻是無人能敵的英雄等級。這樣算起來，大多數人都是神經病的同類嘛，有什麼好擔心的呢。搞不好這個社會都是神經病，一群瘋子互相傷害、爭論、謾罵、掠奪，整個群體就像細胞一樣，在反覆的進化和崩潰中活下去，這才是社會的寫照吧。在一群瘋子之中，稍微有點邏輯和頭腦的人反而礙眼，所以大家才要弄出瘋人院關押他們。換言之，被關在瘋人院的是正常人，在院外胡作非為的才是神經病。孤

單的神經病會一直被當成神經病，一群神經病集合起來形成一股勢力，也許就會變成健全的正常人了。歷史上有不少超級神經病，濫用金錢和權力，支配小神經病去為非作歹，結果還被當成偉人呢，我真是越想越糊塗了。」

以上就是主人當晚在孤燈下沉思的心理小劇場，從這裡也能看出他的頭腦昏聵不明，他留著德國皇帝的八字鬍，卻蠢到連正常人和瘋子都分不清楚。此外，他難得提出一個好問題來激盪自己的腦力，但沒得到結論就放棄了，可見他在任何事情上都是缺乏思考力的人。主人的結論，就跟他從鼻孔噴出的香菸一樣難以捉摸，這是他的議論唯一值得記下的特色。

本喵是一隻小貓，你們可能很懷疑，一隻小貓怎麼會清楚知道主人心中所想？這點小事對貓咪來說並不困難，本喵很擅長讀心術，至於本喵是何時學的，這你們就別計較了，反正本喵會就是了。本喵在人類大腿上睡覺時，也會用自己柔軟的皮毛磨蹭人類的肚皮，然後本喵就會接收到電波，人類肚子裡有幾根毛都難逃本喵法眼。前幾天主人溫柔撫摸本喵腦袋，心裡卻赫然浮現一個很恐怖的想法，他心想把本喵的皮剝下來做成小背心，穿起來一定很舒適溫暖。本喵即刻感應到這沒天良的想法，嚇得寒毛直豎、心有餘悸。本喵就是用這種方法感應到主人當晚的思維，有機會說給各位聽也算是本喵的榮幸。然而，主人思考到「我真是越想越糊塗了」以後就呼呼大睡，明天一早起來大概就全部忘光光了吧。今後主人要是又想到神經病，就得重頭開始思考，至於他會不會以同樣的方式，得出同樣不明的結論，這本喵就無法保證了。只是無論他重新思考多少次，用什麼樣的方式抽絲剝繭，最後還是只會得到糊裡糊塗的結論吧。

十

「老公，已經七點了喔。」

夫人隔著拉門叫喚丈夫，主人背對著拉門不吭聲，也不知是醒了還是在睡覺。不肯答話是這個男人的壞習慣，非到萬不得已時，也只會答一聲好，連要聽到這一聲好都不容易。當一個人懶到連答話都嫌麻煩，也能算是一種風格了，但這種人是絕不受女性歡迎的，現在夫人就已經不太重視他了，可想而知其他女人也差不了多少。

被親人冷落的人，是不可能受到陌生美女眷顧的，夫人都不喜歡主人了，世間一般淑女更不會喜歡上他。主人在異性間不受好評一事，本喵也沒必要趁這機會挖他瘡疤，只是他本人的觀念錯得很離譜，主人以為妻子嫌棄他是流年不利害的。此乃問題的癥結所在，本喵是出於親切之心，才決定寫出來幫助他反省。

夫人好意提醒赴約的時刻將近，主人卻充耳不聞、不肯回應，那麼有錯的是夫君，而不是妻子，因此夫人挑著雞毛撣子和掃把前往書房，也不管主人會不會遲到了。接著書房傳來拍打灰塵的聲音，夫人照慣例開始打掃了，至於夫人是掃健康的，還是掃好玩的，不負責掃除的本喵就懶得管了。問題是，夫人的掃除方式很沒意義，怎麼沒意義呢？夫人純粹是為掃除而掃除，反正雞毛撣子往門上拍一遍，掃把往地板上掃一遍就完事了，她對掃除的前因後果絲毫不負一點責任。

所以乾淨的地方永遠很乾淨，藏污納垢的地方永遠藏污納垢，有個典故叫「告朔餼羊」[1]說明了形式的重要性，意思是有打掃終究比沒打掃強多了。夫人的掃除對主人毫無益處，毫無益處的事情還持之以恆幹下去，這便是夫人了不起的地方。說到夫人就想到掃除，此乃多年來的約定俗成，兩者是以反射性的聯想串在一起的；但說到掃除的成果，則與夫人和掃把誕生以前無異，亦即毫無成果的意思。夫人和掃除的關係，就好比形式理論學這個字眼，明明風馬牛不相及，卻硬是給串在一起了。

本喵跟主人不一樣，本來就習慣早起，這時候本喵已經餓扁了。家中的人都還沒有吃過早飯，一隻小貓更不可能有早飯享用。無奈貓咪擺脱不了可悲的天性，一想到貝殼裡香噴噴的食物，就怎麼也坐不住了。明知希望渺茫，還是忍不住寄予一絲期望的時候，最好的方法是把這份期望藏在心裡，安安分分地待著就好。可多數人都辦不到這一點，大家都想試看看期望與現實是否相符，而且試過以後十有八九都會失望，他們一定要親眼所見才肯接受。本喵餓到受不了，就跑到廚房來了，放在爐灶後方的貝殼，依舊是昨晚吃乾抹淨的空貝殼，窗外的初秋陽光，在貝殼上映照出奇異的光澤。幫傭把剛煮好的米飯移到木桶裡，攪拌著火爐上的鍋子，飯鍋周圍有一些米湯沸騰後溢出來的水痕，看上去就像貼著薄紙。既然飯菜和湯都煮好了，那也該讓本喵吃飯了吧？這種情況下沒什麼好客氣的，反正失敗了也沒損失，本喵決定催促幫傭趕快給吃的。本喵雖是寄人籬下的身分，但填飽肚皮要緊，本喵軟硬兼施，把撒嬌的叫聲和哀怨泣訴的哭聲都用上了。

1古代的一種祭祀儀式。語出《論語．八佾》：「子貢欲去告朔之餼羊，子曰：『賜也，爾愛其羊，我愛其禮。』」比喻徒有形式或虛應故事。

幫傭完全不理本喵，本喵知道天生多角臉的人不近人情，只是如何裝哭挑動對方的惻隱之心，則端看本喵的實力。本喵又哭了幾聲，連本喵自己都相信了，那悲壯的哭聲足以讓遊子肝腸寸斷。幫傭還是不理本喵，這女人是聾子嗎？真正的聾子當不了幫傭，她是選擇性對貓咪失聰吧。這世上有所謂的色盲，當事人自認視力健全，醫生卻說他們患有殘疾。那麼幫傭應該是聲盲吧，聲盲也是殘疾，殘疾人士態度還特別囂張。有時本喵晚上要出去一趟，她說什麼都不肯幫本喵開門；偶爾幫忙開門了，等本喵回來又不肯讓本喵進門。夏天更深露重，在戶外太久都對身體不好了，更何況是凝霜的季節呢，在屋簷下吹著寒風等待日出有多痛苦，她大概無法想像吧。之前本喵被關在門外時，倒楣碰到野狗襲擊，所幸在千鈞一髮之際爬到倉庫的屋頂上，度過膽戰心驚的一夜。這全是幫傭不近人情害的，對這種人裝哭也很難有效果，不過俗話說得好，落難信神明、饑寒起盜心、見色生才情，人被逼急了啥事都幹得出來。本喵第三次特地使用複雜的哭法，試圖引起幫傭注意。本喵篤定，這是不下貝多芬交響曲的天籟美聲，可惜對幫傭還是不起作用。幫傭突然蹲下來打開地面的隔板，從裡面拿出一根十二公分的木炭，她用木炭敲擊火爐的邊角，木炭碎成了三塊，四周掉滿了黑色的炭粉。有一些炭粉還掉到湯裡面了，幫傭卻一點也不在意，她立刻把三塊木炭丟進爐裡，無視本喵美妙的交響曲。沒辦法，本喵只好落寞地折回起居室，就在本喵通過浴室時，三個小女孩正忙著洗臉，浴室裡十分熱鬧。

老實說她們也不是真的在洗臉，兩個比較大的才幼稚園，最小的連要當姊姊的跟屁蟲都有困難，所以還沒辦法做出真正的洗臉和化妝之舉。老么從水桶中拉出濕抹布，在臉上亂抹一通，拿抹布擦臉怪噁心的。是說她每次遇到地震都大呼有趣，會拿抹布擦臉也就不足為奇了，說不定她比八木獨仙還要豁

達。長女畢竟有身為姊姊的自覺，她急忙丟下漱口用的碗，搶走妹妹手裡的抹布說：「小寶寶，那是抹布。」小寶寶充滿自信，當然不會乖乖聽姊姊的話，她拉扯抹布說：「我不管，啪噗。」這一句啪噗有何意義，語源又是從何而來，沒有任何人知道，反正小寶寶心情不好時常用這一句。抹布的左右兩端被姊妹倆拉著，水分就從中間往下滴落，弄濕小寶寶的腳。如果只沾到腳那還沒什麼，後來連膝蓋一帶都濕掉了，小寶寶穿著元祿和服。本喵繼續聆聽她們的對話，這才知道凡是有中型花紋的衣服都叫元祿，也不曉得是誰教她們的。「小寶寶，你衣服都濕了，不要再拉了好不好？」姊姊想了一個好理由說服妹妹，她的頭腦不錯，然而直到最近都還分不清楚元祿和雙陸棋的讀音。

既然提到元祿，本喵就順便提起其他事情吧。她們小孩子常會搞錯單字的讀音，而且感覺是故意說錯來取笑別人的。例如火冒三丈說成火冒殘障，御茶水女子學校說成魚茶水女子學校，七福神說成乞福神等等。有一次小孩子還說：「我才不是瓷瓶人家的小孩。」仔細一聽才發現小孩子把赤貧和瓷瓶搞混了，主人每次聽到她們的口誤都會發笑，可他自己到學校教英文，都是用一本正經的態度，教出更荒謬的錯誤知識。

回頭來說小寶寶——她都叫自己小砲，不叫小寶寶——這位小妮子一看到和服濕了，就哭著說：「元元稜稜。」想必是指冰冷的和服穿起來很不舒服吧，幫傭從廚房衝出來搶走小寶寶的抹布，替她擦乾和服。這場騷動中相對安靜的，是老二寸子小妹妹，寸子小妹妹轉身拿起櫃子上掉下來的粉底瓶，忙著幫自己化妝。她把手指插入瓶中塗抹粉底，往自己的鼻梁劃上一條白線，強調了鼻子的所在位置。鼻子抹完後，她的手指又往臉頰上塗抹，臉頰上也多了白色的斑紋。這兩個部位才剛塗完，幫傭就衝進來

擦拭小寶寶的衣服，順便連她的妝也給擦了，寸子顯得不太高興。

本喵斜眼望著浴室的光景，從起居室進入主人的寢室，看看主人究竟起床了沒有，房內到處都看不到主人的腦袋，只有一隻二十多公分的腳掌，從棉被裡伸出來。他是不想被打擾才縮進棉被裡的吧，真像個縮頭烏龜。掃完書房的夫人又扛著掃把和雞毛撢子，回到拉門的入口了。

「你還不起來啊？」夫人說完後，凝視著蓋住主人腦袋的棉被，這次主人還是沒回應。夫人從入口走近兩步，拿掃把敲了地板兩下，逼他開口答話：「你還睡啊，老公？」當下主人已經清醒了，所以他才會事先縮進棉被裡，防範夫人的襲擊，他心想當隻縮頭烏龜，夫人就會放過他。主人要無聊的小手段賴床，夫人豈會讓他稱心如意。夫人第一次叫他，至少還隔著一段距離，他並不怎麼擔心；後來夫人用掃把敲地板，縮短了九十公分的距離，他稍微被嚇到了；等到夫人第二次叫他，他在棉被裡都聽得出來，夫人的距離和音量都遠勝第一次，這才放棄抵抗，小聲地應和一聲好。

「人家要你九點前到，你再不起床就來不及了。」

「不用你說啦，我起床了。」從棉被裡答話也算是奇觀了。夫人總是被這一招騙到，相信他真的乖乖起床了，結果他馬上又睡給夫人看。因此夫人也不敢掉以輕心，繼續奪命連環催：「好了，你快點起來。」都醒了還被催，這是一件很不愉快的事情，對主人這種任性鬼來說就更不愉快了。他掀起蓋住腦袋的棉被，兩隻眼睛張得大大的。

「你很吵耶，就跟你說我醒了嘛。」

「你說醒了，可你沒有起來啊？」

「我什麼時候騙過你了。」

「你每次都騙我。」

「胡說八道。」

「還不曉得誰胡說八道呢。」夫人氣憤地拄著掃把站在枕頭邊，姿態極為英勇。這時隔壁的車夫家小孩八仔突然開始嚎啕大哭，每次主人生氣八仔就一定會哭，這是車夫家的太太教出來的。趁主人生氣時弄哭自己小孩，車夫家的太太就能得到金田打賞，儼然是爽到母親苦到小孩。有那樣的老母，八仔大概要從早哭到晚了。主人要是知道這箇中原委，稍微壓抑一下自己的脾氣，說不定能替八仔添點陽壽。車夫家的太太純粹是聽從金田的命令行事，可對自己小孩幹這種蠢事，她應該比天道公平還要瘋吧。如果主人生氣八仔才哭，那還有點喘息的空間；後來金田雇用附近的無賴調侃主人，八仔也是非哭不可。八仔還不清楚主人會做何反應，就猜想主人一定會生氣，事先哭起來放。於是大家也搞不清楚，到底是主人害八仔哭，還是八仔害主人動怒。

反正要整主人又不費功夫，讓八仔吃一點苦頭，主人的名聲就一落千丈了。古代西洋在審理犯人時，萬一犯人潛逃出境無法逮捕歸案，就會做一個假人代替犯人接受火刑，或許金田家也有通曉西洋典故的人，在替他們出謀劃策吧。對缺乏頭腦的主人來說，落雲館和八仔的老母都十分棘手。主人感到棘手的事物所在多有，可能整個鎮上沒有他不棘手的東西。不過這跟現在的故事沒關係，我們晚點再來介紹。

主人聽到八仔的哭聲，一大早心情就很不好，猛然從寢榻上翻身而起。事已至此，什麼精神修養和

八木獨仙的訓示都不重要了，他一起來就用雙手狂抓頭皮，就只差沒把頭皮給撕下來了。累積了一個月的頭皮屑，豪邁地落在他的脖子和衣領上，模樣甚是壯觀。本喵好奇他的鬍子怎麼了，這才發現他的鬍子也很驚人，全都豎起來了。每一根鬍子都抓狂亂翹，彷彿對主人的怒氣感同身受，非常值得一看。昨晚主人在鏡子前面督軍，那些鬍子才乖乖模仿德國皇帝，但訓練成果睡一覺起來就破功了，所有鬍子恢復本來的面目肆意亂翹。好比主人臨陣磨槍的精神修養，隔了一天就煙消雲散，徹底暴露出他天生的野豬性情。擁有如此粗野鬍鬚的粗野男人，竟然能夠為人師表，至今都還沒有被革職，從這一點不難看出日本是個有容乃大的國家。也難怪金田和他的走狗還有資格當人，只要他們還有資格當人，主人就確信自己沒有被革職的理由。不然寫封信到巢鴨，請天道公平指點迷津就是了。

昨天本喵介紹過主人混沌的雙眼，這會主人張大他的雙眼，凝視著對面的櫃子。櫃子高約一百八十公分，分為上下兩層，上下兩層各有兩個拉門。下層離棉被很近，主人一起床睜開眼睛，勢必會看到下層。仔細一看，印有花紋的拉門到處都有破洞，露出了底下的襯紙。有些襯紙是印刷品，有些是手寫文字，還有文字上下左右顛倒的。主人一看到襯紙，就想弄清上面寫些什麼東西。剛才他還想抓住車夫家的太太，把對方的鼻子擠到松樹上，如今卻很好奇襯紙的內容。這乍看之下很不可思議，其實脾氣暴躁的人常有類似的現象，就跟哭泣的小孩拿到甜點就會破涕為笑差不多。主人曾經寄宿寺廟中，隔壁房住著五六位尼姑，尼姑在性格刻薄的女人之中也是特別刻薄的存在。她們看穿主人的本性後，動不動就拿著鍋子敲敲打打，挖苦主人跟小孩子一樣情緒多變。主人說他就是從那時候開始討厭尼姑的，尼姑討厭歸討厭，但她們說的也沒錯。主人的喜怒哀樂比常人強烈一倍，相對的也持續不了多久。講好聽叫不執

著，或是心隨意轉；翻譯成俗語包裝一下，就變成了沒有深度、脾氣又大的幼稚死小孩。主人前一刻還想起身跟人家吵架，下一刻又想閱讀襯紙，這對本性幼稚的他來說是再正常不過的事情。主人第一眼看到的是上下顛倒的伊藤博文，上面還標示明治十一年九月二十八日的日期，看來韓國統監從這個時代就開始跟著政令走了，主人想知道伊藤大人當時在幹什麼，他從模糊的字體中勉強看出了財務大臣四字。好了不起，上下顛倒依舊是個財務大臣。往左邊一瞧，財務大臣躺下來睡午覺了，也難怪啦，上下顛倒維持不了多久嘛。下面是木板印刷的「爾等」二字，可惜再下面就看不到了。

下一行有「快點」兩個字，主人想往下一探究竟，下面同樣看不到其他字體。假如主人是警視廳的密探，他一定會撕開來瞧個仔細，也不管那是不是別人的東西。所謂的密探都是沒受過高等教育的人，為了挖掘事實什麼事都幹得出來，性情惡劣無比。真希望他們做事有點分寸，乾脆規定他們沒分寸就不能查案好了。聽說那些密探還會羅織罪名陷害忠良，良民出錢養活公僕，公僕卻反過來陷害雇主，這也是瘋到沒藥醫了。接下來主人的眼睛瞄到中間有上下顛倒的大分縣地圖，連伊藤博文都上下顛倒了，大分縣顛倒過來也應該啦。主人看完後雙拳高舉向天，準備打一個大哈欠。

主人的哈欠就像鯨魚的哀鳴聲，聽起來有夠古怪的。哈欠也打過了，主人慢吞吞地換好衣服，前往浴室盥洗。等得不耐煩的夫人急著收起棉被，照慣例開始打掃房間。夫人打掃的方式一成不變，主人盥洗的方式也是數十年如一日，本喵前幾章也介紹過，他漱口非得發出怪聲音不可。主人梳好頭髮，肩上披著西式毛巾，來到起居室很自然地坐到方形火盆旁。一般說到方形火盆，大家都會想到漂亮的櫸木框，配上純銅的火盆，一位披頭散髮的大姊慵懶坐著，把菸管裡的菸灰敲到火盆裡對吧。苦沙彌老師家

的火盆可沒有那麼典雅，那玩意老舊到連外行人都看不出是什麼材質。別人家的火盆都是擦得亮晶晶的，主人家的火盆看不出是何種木材製成的也就罷了，外框也沒用抹布擦過幾次，看起來老舊又不起眼。你們很好奇這東西是哪買來的吧？不是買來的，也不是送的，沒有人會送主人禮物。本喵原先也很懷疑是不是偷來的，幾經打探才發現真相難以界定。

以前主人有個退休隱居的親戚，那位親戚去世前，曾拜託他幫忙看管房產。後來主人成家立業就搬走了，臨行前他把那個形同自己所有物的火盆也帶走了。這麼做是不太厚道，但這種不厚道的事情社會上到處都是。銀行家每天都在運用客戶的金錢，用久了就以為那些都是自己的錢；官員是人民的公僕，人民把權力委託給他們，讓他們成為解決問題的代理人，不料官員整天動用權力處理問題，處理到腦袋都不清醒了，他們以為那是自己的權力，人民無權置喙。世上充斥著這些神經病，我們當然不能用區區一個小火盆來斷定主人是小偷了，如果主人算是小偷，那全天下人都是小偷了。

主人坐在火盆旁邊面對餐桌，剛才用抹布洗臉的小寶寶，還有未來要就讀魚茶水女子學校的屯子，以及把手指伸進粉底瓶的寸子，各自坐在主人的對面和兩側。三人已經開始享用早餐了，主人公平地環顧三個小孩，屯子的臉型猶如劍柄上的圓形護片，寸子多少也有姊姊的輪廓，差不多是琉球產的圓形漆器。三姊妹唯獨小寶寶大放異彩，臉長得特別修長。上下修長還不算太罕見，偏偏她是左右修長，潮流再怎麼改變，寬臉也是流行不起來的吧。主人對自己的孩子也常有一些想法，小孩子都會成長，但她們成長的速度超越成長的範圍了，就跟寺廟裡的竹筍長成青竹一樣快啊。主人每次感覺她們長大了，就會產生一股被超越的恐懼感。主人的腦袋不怎麼靈光，可他也知道自己的三個小孩都是女孩子，女孩子早

晚要找個歸宿的，主人很清楚自己沒有嫁女兒的本事。明明是自己的孩子，卻不曉得該如何是好，早知如此還不如別生下來，然而人類就喜歡自討苦吃。人類的定義說穿了很簡單，就是製造一些不必要的麻煩來折磨自己的生物，這一句定義夠充分了。

小孩子實在了不起，老爹在擔心她們的未來，她們還無憂無慮地享用早餐。小寶寶最愛調皮搗蛋了，她的年紀才三歲，夫人好心替她準備小型的碗筷，她卻絲毫不肯領情，非得搶走姊姊的碗筷，霸佔她根本操控不了的東西。這世上無才無德的小人，總想當一些他們當不起的官，此等劣根性從小萌芽，隨年紀增長而根深柢固，絕非教育或薰陶可以矯正，勸大家早點看開比較好。

小寶寶搶走姊姊的大碗筷，肆無忌憚地胡鬧；勉強使用自己操控不了的東西，除了胡鬧以外也別無他法了。她握住兩根筷子插進碗底，碗中裝著八分滿的米飯，還有差點滿出來的味噌湯。筷子插入的力道傳動到碗上，維持表面張力的飯碗傾斜三十度，碗中的味噌湯也落到小寶寶胸口一帶了。這點小事阻止不了小寶寶，她可是暴君呢，再來她把插入碗中的筷子用力一挖，小嘴湊近飯碗邊，大口吃下那些被挖起來的米飯。沒吃乾淨的米飯混著黃色的湯汁，噴向她的鼻子、臉頰、下巴，還有數不清的米飯飛到榻榻米上。這小妮子的吃法也太沒品了，本喵想奉勸有名的金田氏和全天下的掌權者，你們自詡聰明操弄他人，其實無異於小寶寶使用大碗筷，能得到的好處少之又少。好處落到你們嘴裡也不是必然，有可能是歪打正著而已，還望你們好好反省思量，老練的聰明人不該幹這等蠢事。

姊姊屯子的碗筷被妹妹搶走，從剛才就用不合適的小碗筷吃飯，無奈那副碗筷太小，米飯添到滿也吃不了三口，所以她頻繁地打開飯鍋添飯。屯子前前後後共吃了四碗，這是第五碗了，她打開飯鍋拿起

大飯杓，盯著大飯杓好一會。她在猶豫要多吃一碗，還是到此為止就好，等她下定決心後，舀起一塊沒有焦掉的米飯添到碗中。裝不進碗裡的米飯掉到地板上，屯子也不吃驚，她細心撿起掉落的米飯放回鍋中，這麼做似乎不太衛生。

小寶寶努力挖飯時，屯子正好也添完飯了，當姊姊的看不慣妹妹臉髒，趕緊幫妹妹清理臉龐：「唉呀，小寶寶，不行喔，你看你臉上都是飯粒。」姊姊先拿起鼻頭上的米粒，本喵以為她會把米粒丟掉，沒想到她統統吃下去了，本喵也算開了眼界。再來輪到臉頰，臉頰上的米粒很多，兩邊大約有二十粒，姊姊拿一粒就吃一粒，終於把妹妹臉上的米都吃乾淨了。至今乖乖吃著蘿蔔乾的寸子，突然撈起味噌湯裡面的蕃薯塊，直接放進自己的小嘴裡。大家應該都知道，把熱乎乎的蕃薯直接放進嘴裡，這沒有人受得了的。連大人都會被燙傷了，更何況是缺乏吃蕃薯經驗的小孩呢？寸子哀嚎一聲，將口中的蕃薯吐到桌上。有兩、三塊噴到小寶寶前面，距離非常剛好。小寶寶本來就很喜歡蕃薯，一看到蕃薯飛來自己面前，立刻放下筷子伸手抓來吃了。

這一片狼藉的景象主人始終看在眼裡，但他一言不發，專心享用自己的早餐，目前正忙著剔牙。主人對女兒的教育採取絕對放任主義，哪怕三姊妹變成情竇初開的女學生，各自找一個情夫私奔，他還是會老神在在地吃早餐吧。主人太缺乏作為了，不過當今世上那些號稱有作為的人，也全是說謊謀利、投機取巧、狐假虎威、使計害人的敗類。莘莘學子耳濡目染之下，也知道要那樣做人才威風，他們臉不紅氣不喘地幹下無恥勾當，還自以為那才叫未來的紳士。那種人不叫棟梁，而是蠹蟲。本喵是一隻日本小貓，多少也是有愛國心的，看到無恥之徒就想扁他們一頓。國家多一個無恥之徒，國力就會衰弱一分；

教出無恥學生的校園，是整個杏壇的恥辱；養出無恥人民的國家，更是全世界的恥辱。本喵就不能理解，恥辱本該受到唾棄，為何社會上到處都是恥辱？看來日本人的氣概連貓咪都不如，真夠丟人的。跟那些敗類相比，主人算是非常高風亮節了，沒出息、沒能力、沒頭腦才是最棒的。

主人無為而治地吃完早飯後，換上西服搭車前往警察局了。他在出門時還問車夫，知不知道日本堤的所在位置，車夫聽得都笑了。主人還特地提醒車夫，日本堤在花街吉原附近，實在滿可笑的。主人難得搭車離開家門，夫人和往常一樣吃完早飯，對小孩子說：「好了，你們快去上學吧，不然要遲到了。」

小孩子也沒有準備出門，她們不慌不忙地回答：「今天放假喔。」

「怎麼可能放假，快點準備出門。」夫人用罵的逼她們聽話，姊姊很鎮定地說：「可是，昨天老師確實有說放假啊。」夫人也發察覺事有蹊蹺，趕緊從櫃子拿出日曆，日期上標示著紅字，代表今天放假沒有錯。意思是主人不曉得今天放假，還特地向學校請假，夫人也傻傻地把申請書丟到郵筒裡了。那麼迷亭呢？他叫主人請假是真不知道今天放假，或是故意不告訴主人呢？這一點是有待商榷的。這個發現點醒了夫人，她和平常一樣開始幹針線活，順便叮嚀小孩子乖乖玩耍就好。

之後三十分鐘風平浪靜，沒有值得一提的材料，這時家裡突然有稀客到訪。是一位十七八歲的女學生，腳上穿著鞋跟微彎的鞋子，外加一件紫色的和服褲裙，頭髮盤得跟算盤珠的形狀一樣。這位客人也沒通報一聲，就直接從廚房走進來了，她是主人的姪女，時常在禮拜天來跟主人鬥嘴。有個漂亮的名字叫雪江，只可惜長相沒有名字漂亮，各位到外面逛兩條街，一定會碰到相同等級的長相。

「嬸嬸你好，今天……」雪江一進入起居室，就坐到針線盒旁邊。

「唉呀，你怎麼一大早就來啦……」

「今天是假日嘛，我想趁早上過來一趟，八點半就出門趕來了。」

「是嗎？那你今天來有什麼事呢？」

「也沒有，只是久疏問候，想來拜訪一下。」

「不用這麼客氣，歡迎你過來玩啊，你叔叔就快要回來了。」

「叔叔他去哪裡了呢？難得看他出門耶。」

「今天啊，他要去一個比較奇怪的地方。——去警察局啦，夠奇怪了吧？」

「為什麼要去警察局呢？」

「今年春天入侵我們家的小偷被抓到了。」

「被叫去當人證了嗎？真麻煩呢。」

「不是，被偷的東西找回來了，昨天警察特地來通知我們去領回。」

「喔喔，是這樣啊？難怪叔叔一大早就出門了，平常這個時間他都在睡覺的。」

「沒有人比他更愛睡了……叫他起床他還會發脾氣呢。就說今天早上吧，他拜託我七點叫他起床，我也照辦了，他竟然縮進棉被不理我呢。我擔心他遲到才好心再叫一次，他還給我躲在棉被裡抱怨呢，真服了他。」

「叔叔怎麼會那麼嗜睡啊，一定是神經衰弱害的。」

「神經衰弱？」

「叔叔就愛亂發脾氣，虧他還能在學校任職。」

「這你就有所不知，他在學校可安分了。」

「那就更惡劣了，柿子專挑軟的吃。」

「怎麼說？」

「總之是欺善怕惡啦，他的行為根本是紙老虎啊。」

「他還不光是愛發脾氣而已，人家往東他偏要往西，人家朝北他偏要朝南，凡事都愛唱反調——個性有夠倔強的。」

「愛唱反調是他的興趣吧，所以要操控他的話，故意講反話就行了。之前我想請他買一把洋傘，就故意說我不需要洋傘，他說女孩子不能沒有洋傘，馬上買一把給我呢。」

「呵呵呵，你真聰明，我也來學你好了。」

「嬸嬸一定要學起來，不然太吃虧了。」

「前陣子保險公司的人來推銷保險——業務員講得口若懸河，說明一大堆投保的好處，前後講了快一個小時，你叔叔卻死也不肯投保。我們家沒太多積蓄，又有三個小孩要養，加入保險好歹也安心一點嘛，但他完全沒考慮這些事情。」

「是啊，萬一出什麼意外很沒保障呢。」一個十七、八歲的少女，就已經懂得為家務之事操煩了。

「我在一旁偷聽他跟業務員交談，差點沒笑死。他還強詞奪理地說，保險或許真有其必要性，也正

因有其必要性，才有保險公司存在，然而好好保命就不必加入保險了。」

「叔叔真的這麼說？」

「沒錯，保險公司的人就說啦，如果人人都好好保命，那也不需要保險公司了，問題在於人命是很脆弱的，我們不知道什麼時候會遭遇危險。你叔叔還死鴨子嘴硬，說什麼他已經下定決心長命百歲了。」

「下定決心也沒用啊，該死的時候就是會死。像我考試也希望自己及格，可成績難免不盡人意嘛。」

「業務員也是這樣勸他的，壽命並非人力所能掌握，要是下定決心長壽就不會死，那世上也沒有死人了。」

「業務員腦筋比較清醒。」

「是很清醒啊。就你那個叔叔不開竅，他還大言不慚地說自己絕對不死，他發誓自己絕對死不了。」

「真是怪人一個。」

「是啊，超級怪人一個。他信誓旦旦地說，與其把錢拿去繳保險，還不如存進銀行裡要好一點。」

「那他有存嗎？」

「他哪有錢存銀行啊，他根本沒想過萬一自己翹毛了該怎麼辦。」

「真令人擔心呢，為什麼他是那種個性啊？據我所知來拜訪他的朋友，也沒有一個像他那樣的。」

「是沒有啊，專程找都找不到。」

「不然去找鈴木先生商量，請他勸勸叔叔吧。像那種性情溫和的人，要勸叔叔應該不困難吧。」

「你說的鈴木先生，在我們家風評可不好。」

「叔叔家都跟別人不一樣呢，那麼另一位先生如何——就是那個很沉穩的——」

「你說八木先生？」

「對啊。」

「你叔叔對八木先生還算信服啦，只是昨天迷亭來我們家，說了八木先生的壞話，說不定八木先生講的話也不管用了。」

「八木先生不錯啊，他的舉止落落大方——之前還在我們學校發表演說呢。」

「八木先生發表演說？」

「嗯嗯。」

「八木先生是你們學校的老師嗎？」

「不是，他不是我們老師。上次舉辦婦人文化講座時，學校有請他來演講。」

「內容有趣嗎？」

「這個嘛，是不怎麼有趣啦。不過，八木先生的臉很長不是嗎？還留著一副神仙般的俊秀鬍子，大家都很專心聽講呢。」

「他都說些什麼啊？」夫人話才說到一半，三個小孩聽到雪江的聲音，就從外廊衝入起居室裡了，

她們剛才都在竹籬外面的空地玩耍。

「唉呀，雪江姊姊來了。」老大和老二開心大叫，夫人收起針線說「不要吵吵鬧鬧的，大家安靜坐好，雪江姊姊要講有趣的故事了。」

「雪江姊姊要講什麼？我最喜歡聽故事了。」這句話出自屯子之口。

「又要講神兔殺惡貍的故事嗎？」這句則是寸子問的。

「小砲也要。」最小的妹妹擠到兩位姊姊中間，她的意思不是要聽故事，而是她想要講故事。

姊姊笑著說：「唉呀，小寶寶要講故事啦。」

夫人婉轉地哄著小女兒：「小寶寶，等雪江姊姊說完再換你喔。」

小寶寶不肯聽話，生氣大喊：「不管啦，啪噗。」

「乖乖喔，那好吧，先讓小寶寶說，你要說什麼呢？」雪江主動謙讓。

「那個啊，小砲、小砲要出門。」

「真有趣呢，然後呢？」

「人家要割稻。」

「是喔，你好懂事喔。」

「你賴會礙事。」

「不是賴，是來喔。」屯子糾正妹妹，小寶寶照樣用「啪噗」讓姊姊閉嘴。話題中途被打斷，小寶寶也忘了接下來要講什麼。

「小寶寶，接下來呢？」雪江詢問小妹妹。

「再來，不要偷偷放屁。噗、噗噗。」

「呵呵呵，不行喔，這是誰教你的啊？」

「幫傭。」

「真是壞幫傭呢，怎麼教小孩這種事。」夫人面露苦笑，請雪江再往下說。

「好，輪到雪江姊姊說故事了，小寶寶要乖乖聽喔。」家裡的小暴君也同意了，決定安分一陣子。

「八木先生的演說內容是這樣的。」雪江終於要說故事了。「以前有個十字路口上，擺了一尊很大的地藏石像。不巧那裡是車水馬龍的熱鬧場所，擺一尊石像在那很不方便通行，於是鎮上居民聚在一起商量，打算找個方法把石像遷到一旁。」

「這是真實的故事嗎？」

「這我就不清楚了，八木先生也沒說。——反正大家幾經商量後，派出鎮上最強壯的男人去搬石像。那個男人說搬石像小事一樁，他一定不負使命，說完就自己一個去路口了。他打著赤膊汗流浹背，石像卻紋風不動。」

「想必是很重的地藏石像吧。」

「是啊，那個男人搬到氣空力盡，就回家睡覺去了。鎮上的居民再次商量方案，這次輪到最聰明的男人說，他一定不負使命。最聰明的男人在點心盒裡放滿紅豆餅，故意拿到地藏面前，要引誘地藏離開原位。他心想美食當前，地藏也是會動凡心的，沒想到地藏還是紋風不動。聰明的男子急了，就拿著裝

滿美酒的葫蘆和酒杯，問地藏想不想嘗點美酒，試圖引誘地藏離開。他總共試了三個小時，地藏仍舊一動也不動。」

「雪江姊姊，地藏肚子不餓嗎？」屯子一問完，寸子就說：「好想吃紅豆餅喔。」

「聰明人兩次都失敗了，第三次他拿著一大堆假鈔前來，問地藏想不想要鈔票，想要鈔票就快點過來拿。很遺憾這一招也沒用，那個地藏太頑固了。」

「是啊，跟你叔叔一樣。」

「沒錯，簡直是叔叔的翻版，最後聰明人也失去耐性，放棄引誘地藏了。後來呢，有個愛吹牛的人胸有成竹地說，他有辦法完成任務，交給他準沒錯。」

「那個愛吹牛的人做了什麼呢？」

「他的方法可趣味了，起先他穿上警察制服，貼上假鬍鬚，跑去恐嚇地藏快點離開，否則會吃不了兜著走。他也真笨，現在這個時代佯裝警察，誰也不會怕的。」

「沒錯，那地藏動了嗎？」

「怎麼可能動呢，那可是叔叔的翻版呢。」

「不過，你叔叔很敬畏警察喔。」

「是嗎？叔叔那種人會怕警察啊？那他也沒什麼了不起的。總之地藏不動如山，依舊不為所動。那個愛吹牛的男人大發雷霆，氣得扯下警察制服和假鬍子，假扮成有錢人的樣子前來，差不多就跟三菱公司的社長岩崎男爵一樣，很好笑對吧。」

「跟岩崎一樣是指什麼樣子啊？」

「就一副很尊大的樣子吧，那個愛吹牛的也沒做什麼特別的事情，就默默地抽著雪茄，在地藏周圍繞圈子而已。」

「這麼做有意義嗎？」

「用煙來燻地藏啊。」

「聽起來跟相聲的段子一樣好笑呢，地藏有被燻跑嗎？」

「當然沒有啊，地藏可是石頭呢。唬人的招術沒用就該適可而止了，結果那傢伙還偽裝成親王呢，有夠蠢的。」

「那時候就有親王啦？」

「應該有吧，八木先生說有的。他說那個愛吹牛的人假扮成皇室成員，真是太不知天高地厚了——你想嘛，區區一個愛吹牛的人扮成親王，太不敬了。」

「你說皇室成員，是哪個皇室成員啊？」

「不管是扮成哪個皇室成員，都是很不敬的事情啊。」

「也是啦。」

「扮成皇室成員也不管用，那個愛吹牛的也投降了，他承認自己沒本事趕跑地藏。」

「活該。」

「是啊，真應該把他抓去關起來。——然而，鎮上居民都很心急，大家又聚在一起開會討論，麻煩

的是沒有人願意站出來了。」

「故事沒了嗎？」

「還有呢，最後大家雇了一批車夫和小混混，圍著地藏鬼吼鬼叫的。他們白天也吵、晚上也吵，就是要欺負地藏，讓地藏自己待不下去滾蛋。」

「也真辛苦他們了。」

「吵了半天地藏還是不理他們，地藏也太頑固了。」

「後來呢，後來怎麼樣了？」屯子非常好奇。

「後來啊，大家看每天吵鬧也沒用，就開始感到厭倦了。車夫和小混混有酬勞可拿，倒是開開心心地吵了好幾天。」

「雪江姊姊，酬勞是什麼啊？」寸子提了一個問題。

「所謂的酬勞，就是錢的意思。」

「拿到錢可以幹嘛？」

「拿到錢就可以……呵呵呵，小孩子不要問這個啦。——然後呢，嬸嬸，那些人不是一直吵個沒完嗎？鎮上有一個叫笨竹的傢伙，胸無點墨，笨到沒有人想理會他。他看到一群人吵吵鬧鬧的，就問大家為何要白費力氣？這幾年折騰下來根本沒用啊，太可憐了。」

「區區一個笨蛋，口氣倒挺大的。」

「他是個了不起的笨蛋喔，大家聽到笨竹這麼說，就抱著死馬當活馬醫的心情，拜託笨竹去試試

看。笨竹二話不說就答應了，條件是遣走車夫和小混混，不要讓他們繼續擾民了。現場安靜下來後，笨竹悠然走到地藏面前。」

「雪江姊姊，悠然是笨竹的朋友嗎？」屯子在故事的高潮問了一個怪問題，夫人和雪江都笑了。

「不是喔，悠然不是笨竹的朋友。」

「那悠然是什麼？」

「所謂的悠然——很難解釋耶。」

「悠然是很難解釋的意思？」

「不是喔，所謂的悠然——」

「是什麼？」

「你認識多多良三平先生吧？」

「嗯嗯，送我們山藥的人。」

「所謂的悠然，就跟多多良先生差不多。」

「多多良先生就是悠然嗎？」

「嗯，可以這麼說。——笨竹雙手插在袖管裡，來到地藏面前說，鎮上的人希望您能行行好，讓一條路給大家過。地藏爽快回答，要我讓路早說不就得了。話一說完，地藏就主動讓開一條路了。」

「真奇怪的地藏呢。」

「真正的演說還在後頭。」

「還有啊？」

「嗯嗯，八木先生說，我今天參加婦人會，特地說那個故事是別有深意的。這樣講或許有些失禮，但婦人做事往往有捨近求遠的缺點。當然這也不是婦人獨有，明治時代的男性受到文明毒害，多少也變得婆婆媽媽，喜歡浪費不必要的時間和心力，還誤以為這才是正確的做事方法和紳士之道。其實這是被開化的副作用束縛的畸形之舉，也不值得一提，只希望在座婦人記得剛才提到的故事，在處理問題時學習笨竹的耿直之道。各位只要學習笨竹，夫妻和婆媳之間的糾紛保證會減少三分之一，心中包藏越多的算計，反而越容易不幸，許多婦人比男人不幸，就是心中包藏太多算計的關係，請大家樂於當一個笨竹吧。」

「是喔，那雪江你想當笨竹嗎？」

「才不要呢，誰要當笨竹啊。金田家的富子小姐聽了勃然大怒，指責八木先生的演說很失禮呢。」

「金田家的富子小姐，你是說巷子裡的？」

「沒錯，就是那個很崇洋的富子。」

「她跟你同一間學校啊？」

「沒有，她只是來婦人會旁聽而已。她真的有夠崇洋的，我都被她嚇到了呢。」

「不過，聽說她長得很漂亮是吧？」

「普普通通啦，還不到能吹噓的地步。妝塗得那麼厚，任何人都會變好看的。」

「那雪江你也學她化妝的話，不就比她美上好幾倍了。」

「唉呀，嬸嬸你別哄我了，我承受不起。是說，那個人太假了啦，有錢人也不該——」

「有錢總是好事，假一點也沒什麼嘛。」

「話是這麼說沒錯啦——我反倒覺得，那個人應該跟笨竹看齊比較好，她的個性太過招搖了。前些日子她還到處炫耀，有詩人送她新體詩集呢。」

「是東風先生吧。」

「唉呀，是他送的啊，口味真特殊的人。」

「不過東風先生滿正經的啊，他認為那樣做是理所當然的事情。」

「就是有那種人添亂才糟糕。——對了，還有一件趣事，之前她收到一封情書呢。」

「喔喔？桃花還真多，是誰送的啊？」

「她也不知道是誰。」

「沒寫名字嗎？」

「信上有寫名字，但她沒聽過那個人，整封信將近一百八十公分呢。上面還寫了一堆奇怪的內容，說什麼我會喜歡上你，就跟宗教家憧憬神明一樣，我願意為了你成為祭壇上的羔羊，這是我無上的光榮。下面還寫說，心臟是三角形，中央插著一支邱比特的箭，用吹箭也是百發百中……」

「你講真的講假的？」

「真的喔，我有三個朋友都看過那封信了。」

「她也真討厭，怎麼到處炫耀情書啊？她不是想嫁給寒月先生嗎，這種事傳出去她自己會身受其擾

吧？」

「人家可得意了呢，下次寒月先生來，嬸嬸不妨告訴他，他應該不知道吧。」

「我想也是，他整天只顧著去學校打磨珠子，不知道也正常。」

「寒月先生是真想娶那個人嗎？好可憐啊。」

「有什麼好可憐的？金田家有錢有勢，還能成為助力，這不是挺好的嗎？」

「嬸嬸，開口閉口就講錢，這樣很沒水準喔。愛情比金錢重要嘛，夫妻關係沒有愛情是無法成立的。」

「是喔，那你想嫁誰啊？」

「我怎麼知道，我還沒打算呢。」

雪江和夫人熱烈討論結婚的話題，從剛才就有聽沒有懂的屯子說：「我也想結婚。」雪江青春洋溢，本該對婚配之事深有共鳴，但面對如此荒唐的希望，她一時也不知該做何反應。夫人倒是比較冷靜，她笑著問女兒：「那你想嫁給誰啊？」

「我啊，其實是想嫁到靖國神社，但要過水道橋太麻煩了，我還在考慮。」

夫人和雪江聽到小女孩的妙答，也不好意思提出反駁，兩個人笑得前仰後合，老二寸子轉身跟姊姊說。

「姊姊也喜歡靖國神社嗎？我也很喜歡喔，我們一起嫁去靖國神社好不好？不要嗎？不要就拉倒，我一個人搭車嫁過去好了。」

「小砲也去。」連小寶寶都要嫁去靖國神社了，三人要是都嫁到靖國神社，主人也就沒負擔了吧。

這時有人力車停在門前的聲音，緊接著就聽到幫傭大喊歡迎回來，大概是主人從日本堤分局回來了吧。幫傭收下車夫遞上的大包袱，主人進入起居室，不忘跟雪江打招呼：「唷，你來啦。」他按照慣例坐在那有名的火盆邊，放下一個類似小酒瓶的玩意。本喵之所以會用類似來形容，就代表那不是小酒瓶。那東西看起來也不像花瓶，純粹是一種異樣的陶器，本喵才如此形容。

「好奇怪的小酒瓶喔，是警察給你的嗎？」雪江扶起那個陶器，詢問叔叔這怪東西的由來。主人看著雪江，很自豪地說：「如何，很漂亮對吧？」

「漂亮？你說這東西漂亮？哪裡漂亮了，你幹嘛帶一個油瓶回來啊？」

「這不是油瓶啦，別說這種不解風情的話，真受不了。」

「那不然是什麼？」

「花瓶啊。」

「以一個花瓶來說，這瓶口太小，瓶身太大了吧？」

「這才是它有趣的地方嘛。你真的太不解風情了，跟你嬸嬸一個樣，可嘆啊。」主人拿起油瓶，對著紙門端詳起來。

「反正我就是不解風情啦，誰會去跟警察拿油瓶啊。對吧，嬸嬸？」嬸嬸忙著打開包袱檢視失物，沒空理會雪江。

「唉唷，現在的小偷還真進步呢，所有和服都拆線清洗過，老公你快來看。」

「誰說我跟警察討油瓶了？我在等待失物招領的時候閒得發慌，就到外面去逛一圈，挖到了這件寶貝。你不知道，這可是稀罕的珍品呢。」

「也太稀罕了，叔叔你去哪裡散步啊？」

「就日本堤一帶啊，我也去吉原逛過了，那裡很熱鬧呢。你有看過吉原的大鐵門嗎？沒有吧。」

「誰想去看啊，那種賤婦出沒的地方，我才不想去呢。叔叔你身為教師，竟敢去那種聲色場所，我真是被你嚇到了。對吧，嬸嬸？你有聽我說嗎？」

「嗯嗯，有啦。這包袱裡的東西還有缺耶，所有失物都找回來了嗎？」

「沒找回來的只有山藥。日本警察真差勁，叫人家九點去報到，卻讓人等到十一點才領回失物。」

「你說日本警察差勁，逛吉原的人更加差勁吧？萬一這事情傳出去了，叔叔你會被炒魷魚喔。對吧，嬸嬸？」

「是啊，鐵定被炒的。老公，我少了一條腰帶耶？難怪我就覺得少了什麼東西。」

「才一條腰帶就算了吧，我可是等了三個小時，寶貴的一天都糟蹋一半了。」主人換回和服，靠在火盆邊欣賞他的油瓶。夫人也乖乖死心，將失物塞進櫃子後回到座位上。

「嬸嬸，叔叔說這個油瓶是珍品呢，明明就不怎麼樣啊。」

「這是從吉原買回來的嗎？可真是……」

「真是什麼啊？你又懂什麼了。」

「這種瓶子不去吉原也買得到啊，到處都有在賣嘛。」

「並沒有喔，這是很罕見的東西。」

「叔叔簡直是頑固地藏。」

「小鬼頭講話沒大沒小，最近的女學生嘴巴太毒了，好好復習三從四德吧。」

「叔叔你討厭保險對吧？女學生跟保險，你比較討厭哪一個？」

「我沒有討厭保險，那是必要的東西。懂得未雨綢繆的人，都會投保的，女學生根本沒用處。」

「沒用處又怎麼了，你不也沒投保嗎？」

「我下個月就要投保了。」

「真的嗎？」

「半點不假。」

「叔叔你還是別投保了，有那個閒錢不如多買點東西。對吧，嬸嬸？」夫人笑而不答，主人很認真地說。

「你以為自己會長命百歲，所以才講出這種事不關己的話。腦筋清醒一點的人，都知道保險的必要性，我下個月非投保不可。」

「是喔，那就沒辦法了。是說，你之前有閒錢買洋傘給我，何不用那筆錢投保呢？我都說不需要了，你還硬是買下來送給我。」

「你真的不需要洋傘？」

「對啊，我又不想要。」

「那就還給我吧，正好屯子說她想要呢，我送給她，你今天帶來了嗎？」

「唉呀，叔叔你欺負人，太過分了。難得買給我的東西，還要我交出來嗎？」

「是你說不需要，我才叫你還的啊，哪裡過分了？」

「我是不需要沒錯，但你的行徑還是很過分。」

「莫名其妙的傢伙，你不需要我才叫你還的，何來過分之說？」

「你不懂啦。」

「我不懂什麼？」

「你很過分啊。」

「笨蛋，就沒別句話好講了嗎？」

「你不也是同樣的話一再重複嗎？」

「是你一直重複，我才跟著重複的，你剛才不就說自己不需要洋傘？」

「我是說過啊，我也的確不需要洋傘，但我不想還。」

「你也算讓我開了眼界，滿不講理又任性，真拿你沒輒啊。你們學校沒教邏輯學嗎？」

「好啦，反正我就是缺乏教養，隨便你講啦。送出去的東西還好意思討回來，非親非故的人也沒有你那麼不近人情，你應該跟笨竹看齊。」

「你叫我跟誰看齊？」

「我是說，要你做人耿直淡泊一點。」

「你這傢伙腦筋不好，脾氣倒很倔強啊，難怪考試考不好。」

「考不好又怎麼了，也沒要你出學費啊？」

雪江說到這裡似乎再也忍不住，一滴清淚就掉到紫色的褲裙上了。主人愣住了，他凝視著悄然垂首的雪江和褲裙，似乎在研究雪江的淚水是何種心理所致。這時幫傭伸出紅紅的手掌開門說：「有客人來了。」

主人問道：「是誰啊？」

幫傭瞅著雪江哭泣的臉龐回答：「是學校的學生。」

主人前往客廳，本喵也尾隨主人至外廊，打算收集有趣的題材，順便觀察人類。想要研究人類，就得趁事件發生時才能一窺堂奧。凡夫俗子終其一生都是凡夫俗子，平凡到不值得觀察，不過一旦遇到問題，那份平凡會在神秘作用的催化下，突變成奇妙詭異的東西。簡單說就是，會發生一堆很值得我們貓咪參考的事情。

雪江的清淚正是值得本喵參考的現象之一，她有一副神奇難解的心思，和夫人談話的時候還看不出來，直到主人回家扔下油瓶，她就像一頭死龍被幫浦灌大一樣，徹底發揮那玄奧莫測、精奇巧妙的資質。然而，那是天下女性皆有的資質，只是平常不輕易顯露。不對，應該說二十四小時都在顯露，只是很少毫不掩飾地顯露。好在有主人這種動不動就想觸人逆鱗的白目，本喵才得以見到雪江胡言亂語。只要跟在主人後頭，不管走到哪裡都能看到人類演出渾然天成的好戲。多虧有一個趣味的主人，本喵短暫的貓生充滿了各種經驗，實乃一大幸事啊。不曉得這次的訪客是誰呢？

這次的客人年約十七、八歲，跟雪江一樣都是學生。一顆大腦袋瓜留著極短的頭髮，連底下的頭皮都看得見，臉部中間還有個圓圓的鼻子。這位來到客廳的訪客，除了頭蓋骨奇大以外，也沒有什麼其他的特徵。就連剃短髮腦袋都奇大無比，如果他跟主人一樣留長髮，肯定會引人側目。根據主人的說法，有這種面相的人多半不會念書，也許主人的見解是對的，但仔細一看這位客人，就跟拿破崙一樣相貌堂堂。他身上的穿著與一般的學生無異，總之是有十字花紋的內襯和服，就不曉得是哪一個產地的款式了，和服底下也沒有穿襯衫或內衣。坦胸赤足總有一種風流的感覺，偏偏這傢伙坦胸赤足只給人邋遢的印象。榻榻米上多了三個類似小偷闖入的腳印，肯定是他打赤腳害的，他本人就坐在第四個腳印上，表現出很拘謹不自在的模樣。若是性情恭謹的人乖乖坐著，倒也不值一提，但一個理著小光頭的粗人佯裝乖巧，這就很不搭調了。

會炫耀自己遇到老師還不打招呼的死小孩，你叫他乖乖坐著三十分鐘，對他也是一種折磨。這種人佯裝謙謙君子、有德之士，在旁人看來也只有好笑而已，他本人裝得再辛苦也沒意義。一想到那些在教室或操場上喧鬧不已的傢伙，也會產生約束自己的力量，不免讓人覺得可悲又滑稽。主人不是一個聰明的老師，但學生獨自來到老師面前，對老師多少還是有點敬畏之心，主人大概也很得意吧。有句成語叫積沙成塔，一群微不足道的學生聚在一起是很可怕的，搞不好會搞出什麼排斥運動或罷課行為。這就跟膽小鬼喝酒壯膽差不多，聚眾鬧事說穿了就是仗著人多，才敢拋下理性胡鬧。否則這個安分到近乎孬種的死小孩，只有縮在門邊的膽量，又怎麼敢戲弄和輕視主人呢？主人縱然為人迂腐，好歹也頂著教師的光環啊。

主人遞出坐墊說：「來，請用吧。」小光頭只說了一聲好，卻沒有拿起來用。眼前擺著一塊幾乎要磨破的坐墊，默默地等著客人上座，客人晃著大腦袋不肯上座也太奇怪了。夫人從商場買回坐墊，是要給客人拿來坐的，不是給客人拿來觀賞的。有坐墊卻不肯坐，無疑是對坐墊的公然侮辱，也有損勸座的主人顏面。小光頭不惜糟蹋主人美意，死盯著坐墊不肯上去，其實並不是討厭坐墊的關係。老實說，他這輩子只有參加祖父的法會才正襟危坐，因此從剛才雙腿就麻到受不了了。儘管如此他還是沒上座，坐墊都在等他了，主人也請他上座，他就是講不聽，真是個麻煩的小光頭。

他要是真這麼客套，平常就不要仗勢欺人，在學校和宿舍應該乖一點。不該客套的時候客套，該客套的時候反而狗屁倒灶，這小光頭品性太惡劣了。

有人打開後邊的拉門進來了，雪江端來一碗茶請小光頭享用，平常這個小光頭一定會抓住機會冷嘲熱諷，對主人說來一碗Savage tea。而今他在主人面前孬到不行，門外又來一位妙齡女子，用學校教的茶道禮法遞上茶碗，更讓他渾身不自在。雪江關上拉門時，還在小光頭身後偷笑，看來女性是比其他同輩男性了不起，至少比小光頭有膽識多了。尤其雪江前一刻才哭過，偷笑的表情更形成強烈對比。

雪江離開後，雙方相顧無言。主人忍了好一陣子，但這樣耗下去根本是浪費時間，主人只好率先開口了。

「你叫什麼名字啊？」

「古井……」

「古井？後面的名字呢？」

「古井武右衛門。」

「古井武右衛門——原來如此，你的姓名很長呢，這不是新時代的名字，是舊時代的，你是四年級對吧？」

「不是。」

「那是三年級囉？」

「不，是二年級。」

「甲班的嗎？」

「乙班的。」

「乙班，那就是我帶的班了，這樣啊。」主人一副恍然大悟的模樣，其實在這個大頭剛入學時，主人就盯上他了，想忘也忘不了。主人很佩服這顆大頭，有時候連做夢都會夢到。問題是主人溫吞的腦袋瓜，一時還無法把大頭和古風的姓名聯想在一起，自然也就無法聯想到二年乙班上了。所以當他聽到這顆魂牽夢縈的大頭正是自己帶的學生時，才會不經意在內心擊掌稱是。

不過，主人還推敲不出這個腦袋奇大、姓名古雅的學生究竟所為何來。主人一向不受學生歡迎，逢年過節也沒有學生會來拜訪，古井武右衛門堪稱是罕見的第一號學生訪客。猜不出對方來意，主人也很困擾，學生不可能來古板的老師家玩耍，瞧這卑微的模樣也不像是來勸主人辭去教職的。話說回來，武右衛門也不會來找主人談私事才對，主人不管從哪個角度思考都想不出一個所以然。光看武右衛門的反應，或許他本人也不曉得自己為何要來吧。主人無奈之下，乾脆開門見山説道。

「你是來玩的嗎？」

「不是的。」

「那麼，是有要事相談囉？」

「沒錯。」

「是學校的事情嗎？」

「是的，我有點事情想請教……」

「唔嗯，是什麼事情啊？不妨說來聽聽。」主人詢問武右衛門，武右衛門則低著頭不發一語。武右衛門本性是一個很聒噪的初中二年級學生，空有一顆無知的大腦袋，口才方面卻是乙班的佼佼者。之前問主人Columbus怎麼翻譯，困擾主人好幾天的傢伙就是他；這樣一位饒舌的學生，從剛才就像口吃的公主般忸怩，肯定是有什麼隱情的，不能單純視為客套，主人也狐疑地問道。

「有事情就快點說吧。」

「這有點難以啟齒……」

「難以啟齒？」主人觀察武右衛門的表情，他還是一直低著頭，看不出心裡在想什麼。不得已，主人換個方式，以溫和的語氣問道：「那也沒關係，隨便說點什麼都好，反正也沒外人聽到，我也絕不會說出去的。」

「真的可以說出來嗎？」武右衛門還在猶豫。

「當然了。」主人替對方做出決定。

「那我就說了。」小光頭話說到一半，抬起頭瞇著眼睛看主人，他的眼睛是三角形的。主人鼓起臉頰吞雲吐霧，稍微把臉別過一旁。

「其實呢……我惹了一點麻煩……」

「什麼麻煩？」

「很、很大的麻煩，我才會跑來找老師的。」

「所以我問你是什麼麻煩啊？」

「我沒想過要那樣做的，都是濱田拜託我，我才會……」

「你說的濱田，是指濱田平助嗎？」

「是的。」

「怎麼，他借錢不還啊？」

「他不是跟我借錢。」

「不然他借什麼？」

「他借用我的名字。」

「他借用你的名字要幹什麼？」

「寄情書。」

「你再說一次？」

「我是說，他用我的名義寄信啦。」

「我聽不太懂你的意思，你說他到底做了什麼？」
「寄情書啊。」
「寄情書？寄給誰？」
「我不好意思說嘛。」
「那麼，是你寄情書給某位女性囉？」
「不，不是我寄的。」
「那是濱田寄的？」
「也不是濱田寄的。」
「那是誰寄的。」
「我也分不清是誰寄的。」
「我完全聽不懂你在胡說什麼，那沒有人寄信囉？」
「寄件人是用我的名字。」
「寄件人是用你的名字，這究竟是怎麼搞的？你先把前因後果講清楚，收到情書的人是誰？」
「住在對面巷子的，一個叫金田的女子。」
「你是說企業家金田？」
「是。」
「那你為什麼要把名字借給別人用呢？」

「金田家的女兒為人高傲又崇洋，我們才決定寄一封情書過去整她。——濱田說情書要署名才行，他說自己的名字太平凡，古井武右衛門比較讚，就叫我把名字寫上去——然後，我就寫上去了。」

「你認識金田家的女兒嗎？你們有交往過嗎？」

「我根本不認識她，連她長什麼樣子都不知道。」

「荒唐，竟然寫情書給一個連自己都沒見過的人。也罷，你們這麼做的用意是什麼？」

「我們只是覺得她臭屁又囂張，才想捉弄她一下的。」

「荒唐過頭了你們，所以那封情書是寫著你的名字送出去的？」

「是的，文章是濱田撰寫，我負責署名，遠藤趁晚上的時候投到他們家信箱裡。」

「你們三人共謀就對了。」

「嗯嗯，不過我後來想想，萬一東窗事發被退學就糟糕了，我擔心到這兩、三天都睡不著覺，頭腦都不太清醒了。」

「你也太蠢了，那你有在信上寫上文明中學二年級生古井武右衛門嗎？」

「沒有，我沒有寫上學校名稱。」

「還好你沒有寫學校名稱，不然可就關係到學校的名譽了。」

「老師，我會被退學嗎？」

「這可難說了。」

「老師，我的父親是一個很嚴厲的人，我的母親又是繼母。萬一我被退學的話，我會走途無路的。

我真的會被退學嗎？」

「害怕被退學，就不要幹傻事啊？」

「我不是有心的，是無心之過啊，能否請老師幫幫忙，不要讓我被退學？」武右衛門泫然欲泣地拜託主人，躲在門外偷聽的夫人和雪江都掩嘴竊笑。主人故意吊小光頭胃口，不肯給予一個正面的答覆，這情況太有趣了。

聽到本喵說有趣，有些讀者可能會問哪裡有趣了？你們會有疑問也正常，不管是人類或動物，瞭解自己都是畢生的頭等大事。一個人若真正瞭解自己，那麼他就有資格受到貓咪的尊敬，屆時本喵也不忍寫出這些諧謔的文章。然而，人類很難真正瞭解自己，這就好比我們看不到自己的鼻子有多高一樣，所以人類才會對平常瞧不起的貓咪，提出上面的問題。人類一向自視甚高，殊不知自己多有疏漏。他們扛著萬物之靈的招牌到處招搖，卻連這點道理都想不明白，還一副滿不在乎的模樣，真是引人發笑。你看過有人扛著萬物之靈的招牌，結果整天在問蠢問題的嗎？而且他們死也不肯放棄萬物之靈的頭銜，矛盾得如此光明正大還不放在心上，那也算可愛了，要當個小可愛就甘心接受笨蛋的罵名吧。

本喵對武右衛門、主人、夫人、雪江感興趣，不單是外部的事件激起漣漪，觸動到本喵的好奇心，真正的原因在於漣漪會觸動每個人不同的心弦。就以主人來說吧，他對這件事的態度非常冷淡，武右衛門有個嚴厲的父親或不寵愛兒子的繼母，主人都不會太驚訝，應該說他不可能太驚訝。畢竟武右衛門退學，又不代表主人會被免職。假設有近千人的學生退學，也許教師就得喝西北風了，但區區一個武右衛門的命運如何變化，也與主人的生計無關。既然無關，同情之意自然就淡，為一個沒交情的人皺眉嘆

息，這可不是正常的傾向。

人類絕不是富有同情心和愛心的生物，生在這個世界上就有不得不為的義務，有時候為了交際應酬，他們得裝出難過的表情掉幾滴眼淚。簡單說就是虛偽的表情，這可是一門困難的藝術，要佯裝虛偽的表情可不容易，精於此道的人富有藝術性的良心，很受世人的重視。因此越受重視的人越不可信，各位試看看就知道了。從這點來看，主人是相當笨拙的，笨拙到沒有人重視。由於不受重視，他才敢表現出內心的冷淡，瞧他不肯給武右衛門一個正面的答覆，就不難猜出他的言外之意了。各位讀者，你們別看主人冷淡就討厭他這樣的好人，冷淡是人類的天性，不努力掩飾才叫正直。如果你們希望主人有更熱切的表示，那只能說你們太抬舉人類了，在這個缺乏老實人的世道別抱有太高的期望。除非那些信奉忠孝仁義的小說主角，從書裡面走出來跟我們生活，否則再高的期望都是枉然。主人的話題就暫且打住，來談談在起居室偷笑的夫人和雪江吧。她們的反應超越了主人的冷淡，已經直逼幸災樂禍的地步了。武右衛門頭痛不已的情書事件，被她們當成值得慶幸的福音，也沒有什麼理由，就是值得慶幸。真要解釋的話，她們慶幸的是武右衛門很煩惱。不信你們去問女性：「你看到別人煩惱會幸災樂禍嗎？」女性朋友一定都覺得提出這個問題的人是白目對吧？若不是白目，便是在刻意汙辱淑女的品格。要說這是汙辱也沒錯，但女性喜歡幸災樂禍也是事實。這等於是在宣示，老娘等一下要做出有害品格的事情，你們統統不許說三道四一樣。照此推論，小偷偷東西，你也不能說小偷不道德，不然你就是在打小偷的臉，是在汙辱小偷。

女人是很聰明的，自有一套完美的理論。也許生而為人，就擺脫不了傷人和受傷的命運吧，而且遭

受冷落也要有不為所動的氣魄，被別人吐口水、潑糞、嘲笑也得甘之如飴，否則就沒資格跟女人這種聰明的生物交往了。武右衛門年少輕狂犯下大錯，已然悔不當初了，一群女人家躲在暗處嘲笑一個悔過之人也太失禮了。武右衛門要是有這種想法，那是他年少不懂事的關係，當別人失禮的時候，你可千萬不能生氣，要不然對方會說你胸襟狹小。不想被說成胸襟狹小之人，就乖乖被別人嘲笑吧。最後本喵來介紹武右衛門的心境吧，他算是杞人憂天這句成語的活例子，他的頭腦幾乎快被憂慮塞爆了，就如同拿破崙偉大的頭腦充滿對功名的渴望。偶爾他的憂慮還會傳導到顏面神經，讓他臉上的圓鼻子抽動，那是下意識的生理活動，與反射動作如出一轍。他的肚子裡揣著難以化解的鬱結，活像吞下了巨大的鐵塊，這幾天來都不知該如何是好。武右衛門煩惱到走投無路，才來到討厭的人家中低頭求助，他相信對方掛著班導的頭銜，理應不會拒絕自己。但他忘記了一件事，他忘記自己經常捉弄班導，甚至煽動同學找班導的麻煩。他篤定對方掛著班導的頭銜，就一定會擔心學生，不跟學生計較前嫌。武右衛門太單純了，班導一職不是主人自願要當的，主人是聽從校長的安排罷了。所謂的班導頭銜，就跟迷亭伯父腦袋上的高帽相似，都只是一個裝飾和名稱而已，區區一個名稱是沒有意義的。如果名稱在必要時派得上用場，那麼雪江光靠她的名字就能攀龍附鳳了。武右衛門不只任性無知，還高估了人性，他以為別人必定會善待自己。做夢都沒想到，自己前來求助會遭受訕笑吧，今天他來到主人家中，想必對人類又有了更深一層的瞭解。

這次的領悟會讓他成為一個真正的人類，他會冷眼看待別人的煩惱，在別人痛苦時哈哈大笑吧。於是乎，成長後的武右衛門，還有金田夫妻這樣的人就會遍佈全世界。本喵真切希望武右衛門快點覺醒，

不要傻傻地當一個好人，這也是為了他自己好。因為當一個好人不管再怎麼勞心、後悔、改過向善，也無法像金田那樣功成名就。說不定在不久的將來，還會被社會放逐到化外之境，這可比退學還要可怕。

就在本喵自得其樂的時候，有人打開玄關的門，從門外露出半張臉來。

「老師您好。」

主人還是在吊武右衛門的胃口，有人在玄關稱呼他老師。主人望向玄關，原來在門後歪著頭探出半張臉的人正是寒月。

「喂，進來吧。」主人說完後坐在原地不動。

「您有客人啊？」寒月還是只露出半張臉答話。

「不用在意啦，進來就對了。」

「其實，我是來邀請老師的。」

「邀請我去哪裡啊？又是赤坂嗎？我可不想去赤坂了。上次去那裡走了老半天，走到兩腳酸痛呢。」

「放心，今天不是去赤坂。我們也很久沒有外出了，一起走吧？」

「到底是要去哪裡啊？你先進來吧。」

「我打算到上野去聽老虎的叫聲。」

「這又不有趣，你進來啦。」

寒月心知隔空喊話不方便，就脫下鞋子慢吞吞地進來了，他依舊穿著屁股有補丁的鼠灰色長褲。屁

股有補丁不是年代久遠或屁股太大才弄破的，根據他本人的說法，最近他開始練騎自行車，屁股多有磨擦才會破損。寒月還跟武右衛門打了聲招呼，絲毫沒想到武右衛門是要搶走他新娘候選人的敵手，寒月打完招呼後坐在靠近外廊的位置。

「聽老虎叫沒什麼樂趣吧？」

「是啊，現在去聽是沒什麼樂趣可言。我們先四處逛逛，等到晚上十一點再去上野。」

「這樣喔。」

「深夜公園裡的樹林怪陰森的對吧？」

「對啊，比白天寂寥。」

「到時候走在白天也沒人通行的蒼鬱樹蔭下，就會產生一種誤入山林的心境，遺忘自己身在紅塵萬丈的大都會。」

「產生這種心境要幹嘛啊？」

「產生這種心境後，我們就佇立在原地，聆聽動物園裡的老虎吼叫。」

「老虎會這麼配合嗎？」

「放心，一定會。白天我在理科學院之中，都聽得到老虎的吼叫聲呢。在夜深人靜，四下無人，鬼氣逼人，魑魅衝鼻之際……」

「什麼是魑魅衝鼻啊？」

「不是有這種詞語，是在形容恐怖的時刻嗎？」

「有嗎？我就沒聽過，然後呢？」

「然後，老虎會發出震天嘶吼，足以震落杉木的樹葉，很厲害呢。」

「是很厲害沒錯。」

「要不要一起去冒險啊？會很愉快喔。沒有在深夜聽過老虎的叫聲，就不配說自己聽過老虎叫對吧？」

「這可難說了。」主人對寒月的探險興趣缺缺，一如他對武右衛門的請求興趣缺缺。

武右衛門剛才還很羨慕地聽著老虎的話題，但他一聽到主人又說：「這可難說了。」這才想起自己的事情，趕緊再問主人：「老師，我真的很擔心啊，你說我該怎麼辦才好？」寒月狐疑地凝視著眼前的小光頭，至於本喵內心有些想法，決定先到起居室一趟。

起居室裡的夫人，笑嘻嘻地在便宜茶碗裡倒入番茶，把茶碗放到金屬製成的茶托上。

「雪江啊，麻煩你端茶去給寒月先生。」

「我不要啦。」

「為什麼？」夫人有點訝異，收斂起了臉上的笑容。

「反正就是不要。」雪江故作鎮定，眼睛死盯著一旁的報紙，夫人又一次拜託她。

「你也真奇怪，來的人是寒月，有什麼關係呢？」

「不管啦，我不想。」雪江的視線沒有從報紙上移開，她根本一個字也沒看下去，如果有人敢點破，她又要淚灑現場了吧。

「這有什麼好害羞的呢。」夫人笑著把茶碗放到報紙上，雪江說：「嬸嬸你很壞耶。」她想把報紙從茶碗下抽出來，卻不小心牽動到茶托，裡面的番茶都潑到報紙和榻榻米了。夫人說：「你看吧。」雪江大喊糟糕，急忙跑到廚房去了，想必是去拿抹布的吧。對她們莫名其妙的對談，本喵深感興趣。

寒月在客廳裡談著奇怪的話題，當然不會知道起居室發生的事情。

「老師，您的紙門換過紙張了是吧？是誰換的啊？」

「家裡的女人換的，貼得不錯對吧？」

「是啊，手藝真好，是那個常來老師家的小姐換的嗎？」

「嗯，她也有幫忙啦。她還很得意地說，紙門貼得這麼好，絕對有資格嫁人了。」

「喔喔，原來如此。」寒月凝視著拉門。

「這邊是平整的，右邊有些多出來的部分，不太平整呢。」

「那邊剛貼好沒多久，是她缺乏經驗的時候弄的。」

「是喔，難怪手藝差了一點。那個表面堪稱是超越曲線，非普通函數能呈現啊。」身為理學家的寒月故意調書袋，主人也只是隨口應和。

武右衛門也清楚，照這個樣子苦苦哀求也是沒希望的，他把雄偉的腦殼壓在榻榻米上，表示自己要告辭了。主人問他：「你要走啦？」武右衛門落寞地踩著木屐離開了，可憐吶。主人不理他，搞不好他會在樹上刻下遺言，從瀑布跳下去吧。歸根究底，整起事件是金田家大小姐臭屁又崇洋引起的，萬一武右衛門真的自殺了，就請他變成厲鬼去害金田家大小姐吧。那種女人多死幾個，全天下的男性也不會難

過，寒月值得更好的女孩子。

「老師，那是您的學生啊？」

「嗯。」

「他的頭殼真大，功課好嗎？」

「頭殼雖大，功課卻不怎樣，常常問一些莫名其妙的問題。之前還叫我翻譯Columbus，真讓我傷透腦筋。」

「他就是腦袋太大，才會問奇怪的問題啦，老師您是怎麼回答他的？」

「嗯嗯，也沒什麼，就隨便敷衍了事而已。」

「那您還是翻出來了吧？了不起。」

「那些小孩，你不給他們一個答案，他們是死也不肯罷休的。」

「老師，您也成為一個懂政治的人了。是說剛才那個孩子，似乎沒什麼精神呢，會不會給您添麻煩啊？」

「也只有今天安分啦，沒看過那種笨蛋。」

「他是怎麼了？乍看之下他滿可憐的呢，出了什麼事啊？」

「不值一提的蠢事罷了，他給金田家的女兒寫情書啦。」

「咦？那個大頭給金田家女兒寫情書？最近的學生真是不容小覷啊，嚇我一大跳。」

「你很擔心嗎……」

「怎麼會呢，我反而覺得有趣呢，他們盡量寫情書沒關係啊。」

「是喔，你不擔心就好……」

「當然不擔心，我無所謂的。我只是很驚訝，那個大頭會寫情書呢。」

「你有所不知，那是小孩子在惡作劇。三個人看不慣金田家的女兒崇洋又臭屁，就想寫情書整人家……」

「三個人寫一封情書送給金田家的小姐啊？也真夠絕了，這就好比三個人共吃一份西洋料理嘛。」

「他們還分工合作呢，一個寫文章，一個負責寄信，一個署名。剛才來的那一個就是負責署名的，借名字給人家用最蠢了。而且他說自己根本沒見過金田家的小姐，真搞不懂他們怎敢如此胡鬧。」

「這可是近來最妙的趣聞啊，有意思。會寫情書給女孩子，那大頭真趣味。」

「不要搞出什麼差錯就好。」

「反正對象是金田，搞出差錯也無所謂啊。」

「那位小姐是你的新娘候補耶？」

「就是候補才無所謂嘛，金田本人也不會在意的啦。」

「你自己不在意也不該這麼說吧……」

「放心，她本人絕不會在意的。」

「最好是如此啊。那小子事後良心發現，害怕東窗事發會惹麻煩，才膽戰心驚地跑來找我商量。」

「原來啊，難怪他一臉落寞的樣子，顯然膽子不大呢，那他找您做什麼？」

「他擔心會被退學，這是他最害怕的事情。」

「為什麼寫情書會被退學啊？」

「幹下這等不道德的壞事，退學也應該吧。」

「這還稱不上不道德啦，沒關係的。金田小姐會當成榮譽，到處炫耀吧。」

「怎麼可能。」

「總之那小光頭太可憐了，就算寫情書整人有錯，那樣擔心受怕的，會毀掉一個年輕學子啊。他的腦袋雖大，面相還算純樸，鼻子抖來抖去的很可愛啊。」

「你怎麼跟迷亭一樣，淨說些傻氣的觀點。」

「這是時代潮流啦，老師您太古板了，凡事都想得太複雜。」

「不過你不覺得他們很蠢嗎？為了惡作劇送情書給陌生人，一點常識都沒有。」

「惡作劇本來就是很沒常識的事情啊，您就幫幫他，做點功德吧，看他那樣沒準會去跳瀑布自殺呢。」

「也對。」

「聽我一言吧，很多比他們更成熟懂事的大人，幹下更惡質的事情還無動於衷呢。如果那孩子會被退學，那惡質的大人豈不是要統統放逐才公平？」

「有道理。」

「那好，要不要一起去上野聽老虎的叫聲呢？」

「老虎啊？」

「嗯嗯，一起去吧。說實話，我這幾天有事得回家鄉一趟，大概有好一陣子見不著老師您了，所以今天才特地來邀您散步的。」

「是喔，你要回家鄉啦？有什麼要緊事嗎？」

「是的，我有點事情要處理。——那麼，我們這就出發吧。」

「好，出發吧。」

「走，今天晚餐我請客——運動完去上野剛剛好。」寒月多次勸說，主人也有興致了，兩人相約出門。家中只剩下夫人和雪江發出沒品的大笑聲。

十一

壁龕前擺著一張棋盤，迷亭和獨仙坐在棋盤前對奕。

「單純下棋沒樂趣，輸的要請客怎麼樣？」迷亭提了一個主意，獨仙照樣摸著他的山羊鬍說。

「幹這種事情，豈不糟蹋了難得的雅趣？賭博爭勝會蒙蔽心靈，並非好事。要置輸贏於度外，秉持著無心出岫的心境對奕，才能瞭解箇中滋味啊。」

「又來了，跟你這種仙風道骨的人在一起有夠累，你是列仙傳的人物是吧。」

「我只是好彈無弦之琴罷了。」

「你是好彈無線電吧。」

「下棋吧。」

「你執白子嗎？」

「我都無所謂。」

「真不愧是仙人，態度就是這麼沉穩。你執白子的話，那我自然執黑子了。來，下吧，看你要下哪裡都無所謂。」

「按規則是黑子先下吧。」

「原來如此，那我為表示謙讓，就按照定式先從這裡下起。」

「定式沒有這種下法的。」

「沒有也無所謂，這是我新發明的定式。」

本喵見識不廣，直到最近才有幸見到棋盤這種玩意。這東西是越看越古怪，在一個不大的四方形裡，隔出一堆狹小的框框，在上面擺放令人眼花撩亂的黑白棋子，就可以下得汗流浹背，分出個輸贏或死活。也不過是個三十公分的小盤子，本喵前腳一撥就散了，俗話說隨遇而安嘛，何苦白費力氣下棋呢？待在一旁觀戰還比較輕鬆自在。起初的前三、四十手，棋子的擺法還不怎麼礙眼，等到勝負的關鍵時刻，棋盤上的狀況可就悲劇了。白子和黑子擠成一團，幾乎要把對方擠下棋盤，偏偏又不能叫前後左右的棋子讓開，只能認命地待在上面動彈不得。圍棋是人類發明的，則必然呈現出了人類一部分的嗜好，換言之棋子痛苦的命運代表了人類狹隘的性質。

從棋子的命運就能看出人類的性質，這說明了一件事，人類在海闊天空的世界裡，喜歡劃地自限縮在小圈圈裡，讓自己的雙腳一步也踏不出去。一言以蔽之，人類是一種自討苦吃的生物。

悠哉的迷亭和極富禪機的獨仙，今天不曉得吃錯什麼藥，居然從櫃子裡搬出舊棋盤，開始這種吃力不討好的遊戲。兩位棋手已然就位，一開始他們各自執子行動，在棋盤上自由落下黑子與白子。棋盤的面積有限，每下一手就少一分空間，再怎麼悠哉或富有禪機的人，也是會感到吃力的。

「迷亭啊，你下的棋步太粗糙了，沒有人像你這樣下的。」

「也許你們禪僧不這樣下，但這是本因坊的下法，你怪我也沒用啊。」

「你下的都是死棋喔。」

「臣死且不避，卮酒安足辭，我下這一手。」

「你下那裡啊，那好。薰風自南來，殿閣生微涼，我下這邊就沒問題了。」

「喔喔，這一手不錯啊，出乎我意料之外呢，那我來撞鐘一別好了，看你怎麼應付。」

「也沒什麼大不了，看我一劍倚天寒——唉唉、麻煩死了，直接斷你棋路好了。」

「唷，糟糕了，那裡被斷我就死定了。你開什麼玩笑啊，我要悔棋。」

「所以我剛才勸你，別下在對自己不利的地方。」

「真是不好意思喔，你把這一手撤掉啦。」

「這一手也要悔棋啊？」

「順便連旁邊這一子也撤掉吧。」

「你可真夠不要臉的。」

「你說我『不要臉[1]』？我跟你交情這麼好，你就別計較了，快點撤掉啦。這可是勝負的關鍵時刻呢，人家歌舞伎的主角也是要先蘊釀一下，才開始大顯身手的嘛。」

「這我可不知道。」

「不知道也沒關係嘛，你就撤了吧。」

「你悔棋六次了耶。」

1原文此處是用英文「Do you see the boy」，因 Do you see the boy 發音近似於日文的「不要臉」。

「你記憶力真好，今後還請多多擔待在下悔棋啊。所以我才請你高抬貴手嘛，你這人也太頑固了，整天坐禪的人隨和一點好嗎？」

「不過這一子不除，對我的局勢不利耶……」

「你一開始不是說，你不在意輸棋？」

「我是不在意輸棋，但我也不想讓你贏啊。」

「你悟的是哪門子的道啊？果然是春風劃破雷電的高人。」

「不是春風劃破雷電，是雷電劃破春風，你講反了。」

「哈哈哈哈，我想你的腦袋也快顛三倒四了，沒想到還滿清醒的嘛。那就沒辦法了，我放棄吧。」

「生死事大、無常迅速，放棄吧。」

「阿門。」迷亭這次往無關勝負的地方落下一子。

迷亭和獨仙在壁龕前一爭高下，寒月和東風比肩坐在客廳的入口，主人則頂著一張黃臉坐在一旁。寒月面前放了三塊柴魚乾，沒有包裝就放在榻榻米上的模樣實乃奇觀。

柴魚乾來自寒月懷裡，他剛拿出來時還是溫熱的，用手掌都感覺得到那股溫度。主人和東風不解地看著柴魚乾，寒月終於開口解釋。

「我四天前剛從家鄉回來，不巧有很多事情要處理，先後前往各個地方，所以才沒辦法前來拜會。」

「不用急著來沒關係啊。」主人一如往常，都不會挑好聽話講。

「我是不急，但不早點獻上這份土產，我就放心不下。」

「這是柴魚乾吧？」

「是的，是我家鄉的名產。」

「說是名產，這玩意東京也有啊。」主人拿起最大塊的柴魚乾，用鼻子嗅了兩下。

「柴魚乾用聞的也聞不出好壞吧。」

「這東西會被稱為名產，是尺寸特別大的關係嗎？」

「總之請您享用吧。」

「享用是一定的，怎麼前方有缺角啊？」

「就是這樣我才想早點帶來。」

「為什麼？」

「那是被老鼠咬的。」

「這也太危險了吧，吃下去會不會得黑死病啊？」

「別擔心，被咬一小口而已，無害的。」

「是在哪裡咬的啊？」

「船裡。」

「船裡？在船裡怎麼會被咬？」

「我沒地方放嘛，就跟小提琴一起放到袋子裡了。上船後當天夜裡就被咬了，柴魚乾被咬倒還沒什

麼，連我最重要的小提琴也被當成柴魚乾咬了呢。」

「真是冒失的老鼠，住在船裡的老鼠都飢不擇食的嗎？」主人問了一個沒人知道答案的問題，眼睛還是盯著柴魚乾猛瞧。

「我想不管是哪裡的老鼠都很冒失吧，我擔心帶回宿舍又被咬，睡覺時就放在棉被裡護著了。」

「也太不衛生了吧。」

「您吃的時候記得洗乾淨再吃。」

「怕是洗不乾淨吧。」

「用泡過灰的水清洗就乾淨了。」

「小提琴你也抱著睡嗎？」

「小提琴尺寸太大，抱著睡覺不太方便，但……」寒月話才說到一半。

「怎麼？你抱著小提琴睡覺啊？真夠風雅，有一首俳句就是專門講晚春抱琵琶的嘛，然而那是很久遠的事了。明治時代的秀才要抱著小提琴睡覺，才能勝過古人是吧，我乾脆也來一句別抱提琴度長夜好了。東風啊，新體詩寫得出這種題材嗎？」迷亭在對面下棋，也要扯開嗓子插上一腳。

東風嚴肅地說：「新體詩跟俳句不同，沒辦法即興創作，但寫出來以後別有一番觸動靈魂的韻味。」

「是嗎？靈魂不是要燒香供奉的？新體詩也有這種功效啊？」迷亭下棋不專心，還不忘調侃東風。

「別說廢話了，小心又輸棋了。」主人提醒迷亭，迷亭渾不在意地說。

「無論優勝劣敗，對手就跟鍋中章魚一樣，奈何不了我。我太無聊了，才不得已加入小提琴同好會啊。」獨仙聽到這番話，口氣略微強硬地說。

「輪到你下了，我等你很久了。」

「咦，你已經下啦？」

「當然，早下了。」

「你下哪裡啊？」

「我的白子往斜位遞補。」

「原來啊，你白子往斜位遞補，我就完蛋了嘛。那我就——我就——我就沒法子了，想不到好的棋路啊，我再讓你下一子，你隨便下到自己喜歡的地方吧。」

「有你這樣下棋的嗎？」

「好啦，我下就是了。——那好，我在這邊角上拐個彎落子。——寒月啊，我猜老鼠咬你的小提琴，是嫌棄你的小提琴不夠高級吧？你應該買一把好點的，我幫你從義大利張羅一把三百年前的古董如何？」

「麻煩您了，順便也幫我付款吧。」

「那麼舊的東西堪用嗎？」啥都不懂的主人指責迷亭胡扯。

「你以為老舊的小提琴，跟古板的人一樣沒價值是吧？告訴你，像金田那種老古板現在可流行呢，小提琴也是越老舊的越好。——好了，獨仙你快下吧，歌舞伎有句台詞是這麼說的，秋天的太陽比較快

下山嘛。」

「跟你這種性急的人下棋真痛苦，連思考的時間也沒有。真拿你沒辦法，我在這裡落下一子吧。」

「唉呀呀，還是被你破了，可惜啊。我擔心你下在那裡，才用顧左右而言他的方式想轉移你的注意力，果然行不通。」

「廢話，你這不是在下棋，而是在唬人。」

「唬人正是本因坊流、金田流、當代紳士流的精髓嘛。——喂，苦沙彌大師，人家獨仙不愧是去鎌倉喝過幾碗僧粥的，遇事處變不驚，小弟深感佩服啊。棋下得不怎樣，膽量倒是挺大的。」

「像你這種沒膽的，多跟人家學學吧。」主人背對著迷亭答話，迷亭用力吐舌頭，獨仙事不關己地催促迷亭：「輪到你啦。」

「你是從何時開始學小提琴的？我也想學呢，是不是很難啊？」東風向寒月討教。

「唔嗯，簡單點的技巧任何人都學得會。」

「音樂和詩歌同為藝術，我想對詩歌有興趣的人，學音樂也特別快才對，你說呢？」

「有道理，我相信你會進步的。」

「你從何時開始學的呢？」

「高中時代開始的。——老師，我有說過自己學小提琴的經歷嗎？」

「沒有，我沒聽你說過。」

「你是高中時代遇到指導者才開始學的嗎？」

「也沒有指導者，我獨學。」

「真是天賦異稟呢。」

「獨學也未必就是天賦異稟。」寒月的回應有些冷淡，被說天賦異稟還不高興的，也只有他了吧。

「先別說這個了，談談你是如何獨學的吧，我想參考參考。」

「也好。老師，那我開始談囉？」

「好啊，你說吧。」

「現在有不少年輕人會拿著小提琴盒逛大街，但過去的高中生，幾乎沒有人在玩西洋音樂的。我念的學校又在窮鄉僻壤，是個連好一點的草鞋都沒有的純樸之地，學校裡自然也沒有人拉小提琴了……」

「那邊在談有趣的話題了，我說獨仙啊，乾脆別下了吧？」

「還有兩、三個地方沒下完呢。」

「隨便啦，沒下完的地方都算你贏好了。」

「不行，我豈能白白相受。」

「哪有禪學家像你這麼龜毛的，那就一氣呵成下完吧。——寒月的經歷似乎很有趣。——你讀的那間學校，是不是大家都打赤腳上學啊……」

「沒有這回事。」

「你們不是都在做基本教練，整天向右轉的，把腳底的皮都給磨厚了嗎？」

「哪有，誰這樣講了？」

「誰講的都無所謂啦，聽說你們那邊都是人手一顆大飯糰，跟橘子一樣掛在腰上，等肚子餓了就拿來吃對吧。鄉下人的吃相可謂狼吞虎嚥啊，飯糰中間還有一塊梅乾，他們會先專心啃完周圍沒有味道的白飯，期待那一顆梅乾快點露出來，精神有夠暢旺的。獨仙，這會是你喜歡的故事吧？」

「很樸實健朗的風氣啊。」

「還有更健朗的呢，那邊連丟菸屁股的竹筒都沒有呢。我的朋友在那邊工作時，想要去購買一個靜岡山竹製成的竹筒，沒想到店裡連個竹筒都沒有。我的朋友好奇詢問當地人，為什麼沒有賣竹筒？當地人說，想要竹筒去樹林裡自己砍竹子做就有了，何必販賣。這也是體現樸實健朗風氣的美談是吧，獨仙？」

「唔嗯，是美談沒錯，這裡還得填一處空眼呢。」

「好，空眼、空眼、空眼，總算結束啦。——我聽那朋友的說法，當真大吃一驚。你在那種地方還有辦法獨學小提琴，也算了不起了。楚辭有句話叫既惸獨而不群兮，寒月有資格當明治時代的屈原啊。」

「我討厭屈原。」

「那就本世紀的維特吧。——啥、獨仙你要算目數？你也太龜毛了，不用算也知道是我輸吧？」

「總要有個結果嘛……」

「那你來算吧，我懶得算。一代才子維特要談他獨學小提琴的故事了，不聽可對不起我家祖先。」

迷亭離開棋盤前，跑來寒月這湊熱鬧了。獨仙拿著黑子和白子填空，一個人嘀咕著目數，寒月接著說下

去。

「鄉下地方已經很偏僻了，那些鄉親又非常頑固，年輕人稍有軟弱的表現，他們就會施行嚴懲，以免被外縣市的學生笑話，真的很麻煩啊。」

「你家鄉的學生是很頑固，他們為什麼都穿深藍的和服褲裙啊？也太奇怪了。而且膚色看起來好黑，是不是常吹海風的關係？男人黝黑還沒差，女人應該很困擾吧？」迷亭一人前來攪局，整場對話的主題都不見了。

「女人膚色也很黑喔。」

「有人肯娶嗎？」

「家鄉所有人都很黑，沒辦法啊。」

「真可憐，對吧，苦沙彌？」

「皮膚黑不錯啊，要是細皮白肉的，女人照鏡子總要自戀一下才開心，她們是很麻煩的生物。」主人無奈嘆道。

「整個地區的人皮膚都黑的，她們看到自己的黑皮膚也會自戀吧？」東風提了一個很有道理的問題。

「女人根本沒存在必要。」主人說道。

「你講這種話，小心老婆大人不開心喔。」迷亭笑著提醒主人。

「不用擔心啦。」

「夫人不在嗎？」

「剛才帶著小孩出門了。」

「難怪家裡很安靜，她們去哪了？」

「不知道，她們也沒說就出門了。」

「時間到了自然會回來是吧？」

「嗯，真羨慕你單身。」主人這番話各有不同迴響，看東風的表情不太能認同，寒月則是笑嘻嘻的，迷亭回答他。

「結婚的人都這樣講啦。獨仙啊，你也是家有悍妻的吧？」

「咦咦？等一下，四六二十四、二十五、二十六、二十七，我就想盤面不大，有四十六目啊。還以為贏更多的說，現在算起來才差十八目。——你問我什麼？」

「我說，你也是家有悍妻的吧？」

「啊哈哈哈哈，還好啦，我老婆是很愛我的。」

「那是我失禮了，這才像獨仙嘛。」

「也不光是獨仙先生如此，夫妻恩愛的例子比比皆是啊。」寒月替全天下當妻子的辯護了。

「我也同意寒月的說法，我認為人類要踏上巔峰，就只有兩條路可走。這兩條路分別是戀愛和藝術，夫妻之愛是戀愛的象徵，人類必須結婚享受這份幸福，才算合乎天意之舉。——列位覺得如何？」

東風神情嚴肅地望向迷亭。

「高見，看來我是絕對無法踏上巔峰了。」

「娶妻生子後更加無法踏上巔峰了。」主人一臉為難地答道。

「總之我們這些未婚青年，得接受藝術的靈氣薰陶，不斷精益求精才能瞭解人生意義。我打算先來學習小提琴，所以才向寒月請教他的經歷。」

「對了對了，我們要聽維特講小提琴的故事嘛。來、請講，我不會再打擾了。」迷亭終於收斂鋒芒了。

「精益求精靠的不是小提琴，靠這種玩樂之事豈能瞭解宇宙真理。想探求真理，就得有置之死地而後生的氣魄才行。」獨仙裝模作樣，開始對東風說教了，東風是個連禪宗的禪字都不懂的人，絲毫沒有佩服的意思。

「是喔，也許有道理啦，但我覺得藝術是人類渴望的極致表現，萬萬不能偏廢。」

「既然不能偏廢，那我就如你所願，說出我學琴的經過吧。誠如我方才所言，我費了很多苦心才有辦法練習小提琴。首先，連要買小提琴都不容易喔，老師你知道嗎？」

「我想也是，連個好一點的草鞋都沒有，更不可能有小提琴了。」

「不是的，我們那裡其實有賣小提琴，錢我也事先存好了，但我不敢買。」

「為什麼？」

「鄉下小地方，買小提琴馬上就會被發現。鄉親會說我態度傲慢，對我施行制裁的。」

「從古至今天才都會受到迫害啊。」東風甚表同情。

「又說我天才，拜託千萬別叫我天才。於是我每天散步經過販賣小提琴的店鋪，時時刻刻都在想著，如果能買到小提琴就好了，如果能抱到小提琴就好了，我想要小提琴已經到了無法自拔的地步。」

「也難怪啦。」這句話出自迷亭之口，主人則是不解地說：「你也太執著了。」東風依舊佩服：

「你果然是天才。」只有獨仙以超然的態度捻著鬍子。

「你們也許很懷疑，窮鄉僻壤怎麼有賣小提琴吧？其實動腦想一下就會知道，這沒有什麼好奇怪的，鄉下地方也有女校，女學生必須每天練習小提琴，因此有小提琴也很正常。當然店裡沒有高級貨色，只有勉強稱得上小提琴的東西，那點水準的樂器也不受店家重視，平時店頭就掛了好幾把。有時候我散步經過，就會聽到小提琴被風吹出聲響，或是被店員撥弄的聲音。每次一聽到那聲音，我就有股激昂澎湃的感覺，好像心臟快破掉了一樣。」

「真危險，有些人遇水就發神經，也有人是到人多的地方才發作。發神經也有各式各樣的種類嘛，你這小維特是看到小提琴就發作吧？」迷亭出言調侃寒月。

「此言差矣，沒有這般敏銳的感性，無法成為真正的藝術家，你確實是天才啊。」東風是越來越欽佩寒月了。

「是啊，可能真的是發神經吧，但那音色十分特殊，我苦練小提琴至今，都還沒有彈奏出那麼美妙的音色呢。該如何形容才好呢，反正很難用言語表達。」

「你是說餘音嫋嫋吧？」獨仙講了一個很難懂的成語，可憐沒有人要理他。

「我每天到店頭前面散步，總共聽過三次美妙的弦鳴聲，第三次我終於下定決心非買不可了。哪怕

被鄉親父老譴責，被外縣的人瞧不起——或是遭受毒打身亡我也在所不惜——被退學我也沒在怕的——我是鐵了心要買小提琴。」

「這就是天才啊，凡人不會有這樣的熱忱。我真羨慕你，我長年來都希望自己也有強烈的感動，無奈天不從人願啊。我參加音樂會都很專心聆聽，卻未曾有過深刻的共鳴。」東風一再表示羨慕之情。

「沒有反而幸福啊，你別看我現在侃侃而談，當時我的痛苦是你無法想像的。——老師我跟你說，後來我真的買下小提琴了。」

「唔嗯，願聞其詳。」

「那天正好是十一月天皇誕辰的前一天晚上，鄉親父老們都到外地泡溫泉了，地方上是一個人也沒有。我故意稱病，那一天沒有去學校上課，我躲在棉被裡面，滿腦子想著晚上要去購買朝思暮想的小提琴。」

「你還裝病不去上學啊？」

「是的。」

「嗯，這確實天才。」連迷亭都肅然起敬了。

「我從棉被裡探出一顆小腦袋，滿心盼著太陽快點下山，卻怎麼也盼不到。沒辦法，我縮回棉被裡睡覺打發時間，還是沒等到日落。等我睡醒拉開棉被一看，秋天的烈陽映照在一整面拉門上，照得我是心頭火起啊。拉門上方還有細長的影子，隨著秋風飄搖。」

「那細長的影子是啥啊？」

「就是酸柿子剝皮後吊在屋簷下嘛。」

「哼，然後呢。」

「無奈之下，我就打開拉門前往外廊，拿了一顆酸柿食用了。」

「好吃嗎？」主人問了一個很幼稚的問題。

「好吃啊，那邊的柿子味道不錯，東京是吃不到的。」

「柿子就甭提了，快說下去啊。」這次輪到東風催促寒月了。

「後來我又鑽回被窩閉上眼睛，向滿天神佛祈禱太陽快點下山。體感時間大約過了三到四個鐘頭吧，我探出頭來還是沒盼到日落，秋天的烈陽映照在一整面拉門上，拉門上方還有細長的影子，隨著秋風飄搖。」

「這我們剛才聽過了。」

「同樣的事發生很多次嘛，後來我爬出棉被打開拉門，到外廊拿了一顆酸柿食用。接著我又鑽回被窩閉上眼睛，向滿天神佛祈禱太陽快點下山。」

「依舊是剛才聽過的橋段啊？」

「老師您先別急嘛，體感時間大約過了三到四個鐘頭吧，我探出頭來還是沒盼到日落，秋天的烈陽映照在一整面拉門上，拉門上方還有細長的影子，隨著秋風飄搖。」

「怎麼老是這一段啊？」

「我爬出棉被打開拉門，到外廊拿了一顆酸柿食用……」

「你還吃啊？故事一直繞著柿子打轉，根本沒完沒了嘛。」

「您急我也急啊。」

「聽的人比你更急好嗎？」

「老師真是急性子，跟您聊天真不容易。」

「我們當聽眾的也不容易啊。」東風也隱約表達不滿。

「既然大家都等不下去，那也沒辦法，我就只講重點好了。簡單說呢，我摘了一堆柿子來吃，把吊在屋簷上的柿子都吃光了。」

「都吃光了，太陽總該下山了吧？」

「很遺憾並沒有，我吃完最後一顆柿子，再次從棉被探出頭來，秋天的烈陽映照在一整面拉門上……」

「我受夠了，鬼打牆是吧？」

「我自己也講到快受不了了。」

「不過，有這等毅力做什麼事業都會成功啊。我們要是不講話，你大概談到明天早上還在秋天的烈陽吧？你究竟什麼時候才要買小提琴？」饒是迷亭也快要受不了了，在場唯有獨仙泰然自若，就算寒月連續跳針兩天，他也不為所動吧。寒月本人不急不徐地說。

「各位問我何時要去買小提琴，只要天色一暗我就立刻出門啊。遺憾的是，我每次探頭出來都是秋天的烈陽──說到我當時的痛苦啊，那可不是你們的心急能比的。我吃完最後一顆柿子，看到太陽還沒

下山，難過得都哭了。東風，你看我是不是很沒出息？」

「會嗎？藝術家本來就多愁善感，我對你的難過深表同情，但也希望你快點說下去不要再拖了。」東風是個老實人，他不改嚴肅的態度，說出引人發笑的話來。

「我也想快點說下去，但天不黑我也沒轍嘛。」

「天不黑我們聽的人也沒轍，乾脆別提了吧。」主人再也忍不住，直接提議終止話題。

「講到一半腰斬我會很困擾的，故事已經漸入佳境了呢。」

「那好，我們聽下去，你就當已經天黑了吧。」

「好吧，這要求是困難了一點，但老師的吩咐我無有不從，我就當已經天黑好了。」

「那是再好不過了。」獨仙說這話時還假裝不心急，大家都被逗笑了。

「晚上終於來了，我也鬆了一口氣，離開鞍懸村的住處。我本來就不喜歡吵雜的地方，所以刻意避開便利的市區，在人跡罕至的荒村之中結蝸廬而居……」

「說是人跡罕至，未免太誇張了吧。」主人提出抗議，迷亭也抱怨道：「說是蝸廬也太浮誇了，直接說是寒酸的兩坪小房間，比較寫實有趣吧。」唯獨東風稱讚寒月：「且不論事實如何，這種形容很有詩意啊，不錯。」獨仙一臉認真地說：「住在那種地方，上學很不方便吧？兩地相隔幾里啊？」

「住處離學校有四、五個街區，說來學校也是位在荒村裡的……」

「那你們學校的學生，大多在那附近住宿吧？」獨仙還不肯罷休。

「是的，大部分的村民家都有一、兩位住宿學生。」

「這也叫人跡罕至啊？」寒月吃了一記迎頭痛擊。

「當然，沒有學校的話就人跡罕至了。……當天晚上我穿著手工製的棉衣，再套上一件銅扣的制服外套，用外套的兜帽蓋住了半張臉，以免被別人認出來。那時候正好是落葉紛飛的季節，從住處到南鄉街道一路上都是落葉，我很在意腳下踩到落葉的聲響，生怕有人跟在我後頭。回頭一看，東嶺寺的林子黑壓壓的，座落在一片黑暗之中。東嶺寺是松平家供奉祖先的寺廟，位在庚申山的山腳下，離我的住處有一個街區的距離，是一座相當幽靜的梵剎。林子上方是一望無際的星月，天上的星河劃過長瀨川——最後呢，通往夏威夷的方向了……」

「提到夏威夷也太突兀了吧。」迷亭有意見了。

「我走在南鄉街道上，終於走到第二街區，從鷹台町進入市內後，穿越古城町再拐過仙石町，沿食代町旁走入大道之中，依序走過一段、二段、三段，然後再走過尾張町、名古屋町、魚虎町、魚板町……」

「不用講那麼多地名啦，你到底要不要買小提琴啊？」主人焦躁地問道。

「賣樂器的店鋪名叫金善，是金子善兵衛開的，還有一段距離呢。」

「那些距離就別提了，快去買小提琴啦。」

「遵命，我來到金善一看，店內是燈火通明啊……」

「一下烈日一下燈火通明，你同樣的話都要講好幾遍，我們才受不了啊。」迷亭事先提醒寒月，免得他再度跳針。

「誤會誤會，這次的形容只講一次而已，別擔心。……我透過燈火眺望小提琴，小提琴反射著淡淡的光源，圓滑的琴身帶著冰冷的光澤，緊致的琴弦閃耀著白色的晶芒……」

「你的敘述方式真巧妙。」東風稱讚寒月。

「小提琴就在眼前，我一想到那就是我朝思暮想的小提琴，胸口一陣悸動，雙腳也差點站不穩了……」

「哼哼。」獨仙冷笑。

「我忍不住衝過去，從暗袋裡掏出錢包，拿出兩張五元鈔票……」

「總算要買了是吧？」主人反問。

「我正打算買呢，請稍安勿躁，這一段很重要，一不小心極有可能功敗垂成。於是，我在關鍵時刻勸自己冷靜下來。」

「你還不買喔？區區一把小提琴，也太吊人胃口了吧？」

「我不是在吊各位的胃口，實際上我真的買不下手，不能怪我啊。」

「為什麼？」

「才剛入夜，街上還有許多人呢。」

「你管這麼多幹嘛？街上有兩、三百人通過也沒差吧，你也真是怪人。」主人已經聽到不耐煩了。

「是，尋常的路人通過我當然不在意，但那些人都是學校的學生，他們各個捲起袖子，手持粗大的棍棒四處徘徊，我怎麼敢輕舉妄動呢。當中還有人自稱沈澱黨，甘於淪為班上的吊車尾，像那種人柔道

都很厲害的，我可不敢隨意購買小提琴，要不然怎麼死的都不知道。我很想要小提琴沒錯，但我也同樣愛惜生命啊，與其拉小提琴遭受殺害，我寧可苟全性命不拉小提琴。」

「意思是你放棄買小提琴囉？」主人想弄個明白。

「不，我買到了。」

「你有夠龜毛的耶，要買就快點買，不買就拉倒啊，快點給出一個結果好不好？」

「嘿嘿嘿嘿，人生不如意事，十有八九嘛。」寒月冷靜地點起一支菸抽了起來。

主人似乎嫌煩了，直接起身走進書房裡，不料他又拿著一本老舊的西洋書走回來，趴在地上開始閱讀。獨仙早就跑到壁龕前面，自己一個下起圍棋了。難得的趣聞講得太過冗長，聽眾也少了幾個，還願意聆聽的只有忠於藝術的東風，以及不畏冗長瑣事的迷亭了。

寒月毫不客氣地製造二手菸，依舊用相同的龜速在談往事。

「東風，我當下的想法是這樣，剛入夜是無法買琴的，問題是深夜店舖就關門了。我必須趁那些學生回家，店舖又尚未關門之際前來，否則辛苦想出來的計劃就泡湯了，難就難在時間不好抓啊。」

「原來如此，這確實不容易呢。」

「我認定晚上十點有機會，在十點以前我得找個地方打發時間。先回家再出來一趟太麻煩了，跑去朋友家叨擾又怪不好意思的，最後我決定在街上散步。平常我隨便亂逛就過兩、三個小時了，偏偏那一夜時間過得特別慢——我深切體認到，長夜漫漫指的就是那樣啊。」寒月一副深有所感的模樣，刻意望向迷亭。

「古代謠曲之中也有提到等待的焦心之苦嘛，等人的一方又比讓人等待的一方痛苦，被吊在店頭的小提琴想必也很難受吧。你像個無頭蒼蠅一樣四處徘徊，累累若喪家之狗，沒有比喪家犬更可憐的存在啦。」

「說別人是狗也太過分了，我從沒被當成狗呢。」

「聽你講故事，我彷彿在閱讀古代的藝術家傳記，同情之意油然而生啊。迷亭大師將你比喻成狗是在開玩笑的，請你別介意，繼續說下去吧。」東風好心安慰寒月，但沒有安慰寒月也會講下去。

「後來我走過徒町、百騎町、兩替町、鷹匠町，在縣府前面細數枯柳的數目，走過醫院的窗前計算有幾盞燈火，又到紺屋橋上抽了兩根菸，時鐘顯示……」

「十點了嗎？」

「可惜還沒有。——我走過紺屋橋，沿著河畔往東邊行進，遇到了三個按摩師，還有狗一直在吠呢……」

「在秋夜的河岸邊聽狗吠，也太戲劇性了，你是在逃避追捕吧。」

「我做錯什麼事了嗎？」

「你接下來就要做啦。」

「可嘆啊，如果買小提琴是壞事，那音樂學校的學生豈不都是罪人了？」

「再好的事情只要大家不認同，那就是在幹壞事，因此審判罪人是最不可信的事情。耶穌生在古代不也是罪人嗎？我們的風流才子寒月在鄉下買小提琴，當然也是罪人囉。」

「罪人就罪人吧，但還沒到十點真令人頭疼啊。」

「再把其他街道名稱搬出來拖時間就好啦，不然繼續講秋日烈陽也行嘛，或是猛吃三打柿子也沒問題。我們很有耐心的，你盡量拖到十點沒關係。」

寒月臉上露出了賊笑。

「您把我要講的都講完了，我只好投降啦，那就直接跳到十點吧。我在十點前往店舖，由於更深露重，熱鬧的兩替町也幾乎沒行人了，零星的木屐聲聽起來特別寂寥。店舖也已關上大門，只留一扇小拉門供人出入。我不太敢開門走進去，就像怕被瘋狗盯上一樣……」

這時主人的目光從舊書上移開，問了一句：「你買小提琴了沒啊？」東風代為回答：「就快買了。」主人自言自語：「還沒買啊，講真久。」說完又回頭讀書了，獨仙一言不發，下了一大盤棋。

「我鼓起勇氣衝進店裡，連兜帽也沒脫下來，就表明我要買一把小提琴。火盆旁邊圍著四、五個人在聊天，可能是店員或年輕的學徒吧，他們嚇了一跳紛紛轉頭看著我，我舉起右手拉緊兜帽，再說一次我要買小提琴。最前面那一個盯著我臉孔猛瞧的店員，怯生生地說了一聲好，連忙起身到店頭，從三、四把吊著的小提琴裡，挑其中一把拿來給我。我問一把小提琴多少錢，店員回答五元兩角……」

「也太便宜了吧，你是不是買到玩具啊？」

「我再請教店員，是不是每一把價格都相同，店員說是相同沒有錯，而且每一把都有精心打理過。我從錢包拿出五元鈔票和兩角硬幣交給店員，再掏出事先準備好的布包，把小提琴包起來。過程中，店裡的人都默默凝視著我，我用兜帽蓋住自己的臉，照理說是不會被認出來的，但我緊張到想要趕快逃出

店外。等我包好小提琴揣進懷裡，一離開店舖就聽到那些店員大喊謝謝惠顧，真把我嚇死了。我在路上左顧右盼，幸好沒有其他人影，對街有幾個人扯開嗓子吟詩作對，聲音幾乎要傳遍全鎮。我擔心引來旁人側目，就從金善的轉角拐彎，往西走過水道旁，來到藥王師路，從樺木村前往庚申山的山腳下，好不容易回到住處。一到家我才發現已經一點五十分了。」

「你形同整晚都在走路嘛。」東風表示同情。「總算講完啦，唉唉，簡直像在玩漫長的大富翁。」迷亭也鬆了一口氣。

「接下來才是重點喔，剛才的純屬序幕而已。」

「還有啊？聽你講話真不容易，大部分人都會打退堂鼓吧。」

「退不退堂無所謂，在這裡放棄的話無異於少了畫龍點睛之妙，容我再講一點吧。」

「無任歡迎，我們會聽的。」

「苦沙彌老師，您要不要聽呢？我買到小提琴囉，老師。」

「再來要講賣小提琴了是吧？賣小提琴就不用聽了。」

「還沒有講到賣小提琴的橋段啦。」

「那就更不用聽了。」

「這下糟糕了，東風啊，就只有你願意專心聽我講呢。人少講起來是比較沒勁，不過也沒辦法，我就大略講一下吧。」

「不用省略也沒關係，你慢慢說就好，聽你講話很有趣。」

「我千辛萬苦終於買到小提琴，第一個要面對的難題就是收藏地點。我居住的地方常有人來玩，不藏好一定會被發現；挖個洞埋起來日後還要再挖出來，也太麻煩了。」

「那藏在天花板上的儲藏空間不就得了？」東風講得輕而易舉。

「沒有那種地方啦，我是寄住村民家裡。」

「那就麻煩了，你要藏哪裡啊？」

「你猜我藏哪裡？」

「不知道，收納窗板的地方嗎？」

「不是。」

「用棉被包住，藏進櫃子？」

「也不是。」

東風和寒月玩著你猜我答的遊戲，主人也跟迷亭聊開了。

「這一段怎麼念？」主人問迷亭。

「哪一段？」

「就這兩行。」

「我看看喔，Quid aliud est mulier nisi amiticiae inimica……這是拉丁文吧？」

「我知道這是拉丁文，念起來是什麼意思啊？」

「你不是常說自己懂拉丁文？」迷亭發現事態緊急，故意避重就輕。

「我看得懂，當然看得懂，但這寫的是什麼東西啊？」

「看得懂還問我，你也太扯了吧？」

「隨便啦，你翻成英文看看。」

「你口氣真大，我又不是你的小兵。」

「管你是不是，快翻啦。」

「拉丁文晚點再說，我們先聽寒月的高見吧，現在他的故事講到了關鍵時刻，究竟是小提琴會被發現，還是有驚無險地度過危機呢。——寒月，後來怎麼樣啦？」迷亭忽然又有心思聽下去了，他再一次成為小提琴同好會的成員，主人被無情地拋下了，寒月獲得支持後說出了隱藏小提琴的場所。

「我藏在一個用藤條編成的老舊盒子裡，那個盒子是我離開家時，祖母送給我的，聽說是她以前的嫁妝呢。」

「那確實是古董啊，跟小提琴不怎麼搭調就是了。對吧，東風？」

「是啊，一點也不搭調呢。」

「藏在天花板上的儲藏空間也不搭調啊。」寒月駁倒了東風。

「別擔心，不搭調無所謂，能成詩就好。例如呢，秋寒藤籠中，靜躺小提琴，如何？」

「您今天是詩性大發啊。」

「不只是今天，我一向是滿腹詩文的。說到我的詩詞或俳句造詣，連已故的子規都讚嘆不已呢。」

「您和子規先生有交情嗎？」老實的東風，問了一個很直率的問題。

「沒有交情也沒差，我們靠無線電波肝膽相照就行了。」迷亭開始胡說八道，東風都傻眼不說話了，寒月繼續笑著講古。

「藏小提琴的地方是不用愁了，但要拿出來可就麻煩了。單純拿出來欣賞是不難，問題是純欣賞根本沒意義，樂器不拿來演奏又有何用？要拿來拉就會發出聲音，發出聲音就會被別人發現，南邊的圍籬外面就住著沈澱黨的領袖呢。」

「是很麻煩啊。」東風附和寒月，語氣深表憐憫。

「原來如此，是很麻煩沒錯。琴音勝於雄辯，發出聲音是賴不掉的，過去高倉天皇的寵妃也是在逃亡途中彈琴，才被平清盛的人馬抓到。偷吃東西或製造假鈔還好隱瞞，聲音是沒辦法隱瞞的嘛。」

「要是不會發出聲音就好辦了……」

「等一下，不是沒發出聲音就沒事了，有些事情沒發出聲音照樣瞞不住。以前我們住在小石川的寺廟同吃一鍋飯，有一位叫鈴木的傢伙很喜歡味醂[2]，還用裝啤酒的瓶子去買味醂來喝呢。有一天鈴木外出散步，苦沙彌竟然偷喝人家的味醂呢……」

「我才不會偷喝鈴木的味醂，是你偷喝的。」主人激動大叫，證明自己的清白。

「唉唷，我看你在念書，還以為偷講你壞話不打緊，原來你有在聽嘛。真不能小看你，你這就叫耳聰目明是吧？對啦，我也有喝沒錯，但被抓包的是你。——我跟你們說，這位苦沙彌老師本來不會喝

2日式調味料，味道甘甜有酒味，常用來去除食物的腥味。

酒，結果他死命喝別人的味醂，這下可好，整張臉都紅透了，令人不忍卒睹啊……」

「閉嘴啦，看不懂拉丁文還好意思說我。」

「哈哈哈哈，鈴木回來後看到啤酒瓶裡少了一半以上的味醂，就知道有人偷喝了。當他在找犯人的時候，你們這位老師就躲在角落，活像一尊朱泥捏成的人偶呢……」

三人哄堂大笑，主人也看著書笑了。獨仙參悟棋局過度，似乎有些疲勞，無意間靠在棋盤上睡著了。

「沒聲音照樣會被抓包的事情可多著呢，我以前到箱根的姥子去泡溫泉，跟一位老頭子共宿，據說是東京某間和服店的前一代老闆。我是不介意共宿啦，他要賣和服或舊衣服我也沒差，只是有一件事我很困擾，我到姥子的第三天香菸抽完了。大家應該都知道，姥子地區位在深山裡，除了吃飯泡溫泉以外啥都不能幹，是個很不方便的地方。在那種地方沒菸可抽很痛苦，想要得到自己沒有的東西，實屬人之常情嘛，一想到自己沒菸可抽，我就變得比平常更想抽菸了。

最沒天良的是，那個老頭帶了一大堆香菸來登山，還故意一包一包拿出來，坐在我面前抽給我看。他要是單純抽菸也就罷了，抽到後來還給我吐煙圈要特技，一下吐直的、一下吐橫的，偶爾還躺下來抽，或是從鼻孔裡用力噴出來，完全就是在炫菸給我看……」

「什麼是炫菸啊？」

「賣弄本事不是叫炫技嗎？賣弄香菸就叫炫菸啦。」

「與其忍得那麼痛苦，何不跟他討香菸來抽呢？」

「我可是個男子漢，才不跟他低頭呢。」

「是怕討不到嗎？」

「也許討得到，但我偏不想。」

「那怎麼辦？」

「我用偷的。」

「唉呀呀。」

「那傢伙帶著毛巾去泡澡了，我看機會難得就死命猛抽他的菸。才爽沒多久，有人打開房間的拉門，我回頭一看，原來是香菸的主人回來了。」

「他不是去泡澡了嗎？」

「他忘記拿束口袋才回來的，誰要拿他的束口袋啊，真沒禮貌。」

「這可難說了，你不是偷人家的香菸嗎？」

「哈哈哈哈，那個老頭子也是眼力過人，且不論束口袋如何，他一打開拉門就看到房內煙霧繚繞，那全是我積了兩天的菸癮啊。所謂的壞事傳千里，指的就是那樣吧，我偷抽菸的事一下就被抓包了。」

「老頭子說什麼了嗎？」

「年紀大做人也比較圓滑，他默默地包起五、六十根菸請我笑納，說完就去泡湯了。」

「這大概就是江戶人的智慧吧？」

「是江戶人的智慧還是當老闆的智慧我不管，總之我跟那老頭子成了好朋友，我們在那裡逗留了兩

個禮拜才離開。」

「那兩個禮拜，你都抽人家的菸啊？」

「嗯，是啊。」

「小提琴講完了嗎？」主人終於放下書本，爬起來宣告投降了。

「還沒完呢，接下來才是有趣的橋段，我也正好要開始講了，您就加減聽吧。順便叫醒那位在棋盤上睡午覺的大師吧——他叫什麼咧？對了、獨仙大師——也請獨仙大師聽看看好了，趴在棋盤上睡覺對身體不好嘛，也該叫醒他了。」

「喂，獨仙，起床起床，有趣味的故事喔，別睡了。人家說睡棋盤上對身體不好，你老婆會擔心啦。」

「咦……」獨仙迷糊地抬起頭，一滴口水沿著山羊鬍落下，就跟蝸牛爬過的地方一樣閃閃發光。

「啊啊、好睏。倦如山巔白雲吶，啊啊、睡得真舒服。」

「大家都知道你睡死了，你還是醒醒吧。」

「好啦，我起來就是了，有什麼趣味的話題嗎？」

「再來終於要講小提琴了——要講小提琴的什麼啊？你知道嗎，苦沙彌？」

「我完全不知道。」

「再來要講到我拉小提琴了。」

「是啊，終於要拉小提琴了，來這邊聽吧。」

「還在講小提琴啊，真煩。」

「你是彈無弦之琴的人，自然是沒什麼困擾，人家寒月拉小提琴會被鄰居聽到，可麻煩了呢。」

「是喔。寒月，有一種拉小提琴又不會被鄰居聽到的方法，你知道嗎？」

「不知道耶，有的話願聞其詳。」

「也不必向我請教，光看禪宗的露地白牛之境地也該瞭解吧。」獨仙講了一句沒人聽得懂的話，寒月認定他是睡傻了才胡說八道，因此逕自說了起來。

「我絞盡腦汁想出了一個辦法，隔天是天皇誕辰嘛，我一大早就待在家裡，打開盒蓋欣賞小提琴，看完再蓋起來盯著盒子猛瞧，反正一整天都過得心神不寧就對了。好不容易等到太陽下山，盒子裡的蟋蟀開始叫了，我就拿出小提琴和琴弓。」東風說：「總算拿出來了。」迷亭提醒寒月：「胡亂演奏會有危險喔。」

「我先拿起琴弓，端詳著弓頭到弓尾的部位……」

「學人家當刀匠喔。」迷亭出言調侃。

「實際上我把小提琴視為自己的靈魂，手持琴弓對我來說，就好比武士拿著一把銳利的名刀，在長夜的燈影下抽刀出鞘的心情，我一拿到琴弓就興奮發抖呢。」

「你確實是天才。」東風剛稱讚完，迷亭就補一句：「發神經的天才。」主人則說：「快點演奏吧。」獨仙則是一臉困擾的表情。

「還好琴弓沒有問題，這次我把小提琴拿到燈火旁細心觀看。請各位想像一下，這五分鐘以來盒底

的蟋蟀一直叫個不停……」

「好啦，我們會想像，你就放心演奏吧。」

「還不到演奏的地步。——好在小提琴本身也沒瑕疵，我心想既然沒問題了，就站起身來……」

「你要去哪裡啊？」

「請稍安勿躁，我每講一句大家就打岔，這樣我沒辦法講下去的……」

「喂，人家要我們安靜啊，噓……噓……」

「就你最吵啦。」

「嗯，也對。抱歉抱歉，我乖乖聽就是了。」

「我抱著小提琴穿上草鞋，三步併兩步走出我的草屋，在這節骨眼上請稍等一下……」

「我就知道，你講到一半肯定會停電熄火。」

「你再折回家也沒柿子囉。」

「各位插科打諢實屬遺憾之至，我就說給東風聽好了。——東風啊，我折回家裡是要拿紅毯子包住腦袋，那是我離開家時花了三元兩角買的毯子。腦袋包上毯子後，我吹熄燈火，失去光源我反而看不到草鞋在哪了。」

「你要去哪裡呢？」

「你先聽我說嘛，我費了一番功夫找到草鞋，就在星月和落葉的陪伴下，帶著紅毯子和小提琴出門了。我往右走上坡道，就在快要進入庚申山的時候，東嶺寺的鐘聲穿透毯子撼動耳膜，在我腦中迴盪。

你猜那時候幾點了？」

「不知道耶。」

「九點了，我在秋季長夜一個人登上山道，走往一個叫大平的地方。我生性膽小，夜晚爬山是一件很恐怖的事情，但用志不紛、乃凝於神，我一心只想著要拉小提琴，絲毫沒有任何害怕的念頭，很奇妙吧。大平位在庚申山的南邊，晴天爬上去可以在赤松之間飽覽鎮上的景致，是一塊很適合眺望的平地。──面積嘛，約莫有百坪大小吧，中間有一塊四坪左右的大石頭，北邊有一座叫鵜之沼的池塘，池塘旁邊有一片高大的樟樹。在庚申山上，只有一間小屋供採樟腦的工人歇息，大白天池塘附近也很陰森。所幸工兵在此地演習，有事先開闢出山路，登上大平也就不怎麼辛苦。我爬到中央的大石頭上，解下紅毯子攤開來坐著，這是我第一次在寒夜登山，我坐在石頭上安定心神，四周的寂寥逐漸沁入心底。在這種情況下，恐懼感是擾亂人心的唯一要素，只要除去心中的恐懼感，就只剩下清淨的空靈之氣了。我發呆了二十分鐘，總覺得獨自來到了水晶宮殿裡，而且連我的身體──不對，我的身心靈都變得像寒天一樣晶瑩剔透，都搞不清楚究竟是自己住在水晶宮殿裡，還是我的內在自有一座水晶宮殿……」

「越講越誇張了。」迷亭認真地損完寒月後，獨仙佩服地說：「很有趣的境界呢。」

「這種狀態持續下去，我可能會在石頭上枯坐整夜，忘記練習小提琴吧……」

「那裡是有狐仙會迷惑人嗎？」東風好奇提問。

「在這彼我不分、陰陽交界不明的時候，後方的古沼深處赫然發出尖叫聲……」

「見鬼了是吧？」

「那叫聲迴盪四周，隨著寒風傳遍滿山的枝頭，我就回過神來了……」

「總算可以放心了。」迷亭做出撫摸胸口的動作。

「這就是所謂的大死一番、再活現成吧。」獨仙向寒月使了一個眼色，寒月完全不懂他的意思。

「我回過神來觀望四周，庚申山寂靜無聲，連一丁點聲音都沒有，我不禁思考剛才那是什麼聲音。以人類的叫聲來說太尖銳，鳥類又沒有那麼大的音量，至於猴子呢——那一帶並沒有猴子，到底是什麼東西？當我腦海浮現疑問，就想尋求一個解釋，至今安分沈靜的思維也開始浮躁了，就好比英國貴族前來日本，受到人民熱烈歡迎的狂亂之態。不久後我全身的毛孔張開，名為勇氣、膽量、智慧、沉著的心靈過客全都蒸發了，彷彿毛茸茸的小腿被噴上燒酒似的。心臟也在肋骨底下狂舞，兩腳像風箏一樣虛浮抖動。我再也忍受不了，急忙用毛毯包住腦袋，一把抱起小提琴跳下岩石，拔腿奔向山腳，回到住處裡躲進棉被睡覺。現在回想起來，那是我遇過最恐怖的事情了，東風。」

「再來呢？」

「沒啦。」

「你不是要演奏小提琴？」

「我想演奏也演奏不了啊，都有莫名的鬼叫聲了，你一定也演奏不了的。」

「聽你講故事感覺不過癮呢。」

「事實如此嘛，列位覺得如何呢？」寒月環顧眾人，一臉得意的樣子。

「哈哈哈哈，這故事太妙了，你一定是煞費苦心才想出來的對吧。我一直認真聽你講故事，還以為

男性版的珊卓拉·貝洛尼轉世到東方來了。」迷亭猜想應該有人會問珊卓拉·貝洛尼是何許人也，不料沒有人提問，他只好自行解釋：「珊卓拉·貝洛尼是一位小說女主角，曾在月下森林彈奏豎琴，演唱義大利風情的歌曲呢；你抱著小提琴爬上庚申山也有異曲同工之妙。好歹她驚動了月中美人，你卻是被古沼的怪貍嚇到，在關鍵時刻你們一者崇高、一者滑稽，差異真是大到令人遺憾吶。」

「也沒什麼好遺憾的啦。」寒月倒是不在意。

「學洋人裝清高，跑到山上彈小提琴，被嚇活該啦。」主人給了一句嚴厲的評語。

「好漢豈怕鬼窟裏作活計呢？真可惜。」獨仙嘆了一口氣，獨仙講的話寒月沒有一句聽得明白，恐怕在場誰也聽不明白吧。

「對了，寒月，聽說你最近還是光到學校裡磨珠子啊？」迷亭改換一個話題。

「不，我前陣子回鄉探親，暫時沒有磨珠子了。應該說珠子我也玩膩了，也差不多是時候罷手啦。」

「你不是說不磨珠子就當不成博士？」主人皺起眉頭，寒月本人卻無所謂。

「博士啊？嘿嘿，我不當博士也沒差啦。」

「不過你延宕了婚約，兩邊人馬都很困擾不是？」

「誰有婚約了？」

「你啊。」

「我跟誰有婚約了？」

「金田家大小姐啊。」

「是喔。」

「你也太漫不經心了，你們不是有約定了嗎？」

「才沒有呢，是他們自己到處宣傳的吧。」

「這未免太胡來了。迷亭啊，那件事你也知道吧？」

「你是說，鼻子嫂那件事？那件事不只你知我知，早已變成公開的秘密啦。報社的人整天問我，什麼時候可以把他們成婚的照片登上去呢。東風三個月前也寫好了一大篇鴛鴦歌，他擔心你不快點成為博士，辛苦寫成的傑作就要糟蹋了呢。對吧，東風？」

「還不到擔心的地步啦，總之那一篇滿懷同情的大作，我是打算公諸於世的。」

「你看吧，你不當博士對大家都有影響呢。拜託你振作一點，乖乖磨你的珠子好嗎？」

「嘿嘿嘿嘿，不好意思讓各位擔心了，但我不當博士也沒差了。」

「為什麼？」

「我已經是有妻室的人了。」

「真的假的，你什麼時候秘密結婚啦？這世道真是片刻都大意不得啊。苦沙彌老兄，你聽到了嗎？寒月說他有老婆小孩啦。」

「小孩還沒有啦，我們結婚還不滿一個月，沒這麼快有的。」

「你何時結婚的？在哪裡結婚的？」主人的語氣活像在預審人犯。

「我回到家鄉，在老家結婚的啊。我今天帶來的柴魚，正是親戚送給我的賀禮。」

「才給三塊也太小氣。」

「不，是我從一堆柴魚乾裡拿三塊過來而已。」

「那你娶的是家鄉女子囉？膚色很黑嗎？」

「是啊，非常黑，跟我差不多黑。」

「金田家你打算如何交待？」

「我沒什麼好交待的。」

「這人情義理上站不住腳吧？你說呢，迷亭？」

「何來站不住腳啊？讓金田女兒嫁給別人不就得了。反正男女結為夫妻，就形同在黑燈瞎火中不期而遇。本來不必相遇的，偏偏要讓他們相遇，這叫多此一舉，既然多此一舉了，那換個對象不期而遇也沒差。真正可憐的人，當屬創作鴛鴦歌的東風了吧。」

「沒關係，鴛鴦歌正好借花獻佛，用來祝福寒月新婚吧。金田家的婚禮，我再獻上其他作品就好。」

「真不愧是詩人，腦筋靈活自在啊。」

「那你告訴金田了嗎？」主人還是很在意金田家。

「沒有，畢竟我從沒有說過要娶他們家女兒，保持沉默就是了。——應該說保持沉默也沒用吧，當下搞不好就有十幾二十個小密探，在調查我的消息吧。」

聽到密探這兩個字，主人愁眉苦臉地說：「哼，那就什麼也別說好了。」主人還嫌發洩得不夠，又對密探發表了下面的長篇大論。

「扒手專偷人錢包，密探則打探別人隱私；小偷闖空門竊取財物，密探則用計引誘別人洩密；強盜以武力強取豪奪，密探則出一張嘴威脅利誘。所以密探就跟扒手、小偷、強盜沒兩樣，都不是什麼好東西，對他們言聽計從可不行，千萬別低頭。」

「放心吧，管他來幾千人的密探大隊，我也不會害怕的。我可是磨珠子的名人理學士，水島寒月呢。」

「了不起，新婚學士的氣勢果然不同凡響啊。不過苦沙彌，你把密探說成扒手、小偷、強盜的同類，那派出密探的金田算什麼呢？」

「平安時代的大盜，熊坂長範吧。」

「這形容挺貼切的，人家古代的長範直接被義經給砍了，至於那個住在巷口裡放高利貸賺大錢的現代長範，可是個極為頑固又貪婪的小人，怎麼攆都攆不走的。被那種傢伙盯上就完蛋了，他會整你一輩子的，你得當心啊，寒月。」

「放心，我沒在怕的。那種小人不知天高地厚，沒什麼真本事，要是不自量力就給他一點顏色瞧瞧。」寒月泰然自若，以戲劇性的口吻下戰帖。

「說到密探，二十世紀的人多半有類似密探的氣質，這是為何？」超然物外的獨仙，問了一個跟眼下話題無關的問題。

「是物價太高的關係吧。」這是寒月的回答。

「是不瞭解藝術趣味的原故吧。」這是東風的回答。

「人類有了文明的犄角後，就跟金平糖一樣扎手了吧。」這是迷亭的回答。

再來輪到主人了，主人裝模作樣地發表議論。

「這一點我也費心考量過，依照我的解釋，現代人具有密探的氣質，完全是自覺太強的關係。我所謂的自覺，跟獨仙提倡見性成佛、天人合一的悟道之說不同……」

「喔喔，講得很高深嘛。苦沙彌，難得你也會賣弄唇舌呢，那小弟迷亭只好野人獻曝，一吐我對現代文明的不滿了。」

「隨你高興，反正你又沒什麼好講的。」

「有喔，我想講的可多了。前幾天你對刑警敬若神明，今天卻把密探比喻為扒手小偷，這豈不矛盾？我這人打從父母未生以前就始終如一，從來沒改變過自己的言論喔。」

「刑警是刑警，密探是密探；過去是過去，現在是現在。從來不改變自己的言論，代表你毫無長進啦，下愚不移就是說你這種人……」

「真過分的評語，密探要是跟你一樣清高，那多少還有討喜之處。」

「你說我是密探？」

「我是說你為人正直，與密探不同啦。不要找人吵架嘛，繼續說說你的高見吧。」

「現代人的自覺，是深知自己與別人之間有一道利害關係的鴻溝，而這樣的自覺會隨著文明進步而

更加敏銳，舉手投足也就失去真誠。英國作家亨利曾經評論過同行的史帝文森，他說史帝文森是個片刻不忘自我的人，每次進到擺有鏡子的房間裡，一定要照一下鏡子才開心。這句評語也體現了當前的社會情勢，現代人不論清醒或睡覺，滿腦子都是自我。所以言行舉止矯揉造作，不僅讓自己過得痛苦，也讓整個社會都痛苦，等於從早到晚都跟參加相親一樣惺惺作態。從容和悠閒成為了無意義的空談，現代人就是在這點上具有密探和小偷的氣質。密探是一種在暗地裡圖利自我的職業，沒有強烈的自覺是幹不成的；同理，小偷要時常留意失手被抓的風險，沒有強烈的自覺也幹不成。現代人不論清醒還是睡覺，都在算計利害關係，自覺也就變得跟密探或小偷一樣強了。終日過得膽戰心驚，到死前都永無寧日，這便是現代人的心境，更是文明的詛咒啊，愚蠢至極。」

「這確實是很有趣的解釋呢。」獨仙稱讚主人，一談到這類話題，獨仙是不可能默不作聲的。「苦沙彌的解釋深得我心，過去的人學習捨身忘我，現代的人卻反其道而行，片刻不忘本我，所以片刻不得太平，永墮焦熱大地獄。天下間最好的良藥，莫過於捨身忘我了，所謂的三更月下入無我，指的便是這樣的至高境界。現代人的親切之舉也不夠自然，英國人自詡為NICE的行為，也充滿著利己的自覺。英國王子造訪印度，和印度的皇室一同用餐時，那個皇室忘記自己正在招待英國王子，竟然不小心用手抓馬鈴薯來吃。自知丟人的皇室羞得滿臉通紅，英國王子卻不在意，也用手抓了馬鈴薯來吃……」

「這就是英國人的智慧吧？」寒月問道。

「我還聽過一則故事。」主人接著說下去。「英國某兵營的聯隊軍官，共同請一位低階的士官吃

飯。吃完飯後，他們端出一杯水給士官洗手，那位士官不諳宴會禮節，直接拿起杯子一飲而盡，聯隊長突然祝賀部下身體康健，說完也拿起洗手用的杯水一飲而盡，其他軍官也用同樣的方式祝賀那位士官。」

「我也有一個故事。」生性不安分的迷亭也開口了。「卡萊爾性情古怪，又不懂宮廷的禮法，他第一次晉見女王時，也沒等女王請他上座，就一屁股坐下去了。站在女王後方的大批侍者和宮女差點笑出來——沒想到女王轉身打了一個暗號，那些侍者和宮女也跟著坐下，保住了卡萊爾的面子，真是無微不至的親切之舉啊。」

「依卡萊爾的個性，大家都站著他也不在乎吧。」寒月試著做出短評。

「親切的自覺還算是好事。」獨仙又帶動話題了。「不過凡事刻意，勞心傷神也是在所難免的，可憐吶。一般人都說文明進步，人與人的互動越見平穩，不再充滿暴戾之氣，其實根本大錯特錯。利己之心甚重，何來平穩呢？表面上看來風平浪靜，私底下卻是非常不自在，彷彿在擂台上互相較勁動彈不得。平靜只存在於外人眼中，當事人內心是波濤洶湧。」

「以前的人吵架純粹是暴力相向，反倒沒什麼不好，現在的人抗爭手段日益奸巧，利害關係的自覺也有增無減。」輪到迷亭發表意見了。「英國政治家法蘭西斯．培根說過，要遵從自然之力才有辦法戰勝自然，現代人的抗爭手段完全合乎他的格言，太不可思議了。簡直就跟柔術一樣，以彼之力還施彼身嘛……」

「也形同水力發電吧，人類贏不了水的力量，乾脆反過來利用水力發電……」寒月話才說到一半，

獨仙就搶下去講。「因此，人們貧困時受窮苦束縛，有錢時受財富束縛，憂慮時受煩惱束縛，開心時受愉悅束縛；才子反受才能所害，智者反受智謀所害。像苦沙彌這樣的火爆浪子，一旦用上火爆脾氣行事，馬上就會誤入敵人的陷阱啊……」

「哈哈。」迷亭拍手叫好，苦沙彌也笑著自我解嘲：「要像我一激就中也不容易啊。」大家都被逗笑了。

「那金田那種人，會受什麼所害啊？」

「他老婆會受鼻子所害，金田本人會受惡報所害，走狗會受密探所害。」

「他女兒呢？」

「他女兒——他女兒我沒見過，也說不出個所以然來——他女兒大概會在錦衣玉食上散盡家財，或是成天爛醉如泥吧，為情所困應該是不至於啦。說不定會是半生風光、晚景悽涼的下場。」

「這有點太過火了吧。」東風念在曾經獻詩的舊情上，稍微提出了抗議。

「所以說啊，無所住而生其心是很重要的禪語，人類要達到這種境界才能擺脫痛苦。」獨仙講得一副眾人皆醉我獨醒的模樣。

「少得意了，這種禪學的思維搞不好會害死你們。」

「反正文明繼續墮落下去，我也不想活了。」主人說道。

「不必客氣，想死請自便。」迷亭立刻反嗆主人。

「我更不想死。」主人不曉得在倔強什麼。

「沒有人是經過深思熟慮才出生的，但大限將至的時候，大家都叫苦連天呢。」寒月講了一句事不關己的格言。

「這就跟借錢一樣，大家借錢的時候啥都沒想，直到要還錢了才開始擔心。」遇到類似的話題，只有迷亭能馬上回應。

「欠下債務還不知煩惱的人是幸福的。同理，不把往生視為痛苦也是幸福的。」獨仙不只超然，而是絕世出塵了。

「照你的講法，神經大條就叫開悟了是吧？」

「是啊，有句禪語叫鐵牛面者鐵牛心，牛鐵面者牛鐵心嘛。」

「意思是你要當標本就對了？」

「也不見得，但在神經衰弱這種文明病出現以前，死亡並不是痛苦啊。」

「好啦，不管從哪個角度來看，你都是上古遺民總行了吧。」

迷亭和獨仙互相鬥嘴，主人則對寒月和東風抱怨文明。

「如何避免還債才是大問題。」

「沒這種問題啦，欠人家的本來就要還啊。」

「對啦，這純屬議論，你安靜聽就是了。如何避免還債是一大問題，那麼如何避免死亡也是一大問題。應該說，在以前這是一大問題，煉金術講究的正是長生不死。所有的煉金術都失敗了，顯然人類終究是非死不可的。」

「這在煉金術發明以前就顯而易見了吧。」

「對啦，這純屬議論，你安靜聽就是了。聽好囉，當我們知道凡人終有一死，這就出現第二個問題了。」

「是喔。」

「既然凡人終有一死，那麼該怎麼死比較好？這便是第二大問題，自殺俱樂部注定隨著第二大問題的出現而興起。」

「原來如此。」

「死亡很痛苦，但死不掉更痛苦，神經衰弱的國民活著比死更痛苦，因此死亡才會被視為痛苦。大家不是怕死才痛苦，而是擔心怎麼死才比較好。大部分的人缺乏智慧，放任自己的生命被世界糟蹋，聰明人可不會滿足於被糟蹋的死法。他們會考究各種死法，發表嶄新的好點子，所以後世的自殺者會越來越多，並且以獨創的方法離開人世。」

「這樣的發展是不是太可怕了。」

「時勢所趨嘛，躲不掉的。英國劇作家亞瑟．瓊斯的腳本中，也有一位主張自殺的哲學家呢……」

「那他有自殺嗎？」

「很遺憾並沒有，但千年後大家絕對會自殺的，萬年後大家就會把自殺當成唯一的死法了。」

「這也太嚴重了。」

「時勢所趨嘛，躲不掉的。屆時，累積大量研究的自殺行為將成為一門了不起的科學，像落雲館那

種學校就會去掉倫理學，改教自殺學了。」

「真奇妙的課程，我也想旁聽呢。迷亭大師啊，你有在聽苦沙彌老師的高見嗎？」

「有啊，真到那個地步，落雲館的倫理教師大概會這樣教學生。各位同學，你們千萬不可墨守公德心，那是野蠻落後的遺風，身為新世界青年，你們首先該瞭解自殺的義務。喜歡自殺更要懂得成己達人，所以從自殺進化到他殺也是沒問題的。學校外面那位窮學究珍野苦沙彌先生，看起來活得很痛苦對吧？你們有義務要早點幫助他解脫。當然，現在是開明的世代，我們不能像以前那樣動刀動槍的，太卑劣了。我們要用高尚的整人技術玩死對方，這不僅是行善積德，也是值得讚譽的事情……」

「這課程聽起來很有趣呢。」

「更有趣的還在後頭，保護人民的生命財產是現代警察的第一要務，未來的警察恐怕會拿著打狗棒逛大街，撲殺全天下的百姓吧……」

「為什麼？」

「現代人重視生命，警察才保護生命啊。等到哪一天人民活得很痛苦，警察就會出於慈悲心，幫助人民脫離苦海嘛。聰明一點的人多半都自殺了，會輪到警察來殺的要不是孬種，不然就是沒能力自殺的白痴或殘障。想被殺的人就在門口貼張告示，說本戶有善男信女想升登極樂，運氣好遇到警察來巡邏，很快就美夢成真啦。至於屍體嘛，就麻煩警察開車載走好了，還有更趣味的喔……」

「大師的玩笑話真是創意無限啊。」東風十分感佩，獨仙依舊摸著他的山羊鬍，慢條斯理地說。

「要說這是玩笑也行，但或許有可能成真，不懂得貫徹真理的人，注定被眼前的森羅萬象束縛，把

夢幻泡影視為恆久不變的事實。因此一聽到高尚的言論，就喜歡插科打諢。」

「燕雀安知鴻鵠之志嘛。」寒月大為敬仰，獨仙露出一種贊同的表情接著說。

「過去西班牙有個叫哥多華的地方……」

「現在也有吧。」

「說不定有，重點不是現在或過去。當地有一個風俗是這樣的，每到傍晚寺廟會敲鐘，家家戶戶的女子聽到鐘聲就跑出來，跳到河裡游泳……」

「冬天也游泳嗎？」

「這我就不清楚了，總之所有女性都會游泳，不分老少貴賤。男性不得加入，只能在遠處眺望，看著雪白的肌膚在暮色蒼茫的波光上模糊擺動……」

「真有詩意呢，有寫成新體詩的潛力，您說那叫什麼地方？」東風一聽到裸體話題，就興致勃勃地探出身子了。

「哥多華，那邊的年輕人無法跟女性一起游泳，又不甘心只在遠處觀賞模糊的倩影，就想出了惡作劇的方法……」

「是喔，什麼樣的方法？」一聽到惡作劇三個字，迷亭可開心了。

「他們就賄賂寺裡敲鐘的人，提早一個小時敲響日落的鐘聲。女性頭腦不好嘛，聽到鐘聲就傻傻來到河邊，只穿著內衣褲就跳到河裡啦。人是跳下去了，可太陽還沒下山。」

「你不會也來秋季烈陽吊我們胃口吧？」

「橋上有一大堆男人佇足欣賞，那些女性固然害羞，卻也無可奈何，臉都羞紅了。」

「然後呢？」

「然後我的意思是，人們總被眼前的習慣迷惑，而忘乎根本的道理，要戒之慎之。」

「很寶貴的訓示啊，我也有一則被習慣迷惑的故事。之前我閱讀雜誌，看到一篇詐欺師的小說。假設我是古董店的老闆好了，店頭擺滿了名家的書畫和器物，全部都是真正的高級貨色，沒有假貨。高級品嘛，價格自是不便宜，這時有喜愛古玩的貴客前來，詢問某一幅名畫多少錢，我回答要價六百元。那位客人說他很想要，只可惜手頭沒有六百元，只好再考慮考慮了。」

「對話一定是這種套路嗎？」主人講話還是不解風情，迷亭一臉精明地回答。

「小說嘛，你就當套路是固定的吧。接著呢，我就對客人說啦，不用付錢也沒關係，喜歡就拿走吧。客人不好意思佔我便宜，我就提議分期付款，每月付一點，慢慢付就好，反正日後大家還有機會做生意嘛——是的，不用客氣沒關係，每月支付十元如何？不然每月五元也沒問題，總之我的語氣非常隨和。雙方經過幾次問答後，我就以每月收受十元的方式賣出六百元的名畫了。」

「就跟分期付款買百科全書一樣嘛。」

「人家百科全書的買賣有明確的契約依據，我的可沒有。再來就是巧妙的詐欺行為啦，各位聽仔細了，每個月收受十元，那麼六百元要付多少年呢？寒月？」

「當然是五年囉。」

「沒錯，正是五年。那麼這五年是長還是短啊？獨仙？」

「俗話說一念萬年、萬年一念，五年可長可短吶。」

「你這是哪門子的禪語啊？也太沒常識了吧。五年間每個月付十元，對方總共付六十次就夠了，但習慣是很可怕的東西，六十次相同的行為每月重複下去，到了第六十一次、第六十二次、第六十三次，還是會繼續付十元的。重複越多次，每個月不付十元就渾身不對勁。人類看似聰明，實則容易被習慣迷惑而忘乎根本，我就可以趁人之危，每月賺十元。」

「哈哈哈，沒有人這麼健忘的吧。」寒月哈哈大笑，主人義正詞嚴地說。

「不，真有這回事。我也是每個月慣性繳納大學貸款，直到對方跟我說不用繳了，我才知道的。」主人把自己的恥辱，講得好像大家都會犯蠢似的。

「看吧，我們眼前就有一個活例子，所以會把我剛才的未來文明論當成玩笑話的，就是分期付款繳完了還繼續繳的笨蛋啦。尤其寒月和東風，你們這些缺乏經驗的年輕人，要好好聆聽我們的教導，以免受騙上當啊。」

「知道了，我繳納分期付款一定以六十次為限。」

「這話聽起來像在說笑，事實上是有參考價值的喔，寒月。」獨仙對寒月說道。「我們打個比方好了，如果苦沙彌或迷亭認為，你偷偷成婚一事不妥，勸你跟金田道歉怎麼辦？你願意乖乖道歉嗎？」

「希望是不要走到那一步啦，對方也肯道歉的話就另當別論，我本人是沒這打算。」

「若是警察命令你去道歉呢？」

「那我就更不想道歉了。」

「若是大臣或貴族命令你道歉呢？」

「那我死也不想道歉。」

「看吧，現代人變得跟以前完全不一樣了。過去是光靠地位就能為所欲為的時代，再來則是光靠地位也不見得能為所欲為的時代了。當今之世就算是皇親國戚，在某種程度上也無法打壓個人的人格。講句極端一點的，權力越大的人幹這種事，反而會招來反感和抵抗。因此現在和過去不同，現在多了一個新的現象，也就是有地位更加不能為所欲為。眼下的世道充滿著古人無法想像的道理，世態人情的變遷是很不可思議的，迷亭的未來文明論要說是玩笑話也行，但細究當中隱藏的訊息，還是滿有深意的。」

「難得有知音認同我的言論，我真想再多談一些剛才的未來文明論啊。誠如獨仙所言，現在這個時代要仗著威權和武力橫行天下，無異於搭轎子和火車爭高下的老頑固——是說，真正冥頑不靈的，也就那個賺髒錢的長範老兄了吧，我們就看看他有何本事吧——至於我的未來文明論，著重的可不是眼下的小問題，而是關乎全人類命運的社會現象。

「綜觀現今的文明傾向，預料將來的趨勢，結婚是不可行的。各位切莫驚慌，結婚確實是不可行的，理由如下。前面我們也講過，現代社會重視個人的人格，過去丈夫代表家庭、地方官代表鄉里、領主代表藩國，其他人等於沒有人格，即便有也不受重視。結果一切都顛倒過來了，每一個活蹦亂跳的人都開始主張自我，每一個人都把彼我分得很清楚。兩個陌生人走在路上擦身而過，也得在內心誇耀自己的人權才甘心，個人主義已經變得如此強烈了。個人凌駕於平等，卻也受制於平等；從別人無法犯我的角度來說，我們確實變強勢了，相反的我們也不能隨便欺負人，這顯然又比以前弱勢了。變強勢是值得

高興的事情，變弱勢誰也不願意，我們在堅守不受侵犯的權利時，又想扭轉弱勢，盡量從別人身上強佔好處。於是人與人之間不再有空間，生存變成一件很不自在的事，大家都在努力擴張自我，用打腫臉充胖子的方式痛苦地生存下去。有了痛苦，就想用各種方法在人與人之間尋求空間，人類自做自受還不知反省，大家提出的解決方案竟然是親子分居。你們不妨到日本的深山裡瞧瞧，每家每戶都是一群人住在一起，也沒有什麼自我主義，應該說有也不會特地張揚，所以一群人過得相安無事。反觀文明社會的百姓，就連親子之間都得張牙舞爪才不吃虧，也難怪必須要分居來保持安全距離了。歐洲文明較為進步，比我們日本更快推行這個制度，偶有親子同居，兒子向老子借錢也得算利息，或是像房客一樣付住宿費呢。

「父母要認同兒子的自我，對兒子表示敬意，這種美好的風俗才得以成立，日本早晚也會受到影響的。畢竟親戚早就疏遠了，親子也正在疏遠，以往勉強壓抑的自我獲得舒展，尊重自我的觀念也隨之無限上綱，人與人之間還得再分開才自在。問題是父母兄弟都斷光光了，已經沒有關係可斷了，最後就只剩下夫妻啦。現代人認為夫妻要待在一起才叫夫妻，這是大錯特錯的。夫妻要相安無事，個性就得非常契合才行。以前就沒有這些麻煩，反正夫妻是異體同心，表面上是兩個獨立的個體，內在卻是一體的。所以才有所謂的生同衾，死同穴的說法嘛。這種觀念太落伍了，現在可不一樣，丈夫和妻子分得清清楚楚。妻子也是穿過制服受過教育的，她們在女校鍛鍊出堅定的自我，嫁入夫家也還綁著洋風的髮型，丈夫根本拿她們沒轍。會遵從丈夫意志的不配叫妻子，頂多只能算是人偶，越聰明的妻子自我越強烈，自我越強烈就越跟丈夫處不來，處不來自然要發生衝突了。因此號稱賢妻的女性，從早到晚都跟丈夫在吵

架，老實說這也沒什麼啦，只可惜娶到賢妻對雙方都痛苦就是了。夫妻的隔閡宛如水與油不見相容，若是冷靜又毫無交集的隔閡倒還好，最慘的是水與油互不相讓，家中永遠像大地震一樣雞犬不寧，人類早晚有一天會瞭解，夫妻同居絕非好事……」

「那麼夫妻會分居是嗎？真令人憂心呢。」寒月說道。

「會分居，保證會分居，全天下的夫妻都會分居。過去同居才叫夫妻，未來是同居的沒資格稱為夫妻。」

「那我豈不是沒有資格的那一方了。」寒月在這節骨眼上還秀恩愛。

「幸好你生在明治盛世，像我有本事想出這番未來文明論，就代表我的頭腦比潮流快上好幾步，所以我從現在就保持單身了。有些人說我不結婚是情傷所致，那種沒遠見的人實在太膚淺了。言歸正傳吧，未來文明論還有下文，有一天某位哲學家橫空降世，提倡前所未見的真理，其論述如下。人類是講求自我的動物，消滅自我就等同消滅人類，為守護人類的存在意義，我們無論付出多少代價都要保存和發展自我。因循陋習，勉強結婚是違背人類天性的野蠻文化，這種行為發生在罔顧自我的蒙昧時代也就罷了，在文明開化的今天還流於積弊是滑天下之大稽。現在文明開化已極，兩個不同的自我沒理由過度親密地結合在一起。道理明明顯而易見，沒受過教育的年輕男女卻受一時衝動支配，愚蠢地舉行結婚儀式，實乃悖德逆倫之舉。我們應當全力抵抗蠻風，護衛人道、護衛文明、護衛年輕男女的自我……」

「大師，我反對這個論點。」東風激動地拍打膝頭說道。「我認為，愛與美是世界上最可貴的東西了。多虧有愛與美，我們才能獲得慰藉、充實自我、掌握幸福；也多虧有愛與美，我們的情操才得以保

持優美，品性才得以保持高潔，同情心才得以保持洗練。因此，我們生在任何時代都不該遺忘愛與美，在現實世界中愛與美各有不同的呈現方式，夫妻關係是愛的呈現，詩歌和音樂則是美的呈現。換句話說，只要地球表面上還有人類的一天，夫妻和藝術是絕對不會消失的。」

「沒消失是最好啦，但哲學家講得不會有錯，愛與美早晚會消失的，早點死心吧。你說藝術偉大？藝術早晚會跟夫妻落入同樣的命運，自我的發展也象徵著個人的自由化，而自由又象徵著人與人無法互相包容。人與人尚且不能相容，更何況藝術呢？藝術的昌盛在於藝術家和觀賞者的自我有所共鳴，你以新體詩作家自詡，萬一沒有人覺得你的新體詩有趣，那麼很遺憾你也得不到知音，鴛鴦歌寫再多篇都沒有用。幸好你生在明治盛世，所以全天下人才愛讀你的新體詩啊……」

「呃、沒有到全天下都愛讀的地步啦。」

「現在就沒有很多人愛讀了，等未來人文更加發達，真的出現一個大哲學家提倡不婚主義時，你的新體詩就更沒有人讀了。我不是針對你的新體詩喔，每個人都有不一樣的自我，所以才對別人的詩文沒興趣。現在英國就已經有這樣的傾向了，你去看看喬治．梅瑞迪斯、亨利．詹姆士那些最具個人特色的英國小說家，他們的作品很少有人閱讀。也難怪啦，缺乏強烈個人特色的人讀了他們的作品也不會感到有趣。當這種傾向越來越明顯，婚姻被大家視為不道德的行為時，藝術也就完蛋了。你想嘛，如果我不懂你在寫什麼，你也不懂我在寫什麼，那麼你跟我之間何來藝術可談呢？」

「是有道理啦，但我直覺上就是很難認同。」

「你直覺上不認同沒關係，我感覺上同意就好。」

「儘管這可能只是你的感覺。」這次輪到獨仙開口了。

「總之人類的自我越放縱，人與人之間相處起來就會越痛苦。尼采會提倡超人說，也是無法排解那份痛苦，才不得已轉化成那種哲學形式。超人說乍看之下是尼采的理想，其實那是他的不滿。在自我極度發展的十九世紀，我們跟旁人相處甚至沒辦法放鬆，因此尼采才會自暴自棄寫出那種粗野的論調。讀完他的理論我並不痛快，反而深感同情，那不是追求進步卓越的論調，而是怨恨痛切的心聲。

「這也是其來有自的事情，過去出現一個了不起的人物，就會受到全天下的景仰和追隨，這豈不痛快呢。現實中有如此痛快的事發生，就不需要尼采用文字的力量呈現了。你們看荷馬史詩和柴維民謠同樣是在描寫超人性格，筆鋒卻完全不一樣，充滿了開朗和愉快的風格。那是因為有愉快的事實，才會留下愉快的記述，當中不帶一絲苦澀。尼采的時代就無法比照辦理了，那個時代沒有英雄，有英雄也不會被當成英雄。過去全天下就一個孔子，孔子的面子也特別大，現在至聖先師有好幾個，搞不好全天下到處都是至聖先師，以至聖先師自居也就沒什麼了不起了。不滿也就由此而生，心生不滿才會在紙上任意揮灑超人說。人類奢望自由，也得到了自由，但得到自由的下場竟是苦於不自由，西洋文明表面上美好，實則一塌糊塗啊。反觀東洋文明自古以來講究修心，這才是正解。不信你們看，自我獲得發展的結果，就是搞到大家都神經衰弱、無所適從，這時候人們才會明白論語泰伯篇的價值，重視無為而治的道理。可惜明白也挽回不了什麼了，這就跟酒精中毒一樣，只能追悔莫及而已。」

「列位大師的想法都很消極厭世呢。說來也奇怪，我聽了你們的說法都沒什麼感覺，為什麼呢？」寒月問道。

「那是你剛娶老婆的關係啦。」迷亭即刻給出答覆，主人也突然開口說：「娶了老婆，可別以為女人是什麼好東西啊。我念一篇有趣的文章給你當參考，你仔細聽吧。」主人拿起從書房帶來的古書說：「這是一本老舊的書，在那個古老的年代就已經明確記錄了女人幹下的壞事。」

「真令我吃驚呢，這是哪個年代的著作啊？」寒月反問。

「是十六世紀的著作，托馬斯·納許寫下的。」

「這又更令我吃驚了，從那個時代就有人在說我妻子的壞話啦？」

「書裡說了許多女人的壞話，你老婆說不定也符合其中一種，你就姑且聽聽吧。」

「嗯嗯，我當然聽，有參考價值嘛。」

「首先書中介紹了古代哲人對女性的觀點，注意聽喔。」

「大家都有在聽，連我這單身漢都聽了。」

「亞里斯多德說，反正女人沒有一個好東西，要娶老婆的話，與其娶大禍水，不如娶小禍水。相較起來小禍水惹出來的麻煩也少一點……」

「寒月的老婆是大禍水還是小禍水啊？」

「算是大禍水吧。」

「哈哈哈，這本書真有趣，快念下去啊？」

「有人請教賢者，什麼是天底下最大的奇蹟呢？賢者回答，貞潔的婦女……」

「哪位賢者這樣講啊？」

成婚太晚。」

「不知道，沒寫名字。」

「肯定是受過情傷的賢者吧。」

「再來是希臘哲人迪奧根尼，有人問他，何時娶老婆為宜呢？迪奧根尼回答，青年成婚太早，老年成婚太晚。」

「他是泡在酒桶裡思考這個問題的吧。」

「同為希臘哲人的畢達哥拉斯說，天下有三樣東西最可怕，分別是洪水、烈火，還有女人。」

「希臘哲人怎麼光講一些蠢話呢，依我看天下沒有可怕的東西，正所謂水不能淹，火不能侵……」

獨仙講到一半想不出下一句了。

「遇女色而不受迷惑是吧。」迷亭緊急支援，主人趕緊接下去講。

「蘇格拉底說，駕馭女人是全天下最困難的事情；狄摩西尼說，要想打擊敵人，把自己的妻子送給對方是最好的辦法，保證對方從早到晚都要疲於處理家庭風波；賽內卡說，婦女和無知是世界的兩大災厄；馬可．奧里略說，駕馭女子跟駕馭船隻一樣困難；普勞圖斯說，女人喜愛華美的衣服，是出於想要遮掩醜陋天性的淺見。

「瓦勒里烏斯曾致書給好友說，沒有什麼事是女人幹不出來的，天可憐見，祈禱好友勿中她們的奸計。他又說，女人算什麼東西？女人是友情的敵人，是無法逃避的苦難，是必然的禍害，是自然的誘惑，是甜如蜜的毒藥。如果拋棄女人是為不德，那麼不拋棄她們則必然更加痛苦……」

「已經足夠了，老師。聽這麼多內人的壞話，夠多了。」

「還有四、五頁呢，我順便念給你聽吧？」

「你還是適可而止吧，尊夫人也快要回來了不是嗎？」迷亭才剛調侃完，就聽到夫人在起居室大喊幫傭的名字：「阿清、阿清。」

「糟糕了，你老婆在家耶。」

「呵呵呵呵。」主人笑著說：「沒在怕的啦。」

「夫人、夫人，你什麼時候回來的？」

起居室靜悄悄的，沒有答話的聲音。

「夫人，剛才的對話你都聽到了嗎，嗯？」

夫人還是沒有回答。

「那些話啊，不是苦沙彌的意思啦，是十六世紀的死人骨頭寫的，請放心吧。」

「不關我的事。」夫人在遠處簡短回應，寒月在一旁偷笑。

「也不關我的事喔。抱歉失禮啦，啊哈哈哈哈。」迷亭痛快大笑，這時有人粗魯地打開玄關大門，也沒打一聲招呼就大搖大擺地走進來了。來者直接打開客廳的拉門，原來是多多良三平來了。

三平的打扮不同以往，他今天穿著雪白的襯衫和嶄新的大禮服，看起來已經有幾分不搭調了，右手還拎著四瓶沉重的啤酒。他把啤酒直接放在柴魚乾的旁邊，二話不說就大剌剌地坐下了，毫不拘謹的坐姿還頗有武者風範。

「老師，您近來胃病好點了嗎？整天悶在家裡對身體不好喔。」

「我又還沒說自己身體不好。」

「您不必說，我光看您的氣色就知道了，您的臉色太黃了。最近很流行釣魚，到品川雇一艘小船如何——我上個禮拜天才去釣過呢。」

「有釣到嗎？」

「沒有。」

「沒釣到魚有樂趣嗎？」

「培養浩然之氣嘛。對了，各位有釣過魚嗎？釣魚很有趣喔，在大海上乘著小船四處飄遊挺自在的。」三平逕自對在座人士攀談。

「我更想在小海上乘著大船飄遊。」迷亭很給面子地答話了。

「要釣，就得釣大鯨魚或美人魚嘛，不然多沒意思。」寒月也插上一腳。

「最好是釣得到那種東西啦，文學家真沒常識……」

「我不是文學家。」

「是喔？那你是幹嘛的？像我這種生意人最看重常識了。老師，最近我的常識有長足的進步喔。在商場待久了，近朱者赤嘛，自然會變成那樣。」

「變成怎樣了？」

「就以香菸來說吧，光抽便宜的香菸是不行的。」說著，三平拿出金色吸嘴的埃及香菸抽了起來。

「你有這種閒錢享受啊？」

的。」

「是沒有太多閒錢啦，但還過得去就是了。抽這種香菸啊，在別人眼中的信譽是不可同日而語

「這種信譽得來容易，比寒月磨珠子輕鬆多了，又不費功夫，很便利的信譽啊。」迷亭把話題指向寒月，寒月保持沉默，三平則說道。

「你就是寒月先生啊？你不當博士了嗎？你不當博士就讓給我吧。」

「讓你當博士嗎？」

「不是，是金田家的大小姐。其實我也很過意不去，但對方無論如何都希望我娶他們家的女兒，於是這門婚事就定了。不過我擔心，這樣對不起寒月先生。」

「請別介意。」寒月簡短回應。

「你想娶就娶吧。」主人則給了一個曖昧的答覆。

「可喜可賀啊，我就說嘛，不管金田家的女兒人品如何，都輪不到我們來擔心，總有人肯要的。你們看這不就有位一表人才的紳士肯要了嗎？東風，你又有新體詩的題材囉，快點動筆吧。」迷亭講話還是沒一句正經，三平對東風說。

「你就是東風啊？我結婚時你替我寫點東西好嗎？我要趕快印刷分送出去，順便請雜誌社刊登。」

「沒問題，包在我身上，你什麼時候要呢？」

「隨便，不然拿之前的作品也行。相對的，婚宴時我會邀請你來吃好料，有機會喝到香檳喔，你有喝過香檳嗎？香檳可好喝了。——老師，婚宴時我打算找樂團演奏，把東風寫的作品譜曲演奏如何？」

「隨你高興啊。」

「老師，你能幫我譜曲嗎？」

「別說傻話了。」

「有人懂音樂的嗎？」

「被淘汰的夫婿候選人寒月可是小提琴高手喔，你何不拜託他呢？但區區香檳怕是難以打動他。」

「香檳啊，一瓶四到五元的也不好，我請的絕不是便宜貨，可否請你譜曲呢？」

「好啊，更便宜的香檳我也幫你，沒酬勞也無所謂。」

「我不會讓你做白工，一定有謝禮的。不喜歡香檳的話，這種謝禮如何？」三平從外套暗袋裡拿出七、八張相片放在榻榻米上。有半身照、全身照、站姿照、坐姿照，也有人穿褲裙或和服的，還有人束著髮髻，總之都是妙齡女子的照片。

「你們看，有這麼多的婚配人選。寒月、東風，你們看到喜歡的說一聲，改天我替你們作媒吧，如何？」三平把其中一張照片推給寒月。

「不錯啊，請務必幫我美言幾句。」

「這一張又如何？」三平再遞出一張。

「這也不錯，請務必幫我美言幾句。」

「你想要哪一位呢？」

「哪一位都好。」

「你也真是位多情浪子啊，這一位是博士的姪女。」

「是嗎？」

「這一位品性極佳，年紀也輕，才十七歲而已。——這一位有附千元嫁妝。——這一位是知事的女兒。」三平喋喋不休地說了起來。

「能否全都歸我啊？」

「你全都要？也太貪心了，你信奉一夫多妻主義嗎？」

「不是，我只是肉食主義者。」

「是什麼都無所謂啦，這些東西快收起來。」主人語帶訓斥口吻，三平乖乖照辦。

「那你們真的不挑一個嗎？」三平把照片收進口袋，還不忘再次確認一下。

「你帶啤酒來幹嘛？」

「一點小禮，我在街角的酒鋪買來的，也好提前慶祝一番，大家請用吧。」

主人拍手喚來幫傭，讓幫傭打開啤酒的瓶蓋。主人、迷亭、獨仙、寒月、東風五人拘謹地拿起酒杯，祝賀三平得享豔福，三平愉快地說。

「我想招待各位參加我的婚宴，你們都會來吧？拜託一定要來啊。」

「我可不想去。」主人立刻拒絕了。

「為什麼？這是我一生一世的大典耶？不參加未免太不近人情了。」

「這跟不近人情無關，反正我不去。」

「是怕沒有衣服穿嗎？隨便穿件和服大衣和褲裙就行了。您應該多接觸人群啊，老師。來參加的話，我能帶您認識一些名人喔。」

「不必了。」

「胃病會痊癒喔。」

「那我寧可不痊癒。」

「您這麼頑固那我也沒辦法了，其他幾位願意來嗎？」

「我一定去，我巴不得獨享媒人的尊榮呢。正所謂香檳代酒喝交杯，春宵一刻值千金嘛——什麼？你的媒人是鈴木？果然，我就料到應該是他。那也無可奈何，畢竟兩個媒人太多了是吧，我就當一般來賓出席吧。」

「這位先生呢？」

「我啊，一竿風月閒生計，人釣白蘋紅蓼間。」

「什麼意思啊？唐詩選嗎？」

「我也不知道什麼意思。」

「不知道嗎？這可麻煩了。寒月會出席吧？你之前跟人家也有關係嘛。」

「我當然出席了，聽不到樂團演奏我譜的曲子太可惜了。」

「沒錯。那你呢，東風？」

「這個嘛，我也想在新郎和新娘面前朗讀新體詩呢。」

「那太好了，我有生以來沒這麼開心過呢，所以我要再多喝一杯。」三平猛灌自己買來的啤酒，喝到臉都紅了。

秋季短暫的白晝已近尾聲，菸蒂活像雜亂無章的算籌，火盆中早已沒有半點星火。那些逍遙散人也沒什麼聊天的興致了，獨仙率先起身告辭：「時候不早了，我走啦。」其他人也紛紛離開。客廳變得空蕩蕩，彷彿劇院散場。

主人吃完晚飯後躲入書房，夫人正襟危坐，開始縫補那一件洗到褪色的居家衣物。小孩子都睡著了，幫傭也去洗澡。

表面上悠閒自在的人，內心也隱藏著悲傷的心聲。獨仙看似得道頓悟，卻不得不腳踏實地過日子；迷亭為人開朗樂觀，但他生活的地方並非烏托邦。寒月也放棄打磨珠子，回家鄉娶老婆了；這都是很理所當然的事情。

不過理所當然的事情永遠持續下去，那就枯燥無味了。再過十年左右，東風也會省悟自己吹捧新體詩有多愚蠢吧；至於三平是入世之人還是出世之人，這就不好判斷了，反正他這輩子以請人喝酒為榮就足夠了。鈴木走到哪都是個圓滑的人，圓滑免不了沾上一些俗塵，沾上俗塵總比跌跌撞撞強多了。本喵生於人世已過兩年了，也自認很少有人比本喵見多識廣，不料前陣子有一隻叫慕爾的陌生貓咪，找上本喵吹噓一番，著實嚇了本喵一跳。據說牠在百年前就去世了，這次是出於好奇心才離開黃泉，變成幽靈來嚇唬本喵。這隻貓咪和母親見面時，會叼一尾魚當作見面禮，結果中途就忍不住自己吃掉了。如此不孝的貓咪，才情也絲毫不遜於人類，牠還曾經寫過詩文折服自己的主人呢。一個世紀以前就有這樣的豪

傑，那本喵這隻沒路用的小貓，也該回歸虛無了吧。

主人早晚會死於胃病，金田老爹縱情欲海，早已是行屍走肉。葉片在秋風吹拂下也差不多掉光了，死亡是萬物無法違背的宿命。如果活著沒什麼路用，那還不如早點死一死才是明智之舉，按照諸位大師的說法，自殺才是眾生命運的歸宿。否則一不小心連貓咪都得生活在不自由的社會之中，那太可怕了。一想到這裡本喵有些忐忑不安，去喝點三平帶來的啤酒壓壓驚吧。

本喵轉到廚房，被秋風拍打的門板開了一條縫隙，風勢灌進門縫中吹滅了燈火，好在今晚似乎是月夜，窗外還有月光照射進來。托盤上放著三個杯子，其中兩個杯子還有半杯的茶色液體，玻璃中的液體即便是溫的，看起來也有冰冷的感覺。尤其在月色的照耀下，靜靜擺在消防缸旁邊的啤酒，還沒沾到嘴邊就有股難以入口的冰涼感了。

然而，凡事總要勇於嘗試嘛。三平等人喝下那種液體，不但滿臉透紅，呼吸也變得粗重溫熱，那貓咪喝了一定也會飄飄然吧。反正生死有命，凡事都要趁有命的時候趕緊嘗試，否則死後就只能在墓地裡哀嘆了。本喵拿定主意一試，用力吐出舌頭舔了一口，那口感嚇死本喵了。舌頭跟被針扎到一樣火辣辣的，真搞不懂人類是發什麼神經才會喝這爛東西，貓咪是喝不下去的，看來貓咪不適合喝啤酒吧。本喵受不了這味道，舌頭也縮回口中，但換個角度想想，人類常說良藥苦口不是嗎？他們感冒時不也是皺著眉頭喝下怪東西？過去本喵一直很好奇，他們是喝下怪東西才康復，還是為求康復才喝下怪東西，現在正好有機會印證，就用啤酒來解決這一個問題吧。萬一喝下去苦到心坎裡，大不了自認倒楣就好；若能像三平那樣醉到飄飄欲仙，那本喵可就賺到了，到時候還能告訴附近的貓咪。下場如何就聽天由命吧，

本喵鐵了心再次伸出舌頭。張開眼睛喝起來不方便，本喵閉起眼睛又舔了幾口。

本喵幾經忍耐，好不容易喝完一杯啤酒時，奇怪的現象發生了。起先舌頭上有火辣辣的口感，嘴裡形同受到外力壓迫一般痛苦，但越喝就越輕鬆了，喝完一杯也不再感到痛苦了。本喵信心陡增，很快又乾了第二杯，連灑到托盤上的酒水都舔乾淨了。

本喵靜待片刻，觀察自己身上有何變化。不久後身體逐漸暖和起來，眼皮好沉重，耳朵也燙燙的。本喵好想唱歌，好想跳舞喔，什麼主人、迷亭、獨仙都去吃屎吧，看本喵賞金田老爹一爪，順便把鼻子嫂的鼻子咬下來。總之，喝完酒各種心情掠過本喵腦海。最後本喵打算撐起身子，再四處走動走動，到戶外跟月亮打招呼也不錯，好愉快啊。

陶然指的就是這麼一回事吧，本喵心中泛起似有若無的散步心情，漫無目的地移動自己虛浮的四肢，睡意濃烈，都分不清自己是睡著了還是在走路，照理說本喵是醒著的，眼皮卻重得要死。事已至此，本喵也顧不得那麼多了，管它上山下海都沒在怕的，本喵抬起前腳往前一滑，就聽到噗通聲。本喵一驚——已然鑄成大錯了，至於是如何鑄成大錯的，本喵還沒有時間思考，反正鑄成大錯的念頭轉眼即逝，情況就亂成一團了。

待本喵回過神來，發現自己浮在水上，本喵痛苦地胡亂揮舞爪子，抓到的統統都是沒有形體的水，越抓就越往下沉。不得已，本喵後腳用力一蹬，前腳總算抓到了堅硬的觸感，本喵勉力浮出一顆小腦袋，這才發現自己掉進大水缸中了。夏天時這個水缸長滿了水草，後來有烏鴉跑來吃水草，吃完還用水洗澡。洗完澡水自然會變少，水變少烏鴉就不來了，本喵剛才還在想最近都沒看到烏鴉，卻萬萬沒想到

自己會跳下來洗澡。

水缸邊緣離本喵有十幾公分，本喵伸出前腳也鉤不到，後腳用力蹬也蹬不出來，再慢吞吞地就滅頂了。胡亂掙扎也只抓得到水缸內壁，抓到了就往上浮一下，沒抓到就立刻向下沉了。沉入水中很痛苦，本喵馬上又亂抓水缸。掙扎沒多久也累了，本喵心情焦急，四肢卻不聽使喚了，到最後本喵也分不清，自己是滅頂才掙扎，還是掙扎才滅頂的。

本喵在痛苦中思考，自己就是一心想脫離水缸才如此心焦的，本喵亟欲脫離水缸，但也很清楚自己是逃不掉了。本喵的四肢不足十公分，縱使本喵有辦法浮上水面，用力伸出前腳也還是鉤不到十幾公分外的水缸邊緣。既然爪子鉤不到水缸的邊緣，任憑本喵焦急使勁，再過一百年大概也出不來。明知出不來還不放棄，這是在逞強，逞強就會招來痛苦。這便是庸人自擾吧，自討苦吃找罪受實在太蠢了。

乾脆順其自然吧，也不要胡亂掙扎了。本喵放鬆全身力氣，不再抵抗了。

放棄後本喵終於解脫了，既不知自己是痛苦還是感動，也不知自己身在水中或客廳。其實在哪裡幹什麼都無所謂，有解脫就好。不對，本喵甚至感受不到解脫，而是墜入一種天地毀滅、三光盡掩的奇妙平靜中。本喵翹毛了，死亡才得以獲得平靜，沒有死亡就永遠得不到太平，南無阿彌陀佛，南無阿彌陀佛，感恩喔。

【專文賞析】

輕快、詼諧、百讀不厭的《我是貓》

台大日文系教授　范淑文

日本國民作家夏目漱石曾於明治三十三年五月以文部省公費留學生身分赴英國留學，為期約兩年之留學期間，漱石學習近代文學、小說創作等文學理論，歸國後經常參加當時在文壇上已頗負盛名之詩人高濱虛子等文人聚會，與同好就文學創作等互相交換心得，高濱虛子當時是同人雜誌《Hototogisu》（漢字有《杜鵑》、《時鳥》、《郭公》等譯法）之主編，明治三十七年該會成員歲末聚會中，漱石朗讀近作《我是貓》，引起高濱虛子等在座同好共鳴，刊登於明治三十八年元月號之《Hototogisu》，刊出後立刻引起讀者極大回響，當初漱石在半消遣心情下僅只寫了一回的份量，之後應讀者要求，繼而有第二回、第三回……最後演變成長篇小說，這是漱石始料未及的。

這篇小說之有別於其他作品之不同、作品的特色可歸納成以下幾點：

一、視角人物之特殊設定

正如《我是貓》之書名所示，以貓為敘事者、以貓的視角觀察劇中人物的一舉一動，這是前所未有的創作手法。「本喵是一隻還沒有名字的貓。也不記得本喵是在哪裡出生的。」在作品一開頭對貓自己

的來歷做了如是之敘述，從此展開對這家族、特別是從事教職、寫作之主人及其周遭朋友學生等來往人物的細膩觀察，正因為視角人物跳脫人的框架，所以能看到一般人所無法觀察到的事物。最明顯的一個例子是大眾澡堂沐浴的場景，由貓的視角、立場觀察人類，在此注意到人身上比貓多了一層衣服，在貓看來則是多此一舉，影射了人類平日戴著面具偽裝成道貌岸然之紳士，然而脫去衣服之後，與平日穿著衣服截然不同，本性流露，這是以人之視角所無法觀察到之面向，諸如此類的諷刺、隱喻處處可見。

二、輕快之節奏感

《我是貓》描寫手法上頗為簡潔，營造了故事節拍緊湊、引人入勝之氛圍，例如：除了人物之觀察外，鏡頭也一度對準貓的世界：「三花、三花，該吃飯囉。」三花子很開心地說：「師傅在叫我了，我先回去囉，好嗎？」說不好又能怎樣。「歡迎你改天再來玩。」三花子搖著鈴鐺跑到庭園，沒一會又折回來關心我：「你的氣色不太好呢，發生什麼事了嗎？」我又不敢說自己吃年糕吃到抓狂，就說：「也沒什麼啦，就想事情想到頭有點痛，我猜想跟你聊聊天就會好了，因此才跑來探望你。」如此搪塞一番……

貓兒們也會談戀愛，兩小無猜般的對話，完全不拖泥帶水，節奏緊湊，其他像主人的言行舉止等描述也都是節拍輕快，讓人有如同看大銀幕的感覺。

三、筆調詼諧

全篇筆調輕快，充滿詼諧，其中印象最為深刻的是小說即將落幕之場景，適逢過年，主人家也不例

外，訪客川流不息，好不熱鬧，廚房中殘羹剩飯、盃中喝剩之啤酒，引起視角人物無名貓的好奇，試飲杯中酒的貓兒終於不勝酒力，醉倒廚房，一失足不慎掉落甕中，掙扎著要爬出陶甕，無奈意識不清四肢不聽使喚，貓兒最後努力的模樣，讓這段描寫既詼諧又充滿感傷，看完作品讀者回味無窮，無限省思。

對於此種幽默，大多學者認為《我是貓》全篇作品中充滿著江戶時代庶民生活的詼諧氣氛，也有部分研究學者認為《我是貓》等早期作品受到英國文學影響，充分發揮了英國的幽默感。

更重要的是作者在全篇中對當時之社會現象、明治時期近代化矛盾等做了深刻批判，但因透過以上特殊之創作手法，營造出作品充滿詼諧，卻不至低俗的效果，引起讀者共鳴，大快人心，所以至今這部作品仍深受日本國民喜愛，百讀不厭。

國家圖書館出版品預行編目資料

我是貓／夏目漱石著；葉廷昭譯— 初版 —臺中市：
好讀，2017.12 面： 公分，—（典藏經典；111）

譯自：吾輩は猫である
ISBN 978-986-178-428-1（平裝）

861.57 106004447

好讀出版

典藏經典111

我是貓

作　　者／夏目漱石
譯　　者／葉廷昭
總 編 輯／鄧茵茵
文字編輯／莊銘桓
美術編輯／鄭年亨
行銷企畫／劉恩綺
發 行 所／好讀出版有限公司
台中市407西屯區工業30路1號
台中市407西屯區大有街13號（編輯部）
TEL:04-23157795 FAX:04-23144188 http://howdo.morningstar.com.tw
（如對本書編輯或內容有意見，請來電或上網告訴我們）
法律顧問／陳思成律師

線上讀者回函
更多好讀資訊

讀者服務專線／TEL：02-23672044 / 04-23595819#212
讀者傳真專線／FAX：02-23635741 / 04-23595493
讀者專用信箱／E-mail：service@morningstar.com.tw
網路書店／http : //www.morningstar.com.tw
郵政劃撥／15060393（知己圖書股份有限公司）
印刷／上好印刷股份有限公司
如有破損或裝訂錯誤，請寄回知己圖書更換

初　　版／西元2017 年12 月1 日
初版五刷／西元2023 年7 月10 日
定　　價／ 380 元

Published by How Do Publishing Co., Ltd.
2023 Printed in Taiwan

ISBN 978-986-178-428-1